Tod im Schatten der Burg

Jule Heck

edition winterwork

Bibliografische Informationen der Deutschen Nationalbibliothek: Die Deutsche Nationalbibliothek verzeichnet diese Publikation in der Deutschen Nationalbibliografie. Detaillierte bibliografische Daten im Internet über http://www.d-nb.de abrufbar.

Impressum

Jule Heck »Tod im Schatten der Burg«
www.edition-winterwork.de
© 2013 edition winterwork
Alle Rechte vorbehalten.
Satz: edition winterwork
Umschlag: Atelier am Markt, Wolf Becker, Münzenberg
Druck und Bindung: winterwork Borsdorf

ISBN 978-3-86468-578-1

Tod im Schatten der Burg

Lebendig begraben

Ein Münzenberg-Krimi von Jule Heck

Diese Geschichte ist frei erfunden. Ähnlichkeiten mit lebenden Personen wären rein zufällig.

Mein besonderer Dank gilt meinem Freund Alwin, der mich zu diesem Krimi motiviert hat sowie meinem Kollegen Guido, der einmal gesagt hat, jeder tut das, was er am besten kann. Und natürlich meiner lieben Familie, die mich hervorragend unterstützt hat.

Gewidmet ist dieses Buch meinem lieben Bruder Jürgen.

Prolog

Die Frau kam schwankend die Straße herunter. Der Vollmond am sternenklaren Himmel leuchtete ihr den Weg durch die warme Sommernacht. In der Ferne hörte sie das Trillern einer Nachtigall. Sie merkte, wie ihr der Alkoholrausch so langsam die Sinne nahm. Plötzlich begann sich ihre Umgebung zu drehen. Der Asphalt der Straße kam unweigerlich auf sie zu, als sie zuerst auf die Knie fiel und dann mit dem Oberkörper vornüber kippte und mit dem Gesicht auf dem Grünstreifen am Straßenrand landete.

Zwei Minuten später wäre ein einsamer Radfahrer auf seinem nächtlichen Heimweg beinahe über das menschliche Hindernis gefahren. Ohne zu zögern holte er seinen Freund aus der unmittelbaren Nachbarschaft und beseitigte mit seiner Hilfe den leblosen Körper der Frau auf dem nahe gelegenen Holzstoß. Den Protest seines Freundes ignorierend und ungeachtet der Tatsache, ob der warme Körper noch eine Spur von Leben in sich hatte, entkleideten die jungen Männer den fülligen Leib der Frau und deckten sie im Schein des Mondes mit Ästen zu, bis nichts mehr von ihr zu sehen war. Auf dem Asphalt blieb ein einzelner Damenschuh zurück.

Freitag, den 4. Juni 2006

Als das lang ersehnte Pausenzeichen nach der fünften Stunde ertönte, sprangen die Schüler der Klasse 10 b auf, packten ihre Utensilien zusammen und verließen ohne Zögern den Klassenraum. In einer Traube menschlicher Körper, begleitet von Gelächter und Gejohle, drängten sie durch die Flure, die Treppen hinab über den Schulhof zu den wartenden Bussen, um einen der Sitz- oder Stehplätze in den ständig überfüllten Fahrzeugen zu ergattern und endlich nach Hause zu kommen.

Matthias Beisel und Benjamin Dreiseitel blieben als Letzte im Klassenraum zurück, ohne ein Wort zu wechseln. Matthias nahm einen großen Schluck aus seiner Trinkflasche. Er hatte heute noch nicht viel getrunken und sein Hals war regelrecht ausgetrocknet. Die Flüssigkeit schmeckte widerlich. Dennoch nahm er einen weiteren Schluck. Aus dem Augenwinkel sah er Benjamin, der ihn aufmerksam beobachtete und hämisch grinste. Sein pickeliges Gesicht glich einer Fratze, die Matthias Angst machte.

Endlich verschwand der unangenehme Klassenkamerad und ließ Matze, wie er von seinen Mitschülern genannt wurde, allein zurück. Er war erst seit einem halben Jahr an der Schule und hatte bis jetzt noch keinen richtigen Zugang zu seinen Klassenkameraden gefunden. Bis heute Morgen, als sein Mitschüler Jens ihn gefragt hatte, ob er nicht an der Lan-Party am Abend bei Felix teilnehmen wollte. Wer zu diesen Treffen eingeladen wurde, gehörte definitiv zur Klassengemeinschaft. Erfreut hatte er zugesagt. Zumal seine Eltern über das Wochenende verreisen würden und er mit dem Hund mal wieder alleine zurück blieb.

Matthias nahm einen weiteren Schluck aus der Flasche, die eigens für ihn zubereiteten Tee enthielt. Angeekelt verzog er das Gesicht. Was hatte seine Mutter ihm denn da für ein Zeug zusammen gebraut?

Benjamin ging langsam die Treppenstufen hinunter. Er hatte es nicht eilig. Seine Mutter würde nicht eher auftauchen, bevor die Busse in alle Richtungen davon gefahren waren. Beim Überqueren des unteren Schulhofes kam ihm ein Oberstufenschüler entgegen, der ihm seine flache Rechte hinhielt. Benjamin klatschte ihn ab.

„He Alter, was geht? Brauchst du was?" fragte der andere im weitergehen.

„Nächste Woche das gleiche wie immer" antwortete Benjamin knapp und ging auf seine Geschwister zu, die am Ende der Bushaltestelle schon auf ihn warteten. Im Vorbeigehen sah er seinen Freund Sebastian, genannt Basti, im Bus nach Ober-Hörgern sitzen. Er hob die rechte Hand und streckte den Daumen in die Höhe. Sebastian nickte und grinste zufrieden. Der Bus setzte sich in Bewegung und folgte den anderen Fahrzeugen, die in Richtung Taunusstraße verschwanden. Im Vorbeifahren erblickte Benjamin Aime, die ihm zuwinkte. Ein Lächeln huschte über sein Gesicht, als er den Gruß mit einem Winken erwiderte.

*

Die Mittagshitze machte Juliane Landmann schwer zu schaffen. Die Eile trieb ihr den Schweiß aus den Poren. Es war bereits ein Uhr. Sie war schon eine halbe Stunde überfällig. Ihre Haushälterin, Ingrid Tscheche, hatte ihr am Morgen gesagt, dass sie heute ausnahmsweise einmal pünktlich gehen und der Vater von Juliane notfalls einmal ein paar Minuten alleine zu Hause bleiben müsse. In ihren Gedanken konnte sie sich den armen alten Mann, dessen Demenz in der letzten Zeit überraschend schnell zugenommen hatte, schon alleine und verwirrt vor dem Fernseher sitzen vorstellen.

Ingrid hatte ihn in den letzten Wochen auffallend oft im Wohnzimmer vor der Flimmerkiste geparkt. Das war Juliane gar nicht recht. Die Krimis, die sich ihr Vater dabei anschaute, machten ihm Angst. Hoffentlich hatte das bald ein Ende. Juliane wartete jetzt schon seit Monaten auf einen freien Platz in einer Betreuungseinrichtung für ihn.

Es war ihr unmöglich, ihren Vater, der nach dem Tod der Mutter im vergangenen Jahr zu ihr gezogen war, weiterhin zu betreuen. Jede Nacht stand er auf und geisterte durch das große Haus. Vor lauter Angst, dass er einmal den Herd anstellen oder den Wasserhahn im Bad vergessen würde abzustellen, konnte sie nicht mehr ruhig durchschlafen. Anfangs war das Zusammenleben mit ihrem Vater, der an seinem einzigen Kind hing, recht angenehm gewesen. Er hatte sich liebevoll um seine drei Enkeltöchter gekümmert und Juliane so manche Aufgabe im Haus abgenommen.

Doch vor einem halben Jahr hatte er angefangen, vergesslich zu werden. Mittlerweile konnte man ihn nicht mehr sich selbst überlassen.

Ingrid Tscheche hatte angeboten, sich neben der Hausarbeit um den alten Mann zu kümmern. Doch sie schien mit der Zeit mit der Betreuung des dementen alten Herren überfordert zu sein.

Auch die Kinder, die ihren Großvater abgöttisch liebten, waren mittlerweile von dem Genörgel und Gejammer, das die Demenz mit sich brachte, genervt.

Ihr Mann Walter hatte bis jetzt nichts gesagt, aber sie wusste genau, dass auch ihm die stressige Situation zusetzte.

Endlich hatte Juliane die Ortseinfahrt ihres Heimatortes Gambach erreicht. Sie war so in ihre Gedanken vertieft, dass sie den Penner, der in der Höhe des Lebensmittelmarktes über die Straße lief, beinahe übersehen hätte. Nur durch das Ausweichen auf die Gegenfahrbahn konnte sie verhindern, dass sie den Mann auf die Motorhaube nahm. Gott sei Dank war in diesem Moment kein anderes Fahrzeug entgegen gekommen. Nicht auszudenken, was da alles hätte passieren können, dachte sie geschockt.

Schweiß floss ihr über den Rücken. Augenblicklich setzte die ihr bekannte Spannung in ihrem Körper ein. Ihr schwarzes Top klebte an ihr wie eine zweite Haut und ein unangenehmer Schweißgeruch machte sich unter ihren Achselhöhlen bemerkbar.

Sie beobachtete den Mann, der jetzt auf dem Radweg weiterlief, im Rückspiegel. In den letzten Tagen hatte sie den Penner schon öfter auf dem Radweg entlang der B 488 von Butzbach in Richtung Gambach laufen sehen.

Im Ort erzählte man sich, dass es sich bei dem Mann um einen ehemaligen erfolgreichen Finanzberater namens Ralf Meermann aus der Nachbarstadt handelte, der wegen gewaltiger Fehlspekulationen alles verloren hatte und nun auf der Straße lebte.

Seine Frau hatte sich von ihm getrennt und auch seine bereits erwachsenen Kinder hatten ihm den Rücken gekehrt.

Erst als Juliane am Ende des Stadtteiles in der Ferne die vertrauten Rundtürme der gewaltigen Stauferburg derer von Falkenstein wahrnahm, ließ ihre Spannung nach. Sie verließ den Kreisel links in Richtung Brückfeldstraße und kam nach wenigen Metern vor ihrer Garage zum stehen.

*

Als Juliane die Wohnungstür aufschloss, hinter der bereits ihre Appenzeller Sennhündin Amiga wartete, begann das Telefon zu klingeln. Typisch, dachte sie. Das gleiche passierte fast täglich. Kaum hatte sie die Redaktion verlassen, rief ihr Chef oder einer ihrer Kollegen von der lokalen Zeitung, für die sie seit einigen Jahren halbtags arbeitete, zu Hause an. Gehetzt nahm sie den Hörer auf und war erstaunt, dass sich stattdessen die Leiterin des Altenpflegeheims aus Butzbach meldete.

„Guten Tag, Frau Landmann. Wir hätten ab Dienstag ein Zimmer für ihren Vater frei. Sind Sie noch interessiert?"

Obwohl Juliane damit gerechnet hatte, dass der Vater nicht mehr lange zu Hause betreut werden konnte, traf sie diese Mitteilung wie ein Schlag. Sie spürte, wie die Hitze in ihr hochkroch und sie in Sekundenschnelle erneut unter Wasser setzte. Sie schluckte die aufsteigenden Tränen herunter.

„Ja, wir nehmen das gern an. Wann sollen wir am Dienstag da sein?"

Sie verabredete einen Zeitpunkt mit der Heimleiterin und klärte noch einige Dinge, bevor sie auf die Suche nach ihrem Vater ging. Es saß, wie nicht anders zu erwarten, vor dem Fernseher. Ein Krimi flimmerte über den Bildschirm, den Ingrid für ihn aufgenommen hatte. Juliane beugte sich zu ihrem Vater herab und küsste ihn auf die stoppelige Wange.

„Hallo Vati, ich bin wieder da. Ich mache uns jetzt mal etwas zum Essen. Die Mädels werden sicher auch bald kommen".

Sie vollkommen ignorierend, starrte ihr Vater weiter gebannt auf das Fernsehbild.

Juliane öffnete die Terrassentür und ließ Amiga in den Garten. Die schwarzbraune Hündin schoss über die Terrasse auf den Rasen und wälzte sich minutenlang auf dem von der seit Tagen anhaltenden Hitze verbrannten Gras. Sie sah dem Hund eine Weile zu.

Die Tränen liefen über ihr hübsches Gesicht. Wehmütig dachte sie daran, dass ihr Vater ihr vollkommen entglitten war. Er, der immer für sie da gewesen war, der ihr immer geholfen, sie bestärkt und wieder aufgebaut hatte, wenn es gerade mal nicht so lief, wie sie es wollte. Er war der liebevollste Vater gewesen, den man sich vorstellen konnte. Doch leider war von diesem Menschen nicht mehr viel übrig geblieben. Die Krankheit hatte seinen gutmütigen und großzügigen Charakter vollkommen zerstört. Übrig geblieben, war ein alter, unzufriedener, nörgelnder Miesepeter.

Das Schrillen des Telefons riss sie abrupt aus ihren traurigen Gedanken.

„Hallo Juliane, hier ist Ingrid. Ich wollte nur mal hören, ob mit deinem Vater alles in Ordnung ist?"

„Ja, er sitzt immer noch vor dem Fernseher" schluchzte Juliane.

„Ist irgendwas passiert? Du klingst so komisch", wollte ihre Haushälterin wissen.

„Das Heim hat angerufen. Mein Vater kann am Dienstag kommen".

„Oh, das tut mir leid. Aber glaube mir, da ist er bestimmt besser aufgehoben. Die wissen doch, wie man mit Demenzkranken umgehen muss".

„Ja, du hast sicher Recht. Mach's gut". Ohne eine Antwort abzuwarten, legte Juliane auf.

Sie machte sich schweren Herzens an die Zubereitung des Mittagessens. Wie sollte sie diesen Tag nur durchstehen? Abends hatte sie auch noch Elternstammtisch von Franziskas Klasse. Da musste sie hingehen, um in Vertretung von Herrn Dr. Mahler die geplante Abschlussfahrt der Klasse 10 vorzustellen, die Mitte Juli kurz vor den großen Ferien stattfinden sollte. Sie würde Franziska, Friederike und Franka vorläufig nichts von ihrem Entschluss, den Großvater ins Heim zu geben, sagen. Nur ihren Mann Walter musste sie abends einweihen.

Annedore Weghaus schloss die Tür hinter ihrem Mann. Endlich verschwand der Alte zur Arbeit. Sein Schichtdienst bei der Bereitschaftspolizei in Lich begann um 14.00 Uhr. Er hatte Wochenenddienst und würde vor Sonntagnacht nicht wieder auftauchen.

Die Bereitschaftspolizei in Lich war auf Grund der Fußballweltmeisterschaft, die dieses Mal in Deutschland ausgetragen wurde, in erhöhter Alarmbereitschaft. Bis jetzt war alles friedlich verlaufen, dennoch konnte man nicht ausschließen, dass irgendetwas passierte, zumal die Hitze in den letzten Tagen den Menschen in der Region zusetzte.

Das Zusammensein mit ihrem Mann Bernhard erschien Annedore immer unerträglicher. Hätte sie damals nur auf ihre Mutter gehört, die gegen eine Heirat mit Bernhard gewesen war. Sie, einzige Tochter aus gutem Hause, vermählte sich mit einem von drei Söhnen eines mittellosen Handwerkers. Die Verbindung hatte nie gepasst, weil sie, Tochter des reichsten Bauern aus Ober-Hörgern und größten Pferdezüchters in der Wetterau, einen kleinen Polizeibeamten bei der Bereitschaftspolizei in Lich ehelichte. Obwohl sie selbst nach der Hauptschule nur durch die Beziehung ihres Vaters bei der hiesigen Sparkasse eine Lehre als Bankkauffrau absolviert hatte, war ihr Vater der Meinung, dass seine Prinzessin etwas Besonderes sei. Viele Jahre hatte Annedore die Unterschiede zwischen ihrer und der Familie ihres Mannes nicht wahrhaben wollen, doch je länger sie verheiratet waren, desto mehr wurden ihr die Gegensätze bewusst und der Gedanke, dass es sich bei ihrem Mann tatsächlich um einen

Erbschleicher handeln könnte, setzte sich immer mehr bei ihr fest.

Das Ende ihrer Ehe war nur noch eine Frage der Zeit. Nur ihrem Sohn Jens zu liebe hielt sie noch aus. Aber jetzt wollte sie nicht mehr daran denken und sich einen schönen Mittag machen.

Jens würde heute nach der Schule zu einem Schulfreund gehen und dort übernachten. Dann hatte sie genügend Zeit, sich auf den Abend vorzubereiten. Nach dem Elternstammtisch würde sie eine Möglichkeit finden, zu Herbert zu gehen. Herbert war der Bruder ihrer Schulfreundin Marianne, der Wirtin des „Falken" in Gambach.

Schon seit geraumer Zeit verband sie und Herbert eine leidenschaftliche Affäre. Es hatte nach einem Elternstammtisch im Frühjahr begonnen. Mit ihm, einem unverheirateten Bierbrauer, konnte sie sich gut unterhalten und vor allem auch lachen. Herbert konnte ihren Gedanken und Wünschen folgen. Sie konnte sich sogar vorstellen, mit ihm aus Münzenberg zu verschwinden und in den Bergen, die sie so liebte, ein neues Leben aufzubauen.

Ihr ging es zwar nicht schlecht in Ober-Hörgern, dem kleinsten Stadtteil von Münzenberg. Immerhin bewohnte sie einen schicken Bungalow in der Mühlenstraße. Aus dem auf der anderen Seite ihres Bungalows errichteten Mehrfamilienhauses hatte sie genügend Mieteinnahmen, die ihr ein einigermaßen sorgenfreies Leben ermöglichten. Dennoch wäre sie gern dem dörflichen Leben des 300 Seelendorfes entflohen. Obwohl sie hier aufgewachsen war und alle ihre Mitbürger kannte, selten eines der vielen Feste ausließ, wollte sie jetzt etwas anderes, Besseres.

Annedores Gedanken wurden von dem Läuten des Telefons unterbrochen. Ihre Schulfreundin Heidi Schlotterbeck meldete sich. Sie arbeitete in der Praxis ihrer in Münzenberg ansässigen Hausärztin Dr. Ulla Dreiseitel.

„Willst du dein Rezept eigentlich noch abholen, dass du gestern bei uns bestellt hast oder sollen wir es in die Apotheke bringen und du holst dein Medikament dort selbst ab?"

An das Rezept hatte sie gar nicht mehr gedacht, aber sie brauchte ja ihre Blutdrucktabletten.

„Ja, gib es mit in die Apotheke. Dann hole ich es mir nachher noch ab. Sehen wir uns heute Abend beim Elternstammtisch?" fragte sie Heidi, deren Tochter Lara in die gleiche Klasse ging wie Jens.

„Bleibt mir ja nichts anderes übrig, obwohl ich auf das Gelaber von der Landmann nicht die geringste Lust habe."

„Na ja, wir können doch froh sein, dass die Wichtigtuerin uns die Arbeit abnimmt. Will ja sonst keiner machen", antwortete Annedore, begleitet von ihrem typisch ordinären Lachen. „Dann bis später" verabschiedete sich Heidi „ich gebe das Rezept in die Apotheke".

*

Simone Frede verabschiedete gerade eine Kundin, als sich die automatische Tür der Apotheke am Bürgerplatz im Münzenberger Stadtteil Gambach öffnete und Annedore Weghaus mit wogendem Busen hereinplatzte.

Ihr knallroter Lippenstift war über den Rand der wulstigen Lippen geschmiert. Die rotblonden Locken fielen ihr wirr ins Gesicht. Diese Schlampe hatte ihr gerade noch gefehlt, dachte die Apothekerin.

Freundlich lächelnd begrüßte Frau Frede die eintretende Kundin.

„Einen Moment, ich hole ihre Medikamente, Frau Weghaus. Es liegt schon alles bereit."

Sie verschwand rasch in den hinteren Teil der Apotheke, um das Blutdruckmittel für Frau Weghaus und die Aknecreme für deren Sohn Jens zu holen. Kein Wunder, dass die fette, vom Alkohol aufgedunsene Frau Blutdrucksenker brauchte, dachte Simone Frede gehässig.

„Hier bitte, ihr Blutdruckmittel. Und hier noch die Salbe für ihren Sohn Jens. Benjamin, der Sohn von Frau Dr. Dreiseitel, hat das Rezept gestern Nachmittag abgegeben. Leider hatten wir es nicht vorrätig. Dieses Mittel wird nicht so oft verschrieben. Eigentlich wollte Benjamin heute noch vorbeikommen und das Medikament selbst abholen, um es ihrem Sohn zu geben. Sie wollten sich später wohl noch treffen. Aber wenn sie jetzt schon mal da sind, können sie es ja auch gleich mitnehmen."

Ganz bewusst drückte Sie Frau Weghaus die Aknecreme in die Hand, während sie das Blutdruckmittel auf die Verkaufstheke legte.

Annedore wunderte sich. Seit wann brauchte Jens Aknecreme? Er hatte doch gar keine Pickel. Und wieso sagte er es nicht seiner Mutter, wenn er zu seiner Hausärztin ging und sich ein Rezept holte? Das hatte er ja noch nie gemacht. „Danke, Frau Frede. Ich werde es ihm geben. Wer weiß, was die beiden Jungs da wieder ausgemacht haben."

Einen neuen Skandal witternd, verließ Annedore Weghaus die Apotheke. Jens hatte keine Pickel, Benjamin dafür aber umso mehr.

Simone Frede blickte der hinauseilenden Kundin dankbar nach. Normalerweise hätte Annedore Weghaus sie jetzt mit den neuesten Gerüchten aus Gambach überhäuft. Denn sie wusste angeblich immer alles über jeden. Vor allem hatte sie ein besonderes Talent, alle Neuigkeiten noch auszuschmücken und in Windeseile zu verbreiten. Nicht umsonst wurde Annedore Weghaus die Dorfzeitung von Gambach genannt.

Auf dem Weg zum Auto kramte Annedore ihr Handy aus der Tasche und drückte auf die Kurzwahl von Jens' Handy. „Was gibt es, Mama?" meldete sich ihr Sohn augenblicklich.

„Ich wollte dir nur sagen, dass ich dir deine Aknecreme aus der Apotheke mitgebracht habe. Seit wann brauchst du denn so was? Du hast doch gar keine Akne", gackerte sie ins Telefon. „Die ist nicht mir. Ich habe nix bestellt", antwortete Jens entrüstet.

„Dann musst du mal deinen Freund Benjamin fragen, wieso er ein Rezept für dich in der Apotheke abgegeben hat, wenn du ihn nachher siehst. Das hast du mir übrigens auch nicht erzählt", monierte Jens Mutter.

„Den sehe ich doch heute gar nicht mehr. Wie kommst du denn nur darauf? Ich bin in Butzbach bei Felix. Wir machen heute Abend eine Lan-Party. Du glaubst doch nicht im Ernst, dass wir diesen feinen Pinkel Benjamin Dreiseitel dazu einladen. Mit dem will doch keiner was zu tun haben außer Sebastian."

„Sehr sonderbar. Dann werde ich mal heute Abend Ulla beim Elternstammtisch fragen, was das soll." Damit beendete sie das Gespräch und stieg in ihren Wagen, öffnete das Dach des Cabriolets und brauste davon in dem Bewusstsein, dass da ganz gewaltig etwas faul war. Ihr Gefühl hatte sich durch das Gespräch mit ihrem Sohn noch verstärkt.

Benjamin Dreiseitel war ein übler Bursche, der durch seine Angeberei und seine Art sich aufzuspielen, bei den Mitschülern nicht gerade beliebt war. Sie hatten ihm den Spitznamen Professor gegeben, weil er vorgab, immer alles besser zu wissen. Seinen früheren Spitznamen Benni gebrauchten die Mitschüler nur noch selten. Für sie war er meistens nur der Professor oder noch schlimmer, der Dreiseitel.

Annedore hatte kaum die Austaste gedrückt, als ihr Handy bimmelte. Die Nummer von Ingrid Tscheche erschien auf dem Display. „Hallo Ingrid, meldete sich Annedore „was gibt es Neues?" Ihre Freundin Ingrid versorgte sie immer mit den neuesten Skandalen aus der Stadt.

„Stell dir vor Annedore, Julianes Vater muss am Dienstag ins Heim" vertraute Ingrid ihrer Freundin am Handy an. „Ist das nicht schrecklich? Der arme alte Mann".

„Das ist ja ungeheuerlich" pflichtete Annedore der Freundin bei.

„Wenn sich diese arrogante Landmann mehr um ihren Vater kümmern würde, wäre das bestimmt nicht notwendig" empörte sich Annedore, die Juliane auf den Tod nicht ausstehen konnte.

Gespannt lauschte sie den weiteren Ausführungen ihrer Freundin und saugte alle Neuigkeiten in sich auf.

Wenn Ingrid gewusst hätte, dass Annedore keineswegs alles für sich behielt, hätte sie diese Information sicherlich nicht preisgegeben.

*

Obwohl die Hitze wie Blei in der Luft lag, machte Juliane einen ausgiebigen Spaziergang mit Amiga. Ihr Vater hielt seinen Mittagsschlaf und war somit für die nächste Stunde versorgt.

Auf sie wartete noch eine Menge Arbeit am Nachmittag. Sie musste einen Artikel über den Anstieg der Beschaffungs-Kriminalität im Wetteraukreis schreiben.

Diesen Bericht hatte ihr der Chef der Lokalzeitung aufs Auge gedrückt. Ihm passte es ganz und gar nicht, dass seine Angestellte Juliane Landmann einmal im Monat wegen ihrer Tätigkeit als Jugendschöffin am Amtsgericht in Friedberg fehlte. Zudem durfte sie ja auch nichts von dem, was dort verhandelt wurde, preisgeben. Aber auf Grund ihrer Erkenntnisse bei Gericht, war sie mehr als geeignet, über das Thema „Beschaffungs-Kriminalität" zu schreiben.

Dazu passte nur zu gut die Gerichtsverhandlung am Amtsgericht in Friedberg, an der sie vor einigen Wochen als Jugendschöffin teilgenommen hatte, dachte Juliane. Ausgerechnet Benjamin, der älteste Sohn von Frau Dr. Dreiseitel aus Münzenberg und Mitschüler ihrer Tochter Franziska, war in dieser Verhandlung wegen Diebstahls angeklagt worden.

Es war zu deutlich, dass die Mutter des Jungen, die mit ihrem Vater auf der hintersten Bank im Gerichtssaal Platz genommen hatte, erst in der Verhandlung erfuhr, was ihrem Sohn vorgeworfen wurde. Sie war aus allen Wolken gefallen und wollte nicht glauben, was sie da hörte.

Nach der Anklage, die der Staatsanwalt verlas, sollte ihr Sohn selbst Drogen konsumiert und sich das dafür benötigte Geld durch Diebstahl und Hehlerei beschafft haben.

Benjamin war noch einmal glimpflich davon gekommen. Richter Dippe folgte der Forderung des Staatsanwaltes, dem Angeklagten eine Verwarnung auszusprechen und ihm zudem 50 Stunden gemeinnütziger Arbeit in einem Altersheim aufzuerlegen. Juliane und der andere Schöffe waren mit diesem Strafmaß einverstanden.

Richter Dippe hatte dann zum Abschluss der Urteilsverkündung an die Mutter appelliert, ihren Sohn nicht noch zusätzlich zu bestrafen und ihn eher dabei zu unterstützen, von den Drogen loszukommen.

Zu Benjamin hatte der Richter mit erhobenem Zeigefinger abschließend gesagt, das Urteil solle ihm eine Warnung sein. Er wolle ihn vor Gericht nicht wiedersehen.

Juliane fand Richter Dippe klasse. Er verstand es, mit den jugendlichen Straftätern umzugehen und ihnen die Schwere ihrer Vergehen deutlich zu machen. Gleichzeitig brachte er aber auch Verständnis für die jungen Leute auf. Aus jahrelanger Erfahrung als Jugendrichter wusste er, dass viele der jugendlichen Täter wegen Vernachlässigung durch die Eltern in diese Situation gerieten. Das schien ihm auch bei Benjamin der Fall zu sein.

Juliane wäre an diesem Tag auch zufrieden nach Hause gegangen, wenn nicht der Großvater von Benjamin sie auf dem Parkplatz vor dem Gericht angesprochen hätte. Besaß er doch die Frechheit, sie zu warnen, nichts von dem vor Gericht gehörten nach außen dringen zu lassen. Seine Tochter, Frau Dr. Dreiseitel und ihre Familie hätten schließlich einen Ruf in Münzenberg zu verlieren. Juliane hatte ihn mit den Worten:

„Als Jugendschöffin bin ich vereidigt worden. Für mich ist es selbstverständlich, nicht über den Fall zu reden" einfach stehen lassen.

Er hatte wohl gar nichts begriffen. Umso unverständlicher für Juliane, da Benjamin im vergangenen Sommer während der Schulfreizeit in Bayern beim Klauen erwischt worden war.

Juliane hatte es damals nicht glauben wollen, als der Lehrer von ihrer Tochter Franziska und von Benjamin, Dr. Mahler, ihr im Vertrauen davon erzählt hatte. Laut Mahlers Bericht war Benjamin später in Butzbach von der Polizei zum Tathergang vernommen worden.

Seine Mutter, die ihn aufs Revier begleitet hatte, konnte den Polizeibeamten, den sie als Patienten kannte, davon überzeugen, dass es sich hierbei wohl um einen dummen Jungenstreich gehandelt habe, sozusagen einen einmaligen Ausrutscher. Sie würde sich als Mutter und Ärztin dafür verbürgen, dass das nicht wieder vorkam. Daraufhin war die Anklage fallen gelassen worden.

Mahler hatte sich fürchterlich geärgert, als ihm Frau Dr. Dreiseitel während eines Elternabends vertraulich über den Ausgang informiert und gebeten hatte, die Angelegenheit für sich zu behalten. "Das war mal wieder typisch", hatte er zu Juliane gesagt. „Diese feinen Pinkel kommen immer wieder ungeschoren davon." Der Lehrer hasste die Dreiseitel und ihren Sohn erst recht. Benjamin, ein großer, schlaksiger Junge mit einer breiten Nase in seinem kantigen Gesicht, das über und über mit dicken Pusteln übersät war, war zwar ein hervorragender Schüler, aber menschlich gesehen ein Schwein.

All dies ging Juliane durch den Kopf. Auch sie konnte Benjamins Mutter, Ulla, nicht leiden. Die groß gewachsene, robust wirkende Frau, erfüllte mit ihren blonden Haaren und blauen Augen das typische Bild einer deutschen Frau. Ihr Äußeres passte zum Charakter der Ärztin dachte Juliane. Sie wirkte äußerst kalt und herablassend auf ihre Mitmenschen. Auch Juliane hatte schlechte Erfahrungen mit der Ärztin gemacht.

Juliane wurde in ihren Gedanken unterbrochen, als ihr Mann Walter ins Zimmer trat. Sie hatte ihn nicht nach Hause kommen hören. Er gab ihr einen Kuss und erkundigte sich, was es Neues gab. Juliane berichtete ihm mit weinerlicher Stimme von dem Anruf der Leiterin des Pflegeheims.

Walter konnte den Schmerz, den seine Frau über den Auszug des Vaters quälte, nachvollziehen. Sein Schwiegervater war ein liebenswerter Mann, der immer alles für seine einzige Tochter getan hatte. Als er selbst in die Familie kam, hatte man ihn mit offenen Armen empfangen und wie einen eigenen Sohn behandelt. Er hätte sich keine besseren Schwiegereltern vorstellen können.

Deshalb hatte er auch nach dem plötzlichen Tod seiner Schwiegermutter im vergangenen Frühjahr bereitwillig zugestimmt, den Schwiegervater aufzunehmen, um ihm die letzten Lebensjahre noch so schön wie möglich zu gestalten. Doch leider war sein Schwiegervater seit einem halben nicht mehr der Gleiche wie vorher. Ständig vergaß er etwas und wurde böse, wenn man ihn ermahnte. Er vernachlässigte die Körperhygiene und war nicht mehr in der Lage, sich alleine anzuziehen. Man konnte ihn auch nicht lange alleine lassen, weil er dann das ganze Haus auf den Kopf stellte und nach seiner verstorbenen Frau suchte. Selbst das Essen bereitete ihm Schwierigkeiten. Er wusste mittlerweile nicht einmal mehr, was eine Gabel war.

Juliane und die Mädchen mussten ihn abwechselnd füttern. Sein Appetit jedoch war ungebremst. In der letzten Zeit war er zunehmend aggressiv und beschimpfte seine Enkelkinder. Auch wenn allen klar war, dass sein Verhalten Ausdruck einer altersbedingten Erkrankung war, hatten sie alle Angst vor dem Großvater.

Walter zog Juliane an den Armen nach oben und drückte sie fest an sich.

„Es ist sicher besser so für ihn".

Das Abendessen in dem Dreimädelhaus der Landmanns verlief seltsam ruhig. Franziska, Friederike und

Franka wunderten sich. Was war mit den Eltern los? Normalerweise unterhielten sich alle sehr angeregt über die Ereignisse des Tages, über die Schule, Walters Arbeit oder Julianes Erlebnisse am Amtsgericht.

Auch wenn ihre Mutter nie Namen nennen durfte, erzählte sie von den Fällen des Jugendschöffengerichts. Mitunter ging sie den Mädchen sogar auf die Nerven, wenn sie ihre Töchter vor Drogenkonsum warnte. Ihre Mutter hatte sogar gedroht, die Polizei zu holen, falls sie eines der Kinder beim Konsumieren von Drogen erwischen sollte.

Selbst der Großvater ließ sich die von Juliane zubereiteten Brotwürfel ohne Widerstand in den Mund schieben und lächelte Franziska, seine älteste Enkelin liebevoll an. Sie versprach der Mutter, den Großvater nach dem Freitagabendkrimi, den sie sich gemeinsam mit ihm ansehen wollte, ins Bett zu bringen.

*

Nach dem Essen packte Juliane ihre Sachen zusammen und verabschiedete sich von ihrer Familie. Heute würde sie das letzte Mal den Elternstammtisch leiten, der seit der fünften Klasse am Weidig-Gymnasium in Butzbach bestand. Wenn die Kinder nach der Sommerpause in die Oberstufe wechselten und Franziska für ein Jahr nach Amerika ging, würde sich alles ändern und der Stammtisch wahrscheinlich auseinander fallen.

Walter wollte sich später das Fußballspiel Deutschland gegen Italien, die im Halbfinale aufeinander trafen, ansehen. Normalerweise hätte er sich mit seinen Kegelfreunden im Gasthaus „Zum Falken" getroffen, um gemeinsam mit ihnen das Fußballspiel anzuschauen. Aber heute Abend war ihm die Laune vergangen. Sein Schwiegervater tat ihm Leid und Juliane natürlich auch. Aber es war für alle Beteiligten sicher besser so.

Juliane schwang sich auf ihr Fahrrad und fuhr in Richtung Hauptstraße. Die Hitze des Tages hatte etwas nachgelassen. Die warme Luft umgab sie wie ein Mantel. Unterwegs grüßte sie mehrere Leute mit einem freundlichen Hallo.

In den Hofeinfahrten und Gärten wurden Vorbereitungen für ein gemeinsames Public Viewing getroffen. Das würde eine laute Nacht werden, egal wer gewann.

Juliane öffnete das Hoftor der Gaststätte „Zum Falken" in der Hauptstraße. Der Hof war voller Leute, die sich auf einer Großleinwand das Fußballspiel anschauen wollten.

Sie erkannte die Kegelbrüder ihres Mannes an der Theke am Ende des Hofes. Sie winkten ihr zu. Da Juliane keine Lust hatte auf lange Erklärungen, warum Walter nicht kommen würde, winkte sie zurück, bog aber vor der Theke in Richtung Eingang ab, ging die Treppe hoch und betrat den Gastraum. Sofort stieg ihr der Geruch von kaltem Rauch gemischt mit dem Geruch von ranzigem Fett unangenehm in die Nase. Julianne ging an der Theke vorbei, grüßte Marianne, die unverheiratete Wirtin des Falken und Schulfreundin aus der Grundschule, und ging nach hinten in den einzigen rauchfreien Raum durch.

Zu blöd, dass sie bei dem schönen Wetter drinnen sitzen mussten. Doch bei der Planung für den Stammtisch hatte natürlich niemand an die

Fußballweltmeisterschaft gedacht. Noch bevor sie den Raum im hinteren Teil der Gaststätte betrat, hörte sie schon das ordinäre Lachen von Annedore Weghaus. Wahrscheinlich erzählte sie wieder irgendeine Anekdote aus ihrem Leben oder verbreitete ein neues Gerücht. Mit ihrem penetranten Geschwätz ging sie in der letzten Zeit allen auf die Nerven. Sie redete ständig dazwischen und lachte grundsätzlich an den falschen Stellen.

Umso besser, wenn der Stammtisch auseinander fiel, der bereits zu Kindergartenzeiten angefangen hatte und mit wechselnder Besetzung die Grundschuljahre der Kinder und schließlich das Gymnasium seit der fünften Klasse überstanden hatte.

Beim Öffnen der Tür zu dem Gastraum traf ihr Blick Frau Dr. Dreiseitel, die sie seit dem Vorfall bei Gericht nicht mehr gesehen hatte. Selbstverständlich hatte Juliane niemandem etwas von der Verhandlung gegen Benjamin und dessen Drogenkonsum erwähnt.

Ulla Dreiseitel blickte sie aus ihren tiefblauen Augen frech an, so als wollte sie zu Juliane sagen, wage Dich ja nicht, etwas zu verraten.

Obwohl der Stammtisch erst um 20.00 Uhr beginnen sollte, waren bis auf einen schon alle Plätze besetzt. Natürlich hatte wieder niemand einen Platz für sie ausgehalten und das, obwohl sie den Stammtisch leitete und immer die ganze Arbeit machte.

Oft hatte sie sogar Reisen und Tagesausflüge für die Frauen organisiert, die sich alle seit vielen Jahren kannten. Aber Juliane wollte sich nicht schon wieder ärgern, denn sonst würde sie noch in Tränen ausbrechen. Die traurige Nachricht von ihrem Vater hatte sie schon genug mitgenommen.

Ausgerechnet zwischen der geschwätzigen Nervensäge Annedore und der arroganten Frau Dr. Dreiseitel war noch ein Stuhl frei, auf den sie sich nur ungern niederließ.

Auf der anderen Seite von Annedore saß Heidi Schlotterbeck, eine kleine, von der Sonnenbank gebräunte Mutter, ebenfalls eine Schulfreundin von Juliane und Mitarbeiterin in der Praxis Dreiseitel.

Neben Frau Dr. Dreiseitel hatte Bettina Jakobi Platz genommen. Die allein erziehende Apothekerin war erst kürzlich mit ihrer Tochter Kim nach der Trennung von ihrem Mann in die Mühlenstraße nach Ober-Hörgern gezogen.

Auch wenn es Elternstammtisch hieß, waren wie immer nur die Mütter erschienen und die auch bei weitem nicht alle. Die Männer blieben lieber zu Hause und guckten Fußball.

Juliane hatte für Fußball nichts übrig, aber sie war begeistert von dem Nationalstolz, den die Deutschen so langsam wieder entdeckten und sogar mit Fähnchen an den Autos herumfuhren.

Sie kramte die Unterlagen aus den Tiefen ihrer riesigen Beuteltasche hervor und ordnete diese auf der freien Fläche des Wirtshaustisches.

Einige der Frauen waren mit ihr in die Grundschule gegangen. Leider hatte sie nach der vierten Klasse den Kontakt zu ihren Mitschülerinnen verloren, weil ihr Vater sie auf ein katholisches Mädcheninternat geschickt hatte. Erst durch die Rückkehr in ihren

Heimatort Gambach, den Hausbau und der Geburt ihrer drei Töchter war sie wieder mit den ehemaligen Klassenkameradinnen zusammen gekommen. Ohne große Probleme hatte sie Anschluss im Ort gefunden, zum einen durch den Babyspielkreis, den sie ins Leben gerufen hatte, zum anderen durch ihr Engagement im Elternbeirat des Kindergartens, der Hauptschule und später dann auch im Gymnasium.

Juliane begrüßte alle Anwesenden und kam gleich auf den Grund ihres kurzfristig eingeschobenen Treffens. In zwei Wochen sollte die Abschlussfahrt ihrer Kinder, die erstmalig ins Ausland führte, stattfinden. Julianne hatte dem Klassenlehrer, Herrn Dr. Mahler, der aus dem Stadtteil Münzenberg kam, versprochen, ihn bei den Vorbereitungen für die Reise zu unterstützen. Mahler selbst war im Moment über beide Ohren mit den Vorbereitungen der diesjährigen Burgfestspiele, die im August sattfinden würden, beschäftigt. Juliane hatte alles in die Wege geleitet und mit einem Reisebüro aus Gambach einen genauen Reiseablauf festgelegt, die Unterkunft gebucht, eine Reiseversicherung für die Gruppe abgeschlossen und Vorschläge für die Besichtigung von entsprechenden Sehenswürdigkeiten vorbereitet.

Sie teilte die Programme aus und informierte die Mütter über den Ablauf der Reise und die Kosten, die im vorgesehenen Rahmen geblieben waren und die innerhalb der nächsten Tage komplett an das Reisebüro überwiesen werden sollten.

Alle Mütter nickten zustimmend, auch gegen die Kosten erhob sich kein Protest.

Außer Sabine Mähdert, einer noch relativ jungen Mutter aus dem Stadtteil Münzenberg, schienen alle zufrieden zu sein.

„Warum hast du nicht die Versicherung für die Reise bei Martin abgeschlossen? Der hätte dir bestimmt ein besseres Angebot gemacht", motzte sie Julianne in einem herablassenden Ton an.

Diesen Einwand hatte Juliane schon erwartet. Sie kannte Sabines Freund Martin Weiß-Alles aus dem Gesangverein. Zu den Singstunden Dienstagabends kam Martin grundsätzlich zu spät und platzte, mit einem Glas Bier in der Hand, in die bereits begonnene Probe.

Er war ein sehr guter Sänger, aber ansonsten als Wichtigtuer bekannt. Martin Weiß-Alles besaß ein Versicherungsbüro in Friedberg. Neuerdings häuften sich jedoch die Gerüchte, dass das Versicherungsbüro nicht mehr so gut lief.

Alle außer Sabine Mähdert schienen zu wissen, was Martin für ein Blender war. Wenn sie nur einmal ihre rosarote Brille absetzen und von ihrem hohen Ross heruntersteigen würde, würde sie vielleicht merken, dass sie mit ihrem Freund Martin auf dem Holzweg war.

„Warum sollten wir denn die Reise bei einem Büro in Friedberg versichern, wenn wir das auch direkt beim Veranstalter machen können? Das macht doch gar kein Sinn" konterte Julianne in freundlichem Ton. „Außerdem gibt sich doch dein Freund mit so kleinen Beträgen gar nicht erst ab", fügte sie dann doch etwas boshafter hinzu. Mit dieser aufgeblasenen, blasierten Tussi würde sie sich nicht anlegen, obwohl sie ihr gern mal die Meinung gesagt hätte.

Allein, dass sich die Mähdert ständig flüsternd zu ihrer Nachbarin rüberbeugte und die Augen verdrehte, wenn Julianne etwas sagte, ärgerte sie maßlos.

Aber sie würde sich beherrschen und nichts tun, was Sabine zum Anlass nehmen könnte, weiterhin zu stänkern. Außerdem konnte sich Juliane vorstellen, unter welchem Druck Sabine stand. Wahrscheinlich wurde sie von ihrem Freund ständig angehalten, ihn und sein Versicherungsbüro ins Gespräch zu bringen. Sie hatte schon mehrfach gehört, dass Sabine ihren Freund als Versicherungsfachmann wie Sauerbier anpries.

Juliane glaubte schon, dass Thema Reise sei abgeschlossen, als Annedore Weghaus sich zu Wort meldete. „Wir hatten doch darüber gesprochen, Martin zu fragen. Warum hast Du das denn nicht gemacht?"

Jetzt konnte Annedore ihrer Schulfreundin Juliane mal eins auswischen. Obwohl Annedore ihre Kollegin bei der Sparkasse, Sabine Mähdert, nicht sonderlich leiden konnte, setzte sie nach: „Man hätte ja mal verschiedene Angebote einholen können."

Annedore konnte ihre Kollegin Sabine schon deshalb nicht leiden, weil sie auf jeder Sommerfete der Bank die Männer anmachte und sich damit eindeutig Vorteile verschaffte. Juliane durchschaute die Taktik von Annedore.

„Das nächste Mal kann ja Sabine die Reisen organisieren und die Versicherung dafür bei ihrem Freund Martin abschließen. In Absprache mit Dr. Mahler habe ich mich für diese Variante entschieden." Heidi Schlotterbeck eilte ihr erstaunlicherweise zu Hilfe:

„Ich finde es gut so wie es ist. Juliane hat es doch toll organisiert." Unter dem Tisch trat sie Annedore gegen das Bein. „Eben, ich finde auch, dass Juliane das mal wieder ganz hervorragend gemanagt hat" meldete sich eine andere Mutter.

„Ja Juliane, vielen Dank für Deine Mühe. Ich bin froh, dass du uns immer die Arbeit abnimmst" meldete sich ein weiterer Elternteil.

Bettina Jakobi nickte zustimmend.

Damit war das Thema für Juliane beendet. Die Atmosphäre entspannte sich und die Frauen begannen sich darüber zu unterhalten, was die Kinder am besten an Kleidung für die Reise nach Italien mitnehmen sollten.

Doch Annedore schien in Stänkerlaune zu sein. Über Juliane hinweg fragte sie plötzlich ihre Hausärztin Frau Dr. Dreiseitel:

„Sag mal Ulla, wie kommt es eigentlich, dass der Benjamin ein Rezept für den Jens in der Apotheke abgibt? Und dann noch für eine Aknecreme. Der Jens hat doch gar keine Akne."

Die Gespräche am Tisch verstummten plötzlich. Alle Augen waren auf die Ärztin gerichtet, deren Gesichtsfarbe eine unnatürliche Blässe angenommen hatte. Ihre großen, blauen Augen verengten sich zu schmalen Schlitzen, die Annedore Weghaus wie mit einem Laserstrahl zu durchbohren schienen. Spitz bemerkte sie:

„Dann wird Jens die Salbe wohl bei uns bestellt haben."

„Ne, hat er nicht. Jens hat überhaupt keine Akne."

„Dann weiß ich es auch nicht. Wahrscheinlich ist das nur ein Missverständnis" entgegnete Ulla Dreiseitel gereizt.

„Ich werde das morgen mit Benni klären und dir Bescheid geben."

„Das will ich aber auch hoffen" blökte Annedore zurück und setzte eines ihrer ordinären Lachen hinterher. Ulla stand mit einem Ruck auf, so dass ihr Stuhl nach hinten umkippte. Ohne den Stuhl aufzurichten, ging sie hoch erhobenen Hauptes mit einem „Das war's ja dann wohl für heute Abend" auf den Ausgang zu. Ihre ganze Haltung zeugte von einer unglaublichen Arroganz und einem der Situation nicht angemessenem Benehmen.

Ulla ärgerte sich zwar über die anmaßende Frage von Annedore, noch mehr ärgerte sie sich aber, dass sie mit dieser dummen Person per Du war. Gleich bei der ersten Begegnung vor vielen Jahren hatte Annedore sie einfach geduzt.

Ullas Mann Volker, der aus Gambach stammte, hatte ihr damals überzeugend erklärt, dass es auf dem Dorf so üblich sei, sich mit jedem zu duzen.

In diesem Moment ging die Tür auf, Fußballlärm drang in die plötzlich eingetretene Stille und Herbert, der Bruder der Wirtin, betrat den Raum. Über den Tisch tauschte er einen viel sagenden Blick mit Annedore aus.

Ulla eilte indessen ohne einen Abschiedsgruß aus dem Raum. Als sich die Tür hinter ihr geschlossen hatte, sagte Annedore in einem süffisanten Ton:

„Ich sage Euch, da stimmt was nicht".

Dieses Gefühl hatte Bettina Jakobi, die Apothekerin aus Lich, allerdings auch. Sie hatte schon mal gehört, dass in der Praxis von Frau Dr. Dreiseitel Rezepte auf Patienten ausgestellt worden waren, die die ausgewiesenen Medikamente weder bestellt noch benötigt hatten. Wenn das wirklich so war, konnte die Ärztin ihre

Zulassung verlieren. Trotzdem musste man so ein Thema nicht in der Öffentlichkeit anschneiden.

Das war typisch für Annedore, dachte Bettina. Sie war unsensibel, laut und viel zu direkt und obendrein übertrieben geltungsbedürftig.

Bettina erinnerte sich noch ungern an eine Situation im Frühjahr. Sie und ihre Tochter Kim hatten kaum die geräumige Wohnung in Annedores Mietshaus in der Mühlenstraße von Ober-Hörgern bezogen, als diese mit einem Rezept vor ihrer Tür stand. Das war ja noch nichts Ungewöhnliches. Einige ihrer neuen Nachbarn und andere Leute aus dem Dorf hatten sie schon gebeten, ihre Medikamente aus der Apotheke in Lich mitzubringen. Aber die Frechheit, die ihre Vermieterin damals besessen hatte, war schier unglaublich. Annedore wies in einem unverschämten Ton ihre neue Mieterin und Mutter einer Mitschülerin ihres Sohnes Jens darauf hin, dass sie sich gleich zu Beginn entscheiden müsse.

„Entweder bist du mit mir oder mit der Landmann befreundet. Beides geht nicht. Dass das klar ist".

Bettina hatte Juliane Landmann zu diesem Zeitpunkt erst ein einziges Mal am Vorabend beim Elternstammtisch gesehen. Aber sie hatte sich gleich zu der quirligen, sympathischen Juliane Landmann hingezogen gefühlt. Sie hatten die Telefonnummern ausgetauscht. Das war alles. Wie kam diese Schlampe Annedore dazu, ihr Forderungen zu stellen?

„Eins ist mal klar, ich suche mir die Leute, mit denen ich befreundet sein will, selbst aus."

Damit hatte sie ihrer Vermieterin die Haustür vor der Nase zugeknallt, ohne das Rezept in Empfang zu nehmen. Seit dem war sie dieser Schlampe aus dem Weg gegangen und hatte nur das Notwendigste mit ihr gesprochen.

Juliane und Bettina hatten den Blick, den Herbert Annedore zugeworfen hatte, bemerkt. Dieser Blick sagte alles.

Bettina zog die Augenbrauen hoch und dachte sich ihren Teil. So werden also Dates arrangiert, dachte sie. Ausgerechnet diese fette Schlampe hatte einen Lover.

Aber Herbert war ja nun auch nicht gerade eine Schönheit. Seine große, kräftige Statur mit dem dicken Bauch entsprach ganz dem Bild eines deutschen Bierbrauers, aber nicht dem eines attraktiven Liebhabers.

Auch Juliane dachte sich ihren Teil. Der Blick von Herbert ließ keinen Zweifel offen. Ob Annedores Mann wusste, was seine Frau trieb? Vielleicht sollte sie Herberts Schwester mal einen Hinweis geben. Marianne war das sicherlich nicht recht.

Grundsätzlich redete die Wirtin nicht über ihre Gäste oder das, was sie aus den Unterhaltungen im Gastraum mitkriegte und bevor irgendjemand Ärger machen konnte, wurde der rechtzeitig aus ihrer Kneipe entfernt. Das hatte ihr das Vertrauen der Gäste eingebracht und ihre Zukunft gesichert. Da Annedores Mann für seinen Jähzorn bekannt war, würde er Herbert das Leben schwer machen und seine Frau wahrscheinlich windelweich prügeln, wenn er hinter das Verhältnis der beiden käme.

Nachdem Herbert die Getränkewünsche der Frauen aufgenommen hatte, entfernte er sich wieder aus dem Gastraum.

Annedore hatte seinen Blick hoffentlich richtig gedeutet und würde heute Nacht bei ihm bleiben. Gegen ein kleines Nümmerchen mit ihr hätte er nichts einzuwenden. Annedore war mitunter etwas ordinär, aber im Bett nicht zu bremsen.

Seine Schwester Marianne wusste von dem Verhältnis zwischen ihm und Annedore. Durch Annedores lautes Lachen war sie eines Nachts auf die Liebenden gestoßen. Sie hatte ihren Bruder schon mehrfach gewarnt, dass er die Finger von der verheirateten Frau lassen solle. Aber was wollte sie schon groß machen. Rausschmeißen konnte sie ihn nicht. Das Anwesen hatten beide zu gleichen Teilen von den Eltern geerbt. Außerdem konnte Marianne froh sein, dass er ihr bei Hochbetrieb, so wie heute während des Fußballspiels, in der Gastwirtschaft half. Als Kellner machte er sich recht gut und sorgte mit seinen flotten Trinksprüchen und Witzen für guten Umsatz.

Annedore war klar, dass einigen der Frauen Herberts Blick nicht entgangen war. Aber das war ihr auch egal. Sie hatte schon immer gemacht, was sie wollte. Sollten diese langweiligen Weiber doch reden. Die beneideten sie sowieso alle um ihr zügelloses Leben, trauten sich aber nicht, selbst etwas mehr aus sich rauszugehen. Ihr Lieblingsspruch:

„Liebe Mädchen kommen in den Himmel, böse überall hin", entrang ihr ein schreiendes Gelächter. Ihr wogender Busen neigte sich über den Tisch, während sich ihr ganzer Leib in einem heftigen Lachanfall schüttelte.

Heidi klopfte ihr unter dem Tisch mit der flachen Hand auf den Schenkel.

„He, brems dich mal. Du musst doch nicht so schreien". Aber Annedore, die sich durch Heidis Ermahnung nur bestätigt sah, prustete erneut los.

„Ach, das ist mir doch scheißegal, ich lache so laut wie ich will". Annedores schrilles Gelächter verstummte. Dafür begann sie sofort wieder über ihre Hausärztin herzuziehen, die soeben fluchtartig den Raum verlassen hatte.

„Der mache ich nach bis ins Essgefach. Das macht die mit mir nicht, die Frau Dr. med." blökte Annedore in dickstem hessisch.

Die anderen Frauen wandten sich ab. Sie hatten keine Lust, schon wieder Annedores Meinung zu den Leuten hier vor Ort zu hören. Auch wenn sie in früheren Zeiten über die Berichterstattung so manches Skandals froh waren, wollte man Annedores ausdauerndes Geschwafel nicht mehr hören. Sie war wie eine wiederkäuende Kuh. Mit der gleichen Regelmäßigkeit erzählte sie immer wieder die gleichen Geschichten, die mittlerweile alle auswendig kannten.

*

Ulla zwängte sich durch die Tischreihen in dem dichtbesetzten Innenhof. Alle starrten auf die riesengroße Leinwand am Ende und fieberten mit der deutschen Mannschaft. Obwohl das Spiel bereits in der Verlängerung ausgetragen wurde, war bisher noch kein Tor gefallen.

Niemand beachtete die Ärztin, was unter normalen Umständen bedeutend an ihrem Selbstbewusstsein gekratzt hätte. Doch heute war sie froh, dass sie unbemerkt die Gaststätte verlassen konnte.

Ulla interessierte sich nicht für Fußball, in ihren Augen ein primitives Spiel, mit unterbelichteten Spielern, die zu viel Geld mit einem bisschen Gekicke verdienten, das von einem Publikum aus den untersten Schichten der Bevölkerung angehimmelt wurde.

Ihren drei Kindern Benjamin, Mark und Lena hatte sie von Anfang an das Fußballspielen verboten. Für die Drei kam nur Tennis oder Basketball, später vielleicht einmal Golf in Frage.

Als Ulla das schwere Hoftor hinter sich schloss, fiel gerade das erste Tor für Italien. Sofort ging ein fürchterliches Gejohle los. Aus den offenstehenden Fenstern der umstehenden Häuser drangen die übelsten Beschimpfungen und Flüche.

Ulla überquerte die menschenleere Straße und eilte zu ihrem 5er BMW Kombi auf dem Hof der Stadtverwaltung, die sich gegenüber der Gaststätte befand.

Während der Fahrt waren ihre Gedanken bei ihrem Sohn Benjamin, den sie liebevoll Benni nannte. Sie nahm weder den Vollmond noch die vielen Menschen in ihren Gärten wahr, die gebannt dem Fußballspiel, in der Erwartung eines Gegentores für Deutschland, folgten.

Was war nur mit ihrem Sohn los, dachte Ulla. Im letzten Jahr war er während eines Schulausfluges beim Klauen erwischt worden. Das hatte sie gerade noch so hinbiegen können.

Im Frühjahr war sie beinahe aus allen Wolken gefallen als sie während einer Gerichtsverhandlung erfahren hatte, dass Benni Drogen nahm. Die 50 Stunden gemeinnützige Arbeit, die er in dem Butzbacher Altersheim am Schloss abarbeiten sollte, hatte er vermutlich noch nicht einmal angefangen. Nun wurde ihr bewusst, dass sie Benni nicht einmal mehr danach gefragt hatte.

Jetzt hatte er anscheinend auch noch eigenmächtig ein Rezept auf seinen Schulfreund Jens ausgestellt.

Sollte Benni auch das Geld aus den Umschlägen genommen haben, die sie zu ihrem 40. Geburtstag bekommen hatte? Ihre Tochter Lena hatte Stein und Bein geschworen, einen ihrer Gäste beobachtet zu haben, wie er sich an dem Geschenketisch im Wohnzimmer zu schaffen gemacht hatte. Sie hatte damals schon Zweifel gehegt, dass einer der Freunde das Geld aus einem der Umschläge an sich genommen hatte. Aber auch ihr Mann Volker hatte den Äußerungen seiner Jüngsten nur zu gern glauben wollen. Außerdem wusste Volker ja auch nichts von Bennis krimineller Veranlagung.

Bis jetzt hatte Ulla erfolgreich alle Vergehen vor ihrem Mann geheim gehalten. Wenn er wüsste, was Benni so trieb, würde er seinen Sohn windelweich schlagen. Schon mehrfach war Volker die Hand ausgerutscht.

Seine drei Kinder hatten unter der Strenge des Vaters und seinen ständigen Forderungen nach guten Leistungen in der Schule und im Sport ziemlich zu leiden. Als Psychologe in der Jugendstrafanstalt von Rockenberg wurde er ständig mit dem Abgrund jugendlicher Vergehen konfrontiert.

Ulla wusste, dass ihr Mann seine Kinder nur vor einem ähnlichen Schicksal bewahren wollte. Aber er fing es total falsch an. Eigentlich hätte er das auf Grund seines Berufes wissen müssen.

Als sie nach dem Verlassen von Ober-Hörgern rechts über das freie Feld die beleuchtete Burgruine der

Münzenburg erblickte, löste sich ihre innere Anspannung in Tränen auf, die ihr über das makellos glatte Gesicht liefen.

Wie sollte das alles noch werden? Wie lange konnte sie die Fassade, die sie ihren Mitmenschen vorgaukelte, noch aufrechterhalten? Alle mussten denken, dass ihre Familie vorbildlich sei und sie ein wunderschönes Leben hatte. Jung, adrett und erfolgreich mit drei Kindern und einem ebenso erfolgreichen Mann, einer gut gehenden Praxis der Allgemeinmedizin in einem großen Haus mit Blick auf die Burg, zwei Auslandsreisen pro Jahr, tollen Autos und schicken Kleidern.

Aber dieser Schein trog. Die schöne Fassade begann bereits zu bröckeln. Sie würde jedoch alles daran setzen, diesen Verfall so lange wie möglich aufzuhalten.

*

Kurz vor Ende der Verlängerung fiel das zweite Tor für Italien. Das Spiel war aus. Italien hatte das Halbfinalspiel gewonnen. Deutschland konnte kein Weltmeister mehr werden. Das Schweigen im Hof der Gaststätte lockerte sich langsam. Die Enttäuschung über das verlorene Spiel wurde im Alkohol ertränkt.

Der Stammtisch hatte sich mittlerweile aufgelöst. Die meisten Frauen waren nach Hause gegangen. Nur Juliane und Bettina saßen immer noch im Gastraum und unterhielten sich angeregt.

Herbert hatte gerade noch einmal eine Karaffe Rotwein und eine Flasche Wasser gebracht.

„Wollt ihr euch bei dem warmen Wetter nicht in den Hof setzen. Es ist wunderschön draußen".

„Ist denn da überhaupt noch Platz?" wollte Bettina amüsiert wissen und blickte Herbert etwas anzüglich an.

„Was für eine Frage. Für euch ist doch immer ein Plätzchen frei", gab er kokett zurück.

Juliane und Bettina nahmen ihre Taschen und gingen hinaus in den Hof.

Herbert folgte ihnen mit den Getränken.

Sie liefen direkt Annedore und ihrer Freundin, der dicken Moni in die Arme, die am Tisch neben der Treppe saßen. Eigentlich hatten sie keine Lust auf die Gesellschaft der beiden, aber Herbert stellte bereits die Getränke auf dem Tisch ab. Alle anderen Tische waren zudem noch besetzt. Das warme Wetter verleitete die Gäste zum Bleiben. Mit einem vielsagenden Blick ließen sich Juliane und Bettina nieder. Eigentlich hatten sie nicht die geringste Lust auf die Gesellschaft der beiden geschwätzigen Weiber.

Moni war kein Deut besser als Annedore und begann auch sofort, Juliane und Bettina zu belabern. Dabei war Juliane heilfroh gewesen, als Annedore endlich den Raum verlassen hatte. Man hatte sie mehr oder weniger dazu drängen müssen, denn ihre neuerlichen Hassattacken auf Ulla Dreiseitel und den Rest der Münzenberger Bevölkerung wollten nicht verstummen, bis jemand sagte:

„Jetzt halt doch mal deine spitze Zunge im Zaum. Das ist ja nicht zum Aushalten mit dir."

Daraufhin war die Weghaus lachend nach draußen gegangen, wo glücklicherweise ihre Freundin Moni bereits auf sie wartete.

Aus den Augenwinkeln sah Juliane Sabine Mähdert am Nebentisch zusammen mit Martin Weiß-Alles sitzen. Die beiden unterhielten sich heftig, wobei Sabine keine besonders glückliche Miene machte.

„Das mit dem Hausbau kannst du vergessen. Mein Versicherungsbüro ist pleite", gestand Martin gerade seiner erstaunten Freundin Sabine, die ihn mit ihren großen Kuhaugen ungläubig anglotzte.
„Ich muss in den nächsten Tagen Insolvenz anmelden."
„Aber was ist denn mit den dreißigtausend Euro, die ich dir im Frühjahr geliehen habe? Du hast mir doch gesagt, dass nach dem Umzug in die Seitenstraße und der Verkleinerung deines Büros alle Probleme verschwinden würden."
„Wie blöd bist du eigentlich Sabine, anzunehmen, ich könnte mit den paar Kröten meine Firma sanieren?" erwiderte Weiß-Alles in barschem Ton.
Plötzlich verschwand die fröhliche Gelassenheit, mit der er es verstand seine Mitmenschen zu blenden. Martin hatte seine Maske fallen lassen.
Sabine war den Tränen nahe. Sie stand auf und verließ ohne noch etwas zu sagen den Tisch. Also war es doch wahr, was die Leute erzählten. Martin war ein Blender, ein Angeber, der meinte, alles besser zu wissen und besser zu können. Sie hatte es nur nicht wahrhaben wollen.

„Hallo Frau Doktor, wohin so eilig?" rief ihr ausgerechnet ein Freund von Martin nach. Der große Mann, Vorsitzender der Dorfpartei, fand es besonders schick, seine Mitmenschen mit erfundenen Titeln anzusprechen. Normalerweise wäre Sabine bei ihm stehen geblieben und hätte sich mit ihm und seinen Parteikollegen unterhalten, doch heute Abend verabschiedete sie sich im Vorbeigehen nur mit einem weinerlichen „Tschüss".

Martin war schon an den Tisch seines Freundes getreten und setzte sich ohne Aufforderung hin.

„Na hier ist ja heute was los" gackerte Annedore, die genau wie Juliane die hitzige Diskussion am Nachbartisch mitbekommen hatte, ohne jedoch ein Wort zu verstehen.

„Erst rennt die Dreiseitel weg, jetzt die Mähdert. Die Hitze scheint den Weibern nicht zu bekommen. Na ja, ist ja auch kein Wunder bei dem Typen. Von dem hört man ja auch so allerhand."

„Ach, verschone uns mit deinen Märchen, die wollen wir jetzt wirklich nicht hören", stoppte sie Juliane.

„Na du bist ja wohl auch nicht gut drauf heute. Aber ist ja auch zu verstehen. Wenn ich meinen Vater ins Heim geben müsste, weil ich keine Lust und Zeit hätte, mich um ihn zu kümmern, dann wäre ich auch fix und fertig vor lauter schlechtem Gewissen." Das war zu viel. Jetzt reichte es Juliane. Was bildete sich Annedore eigentlich ein. Dachte sie, sie könnte sich alles erlauben und ständig anderen Menschen auf der Seele rumtrampeln, ablästern und Gerüchte verbreiten.

Wieso wusste diese Person überhaupt schon wieder, dass ihr Vater nächste Woche ins Heim musste? Wer immer ihr das erzählt hatte, war sich offenbar nicht im Klaren darüber gewesen, was er damit angerichtet hatte.

„Jetzt reicht es du Schlampe, halte endlich dein freches Maul", entgegnete Juliane in ihrer Aufregung lauter als beabsichtigt. Augenblicklich verstummten die

Gespräche an den Nachbartischen. Alle blickten zu dem Tisch, an dem Annedore, die dicke Moni, Bettina und Juliane saßen.

„Hach, was blähst du dich denn hier so auf? Du bist auch nichts Besseres als die andern."

Annedore begann hysterisch zu lachen. Der Alkohol hatte sie total enthemmt. Bevor Annedore weiter schreien konnte, nahm Juliane ihr das Bierglas aus der Hand und entleerte in einem Ruck den Inhalt in Annedores feistes Gesicht.

„Weißt du blöde Kuh was uns unterscheidet? Du bist eine Schlampe, ich eine Dame."

Damit rauschte Juliane aus dem Hof und ließ die verdutzten Gäste schweigend zurück.

Annedore prustete los. Nein, sie wieherte und ihr Wiehern steigerte sich in schreiendes Gelächter, das nicht enden wollte. „Das ist ja ungeheuerlich".

Sie bemerkte vor lauter Hysterie nicht das Bier, das an ihrem Gesicht herablief und in ihren Ausschnitt tropfte. Bettina winkte Herbert herbei, zahlte eilig ihre und Julianes Getränke und entfernte sich ebenfalls.

Nur die dicke Moni stimmte in Annedores hysterisches Gelächter mit ein.

Die anderen Gäste drehten sich kopfschüttelnd wieder um. Es war längst überfällig gewesen, dass dieser ordinären Person, Annedore Weghaus, mal jemand die Meinung gesagt hatte. Insgeheim bewunderten alle Juliane, die sich jedoch wahrscheinlich mit dieser Äußerung jede Menge Ärger eingehandelt hatte.

Die Weghaus verstand es perfekt, jeden der ihr nicht in den Kram passte, mit üblen Gerüchten zu beschädigen. Dabei ließ sie auch Freunde und Verwandte der betreffenden Person nicht aus. Sie hatte schon so manche Freundschaft zerstört und sogar Ehen in ihren Grundfesten erschüttert. Sie war ein richtiges Miststück.

*

Als Juliane vor die Tür trat, traf sie auf Sabine Mähdert, die hilflos auf dem Bürgersteig stand und gar nicht richtig bei sich zu sein schien. Auf ihr kurzes „Hallo" reagiert Sabine nicht. Sie schaute durch Juliane hindurch, als wäre ihr gar niemand gegenüber getreten.

Oh Gott, dachte Juliane, was soll ich denn jetzt mit der machen. Ich kann sie doch nicht einfach hier stehen lassen. Sie hatte ja auch kein Auto dabei und ihr Fahrrad stand noch im Hof vom Falken. Bei ihrem plötzlichen Aufbruch hatte sie gar nicht daran gedacht, es mitzunehmen. Sie versuchte es noch einmal: „Hallo Sabine, kann ich irgendetwas für dich tun?"

„Diese Sau hat mich die ganze Zeit belogen und mir nur das Geld aus der Tasche gezogen. Von wegen gemeinsam ein Haus bauen. Der hat mir nur was vorgemacht und ich blöde Kuh bin auch noch auf ihn herein gefallen" schnaubte sie wütend.

„Wegen dieses Arschlochs habe ich mich von meinem Mann getrennt. Habe ihm die Miete gezahlt und auch noch die Alimente für seinen Sohn beglichen."

Juliane wollte das eigentlich gar nicht hören. Es war ihr peinlich, in die Sorgen anderer hinein gezogen zu werden. Aber neu waren die Aussagen von Sabine für sie nicht. Sie hatte mehrfach davon gehört, dass es sich bei diesem Weiß-Alles um einen Aufschneider handelte, der die Frauen umgarnte, um sie dann auszunehmen.

Sabine war wohl auch auf ihn hereingefallen, vermutete Juliane. Aber das war ja auch kein Wunder. Sabine kam aus einfachen Verhältnissen. Ihr Vater war schon als junger Mann einem Krebsleiden erlegen. Sabine hatte es nie einfach gehabt. Musste sich alles selbst erarbeiten und war froh, als sie den jungen Maschinenbauschlosser Stefan aus Münzenberg kennen lernte, der ihr ein sorgenfreies Leben bot. Viel zu jung heiratete sie, zog zu Stefan nach Münzenberg und bekam schon bald ihren Sohn Lukas. Es ging ihr nicht schlecht, aber sie erlebte auch nichts.

Ihr Mann dachte immer nur an die Arbeit und machte jede Menge Überstunden. So begann sie schon bald, sich zu langweilen und kehrte an ihren Arbeitsplatz bei der Sparkasse zurück.

Die Erziehung ihres Sohnes überließ sie der Schwiegermutter, die den Jungen nach Strich und Faden verwöhnte. Schon bald ließ sich Sabine mit einem Arbeitskollegen ein. Als dessen Frau dahinter kam, gab sie die Liebschaft schnell wieder auf.

Es folgten andere Liebhaber, Arbeitskollegen aus der Sparkasse, Vereinskameraden oder aber Väter von Mitschülern ihres Sohnes bis ihr Martin Weiß-Alles begegnete, der schnell die Einsamkeit der jungen Mutter durchschaute und sie für seine Zwecke missbrauchte. Dem mittellosen Versicherungsberater konnte gar nichts Besseres passieren, als auf die naive Sabine zu treffen. Er umgarnte sie, munterte sie mit schönen Worten auf, machte ihr Geschenke und lud sie zu Wochenendtrips nach Paris und Berlin ein, später sogar zum Christmas-Shopping nach London.

Sabine glaubte, in dem zehn Jahre älteren Mann die Liebe ihres Lebens gefunden zu haben, ließ sich scheiden und zog mit ihm in eine schöne Neubauwohnung nach Gambach.

Zunächst blühte Sabine auf, hatte immer gute Laune und verbrachte viele Abende mit ihrem neuen Freund und dessen Clique an der Theke des Falken. Dass ihr Freund sie nur ausnahm und für seine Zwecke benutzte, merkte sie nicht. Auch die Warnung ihrer Mutter und ihrer Freundin schlug sie in den Wind. Die waren ja alle nur neidisch.

Doch jetzt musste sie erkennen, dass der Typ sie verarscht hatte und seine schönen Worte nur leere Phrasen waren. Die Erkenntnis über ihre Situation traf Sabine wie ein Vorschlaghammer. Wut, Enttäuschung und Hilflosigkeit trieben ihr die Tränen in die Augen. Schluchzend warf sie sich in Julianes Arme, die am liebsten im Erdboden versunken wäre.

Das Hoftor ging auf und Bettina Jakobi trat auf den Bürgersteig. Sie erkannte die Situation sofort und bot an, Sabine und Juliane nach Hause zu fahren.

Sie schoben Sabine auf den Beifahrersitz von Bettinas schickem Volvo Cabriolet.

Juliane kletterte auf den Rücksitz. Ein warmer Luftzug spielte mit ihrem Haar.

Der Vollmond leuchtete von einem sternenklaren Himmel. Normalerweise eine Nacht zum Aufbleiben und feiern.

Keine der drei Frauen brachte irgendeinen Ton über die Lippen.

Bettina konzentrierte sich auf die Fahrt durch das nächtliche Gambach.

Sabine versank in hilfloser Trauer über ihre Situation und Juliane sehnte sich nach ihrem Bett und den regelmäßigen Atemzügen ihres Mannes, der ihr selbst im Schlaf noch Vertrauen und Geborgenheit vermittelte.

*

Benni betrat die Wohnhalle seines Elternhauses als das 1:0 für Italien fiel. Sein Vater schnarchte auf dem Sofa vor dem Fernseher. Das Tor hatte er gar nicht mitbekommen. Das war auch besser so. So bemerkte er wenigstens nicht, dass sein Sohn wieder mal mit Verspätung nach Hause gekommen war. Benni ging über die breite Treppe nach oben in den ersten Stock des großen Hauses, wo sich fünf Schlafzimmer befanden. Zu jedem Schlafzimmer gehörte ein Bad.

Er wollte gerade sein Zimmer betreten, als seine Schwester Lena auf ihn zugeschossen kam.

„Das sage ich der Mama, dass du schon wieder so spät heimgekommen bist."

„Wenn du nur einen Ton sagst, dann erzähle ich der Mama, dass du das Geld aus den Umschlägen zu ihrem Geburtstag genommen hast" konterte Benni schlagfertig.

„Und dann kannst du dich warm anziehen." „Ist ja schon gut. Ich sage ja nichts." Lena verzog sich in ihr Zimmer.

Benni hatte nur vermutet, dass die vierzehnjährige Lena das Geld genommen hatte, gesehen hatte er es nicht. Volltreffer. Jetzt hatte er etwas, womit er die kleine Kröte im Zaum halten konnte.

Benni legte sich zufrieden ins Bett. Er dachte an den wunderschönen Abend mit Aime. Die schwarze Schönheit wohnte seit einem Jahr als Austauschschülerin in Angela Richters Haus in Gambach und besuchte die gleiche Klasse des Weidig-Gymnasiums wie er.

Seine Mutter hatte auf Angelas Drängen hin, Benni gebeten, sich ein bisschen um die farbige Aime zu kümmern. Doch wenn sie gewusst hätte, dass Aime und er mittlerweile ein Liebespaar waren, hätte sie ihm mit Sicherheit den Umgang mit ihr verboten.

Außer seinem Freund Basti aus Ober-Hörgern hatte er niemandem etwas über seine Liebe zu Aime erwähnt.

Nur dieser dämliche Matze war ihm auf die Schliche gekommen und hatte ihn blöd in der Schule angemacht. Aber dem hatte er es gezeigt. Der würde kein schönes Wochenende haben. Wahrscheinlich würde er seine Zeit auf dem Klo sitzend verbringen.

Zufrieden schlief Benni ein.

*

Ulla schloss die Haustür hinter sich ab und ging in die hell erleuchtete Wohnhalle. Ihr Mann saß schlafend vor dem Fernseher. Vor ihm auf dem Tisch standen eine leere Rotweinflasche und ein benutztes Glas. Wie so oft in den vergangenen Wochen hatte Volker wieder zu viel getrunken. Schon zum Abendessen hatte er zwei Flaschen Bier in sich hinein geschüttet. Wer weiß, wie viele Schnäpse er zwischendurch noch konsumiert hatte.

Wenn sie ihn jetzt weckte, würde er sie gleich befummeln und sie ins Bett drängen. Sie ekelte sich davor, mit ihm zu schlafen, wenn er getrunken hatte. Sie ließ ihn einfach sitzen, löschte das Licht ging die Treppe hinauf in den ersten Stock.

Leise öffnete sie nacheinander die Türen der Kinderzimmer. Mark lag mit einem dicken Buch im Bett. Er versprach seiner Mutter, bald das Licht auszumachen. Benni und Lena schlummerten friedlich in ihren Betten.

Morgen musste Ulla zuerst mit Benni über das Rezept sprechen. Ihr Mann durfte auf keinen Fall etwas davon erfahren, sonst wäre die Hölle los.

Wenn die nicht sowieso bald losgehen würde, sobald ihr Mann bemerkte, dass sie sich wieder mal im Gästezimmer eingeschlossen hatte. Sie ging ihm seit Wochen aus dem Weg. Ihre Ehe bestand eigentlich nur noch auf dem Papier.

Sie verachtete ihren Mann, der in letzter Zeit zu viel trank. In ihren Augen war er willenlos, ohne Ehrgeiz. Die Strenge, mit der er seine drei Kinder behandelte, sollte nur seine Schwäche und Antriebslosigkeit überspielen.

Gegen sie kam er ohnehin nicht an. Sie verdiente mit ihrer Praxis weit mehr Geld als er mit seinem Beruf als Jugendpsychologe in der Justizvollzugsanstalt in Rockenberg. Sie bestimmte, was in der Familie zu geschehen hatte und stützte sich dabei auf die Hilfe ihres Vaters, einem erfolgreichen Bauunternehmer aus Lich, den sie anhimmelte.

Ihren Mann hatte sie sich in ihrer Jugendzeit wegen seines tollen Aussehens und seiner guten Manieren, seiner Intelligenz und seiner integren Herkunft aus einer angesehenen Gambacher Familie ganz gezielt ausgesucht. Sie hatte ihn sogar dazu überreden können, seinen Familiennamen aufzugeben und den Nachnamen ihrer Familie anzunehmen.

Ulla war das einzige Kind ihres Vaters, Adolf Dreiseitel, einem Österreicher, der vor vielen Jahren nach Hessen gekommen war. Er hatte den Umbau der im Nachbarort beheimateten Brauerei organisiert und währenddessen seine Frau kennen gelernt. Ihr zu Liebe war er in Deutschland geblieben und hatte innerhalb kürzester Zeit ein anerkanntes Bauunternehmen in Lich aufgebaut.

Adolf Dreiseitel vergötterte seine Tochter und umgekehrt sie ihn.

Nachdem Ulla ihre drei Kinder zur Welt gebracht hatte, war ihr Mann Volker für sie nicht mehr wirklich wichtig gewesen. Anfangs fand sie den Sex mit ihm noch ganz aufregend, doch nachdem Volker immer mehr Alkohol trank, entzog sie sich ihm. Eigentlich lebte das Ehepaar mehr nebeneinander als miteinander und Ulla blieb nur bei ihrem Mann, um den Schein einer anständigen Familie zu wahren. Der einzig wichtige Mann in ihrem Leben war ihr Vater.

*

Der Hof des Falken hatte sich geleert. Herbert räumte die Gläser weg und putzte die Tische ab.

Seine Schwester Marianne war schon nach oben verschwunden.

Wenn er am nächsten Tag keinen Dienst in der Brauerei hatte, blieb er immer bis zum Schluss im Lokal. Auf diese Weise entlastete er seine Schwester ein bisschen.

Annedore saß immer noch an dem Tisch neben dem Eingang.

„Bist du jetzt bald mal fertig? Ich würde auch gern ins Bett gehen."

„Gib jetzt Ruhe. Für heute hast du doch weiß Gott genug Schaden angerichtet. Du kannst ja schon hoch gehen und dich mal ein bisschen frisch machen. Du stinkst nach lauter Bier."

„Na und, du stinkst aus dem Mund nach Bier, ich aus der Unterwäsche" gab sie schreiend von sich und brach erneut in hysterisches Gelächter aus über ihren derben Witz.

„Aber der werde ich es noch zeigen. Die kann was erleben". Mit vornüber gebeugtem Oberkörper, dem Kopf zum Boden geneigt und immer wieder spitze Schreie ausstoßend, verließ Annedore über die Treppe den Hof.

Wenn er nicht so einen Druck im Lendenbereich verspüren würde, hätte Herbert Annedore jetzt heimgeschickt. Sie begann zu nerven.

Doch als Junggeselle war es nicht immer leicht, seine Begierde zu stillen. So musste er sich mit dem zufrieden geben, was sich ihm anbot und Annedores Temperament im Bett war nicht zu verachten. Sie müsste nur öfter die Klappe halten.

*

Martin Weiss-Alles verließ als einer der letzten Gäste den Hof des Falken.

Annedore Weghaus war gerade über die Treppe im Eingang der Kneipe verschwunden. Er wusste, was das zu bedeuten hatte. Beim Hinausgehen bediente er die

Tasten seines Handys, um seinen Freund Bernhard zu informieren.

Schließlich ließ er sich auf dem Fahrersitz des grünen Mazda seiner Freundin Sabine nieder, der wie immer im Halteverbot vor der Kneipe stand.

Als er in die Jahnstraße einbog, sah er Sabine schon aus der Entfernung auf der Treppe sitzen. Sie hatte zwangsweise auf ihn warten müssen, denn er hatte den Autoschlüssel und an dem befand sich auch der Zentralschlüssel zu ihrer gemeinsamen Wohnung.

Jetzt musste er die langweilige Kuh erst einmal wieder besänftigen. Schließlich brauchte er sie noch ein bisschen oder besser gesagt, er brauchte ihr Geld. Aber er würde seine Freundin schon wieder in die Spur bringen. Er musste sie nur ordentlich durchvögeln, dann wäre sie wieder weich wie Wachs in seinen Händen.

Sabine war ihm hörig. Sie gierte regelrecht nach Sex. Manchmal war es ihm fast etwas zu anstrengend, sie bei jeder sich bietenden Gelegenheit zu besteigen. Doch sie ließ nie locker, bis er sie befriedigt hatte.

*

Herbert schloss um 1.00 Uhr das große Tor ab, löschte das Licht im Hof und begab sich in das Dachgeschoss des Wirtshauses. Unter der Dachschräge hatte er sich eine kleine, gemütliche Junggesellenbude eingerichtet, in der ihn seit einigen Monaten Annedore in regelmäßigen Abständen beglückt hatte.

Im Bad lief Wasser. Annedore machte sich frisch. Auch wenn sie zuweilen ganz schön nerven konnte, freute er sich auf den Fick mit ihr. Sie konnte nie genug kriegen. Und, sie liebte ausgefallene Sexpraktiken.

Wenn er sie von hinten nahm, wollte sie am liebsten ausflippen. Schläge auf den Hintern spornten sie nur noch mehr an und sie flehte ihn an, es ihr richtig zu besorgen.

Die Vorfreude auf die heiße Nummer hatte seine Wahrnehmung eingeschränkt. Herbert hörte nicht, dass jemand heftig gegen das Hoftor polterte und immer wieder „aufmachen" schrie. Plötzlich stand seine Schwester im Raum und fauchte ihn an: "Jetzt haben wir den Schlamassel. Der Weghaus steht mit einem Polizeiauto vor dem Hoftor. Was sollen wir denn jetzt machen?"

In diesem Moment kam auch Annedore in das Zimmer. Ein großes Badelaken bedeckte ihre ausladenden Kurven.

„Ich muss hier weg. Wenn mein Alter dahinter kommt, dass ich noch hier bin, schlägt er mich windelweich."

„Verdient hättest du es" bemerkte Herberts Schwester zynisch.

„Geh hinten raus und mach, dass du nach Hause kommst. Ich versuche Bernhard aufzuhalten" forderte sie die Geliebte ihres Bruders auf.

Annedore zog blitzschnell ihre Klamotten an und verschwand über die Hintertreppe aus dem Haus. Sie stieg in ihr Ford Ka-Cabriolet, das im rückwärtigen Hof stand und verließ diesen entgegen der Fahrtrichtung in die Borngasse, bog nach 50 m erneut links ab und fuhr über den Lindenplatz zur Kirchgasse. In rasendem Tempo folgte sie der Straße bis zum Bürgerplatz, bog dort links ab, passierte die Volksbank und fuhr trotz Durchfahrtverbot an der Gärtnerei links in die Schulstraße, die sie am Kreisel wieder in die Brückfeldstraße verließ. Die Bodenschwellen ließen die Stoßdämpfer merklich ächzen, doch in ihrer Hast überhörte sie das warnende Geräusch. Sie würde nicht über die Bundesstraße nach Ober-Hörgern fahren, sondern sich über dem grünen Planweg von hinten ihrem Haus nähern.

Ihr Mann würde bestimmt über die Haupt- und die Brückfeldstraße Gambach verlassen und dann über die Bundesstraße von oben kommend die Brunnenstraße durch ganz Ober-Hörgern in die Mühlenstraße fahren. Das würde ihn etwas aufhalten

*

Marianne war inzwischen an das Hoftor getreten und hatte eine Klappe geöffnet, die ihr erlaubte, auf die Straße zu sehen. Bernhard holte gerade erneut zum Schlag aus und verfehlte nur knapp Mariannes Gesicht, das plötzlich in der Öffnung erschienen war. Seine Faust donnerte gegen die Einfassung der Klappe. Mit einem Schmerzensschrei hüpfte er wie ein wildgewordener Zwerg auf und ab. Wenn die Situation nicht so brenzlig gewesen wäre, hätte sich Marianne bei dem Anblick des hüpfenden Bernhards wahrscheinlich vor Lachen gebogen. Doch jetzt hieß es Nerven bewahren.

„Was schreist du hier mitten in der Nacht so rum. Bist du von allen guten Geistern verlassen" brachte sie Bernhard zum Schweigen.

„Was willst du denn hier?"

Verdutzt schaute Bernhard auf das Gesicht in der Öffnung. Er hatte Herbert erwartet und nicht Marianne.

„Wo ist Annedore? Sie ist doch bestimmt wieder bei deinem Bruder. Sag ihm er soll herkommen, damit ich ihm die Fresse polieren kann. Und die alte Schlampe soll gleich mitkommen, damit ich ihr in ihren fetten Arsch treten kann."

„Annedore ist nicht hier. Der Elternstammtisch ist längst zu Ende und Herbert hat Dienst in der Brauerei. Den kannst du auch nicht sprechen", log Marianne ohne mit der Wimper zu zucken.

„Komm rein, ich gebe dir einen Schnaps zur Beruhigung und dann fährst du wieder in den Dienst. Du hast doch Dienst oder warum sonst bist du mit dem Polizeiauto hier?"

„Lüg mich nicht an, Marianne. Ich weiß, dass die Schlampe hier ist. Ich habe vorhin mit Martin telefoniert. Der hat mir erzählt, dass dein Bruder bedient hat. Also verarsch mich nicht."

Verdammt schon wieder dieser Weiss-Alles. Konnte der sich nicht mal aus den Angelegenheiten anderer Leute heraushalten. Martin Weiss-Alles gehörte zu ihren Stammgästen, was ihn jedoch nicht sympathischer machte.

Als Wirtin bekam sie an der Theke so allerhand mit. Aber sie beteiligte sich nie an den Gesprächen und behielt auch das Gehörte für sich.

Bei dem, was dieser Weiss-Alles jedoch immer so von sich gab, konnte sie sich nur schwer zurückhalten, irgendeinen Kommentar abzugeben. Dieser aufgeblasene Wichtigtuer mit dem Dreitagebart in dem vom Suff aufgequollenen Gesicht und der seinem Alter unangepassten Lockenpracht konnte sie allein schon mit seinem

Ausspruch: "Also Männer, ihr habt doch keine Ahnung, ich will euch das mal erklären" auf die Palme bringen.

Marianne hatte ihn zudem im Verdacht, dass er derjenige war, der drei ihrer Gäste im Frühjahr bei der Polizei angeschwärzt hatte. Jeder der drei Männer hatte es gewagt, Martin Weiss-Alles Widerworte zu geben. Das konnte der angeblich erfolgreiche Versicherungsfachmann wohl nicht leiden. Das hatten die drei mit dem Verlust ihres Führerscheins bezahlt. Beweisen konnte sie dies jedoch nicht.

Marianne öffnete das Hoftor und winkte Bernhard einzutreten.

„Komm schon, wir genehmigen uns einen an der Theke. Ich kann nach dem langen Tag auch einen gebrauchen" versuchte sie Bernhard aufzuhalten.

„Ne, lass mal, netter Versuch, aber ich geh wieder. Aber sag deinem Bruder, er soll die Finger von meiner Frau lassen. Ich lass mir keine Hörner aufsetzen".

Er verschwand in der Dunkelheit. Kurz darauf jaulte der Motor des Polizeiautos auf, das sich mit quietschenden Reifen und eingeschaltetem Blaulicht entfernte. Der spinnt, dachte Marianne und ging nach oben zu ihrem Bruder. Herbert saß schweißgebadet auf seinem Bett.

„Lass endlich die Finger von dieser Tussi. Merkst du denn nicht, dass das nur Ärger gibt. Ich möchte gar nicht wissen, was der Weghaus mit seiner Frau macht, wenn er sie erwischt."

*

Bernhard fuhr wie ein Irrer mit eingeschaltetem Blaulicht durch Gambach, verließ den neugestalteten

Kreisel an der B 488 geradeaus über den grünen Planweg. Er donnerte über die Wetterbrücke, bog links in Richtung Münzenberg ab bis er an die Abzweigung nach Ober-Hörgern kam. Schon von weitem sah er die Bremslichter von Annedores Kleinwagen vor der Brücke am Wetterstadion. Warum fuhr sie nicht weiter?

*

Um viertel nach eins war Juliane immer noch wach. Sie konnte keinen Schlaf finden. Sie stand auf und ging ins Bad. Durch das Flurfenster blinkte es blau. Sie sah hinaus und erblickte einen Einsatzwagen der Polizei, der mit hoher Geschwindigkeit die Brückfeldstraße in Richtung B 488 fuhr.

*

Annedore konnte nicht weiter. Vor der Anfahrt auf die Wetterbrücke in Höhe des Wetterstadions war sie durch eine Straßensperre gestoppt worden. Mist! Jetzt fiel ihr ein, dass im weiteren Verlauf des Promilleweges, wie die Straße im Volksmund genannt wurde, die Brücke über den Mühlengraben gar nicht befahrbar war. Sie war Mitte der Woche abgesperrt worden, um Sanierungsmaßnahmen an dem über hundert Jahre alten Brückenbauwerk vorzunehmen. Sie musste wohl umkehren und über Münzenberg nach Hause fahren. Hoffentlich blieb ihr noch genügend Zeit.

Im Rückspiegel sah sie Blaulicht, das sich mit rasender Geschwindigkeit näherte. Scheiße, zu spät. Sie stellte den Motor ab und machte das Licht aus.

Das Polizeiauto stoppte hinter ihrem Wagen und Bernhard sprang heraus ohne das Blaulicht auszuschalten. Annedore saß wie gelähmt in dem Cabriolet, das vor der Absperrung stand. Sie war nicht fähig, sich zu bewegen. Der erste Schlag in den Nacken traf sie völlig unerwartet. Bevor sie in Deckung gehen konnte, öffnete Bernhard die Fahrertür und zerrte sie aus dem Auto.

Er prügelte in seiner Wut auf sie ein, aber nicht wahllos, sondern ganz gezielt auf den Rücken, Bauch und Brustbereich. Er wusste genau, wo er hinlangen musste, damit die Prellungen nicht gleich für jedermann sichtbar wurden. Während Bernhard tobend und schreiend immer weiter auf seine Frau einschlug, hielt die sich krampfhaft an der offenstehenden Tür fest ohne Aussicht auf einen Fluchtversuch.

Annedore wunderte sich über die plötzliche Helligkeit. Kam das vom Vollmond, der groß und rund die Szenerie in den Salzwiesen vor den Toren Ober-Hörgerns beleuchtete oder schwanden ihr die Sinne? Ohne Widerstand geleistet zu haben, sackte sie zu Boden. Ihr war schlecht und die plötzlich eintretenden Schmerzen in der Brust raubten ihr den Atem. Bernhard hörte auf nach ihr zu schlagen, versetzte ihr jedoch noch einen kräftigen Tritt in den Hintern.

„Wenn du noch einmal zu diesem Wichser gehst, bringe ich dich um. Das schwöre ich dir. Glaube ja nicht, dass ich mich von dir zum Narren halten lasse" schrie er wütend auf seine am Boden liegende Frau ein.

„Mach jetzt, dass du heimkommst. Und wenn du auch nur einem ein Sterbenswörtchen sagst, dann bringe ich dich gleich um, du Schlampe".

Mit einem weiteren heftigen Tritt in ihr Hinterteil bekräftigte er seine Drohung. Er drehte sich um, ging zu

dem Dienstfahrzeug und verschwand auf dem Betonweg durch die Salzwiesen in Richtung Münzenberg.

Annedore blieb auf dem Boden liegend zurück. In
den Bäumen entlang der Wetter vernahm sie das Trillern einer Nachtigall.

*

Kim erwachte. Sie wusste jedoch nicht warum. Irgendein Geräusch hatte ihren Schlaf gestört. Sie stand auf
und trat ans Fenster. Hinter der Brücke über den Mühlengraben, die seit einigen Tagen gesperrt war, sah sie
flackerndes Blaulicht. Trotz Vollmond, der die Wiesen
hell erleuchtete, konnte sie auf die Entfernung nicht erkennen, was auf der anderen Seite der Brücke vor sich
ging. Schließlich entfernte sich das Blaulicht in Richtung
Münzenberg. Vielleicht hatte die Polizei nur die Absperrung kontrolliert, bevor ein nächtlicher Promillefahrer
versehentlich über die Brücke fuhr, dachte Kim bei sich
und legte sich wieder hin. Durch das offene Fenster hörte sie den vertrauten Gesang einer Nachtigall. Im Nu war
sie wieder eingeschlafen. Dass wenige Minuten später
ein zweites Auto durch die Salzwiesen in Richtung Münzenberg davon fuhr, bekam sie nicht mehr mit.

*

Sebastian hatte sich bis auf wenige Meter an die Autos
herangeschlichen. Das fortwährend blinkende Blaulicht eines Polizeifahrzeuges erzeugte eine gespens-
tisch anmutende Szene. Kurz hinter der Brücke, direkt
vor der Absperrung, stand das offene Cabriolet seiner
Nachbarin Annedore Weghaus. Die Tür war geöffnet,
aber Annedore war nicht zu sehen. Er hörte nur die
sich vor Wut überschlagende Stimme eines Mannes

„Wenn du noch einmal zu diesem Wichser gehst, bringe ich dich um. Das schwöre ich dir. Ich lass mich von dir nicht zum Narren halten."

Er erkannte die Stimme von Annedores Mann Bernhard.

„Mach jetzt, dass du heimkommst. Und wenn du nur ein Sterbenswörtchen sagst, bringe ich dich gleich um, du Schlampe".

Zum zweiten Mal vernahm Sebastian ein kurzes Stöhnen, dass jedoch nicht von dem davoneilenden Bernhard stammen konnte.

Bernhard verschwand mit dem Polizeiauto.

Sebastian kam aus der Deckung und balancierte vorsichtig über die vom Mond hell erleuchteten Bohlen, die zwischen den Brückenmauern von einer Seite zur anderen über den Mühlengraben gelegt worden waren. Die Fahrbahndecke war marode. Sie musste von Grund auf erneuert werden.

Er fand seine Nachbarin zusammengekrümmt hinter der offenstehenden Wagentür auf dem Boden liegen. Sofort erkannte er die Situation. Bernhard hatte sie zusammengeschlagen.

Er beugte sich über die am Boden liegende Frau und berührte sie vorsichtig an der Schulter.

„Hallo Annedore. Wie fühlst du dich? Kannst du aufstehen?"

„Ich weiß nicht, wie es mir geht. Mir tut alles weh" stöhnte sie.

„Soll ich einen Krankenwagen holen?" Er wusste schon während er fragte, dass sie das nicht wollte.

„Nein, nein, lass mal. Es wird schon gehen". „Du kannst aber doch hier nicht liegenbleiben".

Nach einer Weile antwortete Annedore: „Basti, ich brauche Deine Hilfe. Du musst mir ins Auto helfen und mich nach Hause bringen".

„Aber ich kann doch noch gar nicht Auto fahren. Das ist unmöglich".

Das war gelogen. Er hatte schon mehrfach heimlich im Feld mit dem Auto seines Vaters geübt, aber das wusste Annedore ja nicht.

„Egal, ich kann nicht mehr fahren, aber ich kann auch nicht hierbleiben. Bitte hilf mir".

Dem letzten Satz folgte ein Schwall Kotze, der sich auf Sebastians Füße ergoss.

Annedore krümmte sich vor Schmerzen und würgte erneut. Sebastian sprang angeekelt zur Seite. Ausgerechnet auf seine neuen Chucks. So eine Scheiße, wie sollte er denn die Kotze da wieder wegkriegen?

Annedore rappelte sich mit viel Mühe auf alle Viere und zog sich dann unter großer Kraftanstrengung an der Autotür nach oben.

„Mach mal die Beifahrertür auf" kam es leise aus ihrem Mund. Auf die Karosserie gestützt, gelangte sie langsam auf die andere Seite und ließ sich auf dem Beifahrersitz nieder.

„Los setz dich schon hinters Steuer und fahr mich heim" herrschte sie Sebastian an.

Mittlerweile war es zwei Uhr. Ohne Komplikationen lenkte der 16 -jährige den Kleinwagen durch die vom Mond beschienen Wiesen. Vor ihm lag die gewaltige Burgruine der Münzenburg, deren Beleuchtung um

Punkt ein Uhr abgeschaltet worden war. Nur der Vollmond erhellte noch die beiden Türme.

Der Ortskern von Münzenberg war menschenleer. Die enttäuschten Fußballfans lagen anscheinend alle schon in ihren Betten. Durch die nächtliche Stille folgte er der Landstraße bis zur B 488, wo er links nach Ober-Hörgern abbog.

Jetzt machte ihm das Fahren sogar Spaß und während Annedore stöhnend neben ihm auf dem Beifahrersitz saß, fuhr er mit über 70 km/h in den kleinen Ort hinein. An die festinstallierte Radaranlage hatte er dabei nicht gedacht.

Samstag, den 5. Juni 2006

Juliane träumte von heißen Küssen. Sie rekelte sich wohlig auf ihrer neuen Matratze. Die Küsse waren feucht und rochen nach Hund. Sie öffnete die Augen und blickte direkt in Amigas treue Augen.

Juliane hatte kaum geschlafen. Zum einen war sie mit den Gedanken bei ihrem Vater, zum anderen hatte ihr die Hitze in ihrem Schlafzimmer unter dem Dach den Schlaf geraubt. Die hässlichen Worte der doofen Weghaus waren ihr nicht aus dem Kopf gegangen und das anhaltende Schnarchen ihres Mannes, das sie sonst beruhigte, nervte sie.

Es war gerade mal sieben Uhr. Genau die Uhrzeit, zu der Amiga jeden Morgen mit ihrem Frauchen und deren Freundin zum Walken ging. Da Amiga den Unterschied zwischen Wochentagen und dem Wochenende nicht kannte, forderte sie ihren morgendlichen Spaziergang auch jeden Samstag und Sonntag hartnäckig bei Juliane ein.

Normalerweise schlief die Hündin auf ihrer Decke im Flur, doch morgens konnte sie die verschlossene Tür zu dem Elternschlafzimmer nicht aufhalten. Mit ihrer rechten Vorderpfote war es für sie ein Leichtes, die Klinke herunter zu drücken und so die Tür zu öffnen.

„Och Amiga, ich habe die ganze Nacht kaum geschlafen. Muss das denn sein? Geh doch mal zu Herrchen, der kann auch mal mit dir gehen."

Amiga schnaubte verächtlich, wohlwissend, dass Walter Landmann vor neun Uhr am Wochenende nie aufstand.

Juliane setzte sich auf, reckte sich nach allen Seiten und schlurfte ins Bad, wo ihre Sportsachen an der Tür hingen. Der Spiegel bot ihr ein schreckliches Bild. Die schlaflose Nacht hatte zweifellos ihre Spuren in dem sonst so schönen, ebenmäßigen von einem dunklen Pagenschnitt umrahmten Gesicht hinterlassen. Trotzdem mussten Zähne putzen und Haare bürsten fürs Erste reichen, dachte Juliane. Um diese Zeit würde ihr außer ihrem bescheuerten Nachbarn niemand begegnen. Samstags und sonntags ging sie alleine mit dem Hund walken. Ihre Freundin weigerte sich, auch am Wochenende so früh aufzustehen.

Ihre Familie schlief noch. Der Vater würde vor neun Uhr nicht aufstehen, so dass ihr genügend Zeit blieb.

Juliane öffnete die Haustür und ein Schwall warmer Luft erfüllte sofort die Diele. Bereits um diese Zeit zeigte das Thermometer 25 Grad.

Amiga stürmte zur Tür hinaus, blieb aber auf dem Bürgersteig wartend stehen. Durch das monatelange Training in einer Licher Hundeschule konnte sich Juliane auf das vorschriftsmäßige Benehmen ihrer Hündin verlassen.

Sie trottete müde hinter der Schwanz wedelnden Amiga her in Richtung Bundesstraße.

Ihr dicker Nachbar fuhr gerade mit seinem neuen Mercedes ML rückwärts aus der Garage. Jeden Morgen um kurz nach sieben stellte er sein Auto in die Einfahrt. Jeder sollte seinen neuen Reichtum sehen.

Woher hatte dieser feiste, unangenehme Fettsack mit der blassen Haut nur plötzlich so viel Geld, wunderte sich Juliane. Schon seit Monaten war der unbeliebte Nachbar dabei, sein Haus umzubauen. Dabei ging der Faulenzer schon seit Jahren keiner geregelten Arbeit mehr nach.

Auch seine Tochter, die von Hartz IV lebte, fuhr seit Monaten einen neuen A-Klasse Mercedes.

Aber Juliane wollte sich nicht auch noch mit Gedanken an dieses Ekelpaket belasten und folgte wie jeden Morgen dem Radweg entlang der B 488 bis nach Ober-Hörgern. Ihre Gedanken an den Ärger mit Annedore Weghaus konnte sie jedoch nicht ganz verdrängen.

·Vor dem Ort bog sie rechts in eine kleine Gasse ein, die direkt auf die Mühlenstraße mündete. Am Ende der Straße überquerten sie und Amelie unter der Woche die Wetter und gingen durch die Wiesen parallel zur Bundesstraße wieder zurück nach Gambach.

Allein der Anblick der Münzenburg, die hoch über dem Stadtteil und den umliegenden Wetterwiesen thronte, bestätigte ihnen jeden Morgen aufs Neue, in welch einer wunderschönen Landschaft sie zu Hause waren.

Auf dem Heimweg nahmen sie regelmäßig Brötchen vom Bäcker im Edekamarkt mit.

Doch heute Morgen kamen Juliane und die Appenzeller Sennhündin nur bis zur Brücke über den Mühlengraben. Amiga bellte schon lange, bevor sie näher kam, die rot-weißen Barken an. Die Sperrung hatte Juliane ganz vergessen, obwohl sie selbst erst in der vergangenen Woche ein Bild von dem Brückenbauwerk aus dem 18. Jahrhundert in Ober-Hörgern gemacht

hatte und dieses am nächsten Tag mit einer Information über die beabsichtigten Sanierungsmaßnahmen in
der Lokalzeitung erschienen war.

In den Amtlichen Bekanntmachungen der Lokalzeitung hatte die Münzenberger Stadtverwaltung zudem
die Bevölkerung darauf hingewiesen, dass die Brücke
über mehrere Monate unpassierbar sein würde.

Das hatte die Fußballer aus Ober-Hörgern bereits
auf die Palme gebracht, denn auf der anderen Seite
der Brücke lag links zwischen dem Mühlengraben und
dem Fluss das Wetterstadion, der ganze Stolz des ört-
lichen Fußballvereins. Die wunderschön gelegene, vorbildlich gepflegte Spielfläche war bis vor 14 Tagen noch
von riesigen Pappeln eingerahmt worden. Diese mussten jedoch auf Anweisung der Unteren Naturschutzbehörde abgeholzt werden. Die über 50 Jahre alten Bäume drohten umzustürzen. Der Untergrund entlang
des Flusses bot nicht mehr genügend Halt.

Der Wasserverband Nidda hatte unter dem Protest
des Ortsbeirates von Ober-Hörgern die Pappeln in
der letzten Woche gefällt. Die Stämme waren von den
städtischen Mitarbeitern des Bauhofes entsorgt worden. Das Astwerk hatten die Mitglieder der Freiwilligen Feuerwehr Ober-Hörgerns am vergangenen Wochenende geholt und über die Brücke auf die andere
Seite gebracht und zu einem riesigen Haufen auf der
bis vor kurzem noch als Pferdekoppel genutzten Fläche im Wetterbogen aufgeschichtet.

Walter Hufnagel, der bislang größte Pferdezüchter in
der Region, hatte vor kurzem seine Pferdezucht aufgegeben. Zum einen war er mittlerweile zu alt, zum

anderen hatte er für seinen Hof in der Mühlenstraße keinen Nachfolger.

Seine Tochter Annedore, die auf dem Eckgrundstück vor der Brücke gegenüber seinem Hof wohnte, hatte sich nie viel aus den Pferden gemacht, ebenso wenig wie ihr Ehemann Bernhard. Auch sein Enkelsohn Jens, zu dem er sonst ein gutes Verhältnis hatte, konnte seine Leidenschaft für Pferde nicht teilen. Also hatte er nach und nach alle Pferde weggeben.

Seinen Zuchthengst hatte er für eine fünfstellige Summe an eine Pferdenärrin aus Butzbach verkauft. Sie wollte gemeinsam mit ihren beiden Töchtern und ihrem Schwiegersohn, einem erfahrenen Bereiter, eine neue Zucht aufbauen.

Die große Koppel gegenüber seinem Hof in der Mühlenstraße hatte er der Stadt für gutes Geld als Bauland überlassen. In Kürze würden hier mehrere Einfamilienhäuser entstehen.

Juliane warf einen Blick auf den Bungalow der Familie Weghaus, der auf einem Eckgrundstück stand. Dort war um diese Zeit noch alles ruhig.

Annedores Cabriolet stand mit offenem Dach schief in der Einfahrt. Das Tor war nicht geschlossen. Wahrscheinlich war die Schlampe spät oder früh, ganz wie man es nahm, von ihrem Lover nach Hause gekommen, dachte Juliane bei sich. Sollte sie doch in der Hölle schmoren oder ihre spitze Zunge abfallen.

Juliane gingen jede Menge übler Gedanken durch den Kopf. Doch sie wusste genau, dass keiner der Gedanken je Wirklichkeit werden würde und die blöde

71

Weghaus immer weiter Gerüchte und Boshaftigkeiten in der Stadt verbreiten würde.

Den Mann, der sie durch das seitliche Fenster von Annedores Garage beobachtete, nahm Juliane nicht wahr.

Sie erinnerte sich unangenehm daran, dass sie am nächsten Tag schon wieder hierher kommen musste, um über das Abbrennen des Astwerks der riesigen Pappeln einen Bericht zu verfassen und entsprechende Bilder zu machen. Diese Feier würde ihr den ganzen Sonntag versauen. Aber als zuständige Lokalreporterin musste sie über dieses Event, mit dem die Fußballer und der Ortsbeirat erneut ihren Ärger über das Abholzen der Pappeln und die Sperrung der Brücke kundtun wollten, berichten.

Sie kehrte um und ging auf dem Radweg entlang der Bundesstraße zurück nach Gambach.

*

Ulla öffnete um 8.00 Uhr Benjamins Zimmertür.

„Benni steh auf, ich muss mit dir reden".

Ein Blick auf seine Uhr bestätigte ihm, dass seine Mutter eine rücksichtslose Egoistin war. Selbst am Samstag ließ sie ihn nicht ausschlafen.

„Warum soll ich denn um diese Uhrzeit schon aufstehen? Jeder normale Mensch schläft am Samstag aus", motzte er seine streng dreinblickende Mutter an. „Ja, normale Menschen schon. Aber du bist nicht normal. Oder warum sonst, hast du ein Rezept gefälscht?"

Benjamin war augenblicklich hellwach. Was wusste seine Mutter von den Rezepten?

„Was meinst du?" stellte er sich dumm. „Hör zu, wir müssen reden. Zieh dich an und komm runter ins Esszimmer bevor dein Vater wach wird".

Damit verließ seine Mutter das Zimmer und schloss die Tür hinter sich.

*

Annedore kam langsam zu sich. Sofort fiel ihr die unerfreuliche Auseinandersetzung mit ihrem Mann Bernhard in der Nacht wieder ein. Wäre Sebastian nicht gewesen, würde sie jetzt noch vor der Brücke im Dreck liegen. Sie wagte nicht sich zu bewegen, vor Angst, die Schmerzen könnten sie überfallen. Doch irgendwann musste sie ja aufstehen. Es war Samstag, der einzige Tag in der Woche, an dem sie alle ihre Einkäufe erledigen konnte. Doch dazu war sie wahrscheinlich gar nicht in der Lage.

Irgendwo klingelte das Telefon. Wo zum Teufel hatte sie es nur wieder liegen lassen? Vorsichtig rollte sie sich zur Seite und richtete sich unter Stöhnen langsam auf. Die Schmerzen in der Brust nahmen ihr augenblicklich die Luft. Sie stützte sich auf ihren breiten Oberschenkeln ab und erhob sich unter Ächzen und Stöhnen. Wie eine alte Frau tastete sie sich an den Wänden entlang ins Wohnzimmer.

Sie fand das Telefon, das mittlerweile verstummt war, auf dem Esstisch. Das Display zeigte die Nummer der Praxis von Dr. Ulla Dreiseitel. Was wollte die denn um kurz nach acht schon von Ihr? Ihre Neugierde siegte. Sie drückte die Rückruftaste. Das Telefon wählte automatisch die Nummer ihrer Hausärztin. Nach viermaligem Klingeln antwortete jedoch nur der Anrufbeantworter.

„Du sagst mir jetzt auf der Stelle, was du dir dabei gedacht hast, ein Rezept auf Jens Weghaus auszustellen" überfiel Ulla ihren Sohn, als der eine viertel Stunde später das Esszimmer betrat.

„Was glaubst du eigentlich, was los ist, wenn diese blöde Kuh mit dieser Information zur Kassenärztlichen Vereinigung geht. Da bin ich meine Zulassung los."

Ulla Dreiseitel schloss zornig die Terrassentür, die sie wegen der Hitze im Raum geöffnet hatte, mit einem Knall. Benjamin war nicht wohl bei der Sache. Wenn seine Mutter erfahren würde, wie viele Rezepte er in Wirklichkeit ausgestellt hatte, wäre die Hölle los. Deshalb gab er nur zu, dieses Rezept auf Jens ausgestellt zu haben, um günstig an seine Aknecreme zu kommen.

Ulla gab sich zunächst damit zufrieden. Sie musste aber noch einmal mit Jens Mutter, Annedore Weghaus sprechen und sie besänftigen. Vor fünfzehn Minuten war die Frau nicht ans Telefon gegangen. „Heute Abend bleibst du zur Strafe zu Hause. Ist das klar." Benjamin maulte zunächst. Er dachte gar nicht daran, an einem Samstagabend zu Hause zu bleiben. Aber warum sollte er mit seiner Mutter darüber diskutieren. Seine Eltern würden sowieso wieder einer ihrer vielen Einladungen folgen. Dann würde er heimlich verschwinden.

*

Um neun Uhr wurde Sabine Mähdert unsanft vom Klingeln des Telefons aus dem Schlaf gerissen. Sie drückte die Taste des mobilen Gerätes. Bernhard Weghaus von der Bereitschaftspolizei in Lich meldete sich. Sie gab den Hörer an Martin weiter, der nackt neben ihr in den Kissen lag.

Sie ging in die Küche, um Kaffee zu kochen. So bekam sie nicht mit, welchen Plan Martin mit seinem Freund Bernhard ausheckte.

*

Marianne traf ihren Bruder Herbert am Küchentisch über die Butzbacher Zeitung gebeugt. „Morgen" erwiderte er knapp Mariannes Gruß.

„Herbert, ich möchte, dass du diese Liebschaft mit Annedore beendest. Das geht keinen guten Weg. Letzte Nacht bist du noch glimpflich davon gekommen, aber irgendwann lauert dir der Weghaus mal auf und macht dich platt. Du weißt doch, wie jähzornig der Typ ist."

„Reg Dich ab, Schwesterherz. Es wird schon nichts passieren. Ich fahre jetzt erst mal für ein paar Tage weg. Muss Überstunden abbauen".

„Aber doch hoffentlich nicht mit dieser Schlampe" rief Marianne ihrem Bruder, der eilig ohne eine Antwort die Küche verließ, hinterher.

*

Das Telefon klingelte erneut. Annedore hatte gerade die Packung Ibuprofen 800 aus dem Arzneimittelschrank genommen und las die Packungsbeilage. Sie nahm das Telefon vom Rand des Waschbeckens, wo sie es vorsorglich abgelegt hatte.

Auf ihr kurzes „Ja" antwortete Herbert: „Hör mal Annedore, ich fahre jetzt für ein paar Tage weg. Willst du nun mitkommen oder nicht?"

„Das geht nicht. Ich habe mir zwar Urlaub genommen, aber mir ist was dazwischen gekommen".

„Na du bist gut. Erst machst du mich an, mit dir weg zu fahren und dann kneifst du".

75

Annedore legte einfach den Hörer auf. Sie hatte keine Kraft. Sie konnte doch Herbert nicht erzählen, dass ihr Mann sie zusammengeschlagen hatte. Das durfte außer Sebastian und ihr niemand wissen.

Wieder klingelte das Telefon. Falls Herbert versuchen sollte, sie noch mal zu erreichen, würde sie nicht an den Apparat gehen. Doch das Display zeigte erneut die Nummer ihrer Hausärztin.

*

Ulla war höchst zufrieden mit sich. Nach dem Telefonat mit Annedore war sie nach Ober-Hörgern gefahren und hatte persönlich mit der Frau gesprochen.

Bei dieser Gelegenheit erfuhr sie auch, was Annedore in der Nacht passiert war. Jetzt hatte sie zur Abwechslung diese feine Dame in der Hand. Die würde sich nicht mehr wagen, noch einmal den Mund aufzumachen.

Jetzt musste sie nur noch die Apothekerin aus Gambach mundtot machen. Aber da würde ihr schon was einfallen.

Benjamin würde sie aber nichts von ihrem Besuch bei der Mutter seines Schulfreundes erzählen. Der sollte ruhig etwas schmoren und denken, sein jugendlicher Leichtsinn könnte seiner Mutter die Zulassung kosten und ihm sein schönes, bequemes Leben zerstören.

*

Die automatische Tür der Apotheke am Bürgerplatz in Gambach öffnete sich. Sofort erhöhte sich die Temperatur im Innenraum. Annedore betrat entgegen ihrer sonstigen Gewohnheit langsamen Schrittes den Verkaufsraum.

Simone Frede kochte noch immer vor Wut, nachdem sie gerade mit Frau Dr. Dreiseitel ein sehr unerfreuliches Gespräch geführt hatte. Das hatte sie nur dieser Weghaus zu verdanken und jetzt stand diese Kuh auch noch vor ihr. Gut, dass der Verkaufstresen sie voneinander trennte. Simone Frede hätte keine Hand dafür ins Feuer gelegt, was sie in ihrer Wut sonst angerichtet hätte.

Ohne Gruß nahm sie das Rezept von Annedore entgegen und ging nach hinten zu den Regalen mit den Medikamenten. Für was braucht diese Kuh denn Tramal, ein überaus starkes Schmerzmittel? Als sie ihrer verhassten Kundin das Präparat reichte, fiel ihr auf, dass deren Hände stark zitterten. Auf ihrer blassen Gesichtshaut hatte sich ein feiner Schweißfilm gebildet. Annedore Weghaus ging es wohl nicht besonders gut, dachte die Apothekerin schadenfroh.

Annedore wollte schnellstmöglich nach Hause. Die Spritze, die ihr die Hausärztin vorhin gegeben hatte, begann zu wirken. Die Schmerzen ließen nach, aber sie wurde auch gleichzeitig schläfrig. Dass hatte ihr Ulla aber schon gesagt und sie ermahnt, sich ruhig zu verhalten und etwas auszuruhen.

In der Ortsmitte von Ober-Hörgern bog ein blauer LKW mit weißer Beschriftung vor ihr von der B 488 rechts in die Mühlenstraße ab. Beim Abbiegen konnte sie den Schriftzug des Hessischen Rundfunks an der Seite erkennen. Der Übertragungswagen des Fernsehsenders fuhr bis zu dem in Ober-Hörgern ansässigen Landhandel langsam vor ihr her. Annedore wartete geduldig, bis der LKW auf dem Grundstück verschwunden war und fuhr langsam 100 Meter weiter um die

Kurve und bog dann links in das offenstehende Tor ihrer Grundstückseinfahrt ein.

Kim und Bettina Jakobi, die gegenüber in ihrem Mehrfamilienhaus wohnten, kamen gerade zur Haustür heraus und sahen die verhasste Nachbarin vorbeifahren. Annedore nahm die beiden jedoch nicht wahr.

*

Das Telefon im Hause der Familie Landmann klingelte wie immer während des Mittagessens. Genervt hob Walter Landmann den Hörer ab.

„Landmann" brüllte er verärgert in den Hörer.

„Hallo Walter, bist Du auch mal wieder zu Hause. Hier ist Mani aus Ober-Hörgern. Ist Deine Frau auch zu sprechen?"

„Die kaut gerade. Moment". „Hallo" schmatzte Juliane absichtlich ins Telefon „was gibt es?"

Sie hasste es ebenfalls, wenn während des Essens das Telefon läutete, doch sie nahm im Gegensatz zu ihrem Mann das Gespräch nie entgegen.

„Hallo Juliane, hier ist dein alter Schulfreund Mani. Wir reparieren gerade das Mühlrad. Hast du nicht mal Lust vorbeizukommen und das Ding zu fotografieren für die Zeitung?"

Julianes Töchter grinsten. Sie hatten das Gespräch mit gehört, weil der Lautsprecher wie immer eingeschaltet war. Wieder mal einer von Mamas Tausenden von Schulfreunden.

„Ok, ich komme nachher mal vorbei. Ich muss mir sowieso noch mal die Brücke genau anschauen".

„Muss das denn sein, Juliane? Wir wollten doch alle zusammen mit Deinem Vater an den See fahren?"

„Ich bleibe doch nicht lange, Walter. Danach fahren wir. Versprochen".

„Das kenne ich schon. Aus dem nicht lange werden dann wieder zwei Stunden" meckerte ihr Mann sie an.

„Fahr nur Mama. Wir räumen den Tisch ab und kümmern uns um Opa. Er muss ja sowieso erst seinen Mittagsschlaf machen".

Franziska war ein bemerkenswertes Mädchen, dachte Juliane. Ohne groß zu Murren sprang sie ein. In ihrer Abwesenheit kümmerte sich die 16-jährige liebevoll um den Großvater. Sie würde den alten Mann sicher sehr vermissen, wenn sie nach den Sommerferien nach Amerika zur Schule ging.

„Danke Franzi. Wir müssen sowieso mal in Ruhe miteinander reden. Also packt schon mal eure Sachen. Nachher geht's an den See".

Mit einem Handkuss in die Runde verabschiedete sich Juliane von ihrer Familie.

*

Annedore hatte sich am späten Vormittag hingelegt und war sofort eingeschlafen. Das Medikament, das ihr die Ärztin am Morgen gegen die starken Schmerzen in der Brust und im Bauch gespritzt hatte, hatte seine Wirkung getan.

Dr. Dreiseitel hatte keine gebrochene Rippe ertasten können. Auch innere Verletzungen schienen ausgeschlossen zu sein. Die Schmerzen kämen von den Prellungen, die Bernhard seiner Frau mit den Schlägen und Tritten verursacht hatte, hatte ihr die Ärztin versichert. Sie hatte ihrer Patientin jedoch geraten, sich vorsichtshalber in der Licher Klinik röntgen zu lassen, um wirklich hundertprozentig auszuschließen, dass keine Rippe gebrochen sei.

Doch Annedore dachte nicht daran, in die Asklepios Klinik zu fahren. Dort arbeiteten jede Menge Leute aus der Stadt, die sie alle kannten. In Sekundenschnelle wäre sie das Opfer von Gerüchten in Münzenberg. Nein, entschied sie, es musste so gehen.

Lautes Hämmern und mehrere Stimmen hatten Annedore geweckt. Vorsichtig erhob sie sich vom Bett und ging langsam zur Terrassentür. Auf dem Nachbargrundstück sah sie ein paar Männer mit nackten Oberkörpern, die sich am Mühlrad zu schaffen machten, das seit dem Frühjahr nicht mehr in Betrieb war.

Auf der Pferdekoppel ihres Vaters auf der anderen Straßenseite erblickte sie junge Männer in Feuerwehruniform, die heruntergefallene Äste aufhoben und oben auf den Holzstapel schichteten.

Plötzlich tauchte ein Schatten vor ihrem Fenster auf, der sich als Sebastian, der Sohn ihres Nachbarn und nächtlichen Retters entpuppte. Annedore öffnete die Tür und sprach kurz mit dem Jungen.

„Halt ja die Klappe wegen gestern Nacht, Basti" ließ sich Annedore in drohendem Ton vernehmen. „Das kostet dich aber was, Annedore. Du hast meine Chucks voll gekotzt. Die kann ich nicht mehr anziehen".

„Ist ja schon gut. Komm am Montag wieder. Dann gebe ich dir genügend Geld für deine Chucks und ein paar andere nette Dinge. Ich bin nicht mehr auf die Bank gekommen. Mir geht es einfach nicht gut".

Damit schloss sie energisch die Tür und verschwand im Inneren des Hauses, ohne Sebastian die Gelegenheit zu einer Antwort zu geben.

*

Sebastian verzog sich aufs Nachbargrundstück und beobachtete gerade den Fortgang der Reparaturarbeiten an dem Mühlrad, als Juliane Landmann, die Mutter seiner Schulfreundin Franziska, das Grundstück betrat. „Hallo zusammen" begrüßte sie ihren Schulfreund Mani und zwei ihr unbekannte Männer, die ihm offensichtlich bei seinem Vorhaben halfen.

Das Mühlrad war komplett freigelegt. Bedingt durch die Sanierungsarbeiten an der Brücke war das Wasser der Wetter umgeleitet worden, so dass der Mühlengraben trocken lag.

„Das Mühlrad läuft seit dem Frühjahr nicht mehr. Wir wissen aber nicht warum. Nachdem sich die blöde Weghaus über das Geklapper beschwert hat, ist es auf einmal aus uns unerfindlichen Gründen stehen geblieben," erklärte Mani Wetz seiner Schulfreundin Juliane in ironischen Ton.

„Irgendwas muss das Ding blockieren. Aber das werden wir schon herausfinden", meinte der eine Freund.

„Das wäre doch gelacht, wenn wir das Rad nicht wieder zum Laufen bringen könnten. Jetzt wo das Wasser nicht da ist, kommen wir ja prima an das Ding ran", gab nun auch der andere Mann seinen Senf dazu und wischte sich den Schweiß aus dem Gesicht.

„Soll ich das auch so schreiben oder reicht es, wenn ich euren Einsatz lobend als Bildunterschrift bringe."

Die drei Männer grinsten und prosteten ihr zu. „Du wirst schon das richtige tun, Juliane".

Juliane schoss ihre Bilder, Mühlrad mit und ohne Männer und verschwand wieder. Sie ging um das Haus von Annedore Weghaus herum auf die Brücke zu. Links und rechts von der Brücke waren riesige Metallwände in den jetzt trocken liegenden Mühlengraben gerammt, so dass man den Brückenbogen von der Seite nicht mehr einsehen konnte. Über den Brückenbelag, der große Löcher aufwies, waren von einer Seite zur anderen unterschiedlich große Bohlen und Schalbretter gelegt worden. Rechts auf der Wiese wurde der Berg mit Ästen immer höher. Rund um den Platz wurden Tische und Bänke von den Mitgliedern der Freiwilligen Feuerwehr Ober-Hörgern aufgestellt.

Im Hintergrund sah Juliane Männer in blauen Overalls auf dem Hof des Landhandels herumlaufen. Die Mitarbeiter des Hessischen Rundfunks hatten eine riesige Leinwand für das Public Viewing des Fußballendspieles am nächsten Abend errichtet und sicherten jetzt mit einigen Handgriffen die Leinwand.

Obwohl Deutschland am Vorabend ausgeschieden war, würden die Fußball begeisterten Ober-Hörgerner und viele Freunde aus der ganzen Stadt an diesem Spektakel teilnehmen.

Juliane schwang sich gerade auf ihr Rad, als Bettina Jakobi in ihrem schicken Volvo Cabriolet die Straße entlang kam. Beide hielten an und tauschten kurz ein paar Worte über das ungewöhnlich warme Wetter aus. Man verabredete sich für den nächsten Tag auf dem Feuerplatz.

„Im Übrigen, weißt du wer heute Morgen bei der Weghaus war? Die Dreiseitel. Über eine halbe Stunde stand ihr Auto vor dem Tor. Möchte nicht wissen, was da abgegangen ist." Bettina grinste wie ein Honigkuchenpferd und gab Gas.

Juliane hielt 50m weiter erneut ihr Rad an. Daniel Rot, der groß gewachsene, gut aussehende Stadtbrandinspektor von Münzenberg kam mit seinem Kurzhaardackel Anton den Weg entlang gelaufen.

„Hallo Juliane, wie geht es dir? Hast du dich wieder beruhigt? Der Weghaus hast du es ja gestern Abend ganz schön gegeben. Wurde ja auch mal Zeit, dass der einer die Meinung sagt".

„Hallo Daniel, woher weißt du das denn schon wieder?"

„Na ich hab auch im Hof des Falken gesessen und habe alles mitbekommen. Das macht eh schon die Runde im Dorf".

„Ich befürchte nur, dass ich das noch ziemlich zu spüren kriege. Die Weghaus macht mich doch jetzt überall schlecht."

„Ach was, die nimmt doch eh keiner mehr für voll. Du kommst doch Morgen zum Abbrennen? Bring Deine Kamera mit und den Schreibblock."

Juliane hätte zu gern den niedlichen Dackel gestreichelt. Doch der hatte bereits hüftwackelnd seinen Weg in Richtung Feuerplatz fortgesetzt.

Sie fuhr weiter. Bevor sie in den Verbindungsweg von der Mühlenstraße zum Radweg entlang der B 488 einbog, sah sie Ingrid Tscheche die Straße entlang kommen. Aber Juliane hatte keine Lust, erneut stehen zu bleiben, um mit ihrer Haushälterin über die Demenz ihres Vaters zu sprechen.

*

Ingrid blieb vor dem Bungalow ihrer Freundin stehen und klingelte. Im Haus blieb es jedoch still. Nachdem sie mehrfach bei Annedore angerufen und niemand das Telefon abgehoben hatte, war sie vor lauter Sorge um die Freundin trotz der Mittagshitze in die Mühlenstraße gelaufen. Sie wollte gerade zur Terrasse gehen, um durch eine der Türen ins Haus zu schauen, als sich die Haustür wie von Geisterhand öffnete. Ingrid schob die Tür weiter auf und betrat den Flur.

Annedore, schneeweiß im Gesicht, lehnte an der Dielenwand. „Mensch Annedore, was ist denn mit dir los, geht es dir nicht gut?" fragte die Freundin besorgt. Sie fasste Annedore am Arm und schob sie ins Wohnzimmer zu einem Sessel. Annedore ließ sich stöhnend darauf nieder.

*

Um halb fünf begann Martin Weiss-Alles unruhig zu werden. Ständig schaute er auf die Uhr. Sabine bemerkte sofort, was ihren Freund umtrieb. Es war die Zeit, zu der er sonst in den Falken ging, um sich an der Theke ein paar Bierchen und Schnäpse zu gönnen. Doch letzte Nacht hatte er versprochen, sich zu bessern und nicht mehr so oft in der Kneipe zu hocken. Heute Abend wollte er bei ihr bleiben.

Sabine tat so, als würde sie es nicht bemerken. Nach einer halben Stunde begann Martin jedoch vorsichtig zu fragen.

„Du Sabine, ich muss noch mal weg. Kann ich dein Auto haben? Ich bin gleich wieder da."

„Wo willst du denn jetzt schon wieder hin? Du hast mir doch versprochen, hier zu bleiben und mit mir zu kochen."

„Das mache ich ja auch. Ich muss nur mal was für den Bernhard erledigen. Dann komme ich gleich zurück."

„Wie wäre es zur Abwechslung mal mit dem Fahrrad?" blökte Sabine. Dieses Mal blieb sie hart und verweigerte ihm die Autoschlüssel.

Martin setzte sich widerwillig auf sein Rad und fuhr zum Falken, bestellte an der Theke im Hof ein Bier und eine Linie und erfuhr von Beate, der Aushilfskellnerin, dass Herbert in den Urlaub gefahren war.

Anschließend fuhr er mit dem Rad nach Ober-Hörgern zum Haus von Annedore und Bernhard Weghaus. Er schwitzte stark. Das Radfahren war nicht unbedingt sein Ding. Außerdem war es heute wieder unerträglich heiß.

In Ober-Hörgern stellte er fest, dass Annedores Auto verschwunden war. Nachdem er seinen Freund Bernhard per Handy informiert hatte, fuhr er mit dem Rad nach Gambach in die Jahnstraße zurück, um mit Sabine einen langweiligen Abend zu verbringen.

Später musste er aber noch einmal nach Ober-Hörgern fahren, um nachzusehen, ob Annedore wieder heimgekehrt war. Das hatte er Bernhard versprochen.

*

Benjamin verbrachte trotz Ausgangssperre den Abend mit seiner Freundin Aime in Gambach. Die Freundinnen und Nachbarn, die am frühen Abend gekommen waren, um Aime auf Wiedersehen zu sagen, hatten sich längst verabschiedet. Aime und Benjamin lagen in der schwülheißen Abendluft auf der Hollywood-Schaukel und schworen sich ewige Liebe.

Angela Richter hatte nichts dagegen, dass Aimes Freund noch länger blieb. Es war ihr letzter gemeinsamer Abend, denn am nächsten Tag würde Aime nach Südafrika zurückkehren. Das Schuljahr war fast zu Ende und sie musste wieder in die Heimat zurück.

Nach einem tränenreichen Abschied setzte sich Benni aufs Fahrrad, um nach Hause zu fahren. Obwohl die Brücke über den Mühlengraben in Ober-Hörgern gesperrt war, hatte er keine Lust, den Radweg bis nach Münzenberg zu nehmen. Er würde das Fahrrad einfach über die Bohlen auf die andere Seite schieben.

*

Die Warnung ihrer Ärztin ignorierend war Annedore trotz des starken Schmerzmittels am frühen Abend mit dem Auto die kurze Strecke durch das Dorf zu ihrer Freundin Ingrid gefahren. Das Cabriolet hatte sie hinter dem Grundstück abgestellt. Durch den Garten und die Scheune war sie ungesehen in Ingrids Haus gelangt. Den ganzen Abend hatte sie gemeinsam mit ihrer Freundin verbracht und sich ihren Kummer von der Seele geredet. Sie hatten gemeinsam gegessen und zu viel getrunken.

Ingrid war über die willkommene Abwechslung froh. Seit sie ihren Mann vor einem Jahr rausgeschmissen hatte, wohnte sie allein auf dem riesigen Anwesen oberhalb des Weihers in der Dorfmitte.

Kurz vor Mitternacht schloss Ingrid die Haustür hinter ihrer Freundin ab. Sie sah nicht mehr, dass Annedore das Grundstück durch den Hof verließ und am Weiher vorbei in Richtung Unterdorf lief. Auch der schwankende Schritt ihrer Freundin fiel ihr nicht auf. Sie hatte selbst genügend getrunken und begab sich sofort ins Bett. Wegen der Hitze in ihrem Zimmer verzichtete sie auf ein Nachthemd.

*

Die Frau kam schwankend die Straße herunter. Der Vollmond am sternenklaren Himmel leuchtete ihr den Weg durch die warme Sommernacht. In der Ferne hörte sie das Trillern einer Nachtigall. Sie merkte, wie ihr der Alkoholrausch so langsam die Sinne nahm. Plötzlich begann sich ihre Umgebung zu drehen. Der Asphalt der Straße kam unweigerlich auf sie zu als sie zuerst auf die Knie fiel und dann mit dem Oberkörper vornüber kippte und mit dem Gesicht auf dem Grünstreifen am Straßenrand aufschlug.

Zwei Minuten später wäre Benjamin auf seinem nächtlichen Heimweg beinahe über das menschliche Hindernis gefahren. Er stieg vom Rad ab und beugte sich zu dem nach Alkohol stinkenden Etwas hinunter. An den Haaren zog er den Kopf aus dem Dreck. Das aufgedunsene Gesicht gehörte zu der Mutter seines Freundes Jens, Annedore Weghaus, die am Ende der Straße in einem schicken Bungalow wohnte.

Er lies die hilflose Frau am Wegrand liegen und fuhr die Mühlenstraße hinunter, vorbei an dem Haus der Familie Weghaus zu seinem Freund Basti.

Er ging über den Rasen zur Terrassentür. In dem Zimmer seines Freundes brannte noch Licht. Er klopfte an die Scheibe.

„He Basti, bist du noch wach. Mach mal die Tür auf"
forderte er seinen Freund auf.

„Was ist denn los, Benni?"

„Frag nicht so viel. Komm einfach mit. Ich brauche
deine Hilfe".

Mit Unterstützung seines Freundes Sebastian beseitigte Benjamin den leblosen Körper der Frau auf dem
nahe gelegenen Holzstoß im Wetterbogen, der am
nächsten Tag herunter gebrannt werden sollte. Den
Prostest seines Freundes ignorierend und ungeachtet
der Tatsache, ob der warme Körper noch eine Spur von
Leben in sich hatte, entkleideten die jungen Männer
den fülligen Leib der Frau und deckten sie im Schein
des Mondes mit Ästen zu, bis nichts mehr von ihr zu
sehen war. Auf dem Asphalt blieb ein einzelner Damenschuh zurück.

*

Es war schon fast Mitternacht, als Sabine endlich eingeschlafen war. Martin schlich aus dem gemeinsamen
Schlafzimmer und zog sich im Bad an. Leise verließ er
die Wohnung, nahm sein Rad, das an der Hauswand
lehnte und fuhr nach Ober-Hörgern.

Die Luft war warm. Der silbrig glänzende Vollmond
leuchtete ihm den Weg. Auf der Bundestraße waren
immer noch Autos in beide Richtungen unterwegs.

Martin hielt den Kopf gesenkt und schaute auf den
Radweg. Er wollte nicht, dass man ihn als den einsamen Radfahrer erkannte.

Er, der jahrelang als erfolgreicher Geschäftsmann
bekannt war, musste sich nun auf einem Fahrrad

abstrampeln, um die Frau eines seiner Freunde zu überwachen. Wenn das seine Stammtischbrüder wüssten, wäre er bei denen unten durch. Doch er brauchte das Geld, das ihm Bernhard für den Freundschaftsdienst angeboten hatte. Die dreißigtausend Euro, die ihm Sabine im Frühjahr geliehen hatte, waren verbraucht. Davon hatte er einen Teil seiner Schulden getilgt, den Rest hatte er im Falken an der Theke gelassen. Er hatte noch nie gut mit Geld umgehen können. Sobald er etwas hatte, gab er es wieder aus. Bis jetzt hatte er Sabine hinhalten können, doch lange würde sie sich das nicht mehr gefallen lassen.

Als Martin in den unteren Teil der Mühlenstraße einbog, entdeckte er zwei Gestalten, die sich über einen großen am Boden liegenden Gegenstand beugten. Er verlangsamte die Fahrt und flüchtete mit seinem Rad hinter einen Busch. Aus der sicheren Entfernung konnte er die Geschehnisse auf der Straße beobachten. Obwohl der Mond die unheimliche Szenerie beschien, war es ihm unmöglich zu erkennen, ob die beiden Personen einen menschlichen Körper oder ein Tier über den Asphalt zogen.

An der Körperhaltung der beiden Gestalten wurde jedoch deutlich, dass es sich um zwei Männer jüngeren Alters handeln musste.

Wurde er gerade Zeuge eines Verbrechens, ging es Martin durch den Kopf. Sollte er nicht besser die Polizei holen. Er griff in die Gesäßtasche und stellte fest, dass er sein Handy im Bad hatte liegen lassen.

Er wollte seine Deckung nicht verlassen, vor Angst gesehen zu werden. Ihm war die Gefahr, in der er schwebte durchaus bewusst.

Es dauerte eine ganze Weile bis die beiden Männer sich entfernten. Sie liefen zum unteren Ende der Straße. Dann verlor sich ihr Bild in der Dunkelheit. Dass sie einen Beobachter hatten, merkten sie nicht.

Als Martin glaubte, alleine und unbeobachtet zu sein, verließ er sein Versteck und lief geduckt am Straßenrand ebenfalls bis zum unteren Ende der Mühlenstraße.

Er entdeckte die beiden jungen Männer vor dem Eingang des letzten Hauses wild gestikulierend. Aus den wenigen Wortfetzen, die er hörte, wurde er jedoch nicht schlau.

Er verschwand schnell in der Hofeinfahrt des Mehrfamilienhauses, als eine der beiden Personen mit einem Fahrrad auf die Kreuzung zukam und in Richtung Brücke verschwand.

Martin wartete noch eine Weile und ging dann zum Bungalow der Familie Weghaus. Das Tor zum Grundstück stand auf. Er leuchtete mit seiner Taschenlampe durch das Fenster in die Garage. Die Garage war leer. Annedore war also nicht zu Hause wie sein Freund Bernhard es bereits befürchtet hatte.

*

Der Mann, der sich seit Tagen in der Garage der Familie Weghaus aufhielt, konnte sich gerade noch unter dem Lichtstrahl ducken, sonst hätte ihn der späte Beobachter bemerkt. Er musste sein Versteck bald verlassen, bevor ihn die Familie Weghaus oder einer der Nachbarn entdeckten. Dieser Ort bot ihm keine Sicherheit mehr.

*

Sebastian öffnete die Terrassentür von außen und schlich in sein Zimmer zurück, dass er vor gut einer

Stunde verlassen hatte. Er ging ins Bad und erbrach sich. Was hatte er nur getan?

*

Benjamin schob sein Rad auf die Brücke zu. Er schlängelte sich durch die Lücke der rot-weißen Barken. Als er auf den Rand eines Schalbrettes trat, kippte es zur Seite und gab einen Spalt frei. Ohne sich irgendwo festhalten zu können, fiel der Junge durch den Spalt nach unten in das ausgetrocknete Bett des Mühlengrabens. Im Fallen ließ er sein neues Sportrad los, das zur Seite kippte und an der Brückenmauer hängen blieb. Der Junge schlug hart mit dem Kopf auf dem großen Stein unter der Brücke auf. Bevor er noch realisieren konnte, was passiert war, schwanden ihm die Sinne.

*

Martin trat vorsichtig den Rückweg zu dem Gebüsch, wo er sein Rad hatte stehen lassen, an. Die Stille der Nacht wurde plötzlich von einem scheppernden, metallischen Geräusch unterbrochen. Er drehte sich um, konnte aber die Ursache des seltsamen Geräusches nicht erkennen.

Auch der Mann in der Garage hörte das metallische Scheppern, traute sich jedoch nicht sein Versteck zu verlassen, um der Sache auf den Grund zu gehen.

Martin beschleunigte seine Schritte. Ihm war etwas mulmig zu Mute. Auf der Straße in Höhe des riesigen Holzstoßes trat Martin auf etwas Hartes und wäre beinahe gestürzt. Ihm war die ganze Sache unheimlich und eigentlich wollte er gar nicht wirklich wissen, was da gerade vor sich gegangen war. Wenn er jedoch

Zeuge eines Verbrechens geworden war, wäre es dann nicht seine Pflicht, die Polizei zu informieren? Auf der einen Seite reizte es ihn, sich als Entdecker eines Verbrechens zu präsentieren, andererseits hatte er gerade genug Ärger mit Sabine und der Insolvenz seiner Firma. Außerdem war er ja nicht wirklich sicher, was die beiden Männer zu dem Holzstapel transportiert hatten und nachsehen wollte er jetzt ganz bestimmt nicht, was sich unter dem Berg von Holz womöglich verbarg. Er würde morgen, bevor das Astwerk entzündet werden würde, nachsehen. Dann konnte er die Entdeckung immer noch zu seinem Vorteil ausnutzen.

*

Annedore erwachte mitten in der Nacht. Sie hörte den Ruf einer Eule. Die Schmerzen waren plötzlich wieder da. Vorsichtig öffnete sie die Augen. Über sich sah sie den Vollmond. Trotz der sommerlichen Wärme fror sie. Sie war nackt. Irgendetwas lag schwer auf ihr, dass es ihr unmöglich machte, sich zu bewegen. Angst kroch in ihr hoch. Wo war sie? Sie war doch nicht in ihrem Bett. Ihre Finger glitten über eine raue Oberfläche. Es fühlte sich an wie ein Stück Holz. Sie wollte schreien, doch sie brachte keinen Ton heraus. Die Angst schnürte ihr die Kehle zu. Irgendetwas ging in ihrem Körper vor sich. Ihr wurde plötzlich eiskalt, so als hätte man sie in eine Gefriertruhe gelegt. Eine Welle nie gekannter Übelkeit kroch in ihr hoch. Intuitiv bewegte sie den Kopf zur Seite und übergab sich.

*

Benjamin kam kurz zu sich. Er wusste nicht wo er war. Der Schädel brummte, aber seinen restlichen Körper konnte er nicht spüren. Die Dunkelheit machte ihm Angst. Der Ruf einer Eule drang in sein Bewusstsein. Bevor ihm einfiel, wo er sich befand, versank er in Bewusstlosigkeit.

Sonntag, 6. Juni 2006

Juliane war bereits um halb fünf wach. Im Kirschbaum vor ihrem Schlafzimmerfenster begannen die ersten Vögel zu zwitschern. Sie wusste, dass die Nacht für sie vorbei war und stand kurzerhand auf.

Vor der Schlafzimmertür wäre sie beinahe über ihre Appenzeller Sennhündin gefallen. Sie zog sich an und verließ mit Amiga das Haus. Es war noch dunkel. Aber über der Burg kündigte ein feiner Silberstreifen bereits das erste Tageslicht an.

Es war immer noch oder schon wieder, je nachdem wie man es sah, ungewöhnlich warm. Es schien so, als gäbe es gar keinen Unterschied mehr zwischen Tag und Nacht.

Während der Bauarbeiten an der Brücke in Ober-Hörgern hatte sie Amiga an den Weg vorbei am Norma-Markt an das freie Feld gewöhnen wollen. Doch der Hund war schneller als sein Frauchen und bog nach der Querungshilfe links auf den Radweg entlang der B 488 ein. Nur vereinzelt fuhren Autos auf der Bundesstraße vorbei. Was machten überhaupt an einem Sonntagmorgen um kurz vor fünf Autos hier, fragte sich Juliane. Wer war schon um diese Zeit unterwegs. Im gewohnten Walkingschritt gelangten sie bis zur abgesperrten Brücke. Mittlerweile hatte die aufgehende Sonne die Burg in ein rotgoldenes Licht getaucht. Obwohl sie dieses Naturschauspiel schon hunderte von Male erlebt hatte, war sie jedes Mal aufs Neue fasziniert.

Das gelbe Sportrad, das an der Brückenmauer hing, sah sie allerdings nicht. Dafür stolperte sie auf dem Rückweg über etwas am Boden. Es war ein Damenschuh, der mitten auf der Straße lag und der sie beinahe zu Fall gebracht hätte. Das wurde ja immer schöner, dachte sich Juliane, hob den Schuh auf und stellte ihn an den Fahrbahnrand.

*

Als es dämmerte, verließ Ralf Meermann sein Versteck. Leise schloss er die Tür von außen. Im hinteren Teil der Garage befand sich ein kleiner Raum, der der Familie Weghaus als Abstellraum diente. Hier konnte er sich zurückziehen, ohne dass es irgendjemandem aufgefallen wäre. Zudem befand sich dort ein Waschbecken, so dass er regelmäßig Körperpflege betreiben konnte.

Seit er alles verloren hatte, lebte er mehr oder weniger auf der Straße. Ein unwürdiges Leben, das er in seinen besten unternehmerischen Zeiten niemals in Betracht gezogen hätte. Aber durch seine eigene Dummheit, seine Raffgier, hatte er alles verloren. Die Villa, die Firma, alles war unter den Hammer gekommen. Seine Frau hatte ihn verlassen und seine Kinder, die ihr eigenes Leben führten, wollten nichts mehr von ihm wissen. Die Freunde hatten sich ganz schnell zurückgezogen, so als hätte es sie nie gegeben. Zunächst hatte man ihn nur mitleidig belächelt. Dann übersah man ihn einfach. Vorgestern hätte ihn sogar beinahe ein Auto überfahren. Er war zur Persona non grata geworden.

Nur Bernhard Weghaus, ein Freund aus alten Tagen, hatte ihm angeboten, bei schlechtem Wetter vorübergehend in seiner Garage Unterschlupf zu finden.

Natürlich durfte dessen Frau nichts davon wissen. Also kam er seit einiger Zeit nur nachts hierher. Aber auch das musste jetzt ein Ende haben.

Langsam ging Ralf Meermann zur Brücke über den Mühlengraben, die wegen der Umbauarbeiten provisorisch mit Holzbohlen belegt war. Er wollte heute Morgen auf die andere Wetterseite gehen und in Münzenberg eine Möglichkeit suchen, von dort aus in den Vogelsberg zu kommen.

In Ruppertsburg lebte sein Patenonkel, mit dem er sich immer gut verstanden hatte. Er wollte den alten Mann, der ganz alleine lebte, bitten, ihn für eine Weile bei sich aufzunehmen. Das hätte er schon längst tun sollen. Aber sein Stolz hatte ihn daran gehindert.

Er schlüpfte durch die rot-weißen Barken, die unordentlich aufgereiht dastanden. Eines der Bretter war verrutscht. Vorsichtig schob er sich daran vorbei. An der Brückenmauer lehnte ein gelbes Sportrennrad. Sonderbar dachte er. Wer ließ denn hier ein so teures Rad stehen? Er sah sich um, doch in der Morgendämmerung konnte er niemanden sehen, zu dem das Rad gehören könnte. Vorsichtig hob er das Rad an und schob es über die wackeligen Bohlen auf das andere Ende der Brücke zu. Ihm war schon klar, dass die Bohlen und Schalbretter nur zur Abdeckung aber nicht zum Überqueren der Brücke dienten.

Auf der anderen Seite betrachtete er das Fundstück genauer. Es gefiel ihm und da der Besitzer es im Moment offensichtlich nicht benötigte, schwang er sich auf den Sattel und fuhr in Richtung Münzenberg davon.

*

Benjamin kam langsam zu sich. Er öffnete vorsichtig die Augen. Sein Blick bestätigte, was seine Nase wahrnahm – Erde. Er lag mit dem Gesicht im Dreck. Über ihm klapperte es. Er vernahm Schritte und ein Schleifen. Aber die Geräusche verstummten genauso schnell, wie sie gekommen waren. Sein Mund und seine Kehle waren trocken. Er brachte nur ein leises Krächzen hervor. Seine Arme und Beine waren immer noch taub. Er versuchte den Kopf zu heben, was ihn über alle Maßen anstrengte und sofort einen höllischen Schmerz in den Nacken trieb. Jetzt fiel ihm wieder ein, was passiert war und sofort wurde er sich seiner ausweglosen Lage bewusst. Wenn er sich nicht bemerkbar machen konnte, würde er hier unter der Brücke verhungern und verdursten. Die einzige Hoffnung bestand darin, dass man sein Rad auf der Brücke entdecken und nach ihm suchen würde. Sein Kopf fühlte sich plötzlich ganz kalt an und fiel zurück auf den Boden des Bachbettes. Sein letzter Gedanke blieb bei der Beseitigung der Leiche hängen.

*

Sebastian konnte nicht schlafen. Die Gedanken über die Geschehnisse in der letzten Nacht gingen ihm nicht aus dem Kopf. Das hätten sie nicht tun dürfen, auch wenn jede Hilfe zu spät kam. Sie hätten die Polizei verständigen müssen. In was hatte Benjamin ihn da wieder reingeritten? Vor allem hätte er nicht die Tasche und die Kleider seiner Nachbarin an sich nehmen dürfen.

Er zog seinen Jogginganzug an und verließ sein Zimmer über die Terrasse. Wenn seine Eltern wüssten, wie oft er nachts draußen rumstreunte, würden sie wahrscheinlich nicht so ruhig schlafen. Er ging am Haus von Annedore vorbei in Richtung Brücke. Benjamin war in der vergangenen Nacht in diese Richtung verschwunden. Er wollte sein Rad über die Brücke schieben. Sebastian hatte versucht, ihm das Vorhaben auszureden, aber sein einziger Freund hatte nicht auf ihn hören wollen.

Sebastian sah, dass die rot-weißen Barken verschoben und eines der Bretter auf der Brücke verrutscht war. Wahrscheinlich war es das Werk seines Freundes gewesen.

*

Bereits um 9.00 Uhr war Stadtbrandinspektor Daniel Rot in Begleitung seines Kurzhaardackels Anton unterwegs. Die Sonne brannte von einem strahlendblauen Himmel und kündigte den nächsten heißen Tag an. Daniel Rot ging die Straße hinunter, vorbei an der Riesenleinwand auf dem Vorplatz des Landhandels von Ortwin Preiß. Anton wackelte wichtig, die Nase auf dem Boden, vor ihm her.

Vor dem großen Haufen mit trockenem Astwerk blieb Daniel stehen. Die Jungs und Mädels der Jugendfeuerwehr hatten ganze Arbeit geleistet, indem sie das Astwerk auf einen großen Haufen aufgeschichtet hatten. Er ging um den Holzstapel herum in Richtung Brücke, um sich zu vergewissern, dass die Absperrung richtig angebracht war. Anton umkreiste wie ein Wilder den riesigen Haufen und hörte gar nicht auf zu bellen. Schwanzwedelnd schnüffelte er an einer Stelle, um gleich darauf wieder sein wütendes Bellen fort zu setzen. Sein Herrchen ermahnte ihn. „Anton komm, wir müssen noch zur Brück".

Daniel stellte fest, dass die Barken verschoben worden waren und auch eine Bohle verrutscht war. Sollte hier tatsächlich schon einer drüber gelaufen sein? Anscheinend war demjenigen nicht klar gewesen, wie gefährlich das Überqueren der Brücke war.

Er schob die Bohle vorsichtig an ihren Platz zurück und stellte die rot-weißen Barken wieder so auf, dass keiner mehr durchschlüpfen konnte. Es wäre doch fatal, wenn einer der Gäste am Nachmittag auf der Brücke herumlaufen und in eines der Löcher hinabstürzen würde.

Der Bürgermeister von Münzenberg war sowieso gegen die Aktion mit dem Feuer gewesen, nachdem die Baufirma in der vergangenen Woche kurzfristig ihr Kommen angesagt und die Wetterbrücke gesperrt hatte. Eigentlich sollte mit den Brückenbauarbeiten erst nach der Ernte begonnen werden. Doch die Firma Werner aus Reichelsheim hatte zufällig Kapazitäten frei und hatte bereits den Brückenbelag, der kaum noch befahrbar gewesen war, größtenteils entfernt.

Wer immer da auf der provisorischen Abdeckung herumgeturnt war, konnte sich auf etwa gefasst machen, wenn er ihn erwischte.

Daniel war als ein gerechter, aber strenger Lehrmeister bekannt. Sein ganzer Stolz war die Jugendfeuerwehr der Stadt. Er sah darin eine große Chance für viele Jugendliche, die allwöchentlich freitags zu den Übungsstunden der Jugendfeuerwehr kamen. Hier fühlten sie sich in der Gemeinschaft wohl und geborgen, oftmals mehr als in der eigenen Familie. Er bemerkte immer wieder, wie die Jungen und Mädchen durch die Zugehörigkeit und die ihnen übertragenen

Aufgaben an Selbstbewusstsein gewannen und gegenseitigen Respekt lernten.

Anton rannte kläffend die Böschung runter und lief unter der Brücke zwischen den riesigen Metallwänden durch den Dreck. Der Geruch von Blut, Schweiß und Angst weckte seinen Jagdinstinkt und zog ihn magisch an. Winselnd blieb er vor einem warmen Körper stehen, beschnüffelte diesen ausführlich und begann, die nackten Arme des am Boden liegenden Körpers ausgiebig abzulecken. Die Rufe seines Herrchens überhörte er geflissentlich.

Hilflos musste Benjamin das Geschlecke über sich ergehen lassen. In seiner ganzen Verzweiflung freute er sich aber über die Zuneigung des kleinen Dackels und hoffte, dass der Hund seinen Besitzer zu ihm führen und ihn endlich aus seiner misslichen Lage befreien würde.

*

Um neun Uhr ging Ingrid Tscheche in ihren Garten hinter der Scheune. Sie wollte die blühenden Blumenbeete noch gießen, bevor sie in die Kirche ging. Bei der Hitze musste sie die Beete mitunter zweimal am Tag nass machen. Das Auto von Annedore hinter der mannshohen Heck fiel ihr nicht auf. Auch das Handy, das im Wageninneren ständig klingelte, hörte sie nicht.

*

Ulla saß auf ihrer Terrasse und studierte die Sonntagsausgabe der Frankfurter Allgemeinen Zeitung. Der Sonntag war der einzige Tag, an dem sie einmal ausgiebig die Zeitung lesen konnte. Von den Kindern war noch keiner aufgetaucht. Ihr Mann lag auch noch im

Bett. Er musste seinen Rausch ausschlafen. Gestern Abend war es mal wieder spät geworden.

Ihr Mann Volker hatte wieder alle jungen Frauen angebaggert und sich besinnungslos besoffen. Es wurde immer schlimmer mit ihm, aber sie sah auch keinen Ausweg aus der Situation.

*

Bernhard Weghaus hatte schon mehrfach versucht, seine Frau auf dem Festnetz zu erreichen. Vergeblich. Auch ihr Handy bediente Annedore nicht. Vielleicht war er Freitagnacht doch zu weit gegangen. Aber auch sein Sohn Jens hatte seine Mutter noch nicht erreicht, wie er ihm soeben mitgeteilt hatte.

Bernhard konnte sich nicht von der Station in Lich entfernen. Im Moment war alles ruhig. Ein Einsatz der Beamten war nicht notwendig. So konnte er auch nicht in Ober-Hörgern vorbeifahren, um zu überprüfen, ob Annedore mittlerweile zu Hause war. Also musste er nochmals seinen Freund Martin bitten.

*

Sabine hatte langsam genug von ihrem Freund. Kurz vor dem Mittagessen war er einfach mit dem Rad verschwunden.

Auch gestern Nacht hatte er sich heimlich aus dem Haus geschlichen und war über eine Stunde weggeblieben. Sie hatte sich schlafend gestellt, als er nach Hause kam. Sie hatte keine Lust, sich erneut Lügen anzuhören.

Seit Freitagabend glaubte sie ihm gar nichts mehr. Für wie blöd hielt er sie eigentlich? Was machte er nur ständig und was hatte das alles mit diesem Weghaus zu tun?

Der einzige Grund, warum sie noch bei ihm blieb, war der Sex mit ihm. Obwohl sie schon mehrere Männer hatte, war keiner dabei, der sie so ausdauernd befriedigen konnte wie Martin. Sie wusste, dass sie sexsüchtig war und einen harten Schwanz wie das tägliche Brot zum Leben brauchte.

*

Um 12.30 Uhr öffnete Ulla ihren Eltern die Tür. Adolf und Erna Dreiseitel kamen regelmäßig sonntags zum Essen in das Haus ihrer Tochter nach Münzenberg. Das war das Mindeste was sie von ihrer Tochter, der sie das Medizinstudium finanziert hatten, erwarten konnten.

Ullas Halbschwester Gabriele, die ihre Mutter mit in die Ehe gebracht hatte, war in der Familie selten geduldet. Sie hatte einen einfachen Angestellten geheiratet, der mit dem Lebensstandard der Dreiseitels nicht mithalten konnte. Nur zu Weihnachten wurde Gabriele mit ihrem Mann und den beiden Söhnen eingeladen, um den Anstand zu wahren.

Gabriele war eine herzliche Frau, die immer lachte. Obwohl Ulla ihr berufs- und standesgemäß weit überlegen war, beneidete sie insgeheim ihre Halbschwester um ihr intaktes Familienleben. Auch wenn die Standesunterschiede der beiden Schwestern kein normales Miteinander zuließen, verstanden sich die Söhne der Familie bestens.

Ullas Eltern fühlten sich wie immer gleich zu Hause. Mutter Erna bediente sich am Sherry, der im Esszimmer auf der Anrichte stand, während Vater Adolf die freitragende Treppe ins Obergeschoss hinaufeilte,

um seinen Schwiegersohn Volker in seinem Büro auf-
zusuchen. Dies tat er nicht etwa, weil er Volker so
mochte, sondern um ihn zu kontrollieren. Er fand seinen Schwiegersohn am Schreibtisch über Akten gebeugt.

Lena und Marc, deren Zimmer auf der gleichen Etage
lagen, hatten sich nach einem späten Frühstück wieder in ihre Zimmer verzogen und ihrer Mutter die Zubereitung des dreigängigen Menüs überlassen. Als sie die
Stimmen ihres Vaters und Großvaters aus dem Büro ver-
nahmen, setzten sie sich eilig an ihre Schreibtische und
taten so, als würden sie lernen. Das einzige was bei ihrem Großvater zählte, war Erfolg und den erreichte man
nur durch Lernen, Lernen, Lernen. Spaß war dem alten
Mann fremd.

Ihrem Bruder Benni war das egal. Er schlief wie immer um diese Zeit und musste zum Essen erst geweckt
werden.

Lena und Marc kamen ihrer Mutter auf der Treppe
entgegen. Ulla wollte Benni wecken, der mal wieder
eine Extraeinladung brauchte.

Sie klopfte, doch Benni reagierte nicht. Ulla drückte
die Klinke herab. Die Tür war nicht abgeschlossen. Das
Bett war leer und unbenutzt.

Ulla hatte gestern Nacht, ganz entgegen ihrer sonstigen Gewohnheit, nicht mehr in die Zimmer der Kinder
geschaut. Also war ihr auch nicht aufgefallen, dass der
Junge gar nicht in seinem Bett lag. Die ungenutzten
Laken ließen die Vermutung zu, dass ihr Sohn die ganze Nacht über gar nicht zu Hause gewesen war.

Nachdem, was ihr Simone Frede in dem Gespräch am Vortag berichtet hatte, konnte sich Ulla nur einen Platz vorstellen, an dem Benni sich jetzt aufhielt.

*

Sebastian war den ganzen Vormittag auf den Beinen. Obwohl er nicht in der Jugendfeuerwehr aktiv war, hielt er sich ständig in der Nähe der Jungen und Mädels auf, die immer noch Äste herbeischleppten und auf den Holzstoß warfen. Sein Blick wanderte immer wieder ängstlich dorthin.

Er erschrak, als er den Freund seines Nachbarn, Martin Weiss-Alles, auf den Holzstoß zukommen sah. Der aufgeblasene Typ umrundete den mittlerweile stark angewachsenen Holzberg und sah zwischen die Äste. Was wollte der hier?

*

Um vierzehn Uhr war bereits ein reges Treiben auf dem Feuerplatz. Viele aktive Fußballer und Feuerwehrleute standen um den Holzhaufen herum.

Die Mütter der Jungen und Mädchen aus der Jugendfeuerwehr hatten Kuchen gebacken, die unter dem Dach eines Pavillons auf dem Hof des Landhandels, der sich oberhalb des Feuerplatzes befand, aufgereiht standen.

Die Frauen der Fußballer hatten Kaffee vorbereitet und die Fußballer selbst Getränke in der großen Halle des Landhandels kaltgestellt.

Gegenüber des Feuerplatzes standen in der Hofeinfahrt von Walter Hufnagel, dem bislang größten Pferdezüchter der Wetterau, die Einsatzfahrzeuge der Städtischen Feuerwehr vorsorglich aufgereiht, falls das Abbrennen der Äste außer Kontrolle geraten sollte.

Immer mehr Bürgerinnen und Bürger aus den vier Stadtteilen trafen auf dem Platz ein, u.a. der Bürgermeister, sein Vertreter der Erste Stadtrat, der Ortsvorsteher von Ober-Hörgern, der Stadtbrandinspektor mit seinem Dackel Anton sowie weitere Mandatsträger aus Magistrat und Stadtverordnetenversammlung.

Juliane Landmann war bereits mit ihrer Kamera unterwegs und fotografierte eifrig die Politprominenz. Soeben war auch die derzeitige Vorsitzende des Münzenberger Stadtparlamentes erschienen. Die grüne Politikerin erfreute sich in der Stadt großer Beliebtheit. Sie setzte sich meistens schnell und unbürokratisch, ungeachtet der Parteizugehörigkeit, für ihre Mitmenschen ein.

Dagegen war der Vorsitzende der Dorfpartei ein aufgeblasener Wichtigtuer, der gern die Arbeit an andere verteilte und selbst nur dann auftauchte, wenn es was zum Feiern gab. El Presidente, wie alle den großen, mindestens drei Zentner schweren Mann nannten, stand in unmittelbarer Nähe mit mehreren seiner Parteikollegen zusammen und prahlte mal wieder mit seinen angeblichen Erfolgen.

Bettina und Kim Jakobi kamen gerade die Straße entlang und bedeuteten Juliane, dass sie sich an einem der Kaffeetische auf dem Hof des Landhandels niederlassen würden. Juliane gab ihnen per Handzeichen zu verstehen, dass sie später zu ihnen stoßen würde.

Unter den Zuschauern entdeckte Juliane einen kleinen Jungen, der eine maßgeschneiderte Imitation einer echten Feuerwehruniform trug. „Hallo", sagte sie freundlich zu dem dunklen Lockenkopf.

„Du hast ja eine schicke Feuerwehruniform an".

„Seit mein Sohn sprechen kann, schwärmt er von der Feuerwehr. Seit kurzem geht er sogar in die Minigruppe, den „Feuerdrachen", erklärte die Mutter des niedlichen Geschöpfes Juliane. In freudiger Erwartung auf das große Ereignis beachtete der Junge Juliane gar nicht. „Guck mal, da liegt eine Leiche".

Mit seinen dünnen Ärmchen zeigte er auf die rechte Seite des Stoßes.

„Ach Junge, erzähl doch nicht schon wieder so einen Mist" ermahnte ihn seine Mutter. „Du siehst zu viel Fernsehen".

Man sah der Mutter deutlich die Verärgerung an. Doch der niedliche Kerl ging noch ein Stück zur Seite, stampfte mit dem Fuß auf und wiederholte seine Aussage

„Da liegt aber eine Leiche".

Aus der Perspektive eines Kindes mochte so manches in einem anderen Licht erscheinen, dachte sich Juliane. Sie ging ein Stück zurück, um den kleinen Feuerwehrmann in seinem Anzug zu fotografieren und wäre beinahe über den elektrischen Rollstuhl eines Gambachers gefallen. Seit einem schweren Motorradunfall vor über 20 Jahren war der Mann querschnittsgelähmt und konnte sich nur auf diese Art und Weise fort bewegen. Mit seinem fahrbaren Untersatz tauchte er überall auf, wo etwas los war in der Stadt.

Obwohl Juliane den Mann nicht sonderlich leiden konnte, hatte sie alle Hochachtung vor seinem ungebrochenen Lebenswillen.

Der Behinderte bewegte sich mit seinem Rollstuhl über den holprigen Untergrund auf den Jungen in der

Feuerwehruniform zu. Im Sitzen war er kaum größer als der kleine Feuerwehrmann. Bevor er noch irgendetwas sehen konnte, kamen mehrere Männer mit Fackeln und baten die Zuschauer, weiter zurück zu treten.

Ein Feuerwehrmann stand am äußersten rechten Rand des großen Holzstapels. Er wartete nur auf das Zeichen des Stadtbrandinspektors, das Holz in Brand zu setzen. Überall waren Zeitungen und Kartons zwischen das Astwerk gestopft worden. Er ließ seinen Blick über den aufgeschichteten Haufen gleiten. Irgendetwas störte ihn, aber er konnte nicht genau sagen, was es war.

Bevor das Feuer entfacht wurde, begrüßte der Ortsvorsteher von Ober-Hörgern in Personalunion als Erster Vorsitzender des Fußballvereins die Bürger mit einer kurzen Rede.

„Liebe Bürgerinnen und Bürger von Ober-Hörgern, liebe Feuerwehrkameraden und Fußballer, ich begrüße Euch alle ganz herzlich und freue mich, dass ihr so zahlreich zu unserem heutigen „Abfackeln" erschienen seid. Mein besonderer Gruß gilt dem Bürgermeister unserer Stadt, der Stadverordnetenvorsteherin sowie weiteren Mandatsträgern und natürlich auch unserem Stadtbrandinspektor und seinem Dackel Anton. Mich selbst kann ich ja schlecht begrüßen", ließ er ein albernes Lachen vernehmen. „Wir sind heute zu einer außerordentlichen Aktion hier zusammengekommen. Wie ihr alle wisst, hat die Untere Naturschutzbehörde im Frühjahr mitgeteilt, dass die wunderschönen Pappeln rund um unser Wetterstadion gefällt werden müssen. Unser ganzer Protest hat nichts genützt, wir mussten uns den Naturgewalten beugen, die leider das Wurzelwerk der Pappeln freigelegt haben. Die Pappeln wären mit Sicherheit beim geringsten Windstoß im Laufe des Jahres umgefallen und hätten womöglich einen Spieler oder Zuschauer im Wetterstadion verletzt. Dieses Risiko konnten wir natürlich nicht eingehen. Also haben wir mit Hilfe des Wasserverbandes Nidda die Pappeln umgelegt. Der Bauhof hat die Stämme von den Ästen befreit, die die Mitglieder der Jugendfeuerwehren hier aufgeschichtet haben, um sie heute zu verbrennen. Dafür bedanke ich mich bei allen Beteiligten recht herzlich. Wir haben absichtlich darauf bestanden, die Äste selbst zu verbrennen. Wir wollen die daraus entstehende Asche symbolisch als Dünger an die Wurzeln der neu gepflanzten Bäumchen streuen. Gleichzeitig wollen wir damit dokumentieren, dass aus etwas Altem auch etwas Neues entstehen kann und auch wenn man etwas entfernt, etwas bleibt, nämlich unser wunderschönes Wetterstadion, das wir im Moment jedoch nicht so ohne weiteres erreichen können. Leider müssen wir für einige Zeit einen großen Umweg in Kauf nehmen, um auf das Spielfeld zu kommen. Aber die Brücke muss repariert werden, schon zu unserer eigenen Sicherheit. Also wollen wir heute mal den Ärger vergessen, die Äste abfackeln und am Abend das Fußball-Endspiel auf der Großleinwand des Hessischen Rundfunks genießen. So eine tolle Chance kriegen wir nicht wieder. Von unseren Fußballern darf ich Euch sagen, dass für das leibliche Wohl ausreichend gesorgt ist. Einen besonderen Gruß und Dank möchte ich noch an Walter Hufnagel richten, der uns seine ehemalige Pferdekoppel zur Verfügung gestellt hat. Damit geht eine Ära in Ober-Hörgern zu Ende, die über drei Generationen angedauert hat. Walter gibt seine geliebte Pferdezucht auf. Im nächsten Frühjahr werden an dieser Stelle fünf Einfamilienhäuser entstehen. Und nun wünsche ich Euch allen viel Spaß und übergebe das Wort unserem Bürgermeister".

Für seine kurze, prägnante Rede erhielt der umtriebige Ortsvorsteher viel Beifall. Reden konnte er schon immer gut. Das kam prima bei seinen Ober-Hörgerner Mitbürgern an. Sein Engagement bei den Fußballern und im Kirchenvorstand sicherte ihm schon seit vielen Jahren die meisten Stimmen bei den Kommunalwahlen. Im Frühjahr hatte er den langjährigen Ortsvorsteher abgelöst, der aus gesundheitlichen Gründen das Amt nicht mehr ausüben konnte.

„Auch ich möchte alle ganz herzlich begrüßen und dem Abfackeln viel Erfolg wünschen", machte sich nun der Bürgermeister bemerkbar. „Das ausgerechnet jetzt die Wetterbrücke gesperrt ist, ist natürlich sehr bedauerlich".

Den Worten des Bürgermeisters folgte ein merkliches Raunen.

„Eigentlich sollte die Feier ja am neuen Fußballerheim stattfinden, ebenso wie das Public Viewing. Aber die Baufirma hat uns einen Strich durch die Rechnung gemacht und ist schon vorher angerückt. So ist das aber nun mal auf dem kommunalen Sektor. Man kann froh sein, dass die Firma unsere marode Wetterbrücke so schnell sanieren kann und ich hoffe, dass es ab Montag zügig vorangeht mit den Bauarbeiten. Schon zu eurer eigenen Sicherheit war es so das Beste, denn wie es sich gezeigt hat, war der Oberflächenbelag der Brücke so kaputt, dass große Löcher entstanden sind, durch die man jederzeit hätte hindurch fallen können", versuchte der Bürgermeister die Situation zu erklären.

„Umso mehr freut es mich, dass die Fußballer es geschafft haben, mit Unterstützung des Landhandels das Fest doch noch abzuhalten und sogar die Bewerbung des Public Viewing beim Hessischen Rundfunk gewonnen haben".

Die letzten Worte der Bürgermeisterrede „ich wünsche allen viel Spaß" gingen komplett im Gemurmel der Anwesenden unter. Der Bürgermeister blickte unbehaglich in die Runde. Die Stimmung der Bürgerinnen und Bürger spiegelte sein schlechtes Wahlergebnis im Frühjahr wieder.

Der Stadtbrandinspektor trat vor und gab den Feuerwehrleuten, die mit einer Fackel rund um den Platz standen, ein Zeichen. „Liebe Feuerwehrkameradinnen und -kameraden Heute wollen wir ausnahmsweise mal ein Feuer legen und keines löschen. Bitte bleibt alle etwas zurück. Es wird jetzt sowieso gleich noch wärmer als es so schon ist. Also Feuer frei".

Damit entzündeten die Feuerwehrleute die Papierfetzen und Kartons, die man zwischen das dürre Holz gestopft hatte. Die dünnen, ausgetrockneten Äste fingen ziemlich schnell an zu brennen und innerhalb kürzester Zeit entwickelte sich ein glühender Feuerball.

Die Zuschauer wichen vor der knisternden Hitze zurück und beobachteten die Flammen vom Nachbargrundstück aus. Man versorgte sich mit Kaffee und

Kuchen oder kalten Getränken und ließ sich auf den bereit gestellten Bänken an den Biertischen nieder.

Ein Teil der Feuerwehrleute achtete darauf, dass dem Brandherd niemand zu nah kam, während ein anderer Teil einsatzbereit am Löschschlauch stand.

Der Mann im Rollstuhl war mit seinem elektrischen Gefährt ebenfalls vor den Flammen zurückgewichen. Auch ihm war am rechten Rand des Astwerks etwas merkwürdig vorgekommen. Aber er hielt sich mit irgendwelchen Äußerungen zurück. Er wusste, dass die starken Medikamente, die er seit vielen Jahren nehmen musste, durchaus zu Bewusstseinsstörungen und Halluzinationen führen konnten. Deshalb war er nicht sicher, ob er im Astwerk wirklich einen menschlichen Arm gesehen hatte.

Benjamin hörte Stimmen und das Knistern eines Feuers. Die Erinnerung an das Großereignis in Ober-Hörgern holte ihn brutal in die Wirklichkeit zurück. Seit Stunden lag er nun hier im Dreck, ohne dass ihn jemand entdeckt hatte. Auch der kleine Hund war wieder verschwunden. Neue Hoffnung verdrängte kurzfristig seine Verzweiflung. Vielleicht würden ja spielende Kinder auf ihn stoßen.

Der Stadtbrandinspektor ging in gebührendem Abstand um den Brandplatz herum und achtete darauf, dass sich das Feuer nicht über die abgesteckte Linie ausbreiten konnte. Das dürre, ausgetrocknete Astwerk der Pappeln brannte ziemlich schnell herunter. Eine

Gefahr schien nicht zu bestehen. Auch nicht auf der rückwärtigen Seite zum Flussbett der Wetter hin.

Er glaubte, einen eigenartigen Geruch wahrzunehmen, etwas süßlich, wie verbranntes Fleisch. Vielleicht hatte sich ein Kaninchen oder ein Fuchs in dem Astwerk aufgehalten. Das war nicht auszuschließen. Er behielt diesen Gedanken jedoch lieber für sich. Das erklärte auch das langanhaltende Bellen seines Kurzhaardackels Anton, der am Morgen für längere Zeit verschwunden war.

Annedore erlangte das Bewusstsein. Sie hörte Stimmen und rege Betriebsamkeit um sich herum. Sie konnte sich immer noch nicht bewegen. Irgendetwas lastete schwer auf ihr und nahm ihr die Sicht. Es war, als wäre sie lebendig begraben. An ihrem Mund und der Wange klebte eine übel riechende Masse – Kotze. Sie brauchte Hilfe, wollte rufen, auf sich aufmerksam machen, aber es gelang ihr trotz größter Anstrengung nicht, einen Ton hervor zu bringen.

Verzweifelt versuchte sie die Last von sich abzuschütteln, aber ihre Kraft reichte nicht aus. Nur die Stimmen um sie herum verstummten nicht. Das einsetzende Knistern und die ansteigende Wärme, die sich schnell in eine unerträgliche Hitze verwandelte, machten ihr plötzlich bewusst, wo sie sich befand. Sie spürte, wie sich ihre Haut zusammenzog, die Haare versengten und die Hitze ihr Blut zum Kochen brachte. Der Geruch von verbranntem Fleisch drang in ihre Nase, ihrem eigenen Fleisch, dass erbarmungslos vom Feuer aufgefressen wurde. Nur die Gnade tiefer

Bewusstlosigkeit ersparte ihr die qualvollen Schmerzen eines schrecklichen Feuertodes.

*

Ullas Eltern verabschiedeten sich nach dem gemeinsamen Mittagessen. Die Stimmung war schlecht im Hause Dreiseitel. Benni, der älteste Sohn, war letzte Nacht nicht nach Hause gekommen.

Volker Dreiseitel hatte in Gegenwart seiner Schwiegereltern fürchterlich getobt und in Abwesenheit seines ältesten Sohnes jede Menge Strafmaßnahmen angekündigt.

Nach dem Essen hatte sich Volker wieder hinter seinen Schreibtisch verzogen. Die Zwillinge Lena und Marc verschwanden in ihre Zimmer. Sie wären gern nach Ober-Hörgern zum Abfackeln gefahren, doch ihr Vater hatte sie kurzerhand in seine Strafmaßnahmen gegen Benni miteinbezogen.

Die Abwesenheit ihres Bruders kam den Zwillingen sonderbar vor. Auch wenn er sonst jede Menge Mist verzapfte, passte dieses Benehmen nicht zu ihm.

Da er auch nicht an sein Handy ging, suchte sich Ulla die Telefonnummer von Angela Richter heraus. Nach zweimaligem Läuten meldete sich Linus, der dreijährige Sohn der Familie Richter.

„Hallo"

„Hallo Linus, ist die Mama da?" „Was willst du denn von der Mama?" „Bitte gib mir einfach mal die Mama, bitte Linus". „Ja." Der Junge ließ den Hörer fallen und lief davon. Nichts tat sich mehr. Ulla hörte im Hintergrund Stimmen, aber niemand kam ans Telefon. Ihr mehrfaches Hallo blieb ungehört.

Frustriert legte sie den Hörer auf. Noch einmal versuchte sie, Benni auf dem Handy zu erreichen, aber trotz mehrmaligem Klingeln antwortete niemand.

Auch nach einer Stunde war bei Angela Richter immer noch besetzt. Wahrscheinlich hatte niemand bemerkt, dass der Telefonhörer nicht auflag. Ulla überlegte, ob sie nach Gambach in die Bahnhofstraße fahren sollte, um Benni dort zur Rede zu stellen. Aber sie würde sowohl sich als auch ihren Sohn vor seiner Freundin Aime blamieren. Vielleicht wollte Benni nur mit zum Flughafen fahren und Aime verabschieden. Sicher würde er am Abend wieder auftauchen. Bis dahin musste sie sich gedulden.

*

Sebastian atmete erleichtert auf, als er sah, wie die Flammen den großen Holzstoß auffraßen. Anscheinend hatte niemand etwas gemerkt.

Irritiert sah er sich um, als er den Klingelton von Bennis Handy vernahm. Bis jetzt hatte er den Freund nirgendwo entdecken können. Wo steckte der nur? Er hatte ihm versprochen, mit ihm gemeinsam das Abbrennen des Holzes zu beobachten, um ganz sicher zu gehen, dass niemand ihr schreckliches Geheimnis aufdecken würde.

Sebastian rührte sich nicht von der Stelle. Er blieb direkt an der Wetter stehen und beobachtete das Treiben hinter dem Feuer. Mittlerweile herrschte eine richtige Volksfeststimmung auf der Wiese.

*

Juliane entdeckte Bettina und ihre Tochter Kim unter den Gästen, ebenso ihren Mann Walter, der ihren

Vater im Schlepptau hatte. Der alte Mann saß wie ein Häufchen Elend zwischen den vielen Menschen. Lange würde er es nicht aushalten hier.

Neben ihrem Vater saß ihre Haushälterin, Ingrid Tscheche.

Juliane wusste, dass Ingrid ihren Vater mochte. Doch noch viel mehr mochte sie ihren Mann Walter. Sie nutzte jede Möglichkeit aus, in seiner Nähe zu sein. Doch Juliane war sich sicher, dass von der Schwärmerei ihrer Haushälterin keine ernsthafte Gefahr ausging.

Komischerweise war Annedore bis jetzt noch nicht erschienen. Dabei hätte sie nur über die Straße gehen müssen, um sich unter das Volk zu mischen. Zumal sie sonst kein Fest und die Gelegenheit zum Trinken ausließ. Solche Feste boten ihr zudem eine Plattform für die Verbreitung von Gerüchten.

*

Jens Weghaus war mit dem Bus von Butzbach nach Ober-Hörgern gefahren. An der Haltestelle auf der B 488 stieg er aus und bog hinter der Kirche rechts in den Feldweg ein, passierte den Schweinemastbetrieb von Bauer Liebknecht und bog an der Kreuzung links in die Mühlenstraße ein. Ohne das Treiben gegenüber auf der ehemaligen Pferdekoppel zu beachten, ging er in sein Elternhaus.

„Mama, ich bin wieder da" kündigte er sein Kommen an. Niemand antwortete. Er ging durch die Räume im Erdgeschoss. Niemand da. Er nahm seine Reisetasche und ging ins Dachgeschoss, wo sich als einziges sein Zimmer und ein Bad befanden.

Unter dem Dach stand die Hitze. Zuerst öffnete er die Dachfenster, um frische Luft herein zu lassen.

Dann war seine Mutter wohl gegenüber bei dem Spektakel. Das hätte sie ihm ja auch mal sagen können, dann wäre er in Butzbach bei seinem Freund Felix geblieben. Er würde seine Mutter jetzt aber nicht suchen. Irgendwann würde sie schon wieder zu Hause auftauchen.

Die Sonne war tiefrot am Horizont untergegangen und hatte die Dämmerung eingeläutet. Kurz vor Beginn des Fußballspieles hatten sich etliche Besucher verzogen, um das Endspiel zu Hause in Ruhe anzuschauen. Die Ober-Hörgerner Bevölkerung sowie viele Fußballfans waren geblieben, um den Ausgang des Spieles auf der Großleinwand mit anzusehen. Es herrschte nach wie vor gute Stimmung auf dem Platz des Landhandels.

Die Fußballer und die Feuerwehr konnten mit dem Umsatz durch den Verkauf von Kaffee und Kuchen, Gegrilltem und kühlen Getränken zufrieden sein. Das Feuer brannte immer noch. Die Männer der Alters- und Ehrenabteilung hatten mittlerweile noch die Tannen, die man vor kurzem vor dem Dorfgemeinschaftshaus entfernt hatte, auf den Haufen geschmissen.

Der Ortsvorsteher zapfte unermüdlich Bier. Sogar der Bürgermeister hatte es sich nicht nehmen lassen, ein 30-Liter Fässchen zu spendieren. Selbst der Landrat des Wetteraukreises hatte vorbeigeschaut und Smalltalk gehalten.

Der Stadtbrandinspektor erschien immer wieder bei den Männern am Feuer, um sich zu vergewissern, dass alles in Ordnung war. Die Feuerwehrmänner wechselten sich bei der Bewachung des Flammenmeeres ab, damit jeder zwischendurch einen Blick auf die Großleinwand werfen konnte.

Dackel Anton lag unter dem Tresen in der Halle des Landhandels und schlürfte zwischendurch vom Tröpfelbier. Sein Schlaf wurde nur vom Durst und einem anschließenden ausgiebigen Rülpser unterbrochen. Dann widmete er sich wieder in bequemer Lage seinen Dackelträumen.

Juliane und ihre neue Freundin Bettina Jakobi saßen mitten unter den Zuschauern und ließen sich von der Volksfeststimmung treiben.

Ingrid Tscheche, die sich zwischendurch zu ihnen gesellt hatte, hatte angeboten, Julianes Vater nach Hause zu bringen und Annedore Weghaus war glücklicherweise gar nicht erst aufgetaucht, was allgemein positiv aufgefallen war. Denn keiner wollte etwas mit der vorlauten und frechen Tochter des ehemaligen Pferdezüchters zu tun haben.

Selbst Walter Hufnagel war froh, dass seine Tochter ganz entgegen ihrer sonstigen Gewohnheit dem Fest fern geblieben war. Ihr Benehmen war in der jüngsten Vergangenheit mehrfach auf seinen Widerstand gestoßen. Auch wenn er seinen Schwiegersohn Bernhard nicht besonders gut leiden konnte, fühlte er so etwas wie Mitleid mit ihm.

Martin Weiss-Alles saß unter den Fußball begeisterten Zuschauern. Sein Gesicht hatte sich tiefrot verfärbt. Die vielen Schnäpse zwischen den unzähligen

Bieren hatten seinen Blutdruck in die Höhe gejagt. Juliane hörte den unsympathischen Typen lallen: „Also Männer, ihr habt doch keine Ahnung. Hört mal her, ich muss euch das mal genau erklären" ließ er sich zum Ärger der anderen Zuschauer mehrfach während des Spieles vernehmen. Besser von Rembrandt gemalt, als vom Weinbrand gezeichnet, dachte Juliane, als sie Martin Weiss-Alles beobachtete. Er war ein Kotzbrocken, ein Unruhestifter, der hier nicht hingehörte.

Das Spiel endete mit dem Sieg für die italienische Mannschaft. Die Weltmeisterschaft war vorbei. Die Zuschauer jubelten und klopften den wenigen Italienern, die im Dorf lebten und sich zu ihnen gesellt hatten, freundschaftlich auf die Schulter, was diese sogleich veranlasste, den Ortsvorsteher damit zu beauftragen, tüchtig Bier zu zapfen. Die Italiener zeigten sich spendabel und das Bier, das noch vorhanden war, ging als italienisches Freibier über den Tresen.

In der Ferne hörte man anhaltendes Hupen durch die mittlerweile eingetretene Dunkelheit schallen. Auf der Bundestraße rollte ein Autokorso Fähnchen schwingender Italiener.

*

Jens Weghaus hatte die Nase voll. Obwohl das Endspiel schon seit Stunden vorbei war, drangen immer noch Gelächter und Geschrei über die sonst so stille Dorfstraße. Er wollte endlich schlafen. Seine Mutter schien auch noch nicht zu Hause zu sein. Er hatte auf jeden Fall nicht gehört, dass die Haustür geöffnet worden war. Die Alte übertrieb es allmählich mit ihrer

Sauferei. Es war ihm peinlich, wie sie sich benahm. Nur gut, dass sein Großvater in der Nachbarschaft wohnte, zu dem er jederzeit gehen konnte. Denn auch sein Vater war ihm keine große Hilfe. Er war ständig schlecht gelaunt und stritt mit seiner Mutter.

*

Bennis Mutter konnte nicht schlafen. Sie machte sich Sorgen um ihren Sohn. Nachdem sie am späten Nachmittag nach Gambach in die Bahnhofstraße gefahren war und das Haus der Richters verschlossen vorgefunden hatte, blieb ihr nichts anderes übrig, als zu warten bis ihr Sohn von alleine wieder hier auftauchte. Vermutlich hatte er seine Freundin mit den Richters zum Flughafen begleitet.

Sie stand auf und ging auf den Balkon und schaute auf die beleuchtete Burgruine oberhalb des Wohngebietes. Der Anblick der Ruine hatte ihr immer ein beruhigendes Gefühl vermittelt. Doch dieses Mal wollte sich das Gefühl nicht einstellen. Im Gegenteil, ihre innere Unruhe wuchs von Minute zu Minute.

Montag, den 7. Juni 2006

Juliane und ihre Freundin trafen sich wie an jedem Wochentag um sieben Uhr zum Walken. In dünnen T-Shirts und kurzen Hosen trotzten sie den um diese Zeit bereits viel zu hohen Temperaturen.

Amiga sprang schwanzwedelnd um die beiden herum, so als wollte die Hündin sie antreiben, etwas schneller zu gehen. Wie immer hatte der dicke Nachbar von Juliane, seinen Mercedes ML aus der Garage auf die Einfahrt gefahren, so dass ihn jeder bewundern konnte.

Die ersten Schüler waren bereits zur Bushaltestelle in der Brückfeldstraße unterwegs und auf der B 488 staute es sich wie an jedem Montagmorgen von der Abfahrt Münzenberg an der A 45 bis zur Anschlussstelle Butzbach an der A 5 quer durch die Ortsdurchfahrten von Ober-Hörgern und Gambach.

Am Gambacher Kreuz hatte es mal wieder geknallt und die Autofahrer flüchteten auf die Umgehung durch die ländliche Idylle, was sie aber auch nicht schneller voranbrachte.

Vor dem Landhandel in Ober-Hörgern standen die Bänke und Tische noch kreuz und quer. Nach dem Endspiel am vorherigen Abend hatte keiner mehr Lust gehabt, das Chaos zu beseitigen.

Der Feuerplatz lag friedlich in der aufgehenden Morgensonne. Das Astwerk war komplett abgebrannt. Die vier Feuerwehrleute der Alters- und Ehrengruppe, die sich freiwillig bereit erklärt hatten, den Brandherd in der Nacht zu bewachen, waren schon wieder auf den Beinen und riefen Juliane und Amelie ein fröhliches Guten Morgen zu. Sie hatten abwechselnd das Feuer die ganze Nacht über am Lodern gehalten.

Nachdem die Besucher alle verschwunden waren, hatten sie immer wieder Paletten auf das Feuer geworfen, die aus dem Landhandel stammten. Der Besitzer hatte sie gebeten, die alten Dinger mit zu verbrennen. Er ließ dafür auch etwas springen, wenn die Männer diese kleine Nebensächlichkeit für sich behielten. Damit das unbehandelte Holz schneller zerfiel, hatten die Männer mit Schippen und Hacken nachgeholfen und die Latten zertrümmert, ebenso die großen Äste, die nur langsam verbrannten.

Der städtische Bauhof würde im Laufe des nächsten Tages die Asche zusammenschieben und in Tonnen einlagern, bis die neuen Bäumchen im Herbst rund ums Wetterstadion angepflanzt werden würden.

Den Rest würde dann Walter Hufnagel unterpflügen. Bis zum nächsten Frühjahr würde das Land brachliegen. Er hatte den Grundbesitz zu einem anständigen Preis der Stadt verkauft und das Geld seiner Tochter Annedore geschenkt.

Die hatte es ihrem Vater allerdings nicht gedankt. Sie kümmerte sich kaum um den alten Mann, was den Vater sehr traurig machte.

Nach dem Tod seiner Frau hatte er gehofft, dass sich seine Tochter um ihn sorgen würde. Doch nicht einmal am Sonntag hatte sie hereingeschaut und sich nach seinem Befinden erkundigt.

Von den Bauarbeitern an der Brücke war noch nichts zu sehen, aber irgendwo in der Nähe des Bauwerks bimmelte ein Handy. Komisch, weit und breit war niemand zu sehen. Wahrscheinlich hatte irgendjemand im Suff das Teil verloren, dachten sich Juliane und Amelie, die vor der Brücke umdrehten und den Weg nach Gambach zurückliefen.

Es war viel schöner auf der anderen Wetterseite, aber da mussten sich die beiden wohl noch ein wenig gedulden. Die Bauarbeiten an der Brücke würden wohl einige Wochen anhalten.

Juliane warf einen Blick auf das Mühlrad. Sie würde heute gleich das Bild und den dazu passenden Text ihrem Chef vorlegen ebenso wie die Bilder von dem Event am Vortag. Den Bericht dazu würde sie im Laufe des Vormittages in der Redaktion anfertigen.

*

Jens Weghaus, Kim Jakobi und Sebastian Wetz begegneten den Frauen auf dem Weg zur Bushaltestelle. Sebastian schlurfte mit hängendem Kopf hinter seinen Schulkameraden Jens und Kim her.

Vor fünf Minuten hatte er noch einmal versucht, Benni auf dem Handy zu erreichen. Er wollte wissen, ob sie sich vor der ersten Stunde noch einmal sprechen könnten. Die Aktion von Samstagnacht ließ ihm keine Ruhe. Wenn das rauskam, wäre er bis in die Steinzeit und zurück erledigt. Er hatte sowieso keinen leichten Stand bei seinen Eltern. Für seinen Vater war er eine Enttäuschung, weil Sebastian total unsportlich war und weder für die Feuerwehr noch andere Vereine Interesse zeigte.

Mani Wetz, sein Vater, war das genaue Gegenteil von seinem Sohn. Er war Mitglied in jedem Ortsverein, aktiv im Kirchenvorstand und Mitglied im Ortsbeirat von Ober-Hörgern. Der Vater erwartete von seinem Sohn das gleiche Engagement. Dabei war es der Vater, der den Sohn daran hinderte. Sebastian hatte keine Lust auf Sprüche wie: „Ach, du bist doch der Sohn von Mani." Oder „dein Vater ist doch der aus dem Ortsbeirat." Nie war er einfach nur Sebastian, eine selbständige Persönlichkeit.

Außer Benjamin hatte er auch keine Freunde, weil ihn alle langweilig fanden. Seine ganze Leidenschaft galt seinem Computer und den verschiedenen Programmen, die er perfekt beherrschte. Jeden Tag saß er stundenlang vor dem Bildschirm und betätigte die Tastatur. Er hätte auch gern einmal an einer Lan-Party teilgenommen, zu der sich seine Klassenkameraden regelmäßig trafen. Doch er war noch nie dazu eingeladen worden.

Stattdessen tröstete er sich immer häufiger mit Drogen. Dabei war ihm durchaus bewusst, dass der Konsum von Drogen nicht wirkliche die Lösung seiner Probleme darstellte und er durch den Genuss der diversen Rauschmittel nur kurzzeitig seiner Einsamkeit entfliehen konnte.

*

Als die beiden Frauen auf dem Radweg nach Gambach zurückliefen, sahen sie, wie sich Ulla Dreiseitel in ihrem 5er BMW mit der Blechlawine auf Gambach zubewegte. Im Fond saßen die Zwillinge Marc und Lena. Benjamin, der sonst mit im Wagen saß, fehlte an diesem Morgen.

Ulla telefonierte mit dem Handy. Seit Ostern fuhr sie ihre Kinder jeden Morgen zur Schule. Heute Morgen würde der Stau sie auf jeden Fall daran hindern, die Kinder pünktlich vor dem Weidig-Gymnasium in Butzbach abzusetzen und um 8.00 Uhr in ihrer Praxis zu erscheinen.

Ulla hatte seit gestern mehrfach Bennis Handy angerufen. Der Anruf blieb wie die vielen Male zuvor unbeantwortet.

Auf dem Rückweg von der Schule wollte sie noch einmal bei den Richters in Gambach vorbeifahren, um zu hören, ob die etwas über Bennis Verbleib wussten.

Selbst ihr Mann Volker hatte sein Grollen aufgegeben und machte sich nun ernsthaft Sorgen um seinen Ältesten.

An der Ampel mitten in Gambach bog sie rechts in die Bahnhofstraße ab, um den Weg durch den Wald und Pohl-Göns nach Butzbach zu fahren. Im Vorbeifahren stellte sie fest, dass am Haus der Richters in der Bahnhofstraße noch alle Rollläden geschlossen waren.

*

Der Bus kam mit Verspätung an der Bushaltestelle in Ober-Hörgern an. Nur widerwillig stiegen Sebastian und Jens ein. Sebastian machte sich Sorgen wegen Benjamin. Er hatte den Freund seit Samstagnacht nicht mehr gesehen. Auch seine Anrufe hatte er nicht entgegen genommen oder auf seine SMS reagiert. Seine Mutter hatte zudem gestern Nachmittag bei ihm angerufen und ihn gefragt, ob Benni bei ihm sei. Sebastian hatte vorsichtshalber nicht gesagt, dass er ihn das letzte Mal in der Nacht zum Sonntag gesehen hatte. Er stellte sich dumm und behauptete, von seinem Freund seit dem Schulschluss am Freitag nichts mehr gesehen oder gehört zu haben.

Auch Jens machte ein sorgenvolles Gesicht. Seine Gedanken kreisten um das Benehmen seiner Mutter bzw. die Ehe ihrer Eltern. Er wusste schon seit längerem, dass da was nicht stimmte. Aber das seine Mutter nicht nach Hause kam, ohne ihm Bescheid zu geben, war neu.

Kim war noch müde. Sie hatte die ganze Nacht kaum geschlafen. Nach dem Public Viewing hatten noch zahlreiche Gäste vor der Halle des Landhandels gefeiert und nachdem der letzte Gast verschwunden war, hatten die Feuerwehrmänner ständig neues Brennmaterial auf das Feuer geworfen und mit ihren Schippen und Hacken das Holz zertrümmert.

*

Um Punkt 8 Uhr klingelte an diesem Montagmorgen das Telefon des Bürgermeisters in der Stadtverwaltung. Da er noch nicht in seinem Büro erschienen war, nahm seine Sekretärin das Gespräch entgegen.

„Guten Morgen, gnädige Frau" meldete sich der Bauleiter der Firma aus Reichelsheim übertrieben freundlich. „Ist der Chef auch da?" fragte er sie in breitem hessisch.

„Nein, der kommt heute Morgen gar nicht ins Haus. Der ist auf der Bürgermeisterdienstversammlung im Kreishaus in Friedberg." „Dann richten sie ihm doch bitte aus, dass wir heute nicht mit den Brückenbauarbeiten weitermachen können. Wir haben ein Problem am Hauptkanal in Florstadt, das wir zuerst beseitigen müssen. Das kann gut eine Woche dauern, aber dann kommen wir bestimmt und machen weiter."

„Na, da wird sich unser Bürgermeister ja freuen. Was glauben Sie denn, was ihm da die Fußballer von Ober-Hörgern erzählen. Außerdem hatten sie versprochen, bis zur Ernte fertig zu sein. Die Landwirte verlassen sich doch darauf."

„Ja ja, das wird schon, nur keine Bange". „Kann der Bürgermeister sie später auf dem Handy anrufen? Der wird das so sicher nicht hinnehmen wollen."

„Er kann es ja versuchen. Ich bin den ganzen Tag vor Ort in Florstadt. Tschüss." Ohne ein weiteres Wort legte der Bauleiter auf.

Die Sekretärin erhob sich schnaufend und eilte zum Büro des Hauptamtsleiters. Die Hiobsbotschaft musste sie ihrem Kollegen, der zum Vorstand des Ober-Hörgerner Fußballvereins gehörte, gleich mitteilen.

*

Um 8.15 Uhr kam Bernhard Weghaus total übermüdet von seiner Wochenendschicht nach Hause. Er hatte kaum geschlafen, zum einen vor lauter Wut über das Verhalten seine Frau und zum anderen weil in der vergangenen Nacht nach dem Fußballendspiel einige Jugendliche in Lich randaliert und die ganze Station in Aufruhr versetzt hatten.

Annedores Auto stand nicht in der Garage. Normalerweise müsste sie schon auf dem Weg zur Arbeit sein, aber nach Aussage seines Sohnes war sie gestern den ganzen Tag und auch in der Nacht nicht zu Hause gewesen. Sie hatte ihn in den letzten zwei Tagen vollkommen auflaufen lassen. Sie war weder an ihr Handy noch ans Festnetz gegangen. Aber das würde er ihr nicht durchgehen lassen. Spätestens heute Abend, wenn sie von der Arbeit nach Hause kam und er sich hoffentlich etwas entspannt hatte, müsste sie ihm Rede und Antwort stehen. Jetzt machte es allerdings keinen Sinn, in der Bank anzurufen und sie an ihrem Arbeitsplatz zur Rede zu stellen.

*

Durch den Schleichweg über Pohl-Göns war es Ulla gelungen, die Zwillinge Marc und Lena mit dem ersten Klingelzeichen zum Unterrichtsbeginn vor dem Weidig - Gymnasium am Butzbacher Schrenzer abzusetzen. Das Verkehrschaos vor der Schule hatte sich bereits aufgelöst. Viel zu schnell fuhr sie durch die verkehrsberuhigten Zonen den Berg hinunter, durch die Stadt zurück in Richtung Gambach. Pünktlich zur Praxisöffnung würde sie nicht mehr kommen. Doch das war ihr jetzt auch egal. Sie musste wissen, wo sich Benni aufhielt. Jetzt zahlte es sich aus, dass sie vor drei Monaten eine Ärztin eingestellt hatte, die nach der Elternzeit bei ihr vorgesprochen hatte. Sie hatte sich jahrelang dagegen gewehrt, eine weitere Kraft einzustellen. Doch durch die mangelhafte ärztliche Versorgung auf dem Land kamen immer mehr Patienten aus den umliegenden Dörfern zu ihr. Die Leute standen mittlerweile bis auf die Straße, weil die Anmeldung nicht allen Platz bot.

So konnte Frau Dr. Reinheimer schon mal beginnen. Fürs Erste müssten sich die Patienten mit ihr begnügen.

Ulla hielt kurz nach 8 Uhr vor dem Haus von Angela Richter. Die Fahrbahn in Richtung Gambach war frei gewesen. In der Gegenrichtung standen die Autos jedoch von Butzbach bis zur Anschlussstelle Münzenberg an der A 45.

Die Rollläden an Angelas Haus waren immer noch geschlossen. Doch das hinderte Ulla nicht daran, Sturm zu klingeln. Sie musste jetzt wissen, wo Benni war.

Es dauerte eine Weile, bis die Hausherrin missmutig die Haustür öffnete.

„Was willst du denn schon so früh hier? Wir haben noch geschlafen. Wir sind gestern Abend erst spät vom Flughafen zurückgekommen. Hoffentlich hast du mir jetzt nicht Linus wach gemacht."

„Entschuldige bitte, wenn ich so früh auftauche, aber ich suche Benni. Er ist seit Samstagabend nicht mehr zu Hause gewesen. War er mit euch am Flughafen?"

„Wie kommst Du denn darauf, dass er gerade hier war?" „Angela verarsch' mich nicht. Ich weiß mittlerweile, dass die beiden was miteinander hatten. Das hast du mir ja schön verschwiegen und mich in dem Glauben gelassen, die zwei wären nur so befreundet. Also, war Benni noch einmal hier, ja oder nein?"

„Ja am Samstagabend. Aber um 23.30 Uhr habe ich ihn heimgeschickt. Wir wollten schlafen gehen."

„Ja und, war er gestern wieder hier?" „Nein, ich habe ihn nicht gesehen. Aime war sehr enttäuscht. Sie hatte gehofft, er würde noch einmal vorbeikommen oder sogar mit zum Flughafen fahren. Wir hatten es ihm ja angeboten. Aber er ist nicht aufgetaucht."

„Kann es denn sein, dass er doch am Flughafen war und ihr ihn nur nicht gesehen habt?"

„Nein, das kann nicht sein. Wir waren bis zum Schluss mit Aime zusammen. Um 20.00 Uhr mussten wir uns aber von ihr trennen, weil sie noch durch die Sicherheits- und Passkontrolle musste. Es ist unmöglich, dass Benni sie noch mal gesehen hat?"

„Hat er denn irgendwas zu Aime beim Abschied gesagt, was dir komisch vorkam?"

„Nein, eigentlich nicht, wenn man mal davon absieht, dass man das Versprechen eines 16-jährigen Jungen nicht ernst nehmen kann, hat er nichts Außergewöhnliches von sich gegeben."

„Was meinst du denn mit Versprechen? Mensch, lass dir doch nicht alles aus der Nase ziehen" wurde Ulla jetzt ungeduldig. Bennis Mutter ging Angela zunehmend auf die Nerven. Sie wollte wieder in ihr Bett. Motzig antwortete sie ihr:

„Na ja, er hat zu Aime gesagt, dass er sobald wie möglich nach Afrika kommen werde. Die beiden waren ja total aufgelöst vor lauter Heulerei und Abschiedsschmerz. Da kann man doch so eine Äußerung nicht ernst nehmen."

„Wann kannst du denn frühestens Aime erreichen? Du musst sie anrufen und fragen, ob sie eine Ahnung hat, wo Benni stecken könnte. Ich habe fast so das Gefühl, dass der Blödmann tatsächlich in Richtung Afrika unterwegs ist."

„Ach, das halte ich für übertrieben. Der wird irgendwo seinen Kummer ertränken. Aime wollte sich melden, sobald sie in Kapstadt angekommen ist. Ihre Eltern wollten sie am Flughafen abholen und dann gemeinsam mit ihr zu den Großeltern fahren und dort noch einige Tage verbringen. Wenn sie anruft, frage ich sie, ob sie was von Benni weiß."

Ulla merkte schon, dass sie hier nicht weiter kommen würde. Sie musste abwarten, bis sich Aime meldete.

„Bitte frage Aime und gebe mir dann Bescheid, ich bin heute Abend auf jeden Fall zu Hause. Falls dir noch was einfällt, kannst du mich auf dem Handy erreichen."

Sie machte auf dem Absatz kehrt und verließ das Grundstück. Unterwegs nach Münzenberg rief sie aus dem Auto zuerst ihren Vater und dann ihren Mann an.

„Wir sollten zur Polizei gehen und Benni als vermisst melden", meinte Ullas Vater.

„Nein das werden wir nicht tun, so lange wir nicht mit Aime gesprochen haben. Sobald ich etwas weiß, melde ich mich bei euch. Bitte ruft mich nicht dauernd an. Ich muss arbeiten".

Ulla sprach kurz mit ihrem Mann, der auch nichts von einer Vermisstenanzeige zum jetzigen Zeitpunkt hielt.

„Stell Dir doch mal vor, wie peinlich das wäre, wenn wir Benni als vermisst melden und der dann in Afrika auftaucht. Nein, nein wir warten jetzt erst mal. Der wird schon wieder kommen. Dann kann er sich allerdings auf was gefasst machen, das sage ich dir".

„Ich wäre schon zufrieden, wenn er erst mal wieder auftauchen würde. Ich muss jetzt in die Praxis. Bis heute Abend".

Ohne Abschiedsgruß beendete sie das Gespräch mit ihrem Mann. Was sollte sie auch mit ihm reden. Er verstand weder ihre Sorgen noch die der Kinder. Es konnte doch durchaus sein, dass Benni vor lauter Liebeskummer abgehauen war. Der Junge hatte in letzter Zeit lauter irrationale Dinge getan. Warum sollte er nicht auch zu so etwas fähig sein. In der Pubertät machten Jugendliche mitunter so einen Mist. Benni wusste vielleicht selbst nicht mit der Situation umzugehen.

Die Apothekerin hatte ihr am Samstag erzählt, dass Benni auch auf andere Patienten Rezepte ausgestellt hatte. So hatte er auch die Pille für Aime besorgt, vermutete die Ärztin. Also hatten die beiden nicht nur Händchen gehalten, sondern auch miteinander geschlafen. Nicht auszudenken, was sich Benni da unter Umständen für einen Ärger eingehandelt hatte.

Vielleicht war ihrem Sohn einfach alles nur über den Kopf gewachsen und er hatte sich irgendwo hin verdrückt.

Wie nicht anders zu erwarten, standen die Patienten bis auf die Straße. Ulla drückte sich an der Warteschlange vorbei, meldete sich kurz bei der Arzthelferin an der Anmeldung und ging in ihr Sprechzimmer. Das würde ein anstrengender Tag werden.

*

Dr. Mahler, der Klassenlehrer der 10 B, kam 15 Minuten zu spät zur Unterrichtsstunde. Seine Schüler konnten sich nicht erinnern, dass das jemals zuvor passiert war. Sie alle mochten Dr. Mahler, der es verstand, den Unterricht sehr spannend und kurzweilig zu gestalten. Obwohl sich der junge Lehrer kumpelhaft zu seinen Schülern benahm, nutzten sie das niemals aus.

Schon beim Eintreten des Lehrers fiel der Klasse auf, dass irgendwas anders war als sonst.

„Bitte setzt euch. Ich habe etwas mit euch zu bespre-chen". Dr. Mahler blickte in die Runde und blieb an dem leeren Stuhl von Benjamin hängen.

„Wo ist Benjamin? Weiß das jemand?"

Niemand antwortete und außer Sebastian interes-sierte das keinen in der Klasse. Alle waren froh, wenn der Angeber nicht anwesend war.

„Was ich euch jetzt sage, ist sehr ernst" fuhr Dr. Mah-ler fort." „Es besteht der Verdacht, dass irgendjemand Matthias Beisel am letzten Freitag ein Abführmittel in seine Getränkeflasche gemischt hat. Matthias hat da-raufhin schwere Krämpfe und Durchfall bekommen. Ihr wisst, dass Matthias nicht gesund ist und viele Me-dikamente nehmen muss. Das Abführmittel hat seinen ganzen Organismus und das Immunsystem durchei-nander gebracht. Bei einem gesunden Menschen ist das wahrscheinlich nicht so schlimm, aber bei einem kranken jungen Mann wie Matthias, kann dieser Blöd-sinn unter Umständen tödlich enden. Wer immer das gemacht hat, hat wohl nicht bedacht, was das bei ihm anrichten kann."

Nach einer kurzen Pause fuhr er fort:

„Matthias ist seit Samstagabend im Krankenhaus. Er wird da noch eine Weile bleiben müssen. Wisst ihr, wer dafür verantwortlich ist?"

Dr. Mahler blickte in betroffene Gesichter. Vereinzelt sah er die Schüler die Köpfe schütteln.

„Ich sage euch nur eins, das gibt großen Ärger. Die El-tern von Matthias sind stinksauer. Sie wollen, dass der dafür Verantwortliche von der Schule fliegt. Derjeni-ge, der diesen Blödsinn verursacht hat, hat nicht nur

Matthias geschadet, sondern der ganzen Klasse und der gesamten Schule. Wenn sich das rumspricht, steht es auch bald in der Presse. Also bitte überlegt euch, ob ihr mir nicht sagen wollt, wer das gemacht hat. Es kann nur am Freitag und nur während des Unterrichts in dieser Klasse passiert sein. Ich gebe euch bis morgen Zeit mir zu sagen, wer dafür verantwortlich ist. Ihr müsst auf alle Fälle mit Konsequenzen rechnen, wenn ihr mir das nicht sagt. Es muss irgendjemanden aufgefallen sein. Die erste Konsequenz wird die Streichung der Klassenfahrt sein.

Außerdem wird die Polizei in dieser Sache ermitteln. Ein Kriminalbeamter hat vor dem Unterricht bei mir vorgesprochen. Also überlegt es euch. Ihr könnt mich auch heute Mittag zu Hause anrufen. Meine Nummer habt ihr alle. Ich verspreche euch, dass die Mitteilung absolut vertraulich behandelt wird. Nun lasst uns zum heutigen Thema kommen."

Dr. Mahler war sich sicher zu wissen, wer hinter diesem Blödsinn steckte. Er konnte diese Aktion jedoch nicht mehr als jugendlichen Schabernack durchgehen lassen. Um weiteren Schaden zu verhindern, musste er vor der Pause noch ein Telefonat führen.

*

Es war Sebastian unmöglich, sich auf den Unterricht zu konzentrieren. Er musste an seinen Klassenkameraden Mattias denken, den alle Matze nannten. Matze war erst im Frühjahr in die Klasse gekommen. Obwohl er eher still und zurückhaltend war, war er bei seinen Mitschülern beliebt. Denn der hervorragende Schüler ließ öfter den einen oder anderen seiner Klassenkameraden ohne Aufforderung die Hausaufgaben abschreiben.

Sebastian wusste genau, wer das Abführmittel in Matzes Trinkflasche geschüttet hatte.

Auch seine Mitschüler schienen nicht wirklich bei der Sache zu sein. Obwohl der Geschichtsunterricht bei Dr. Mahler sonst immer die größte Aufmerksamkeit erfuhr, wurde während der restlichen Stunde geflüstert und Zettel hin und her geschrieben.

Jetzt war auch Felix und Jens klar, warum ihr neuer Klassenkamerad Matze am Freitag nicht zur Lan-Party erschienen war. Sie hatten ihn das erste Mal seit er zu ihnen in die Klasse gekommen war, eingeladen und Matze hatte sichtlich erfreut sein Kommen zugesagt. Alle waren enttäuscht, als er ohne Entschuldigung der Party fern geblieben war. Während sie sich köstlich amüsiert hatten, war es ihrem neuen Klassenkameraden unter Umständen schlecht gegangen. Jetzt tat es ihnen leid, dass sie nicht einmal bei ihm angerufen und nachgefragt hatten.

*

Dr. Sabine Reinheimer bat den nächsten Patienten in das Behandlungszimmer. Der Mann war in den vergangenen Wochen mehrfach bei ihr gewesen. Sein unregelmäßiger Stuhlgang quälte ihn.

„Guten Morgen. Nehmen Sie bitte Platz. Ich glaube ich habe jetzt ein Mittel für sie gefunden. Letzte Woche war ein Pharmavertreter hier, der mir ein Präparat dagelassen hat, das sie jetzt mal ausprobieren können. Ich denke, damit sind wir auf dem richtigen Weg. Aber sie müssen sich genau an die Anleitung halten. Wenn sie von dem Zeug zu viel nehmen, zerreißt es Ihnen den Darm"

Dr. Reinheimer wandte sich auf ihrem Drehstuhl zu dem Schränkchen hinter sich. Sie öffnete die Schiebetür und griff zielsicher auf das obere Regalbrett. Aber sie griff ins Leere. Das Medikament, das sie extra für ihren Patienten dort bereitgestellt hatte, war nicht an seinem Platz. Sie schob die Tür weiter zur Seite und schaute in das Innere des Schränkchens. Sie konnte jedoch das Fläschchen mit den Tropfen nicht finden.

„Komisch, ich hätte schwören können, dass ich es dort abgestellt habe."

Dr. Reinheimer erhob sich vom Stuhl und schaute in dem großen Schrank an der gegenüberliegenden Wand nach. Weder dort noch auf dem Regalbord über dem Waschbecken fand sie es.

„Einen Moment bitte, ich bin gleich wieder bei Ihnen."

Die Ärztin verließ das Zimmer und ging zur Anmeldung.

„Frau Schlotterbeck, haben sie aus meinem Zimmer ein Medikament geholt?" fragte sie in einem freundlichen aber bestimmten Ton über die Köpfe der wartenden Patienten hinweg die Sprechstundenhilfe hinter dem Tresen.

„Nein, ich kann mich nicht erinnern, irgendetwas aus ihrem Zimmer geholt zu haben. Tut mir leid. Fragen Sie doch mal unsere MTA. Die ist im Labor." Aber auch die wusste nichts von dem Medikament. „Na, dann werde ich mal bei Frau Dr. Dreiseitel nachfragen" ließ sich die junge Ärztin auf dem Gang vernehmen.

„Die telefoniert gerade mit der Schule. Das geht jetzt nicht", rief ihr Heidi Schlotterbeck zu.

„Ich grüße Sie, Frau Dr. Dreiseitel. Mahler hier. Ich wollte mich mal nach Benjamin erkundigen. Ist er krank?"

Ulla Dreiseitel schaltete sofort. Sie hatte ganz vergessen, den Lehrer über Bennis Fehlen zu informieren.

„Oh, entschuldigen sie bitte Herr Dr. Mahler, ich habe vor lauter Arbeit ganz vergessen, sie darüber zu informieren, dass es Benni heute nicht gut geht. Ihm ist übel, ein bisschen Durchfall", log sie spontan zur Bennis Entschuldigung. Was sollte sie auch sonst tun. Sie konnte dem Lehrer ja schlecht erzählen, dass ihr Sohn seit Samstagnacht spurlos verschwunden und wahrscheinlich seiner afrikanischen Freundin Aime hinterher gereist war. Das glaubte ihr ja kein Mensch. Vorerst musste sie alles tun, dass die Sache nicht aufflog. Sie hatte auch den Zwillingen eingeschärft, nichts von Bennis Verschwinden bei den Klassenkameraden zu erzählen. Das Gleiche galt für ihre Eltern und ihren Mann.

„Sie wissen ja, Magen- und Darmgrippe ist mal wieder unter den Leuten".

„Na, dann habe ich Benjamin wohl Unrecht getan. Ich dachte, er wäre nicht aufgetaucht, weil er mal wieder Blödsinn angestellt hat".

„Was meinen sie mit Blödsinn?" fragte Bennis Mutter wie elektrisiert. Sie war auf das Schlimmste gefasst.

„Es besteht der Verdacht, dass irgendjemand Matthias Beisel am Freitag etwas in seine Getränkeflasche gemischt hat. Also, ich will damit sagen, ein Abführmittel. Der arme Junge wird seitdem im Krankenhaus behandelt."

„Und was hat das mit Benni zu tun? Glauben sie etwa, er wäre zu so etwas fähig? Außerdem muss man doch wegen eines Abführmittels nicht gleich in die Klinik".

„Nun ja", ließ sich Dr. Mahler am anderen Ende der Leitung vernehmen, „Benjamin ist heute nicht in der Schule aufgetaucht und bei seiner Vorgeschichte wäre so etwas durchaus möglich. Außerdem hänselt er den armen Matthias ständig wegen seiner Krankheit".

„Wieso, was fehlt dem Jungen denn?" fragte die Ärztin ahnungslos.

„Matthias hat seit einem Unfall nur noch eine Niere. Er muss starke Medikamente nehmen. Und als Ärztin können sie sich sicherlich vorstellen, dass anhaltender Durchfall die ganze Medikation durcheinanderbringt. Außerdem ist der arme Junge völlig dehydriert. Er hängt seit Samstagabend am Tropf auf der Intensivstation der Gießener Uniklinik. Seine Eltern sind mit Recht stinksauer und haben die Polizei eingeschaltet. Die Sache wird auf jeden Fall ein Nachspiel haben".

„Das tut mir leid. Aber ich glaube nicht, dass das was mit Benni zu tun hat. Ich werde ihn fragen, ob er etwas weiß. Ich melde mich später bei ihnen. Ich möchte sie aber bitten, keine voreiligen Schlüsse zu ziehen, Herr Dr. Mahler. Sie haben sicherlich auch noch andere schwarze Schafe in ihrer Klasse. Auf Wiederhören".

Sie legte rasch den Hörer auf. Sie war wütend. Am liebsten hätte sie etwas an die Wand geschmissen. Die Situation wurde immer merkwürdiger. Sie glaubte zwar nicht, dass Benni etwas mit der Sache zu tun hatte, aber sie konnte ihn ja auch nicht fragen. Und nicht nur das. Was sollte sie tun, wenn Dr. Mahler oder gar die Polizei hier auftauchen würde, um ihren Sohn zu befragen. Ihre Gedanken wurden durch ein Klopfen unterbrochen. Sie sprang auf und öffnete die Tür zu ihrem Behandlungszimmer um den Patienten, den sie kurz rausgebeten hatte, wieder herein zu lassen. Doch nicht ihr Patient sondern Frau Dr. Reinheimer erschien im Türrahmen.

„Frau Dr. Dreiseitel, haben sie zufällig das neue Abführmittel aus meinem Behandlungszimmer genommen? Ich hatte es mir extra für Herrn Müller aus Eberstadt geben lassen und jetzt ist es nicht mehr da".

„Nein, woher soll ich denn wissen, wo sie ihre Sachen lassen", antwortete die genervte Ärztin unwirsch.

„Ich muss jetzt auch weitermachen" und wendete sich dem wartenden Patienten zu. „Bitte kommen sie doch wieder herein".

Sie schloss die Tür laut hinter dem eintretenden Besucher, so als wollte sie sagen, lasst mich doch einfach alle in Ruhe. Nun musste sie befürchten, dass auch diese Aktion auf Bennis Konto ging.

Ulla war nicht in der Lage, Marc und Lena von der Schule abzuholen. Sie schickte ihnen eine SMS mit der Bitte, den Bus zu nehmen.

Stinksauer erschienen die Kinder um halb zwei zum Mittagessen, das Ullas Haushälterin, Frau Schütt, zubereitet hatte.

„Mama, morgen fährst du uns wieder. Ich habe keine Lust, mir dauernd im Bus die Stories über Benni anzuhören" meckerte Lena.

„Was soll das heißen, die Stories über Benni?" fragte Ulla beunruhigt ihre Tochter.

„Heute haben im Bus alle über einen Mitschüler von Benni gesprochen, der seit dem Wochenende im Krankenhaus liegt. Irgendjemand hat ihm was in seine Flasche geschüttet und jetzt hat er Durchfall. Und alle haben Basti gefragt, ob der nichts weiß. Die glauben, dass Benni was damit zu tun hat. Dann haben sie uns so blöd angeguckt. Ich will nicht mehr mit dem Bus fahren" beendete Lena ihr Lamento.

„Marc, was war da im Bus los?" wollte die Mutter nun von dem anderen Zwilling wissen.

„Der Jens aus Ober-Hörgern und so `ne Zicke, die neu an der Schule ist, haben dauernd auf den Basti eingeredet, weil der ja wohl wissen müsste, was mit Benni ist. Aber der hat nichts gesagt, außer, dass er ihn seit Freitag nicht mehr gesehen hat. Aber die beiden haben ihm das nicht geglaubt. Die haben gesagt, er lügt und würde Benni nur in Schutz nehmen. Weil der doch ganz bestimmt den Blödsinn mit der Flasche gemacht hätte."

„Ja und weiter. Lass dir doch nicht alles aus der Nase ziehen."

„Nichts weiter. Basti hat nur mit den Schultern gezuckt und uns haben alle blöd angeglotzt. Aber keiner hat mit uns gesprochen. Das haben wir alles nur Benni zu verdanken, weil der sich immer so aufspielt. Wegen dem müssen Lena und ich leiden. Von mir aus kann Benni bleiben, wo der Pfeffer wächst".

Ulla wusste, dass die Zwillinge unter dem Benehmen ihres großen Bruders zu leiden hatten. Das musste anders werden. Sobald ihr Sohn wieder auftauchen würde, musste eine Lösung gefunden werden. Sie hielt diesen Druck nicht mehr aus.

Dr. Mahler meldete sich am frühen Montagabend bei Juliane Landmann.

„Hallo Juliane, wie ist es am Freitag gelaufen?"

Dr. Mahler bezog sich auf den Elternabend mit den Vorbereitungen zur Klassenfahrt.

„Es ist alles in trockenen Tüchern. Du kannst deinen Schülern die Überweisungsträger mitgeben".

„Ich befürchte aus der Klassenfahrt wird nichts. Du hast doch sicher von Franziska gehört, dass Matthias Beisel im Krankenhaus ist".

„Ja, das hat sie voller Entrüstung beim Mittagessen erzählt. Aber du kannst doch jetzt nicht alle wegen eines schwarzen Schafs bestrafen. Hast Du denn eine Ahnung, wer das gemacht hat?"

„Ja, habe ich. Aber das muss nun die Polizei bzw. die Staatsanwaltschaft klären. Ich finde es nur sehr bedauerlich, dass keiner der Schüler den Namen preisgibt".

„Vielleicht hat es ja keiner gemerkt oder aber es will keiner eine Petze sein. Deshalb finde ich es nicht ok, wenn nun alle bestraft werden. Außerdem, zahlen müssen wir dann so oder so. Ich glaube nicht, dass die Reiserücktrittversicherung für so einen Schwachsinn aufkommt".

„Da hast du natürlich auch wieder Recht".

Sie unterhielten sich noch eine Weile darüber, wie man am besten vorgehen wolle. Schließlich konnte Juliane den Lehrer ihrer Tochter davon überzeugen, dass die Fahrt auf jeden Fall durchgeführt werden müsse, schon deswegen, um dem entstehenden Ärger mit den Eltern aus dem Weg zu gehen.

*

Der Tag verging, ohne dass die Familie Dreiseitel ein Lebenszeichen von Benni erhalten hätte.

Auch Angela Richter konnte der besorgten Mutter nicht weiterhelfen. Aime hatte sich gemeldet, aber in ihrer Abwesenheit nur auf den Anrufbeantworter der Richters gesprochen und kurz berichtet, dass sie gut in Kapstadt angekommen und alles bestens sei. Das Mädchen hatte versprochen, sich demnächst wieder zu melden.

Leider war keine Nummer auf dem Display zu erkennen, so dass man auch nicht zurückrufen konnte. Eine Telefonnummer von Aimes Großeltern hatte Angela auch nicht und sie wusste nicht, wie Aimes Großmutter hieß. Das bedeutete, dass man das Mädchen nicht vor Ablauf von zwei Wochen in ihrer Heimat anrufen konnte.

Es war wie verhext. Ulla konnte ja auch keine Mitschüler nach Benni fragen. Dann wäre ja aufgefallen, dass er heute die Schule geschwänzt hatte, was wiederum den Verdacht erhärtet hätte, dass er für die Aktion mit dem Abführmittel verantwortlich war.

Die Dreiseitels waren ratlos. Sie wussten nicht mehr, was sie tun sollten. Sollten Sie weiterhin warten, bis der Junge sich vielleicht in den nächsten Tagen meldete oder sollten sie die Polizei einschalten.

Volker bat seine Frau nach dem Essen um ein Gespräch in seinem Büro.

*

Auch Bernhard und Jens Weghaus waren ratlos. Annedore war am Abend nicht von der Arbeit nach Hause gekommen. Zuerst rief er Annedores Vater an. Doch der schimpfte nur: „Ich habe Annedore schon mehrere Tage nicht gesehen. Sie könnte sich ja auch mal um ihren alten Vater kümmern".

Obwohl Annedore ihrem Vater viel zu verdanken hatte, ging sie nicht oft in den gegenüberliegenden Hof. Die beiden waren sich zu ähnlich und gerieten daher schnell in Streit.

Bernhard rief auch bei Annedores bester Freundin Ingrid Tscheche an. Doch die behauptete, keine Ahnung zu haben, wo ihre Freundin sein könnte.

„Ich habe mich gestern schon gewundert, dass sie nicht zum Fest erschienen ist".

Aber sie behielt ihre Vermutung, dass Annedore doch noch ihrem Liebhaber Herbert hinterher gereist war, für sich. Sie würde sich in den Ehekrach der beiden Hitzköpfe nicht einmischen. Sie hatte selbst genug Kummer, seit ihr Mann sie verlassen hatte.

Von den Arbeitskolleginnen hatte Bernhard keine Adressen, so dass er auch hier nicht weiterkommen würde.

Bernhard versuchte Martin Weiss-Alles auf dem Handy zu erreichen. Vielleicht wusste der etwas über Annedores Aufenthalt. Doch der ging nicht an sein Handy. Das konnte nur bedeuten, dass der Freund zum allabendlichen Dämmerschoppen in den Falken eingekehrt war. Kurzentschlossen fuhr Bernhard nach Gambach in den Falken. Der Hof des Gasthauses war voll. Auch an der Theke war kein Platz mehr frei.

Martin Weiss-Alles und seine Freundin Sabine saßen am Ende der Thekenreihe. Martin war schon von

weitem zu hören. Lautstark spielte er sich als Fußball-
kenner auf und unterhielt die anderen Gäste mit seinen
Weisheiten über das Endspiel am vorherigen Abend.

Bernhard tippte den Freund von hinten an. „He Martin. Haste mal 'nen Moment?"

Martin drehte sich um und setzte sein freundlichstes
Lächeln auf. Er fasste den Freund um die Schulter und
zog in zu sich heran.

„Mensch Bernhard, schön dich zu sehen. Komm, lass
uns einen trinken".

„Ne, mir ist nicht nach saufen heute. Hast du Annedore gesehen? Sie ist heute nicht von der Arbeit nach
Hause gekommen".

„Was für ein Zufall" bemerkte Martin „Herbert ist
seit Samstag verreist".

„Was willst du damit sagen? Du glaubst doch nicht
etwa, dass Annedore mit ihm weg ist?"

„Wieso denn nicht? Vielleicht hat sie endgültig die
Nase voll von dir".

„Ne ne, das wagt die sich nicht".

„Wieso nicht? Ich habe sie auch gestern nicht auf
dem Fest in Ober-Hörgern gesehen. Außerdem hatte ich die ganze Zeit euer Haus im Blick, aber deine
Frau ist nicht einmal aufgetaucht. Normalerweise lässt
sie sich doch keine Feier entgehen. Die ist bestimmt
schon seit Samstagabend verschwunden. Ihr Auto ist
doch auch seitdem weg".

„Scheiße, was soll ich denn jetzt machen?"

„Du machst jetzt erst mal gar nichts. Die wird schon
wieder kommen und dann musst du halt mit ihr klären, wie es weiter gehen soll".

„Ach du hast leicht reden Martin. Wo ist denn Herberts Schwester? Vielleicht weiß die ja was."

„Die kannst du doch jetzt nicht ansprechen, du siehst doch was hier los ist. Willst du, dass das jeder mitkriegt. Komm, jetzt trink was und dann sieht alles viel leichter aus".

„Ne, ich muss wieder zu Jens nach Hause. Ich weiß gar nicht, was ich dem armen Jungen sagen soll".

Bernhard verließ den voll besetzten Hof.

Marianne, die Wirtin des Falken, blickte dem hinauseilenden Gast hinterher. Sie war froh, dass er sie nicht vor allen Leuten auf ihren Bruder angesprochen hatte, der seit Samstag im Urlaub war. Doch sie ahnte Schlimmes. Dieser Narr hatte vermutlich seine Geliebte mitgenommen.

Sabine beugte sich zu ihrem Freund Martin herüber. „Was wollte denn der Weghaus hier?" fragte sie neugierig.

„Ach, der sucht seine Alte. Die ist heute nicht von der Arbeit nach Hause gekommen".

„Und was will der dann von dir?" bohrte Sabine weiter.

„Ich hab die Alte in den letzten Tagen ein bisschen überwacht. Der Bernhard glaubt, dass sie was mit dem Herbert hat."

„Ach deshalb hat die sich auch am Freitag so plötzlich Urlaub genommen. Die fehlt die ganze Woche und der Herbert ist doch auch weg."

„Mann Sabine, das muss ich dem Weghaus sagen. Dann macht der sich wenigstens keine Sorgen mehr und ich kriege hoffentlich mein Geld."

„Du machst gar nichts. Das mit dem Urlaub darf ich dir normalerweise gar nicht sagen. Und was heißt hier überhaupt, dann kriegst du endlich dein Geld?"

„Bernhard hat mich gebeten, seine Frau ein bisschen zu beschatten und dafür will er mich bezahlen".

„Ach, deshalb bist du Samstagnacht so plötzlich verschwunden. Warst du da etwa auch in Ober-Hörgern?"

„Na klar. Und ich kann dir nur sagen, da gehen Dinge vor sich. Das ist einfach ungeheuerlich" ließ sich Martin angeberisch vernehmen.

*

Auch Bürgermeister Fink war ratlos. Er saß am Ende eines arbeitsreichen Tages allein in seinem Büro. Als er am Mittag von der Bürgermeisterdienstversammlung in die Stadtverwaltung in Gambach gekommen war, hatte er als erstes die Nachricht von der Unterbrechung der Brückenbauarbeiten erhalten. Auch ein Telefonat mit dem Bauleiter der Firma Werner änderte nichts an den Tatsachen. Vorläufig konnte die Firma nicht weiter arbeiten. Erst mussten die Kanalbauarbeiten in Florstadt beendet werden, dann konnte die Baufirma die Arbeiter wieder zur Sanierung der Wetterbrücke abstellen. Bürgermeister Fink wollte gar nicht daran denken, was ihm die Angler, die Fußballer und die Landwirte erzählen würden, wenn es nicht bald weitergehen würde.

Er sah die Postmappe durch und hakte die eingegangenen Briefe ab. Zum Schluss sah er sich die Bilder, die bei der Auswertung des Films in der Kamera des fest installierten Radargerätes im Ortsteil Ober-Hörgern am vergangenen Wochenende aufgenommen worden waren, an. Nicht zu fassen. Da war doch tatsächlich ein Autofahrer mit über 70 Stunden Kilometer in der Nacht zum Samstag durch den Ort gebrettert. Der Fahrer auf dem Bild kam ihm bekannt vor. Zudem war sich Bürgermeister Fink ziemlich sicher, dass der junge Mann am Steuer des Wagens, der auf Annedore Weghaus zugelassen war, noch keinen Führerschein besaß.

*

Der Stadtbrandinspektor hatte dem Bürgermeister berichtet, dass das Feuer ordentlich heruntergebrannt war und die Feuerwehrleute die letzten Glutnester mit Löschkalk erstickt hatten. Er hatte sich selbst davon überzeugt, dass alle Äste verbrannt waren. In der mehrere Zentimeter hohen Asche hatte er noch ein paar Knochenreste und so etwas Ähnliches wie eine Schädeldecke gefunden, die wahrscheinlich von einem größeren Tier, vielleicht einer Wildsau zu sein schienen. Dann hatte er sich gestern doch nicht getäuscht als er den Geruch von verbranntem Fleisch wahrgenommen hatte. Vorsichtshalber hatte er die Knochenreste in einem braunen Papiersack verpackt und in seiner Biotonne entsorgt. Er wollte nicht auch noch den Jagdpächter am Hals haben, weil beim Abfackeln womöglich eine Wildsau verbrannt war. Wahrscheinlich hatte sich das Tier im Astwerk verfangen und war nicht mehr aus eigener Kraft herausgekommen. Das konnte nur bedeuten, dass es schon länger da gelegen haben musste und wahrscheinlich verhungert war. Arme Sau.

Der Bürgermeister versprach dem Stadtbrandinspektor, am nächsten Tag seine Leute nach Ober-Hörgern zu schicken, damit sie die Asche aufnehmen und in Tonnen

füllen würden. Die Asche wollte man dann beim An-
pflanzen der neuen Bäume an die Wurzeln streuen.

*

Ulla ging nach dem Abendessen in das Dachgeschoss
des Hauses, in dem sich Volkers Arbeitszimmer befand. Sie hatte die Kinder gebeten, sie nicht zu stören,
da sie mit ihrem Vater ein ernsthaftes Gespräch führen müsse.

„Du wolltest mich sprechen?" „Ulla, wir müssen
ernsthaft reden."

„Ach ne, hast du das auch schon eingesehen. Schließlich müssen wir was wegen Benni unternehmen".

„Es geht hier nicht nur um Benni, sondern auch um
uns. Dass der Junge verschwunden ist, wundert mich
überhaupt nicht. Aber du hättest mir ehrlich sagen
müssen, was mit ihm los ist. So hast du mal wieder
über alles ein Mäntelchen gedeckt und die Sache nur
noch schlimmer gemacht".

„Was soll das heißen, ich hätte es dir sagen müssen?"

„Dr. Mahler hat mich vorhin in Rockenberg angerufen. Er wollte mit mir über Benni sprechen. Er hatte
das Gefühl, dass du Benni zu sehr in Schutz nimmst.
Er hat mir alles erzählt, was in letzter Zeit vorgefallen ist. Du hast mir das die ganze Zeit verschwiegen.
Warum?"

„Weil du immer nur schlecht gelaunt bist, zu viel
trinkst und dich die Kinder eh nicht interessieren"
warf ihm Ulla an den Kopf.

„Kannst du dir eigentlich vorstellen, wie peinlich das
für mich ist. Meine Kollegen, die Richter, die Polizei,
alle wissen davon. Ich habe ständig mit diesen Leuten

zu tun. Die lachen doch hinter meinem Rücken. Der Knastpsychologe, der einen kriminellen Sohn hat".

„Siehst du, du machst es schon wieder. Du denkst nur an dich, dass dein guter Ruf ja nicht beschädigt wird".

„Umgekehrt wird ein Schuh daraus. So lange wir verheiratet sind, hast du immer alles mit deinem Vater besprochen. Ich komme doch in deinem Leben gar nicht vor. Was bin ich denn für dich? Ich kann es dir sagen, der Erzeuger deiner Kinder, sonst nichts."

Die gegenseitigen Vorwürfe folgten Schlag auf Schlag. Volker beklagte sich über die Kälte seiner Frau, über die Fassade, die sie ständig um sich herum aufbaute, über seine Schwiegereltern, die sich fortwährend einmischen mussten. Zudem gingen sie ihm mit ihrem vornehmen Getue auf die Nerven. Bei jeder passenden und unpassenden Gelegenheit erwähnte Ulla, dass ihre Mutter eine geborene von Kirchberg sei, so als ob der Titel sie zu besseren Menschen machen würde.

Ulla beklagte sich stattdessen über die Flirts und den übertriebenen Alkoholkonsum ihres Mannes, seine grobe Art und das Desinteresse an jeglichen kulturellen Veranstaltungen.

„Wenn du mich anfasst, dann doch nur, weil du scharf bist auf Sex" setzte Ulla noch einen obendrauf.

Die Kinder fanden kaum noch Erwähnung. Das Gespräch dauerte über zwei Stunden, an dessen Ende der Psychologe seiner Frau mitteilte, dass er sie verlassen würde sobald die Sache mit Benni geklärt sei.

„Ich habe mich in eine Arbeitskollegin verliebt. Sie erwidert meine Gefühle und gibt mir neuen Auftrieb. Du verweigerst dich mir ja seit Wochen".

„Dann kannst du auch gleich gehen. Das mit Benni regele ich schon. Vielleicht macht Benni das ja alles nur, weil du dich nicht für ihn interessierst. Als Psychologe dürften dir doch solche Verhaltensmuster nicht fremd sein" warf sie ihm wütend an den Kopf.

Damit verließ sie Türe knallend das Arbeitszimmer ihres Mannes und rannte heulend in das Gästezimmer, in das sie sich seit Wochen zurückgezogen hatte.

Unglaublich, was bildete dieser Mensch sich eigentlich ein? Er besaß doch tatsächlich die Frechheit, sie zu verlassen. Sie wusste nicht, über was sie sich mehr aufregen sollte, über das plötzliche Verschwinden ihres Sohnes oder die Ankündigung ihres Mannes. Wenn überhaupt, dann wäre es an ihr gewesen, ihn zu verlassen. Wie würde sie nun dastehen. Sie, Frau Dr. Dreiseitel, die angesehen Ärztin, verlassen von ihrem Mann. Was war nur falsch gelaufen in ihrem Leben, dass sich alles, was sie sich aufgebaut hatte, auf einmal wie eine Seifenblase zu zerplatzen drohte?

Sie löschte das Licht. Doch sie fand keinen Schlaf. Wieder ging sie auf den Balkon und blickte zu der beleuchteten Burg. Aber auch dieses Mal fand sie keinen Trost.

*

Ralf Meermann, der ehemalige Unternehmer, war am frühen Abend in Ruppertsburg angekommen. Als ungeübter Radfahrer war es ihm ziemlich schwer gefallen, die Radwege von der Wetterau in den Vogelsberg zu finden. Er hatte sich mehrfach verfahren und musste immer wieder bei den Einheimischen nach dem Weg fragen. Zudem machten ihm die ungewohnten

Steigungen des Mittelgebirges ganz schön zu schaffen. Er hatte schon seit Jahren keinen Sport mehr getrieben. Dazu hatten ihm seine Firma und sein Erfolg keine Zeit gelassen. Auf dem Hof des Bestattungsunternehmens Meermann stand ein schwarzer Leichenwagen mit geöffneter Heckklappe. Der Innenraum war leer. Ralf lehnte das Rad an die Hauswand und ging auf die Tür der Kühlhalle zu. Diese war nur angelehnt und aus dem Inneren waren Geräusche zu vernehmen.

„Hallo Onkel Otto. Bist Du da drin?" „Moment, komme gleich".

Im Türrahmen erschien Otto Meermann, ein groß gewachsener kahlköpfiger Endfünfziger.

„Junge, was machst du denn hier? Warum hast du mir denn nicht Bescheid gesagt, dass du kommst?"

„Das ist eine längere Geschichte. Das muss ich dir in Ruhe erzählen. Kann ich erst mal eine Weile bei dir bleiben?"

„Oh je, hat dich deine Frau vor die Tür gesetzt?"

„So könnte man es auch sagen. Aber ganz so einfach ist es nicht".

„Ok, lass mich nur mal die Leiche richtig in der Kühlung verstauen, dann habe ich Zeit für dich".

Ralf Meermann und sein Onkel gingen um 18.00 Uhr gemeinsam in die einzige Kneipe am Ort, um zu Abend zu essen. Dabei erzählte der Neffe seinem Onkel, was vorgefallen war und dass er im Moment total mittellos sei. Sie tranken ziemlich viel Bier und fanden erst um Mitternacht den Weg nach Hause.

Hier konnte sich Ralf Meermann beruhigt im Gästezimmer niederlassen. Er hatte schon seit Wochen nicht mehr in einem richtigen Bett gelegen. Die Zusage seines Onkels, ihm helfen zu wollen und die Tatsache, dass er seit Wochen wieder ein festes Dach über dem Kopf hatte, ließen ihn schnell einschlafen.

Sein letzter Gedanke galt jedoch dem gelben Rennrad, das er sich unrechtmäßig angeeignet hatte und das er in den nächsten Tagen mit dem Kleintransporter seines Onkels nach Ober-Hörgern zurück bringen wollte.

Dienstag, den 8. Juni 2006

Ein neuer heißer Sommertag kündigte sich an. Wie an jedem Morgen verließen die Arbeitnehmer die kleine mittelhessische Stadt Münzenberg, die an dem Flüsschen Wetter lag, das sich durch die idyllische Landschaft schlängelte und der Region ihren Name Wetterau verlieh. Auf der B 488 reihte sich Auto an Auto, was Juliane und ihre Freundin bei ihrer allmorgendlichen Walkingrunde nicht störte.

Amiga war schon weit voraus gelaufen. Auf der Pferdekoppel von Walter Hufnagel in Ober–Hörgern war von dem Feuer am Sonntag nur noch ein Haufen Asche übrig geblieben. Amiga lief um den Haufen herum und wühlte darin.

„Amiga, bist du wahnsinnig. Du saust dich doch total ein. Komm da weg" befahl Juliane dem Hund beim Näherkommen. Sie hatte es heute Morgen eilig und konnte sich nicht noch mit einer Duschaktion des Hundes aufhalten.

Amiga bellte und wühlte weiter. Sie zog einen Gegenstand aus der Asche hervor und rannte mit dem Ding im Maul in Richtung Wetter davon. „Na dein Hund hört ja aufs Wort" kommentierte die Freundin den Vorgang.

„Der ist jetzt erst mal beschäftigt". „Mensch Hund", Juliane nahm ihre Pfeife zur Hilfe, was Amiga augenblicklich zu ihr zurückkehren ließ. Dieses Ding war ein Phänomen und faszinierte Juliane immer wieder aufs Neue. Obwohl man selbst nichts hörte, mussten die hohen Töne dem Hund einen Befehl erteilen. Amiga blieb schwanzwedelnd vor ihrem Frauchen stehen und ließ den Gegenstand direkt vor ihre Füße fallen. Juliane blickte interessiert auf das merkwürdige Etwas. Sie nahm es auf, um es erschrocken gleich wieder auf den Boden zu werfen. Der Gegenstand sah verdächtig nach einem Knochen aus. Doch Juliane wollte gar nicht wirklich wissen, was sie da in den Händen gehalten hatte. Die beiden Frauen traten den Rückweg an.

Juliane stand noch ein schwerer Gang bevor. Sie musste heute Morgen ihren Vater in das Altersheim nach Butzbach bringen. Auf der einen Seite fiel es ihr schwer, den geliebten Vater anderen zu überlassen, auf der anderen Seite wurde es dringend Zeit. In den letzten Tagen hatte sich der alte Mann so sonderbar aufgeführt, dass es weder ihr noch der Familie zuzumuten war, ihn bei sich zu behalten.

*

Bernhard Weghaus rief kurz nach 8.00 Uhr von seiner Dienststelle in Lich aus bei der Sparkasse in Butzbach an und verlangte seine Frau zu sprechen.

„Tut uns leid, Herr Weghaus, aber ihre Frau hat sich für eine Woche beurlauben lassen. Sie ist nicht hier", teilte ihm eine freundliche Stimme am anderen Ende der Leitung mit. Bernhard unterbrach das Gespräch. Sofort suchte er die Nummer des Falken in Gambach heraus und versuchte, die Wirtin zu erreichen. Doch niemand ging ans Telefon. Marianne würde noch schlafen, denn sie kam ja meistens vor ein oder zwei Uhr nachts nicht ins Bett.

Er rief bei der Auskunft an, um die Handynummer von Herbert herauszufinden. Aber auch dieser Versuch scheiterte. Die Nummer war nicht registriert. Vermutlich hatte Herbert ein Pre-Paid-Handy.

Das Handy von Annedore war seit gestern Abend ausgeschaltet, denn es kam immer wieder die Meldung, dass der Teilnehmer im Moment nicht erreichbar sei.

Im Augenblick konnte er nichts machen. Aber er würde nicht aufgeben. Er musste wissen, wo sich Annedore herumtrieb.

*

Benni hatte sich nicht zu Hause gemeldet und an sein Handy ging er auch nicht. Irgendwann musste sich das Gerät sowieso abschalten, denn das Ladegerät lag im Zimmer des Jungen, wie seine Mutter festgestellt hatte.

Volker Dreiseitel hatte früh morgens ohne ein Wort das Haus verlassen. Ihm war klar, dass die Sache mit Benni den endgültigen Bruch seiner Ehe beschleunigen würde. Natürlich müsste die Angelegenheit erst geklärt werden, dann würde er ausziehen. Seine Ehe bestand schon seit längerem nur noch auf dem Papier. Ulla verweigerte ihm nicht nur seine ehelichen Rechte, sie behandelte ihn auch respektlos. Ihr vornehmes Getue und ihre Verlogenheit gingen ihm fürchterlich auf die Nerven. Noch schlimmer fand er seine Schwiegereltern, die sich in alles einmischen mussten, in ihre Ehe, in die Erziehung der Kinder, in die Auswahl ihres Freundeskreises und sogar in die Gestaltung ihres Hauses. Volker kam sich schon lange überflüssig in diesem Haus vor.

Ulla hatte Lena und Marc gebeten, noch einmal mit dem Bus in die Schule zu fahren. Ohne Widerrede hatten sie sich der Bitte ihrer Mutter gebeugt.

Danach rief Ulla im Weidig-Gymnasium an, um Benni für einen weiteren Tag zu entschuldigen. Bevor der erste Patient zur Behandlung kommen würde, musste sie sich mit ihrem Vater beraten, was sie nun tun sollte. Auf ihren Mann konnte sie sich nicht mehr verlassen.

Sie wollte ihrem Vater aber noch nichts von dem Entschluss ihres Mannes, sie zu verlassen, berichten. Das würde die Situation im Moment nur noch verschärfen. Auch vor den Kindern wollte sie Volkers Absicht so lange wie möglich geheim halten.

Ab sofort musste sie sich auf Bennis Verschwinden konzentrieren und alles unternehmen, um mit dem Jungen in Kontakt zu treten.

Adolf Dreiseitel meldete sich nach dem ersten Klingelton. „Guten Morgen, mein Kind. Gibt es etwas Neues von Benni?", meldete er sich mit einem Blick auf das Display seines tragbaren Telefons.

„Guten Morgen Papa. Nein, leider hat sich Benni immer noch nicht gemeldet. Ich kann das einfach nicht verstehen. Was soll ich denn jetzt nur machen?"

„Ulla, sei vernünftig, du musst jetzt zur Polizei gehen und Benni als vermisst melden. Es muss ja gar nichts passiert sein. Aber die können doch wenigstens bei den Krankenhäusern, Flughäfen und so weiter nachfragen, ob Bennis Name irgendwo aufgetaucht ist. Die haben doch ganz andere Möglichkeiten. Und du kannst auch nicht darauf vertrauen, dass er von alleine wieder kommt. Andererseits kannst du auch nicht die ganze Zeit die Schule belügen. Irgendwann musst du mit der Wahrheit rausrücken".

„Da gebe ich dir Recht. Bennis Lehrer hat gestern schon wegen einer anderen Sache nach ihm gefragt. Ihm habe ich erzählt, dass Benni krank ist. Auch Basti habe ich angelogen. Er hat Benni auch nicht auf dem Handy erreichen können und hat dann unter unserer Nummer nachgefragt. Auch dem habe ich erzählt, dass Benni eine Magen- und Darmgrippe hat".

„Na siehst du, wie lange willst du dich denn noch in Lügen verstricken? Du kannst doch auch nicht von Marc und Lena verlangen, dass sie dauernd die Unwahrheit sagen, ebenso wenig wie von deinem Mann. Du kannst doch nicht alle da mithineinziehen".

„Gut Papa, das habe ich verstanden. Aber ich werde trotzdem erst noch mal einen meiner Patienten anrufen. Er ist der Direktor der Wetterauer Polizei. Vielleicht kann der mir erst mal einen Tipp geben, wie ich mich am besten verhalte. Sobald ich was weiß, melde ich mich wieder bei euch. Was macht denn überhaupt Mutti?"

„Die hat alles mitgehört und regt sich maßlos auf. Bitte warte nicht zu lange. Langsam halte ich das nämlich nicht mehr für einen dummen Jungenstreich".

Die Allgemeinmedizinerin rief gleich nach dem Telefonat mit ihrem Vater ihren Patienten Karl Rehbein, den Polizeidirektor des Wetteraukreises, an.

„Hallo Herr Rehbein. Hier ist Frau Dr. Dreiseitel aus Münzenberg". „Hallo schöne Frau, was verschafft mir die Ehre?"

Der gutaussehende, ständig braun gebrannte Chef des Wetterauer Polizeipräsidiums machte grundsätzlich jede Frau an und hatte nur allzu oft Erfolg damit. Ulla wusste von der Schwäche für schöne Frauen des Polizeidirektors und spielte nun ein bisschen mit ihm.

„Dass ‚Schön' kann ich an sie zurückgeben. Aber mal ehrlich, lieber Herr Rehbein, ich brauche ihren guten Rat und vielleicht auch ihre Hilfe" säuselte sie ins Telefon.

„Aber alles was sie wollen, liebe Frau Dr. Dreiseitel. Schießen sie los. Womit kann ich ihnen helfen?"

„Hören sie, die Sache ist etwas heikel" begann die Ärztin nun absichtlich etwas stockend.

„Mein ältester Sohn Benjamin ist seit Samstagabend nicht mehr nach Hause gekommen. Wir hatten in der letzten Zeit ein bisschen Stress miteinander und deshalb ist er wahrscheinlich abgehauen. Können sie mir einen Tipp geben, was ich machen soll? Soll ich ihn als vermisst melden oder soll ich noch warten?"

„Liebe Frau Doktor, dazu müsste ich schon ein bisschen mehr wissen. Ist er denn schon mal abgehauen? Und wenn ja, wie lange war er weg? Und was heißt in dem Fall, sie hatten Stress miteinander?"

„Im Vertrauen, Herr Rehbein, ich befürchte, er ist seiner Freundin nach Südafrika hinterhergereist. Aber das kann ich nicht an die große Glocke hängen. Stellen Sie sich doch mal vor, wie peinlich das wäre, nicht nur für mich sondern auch für meinen Mann".

„Hat denn ihr Sohn einen Reisepass mit und verfügt er über genügend Geld?"

Daran hatte Ulla noch gar nicht gedacht. Sie hätte natürlich erst mal nachschauen müssen, ob sein

Reisepass da war und ob er vielleicht etwas von seinem Sparbuch abgehoben hatte. Aber das setzte sie jetzt einfach mal voraus.

„Der Pass ist weg. Könnten sie denn nicht mal ganz unbürokratisch bei den Fluglinien nachfragen, ob er vielleicht irgendwo eingecheckt hat?"

„Liebe Frau Dr. Dreiseitel, theoretisch könnten sie das selbst machen. Die Fluglinien würden Ihnen auch Auskunft erteilen. Aber mal ganz ehrlich, welche Fluglinie sollte einem 16-jährigen Schüler einfach so ein Ticket verkaufen?"

„Herr Rehbein, wir wissen doch beide, dass auf dieser Welt alles möglich ist. Ich habe schon Pferde vor der Apotheke kotzen sehen."

„Hören sie, ich werde ihnen zwei meiner besten Leute vorbeischicken, mit denen sie sich beraten können. Das kann zunächst auch ganz unbürokratisch laufen. Sie sind im Moment allerdings noch mit einer anderen Sache beschäftigt, die aber kurz vor dem Abschluss steht. Ich sage ihnen Bescheid, wann sie mit ihnen rechnen können."

„Ich danke ihnen. Sie haben was gut bei mir. Ich warte dann auf ihren Anruf".

„Das kann aber dauern, meine Liebe". Damit endete das Gespräch.

*

Juliane wollte gerade das Haus verlassen, als das Telefon schellte.

„Mahler hier" meldete sich der Lehrer ihrer Tochter Franziska. „Ist was mit Franziska?" fragte Juliane erschrocken.

„Nein nein, alles ok mit deiner Tochter. Ich rufe noch mal wegen dieser blöden Geschichte mit dem Abführmittel an. Die Polizei in Butzbach hat sich gerade bei mir gemeldet. Die Eltern von Matthias haben Anzeige erstattet. Nachdem sich gestern niemand von der Klasse bei mir gemeldet und sich zu dem Mist bekannt hat, geben sie keine Ruhe mehr. Ich habe ja Benjamin in Verdacht, aber der ist im Moment krank und seine Mutter nimmt ihn natürlich in Schutz. Die Polizei wird nun mit den Mitschülern sprechen und unter Umständen auch Fingerabdrücke von jedem einzelnen haben wollen. Ich wollte dich als Elternbeirätin der Klasse nur darüber informieren."

Juliane wusste ganz genau, dass der Lehrer ihrer Tochter in Wirklichkeit jede Möglichkeit nutzte, um mit ihr in Kontakt zu treten. Sie hatte schon länger bemerkt, dass Dr. Mahler ein Faibel für sie hatte.

„Ja danke" erwiderte sie freundlich. „Aber können die denn einfach so die Kinder verhören und von ihnen die Fingerabdrücke abnehmen?"

„Sie verhören die Kinder ja nicht, sie befragen sie nur. Wegen der Fingerabdrücke weiß ich zwar nicht Bescheid, aber wer nichts zu verheimlichen hat, macht da doch freiwillig mit. Dieser Benjamin macht nichts als Scherereien. Es ist doch auch komisch, dass er ausgerechnet jetzt krank ist".

„Ich mag den Jungen ja auch nicht, wie die meisten von uns, aber du solltest ihn nicht einfach beschuldigen so lange du nicht selbst mit ihm gesprochen hast".

„Ich werde heute Mittag nach der Schule bei den Drei-seitels vorbeifahren. Mal sehen, ob ich was rauskriege. Mach's gut".

„Ok, gib mir aber bitte mal Bescheid. Unter Umstän-den muss ich da ja auch als Elternbeirätin tätig werden. Was mache ich denn, wenn mich die Eltern anrufen?"

„Erst mal gar nichts. Notfalls müssen wir kurzfristig einen Elternabend einberufen".

„Auch das noch, ich habe im Moment eh schon ge-nug zu tun und muss jetzt auch dringend weg. Mein Vater kommt heute ins Heim".

„Dann wünsche ich dir gute Nerven Juliane. Wir bleiben in Kontakt. Tschüss".

Dr. Mahler wollte seine Klasse zu Beginn des Unter-richts von dem Gespräch mit der Polizei unterrichten. Vielleicht hatten sie ja doch ein Einsehen und verrie-ten ihm den Übeltäter. Juliane hatte natürlich Recht. Er konnte nicht einfach den jungen Dreiseitel beschul-digen. Aber nach dem, was sich der Junge in der jüngs-ten Vergangenheit alles geleistet hatte, hielt er auch das durchaus für möglich.

Die Schüler seiner Klasse erwarteten den Lehrer schon. Gebannt hörten sie ihm zu, als er von dem Ge-spräch mit der Polizei berichtete.

„Ein Beamter wird im Laufe des Vormittags im Un-terricht auftauchen und euch zu dem Sachverhalt be-fragen. Wir können uns das aber auch ersparen, wenn ihr mir endlich sagt, wer das gemacht hat. Das war wahrlich kein Kavaliersdelikt und auch euer Schwei-gen ist nicht als heldenhaft sondern einfach nur als dumm zu bezeichnen. In dem Fall petzt ihr ja nicht, sondern macht eine Zeugenaussage" ermahnte der Lehrer in zornigem Ton seine Schüler.

„Jetzt reicht es mir. Warum sagen wir nicht wie es war? Warum nehmen wir diesen neunmal klugen Angeber eigentlich noch in Schutz? Felix, Franziska, Jens und Lukas, ihr habt doch auch gesehen, dass der Professor etwas in die Flasche von Matze geschüttet hat?"

Kim, die neue Mitschülerin aus Ober-Hörgern, fordert ihre Mitschüler auf, endlich reinen Tisch zu machen. Die drei Jungs guckten sie mürrisch an.

„Danke Kim, dass wenigstens du ehrlich bist. Aber wer bitte schön ist der Professor?"

„Na der Angeber Dreiseitel aus Münzenberg" meldete sich jetzt Jens Weghaus zu Wort.

„Eben dieser Heissluftverquirler", stimmte Lukas Mähdert aus Münzenberg mit ein.

„Ich habe nur gesehen, dass Benjamin etwas in eine Flasche gefüllt hat. Ich wusste aber nicht, dass es die Flasche von Matthias war" meldete sich Franziska Landmann zu Wort.

Augenblicklich entstand Unruhe in der Klasse. Jeder wollte auf einmal etwas dazu sagen. Doch Dr. Mahler stoppte die Schüler mit erhobener Hand.

„Beruhigt euch. Das reicht mir schon. Mein Verdacht hat sich somit bestätigt. Wer ist mit Benjamin befreundet?"

„Basti" kam es von ganz vorne.

„Sebastian„ richtetet der Lehrer das Wort an Sebastian Wetz „bitte unternehme jetzt nichts und rufe auf keinen Fall bei deinem Freund an. Du musst nun

kein schlechtes Gewissen haben. Ich werde noch einmal mit der Polizei sprechen. Vielleicht können wir
das dann anders regeln. Ich verspreche euch, dass
ich eure Namen gegenüber Benjamin nicht erwähnen
werde. Ich erwarte auch von der restlichen Klasse,
dass sie das nicht tut. Aber ihr müsst unter Umständen eine Aussage machen."

Dr. Mahler ließ die Klasse für 15 Minuten allein und
telefoniert vor der Tür von seinem Handy aus mit der
Butzbacher Polizeistation. Der Polizeibeamte versprach ihm, alles weitere in die Wege zu leiten, möglichst ohne viel Aufsehen, damit der Ruf der Schule
nicht darunter zu leiden hatte.

Sebastian saß wie ein Häufchen Elend auf seinem Stuhl
mitten unter seinen Schulkameraden. Keiner nahm
Notiz von ihm. Ihm war mulmig zumute. Was war nur
mit seinem Freund Benni los? Warum meldete er sich
nicht? Gestern Nachmittag hatte er bei ihm zu Hause
auf dem Festnetz angerufen und nach Benni gefragt.
Seine Mutter hatte ihm gesagt, dass Benni mit einer
Magen- und Darmgrippe im Bett liege. Aber das glaubte Sebastian nicht. Normalerweise hätte sich Benni bei
seinem Freund gemeldet. Irgendetwas stimmte da ganz
und gar nicht. Obwohl Dr. Mahler ihm verboten hatte,
Benni vor der Polizei zu warnen, schickte er eine SMS
an dessen Handy.

„Achtung! Polizei weiß Bescheid. Kim, Jens und Lukas haben Dich verpetzt."

*

Juliane hatte ihrem Chef mitgeteilt, dass sie am Morgen etwas später zur Arbeit erscheinen würde. Heute musste sie sich nun endgültig von ihrem Vater trennen. Dieser Gang fiel ihr sehr schwer. Die Mädchen hatten sich beim Verlassen des Hauses ganz normal von ihrem Großvater verabschiedet, um den alten Mann nicht unnötig zu beunruhigen. Die Koffer waren gepackt. Den bequemen Fernsehsessel aus Leder mit dem verstellbaren Fußteil würde ihr Mann Walter am Abend noch nach Butzbach bringen, damit der Vater weiter darin sitzen und fernsehen konnte.

Ingrid Tscheche war bereits früh am Morgen erschienen, um ihr beim Baden und Ankleiden des Vaters zu helfen. Er machte alles widerstandslos mit, so als hätte er schon vor dem Beschluss seiner Tochter, ihn ins Heim zu geben, resigniert.

„Sag mal Ingrid, hast du der Annedore am Freitag was erzählt?"

Obwohl Juliane aus Rücksicht auf den Vater das Heim gar nicht erwähnt hatte, antwortete Ingrid wie aus der Pistole geschossen: „Ich, nein, wie kommst du denn darauf. Der würde ich doch nichts sagen."

„Sonderbar, die wusste das doch schon wieder alles."

Juliane war sicher, dass Annedore die Information nur von Ingrid haben konnte. Sie hatte außer mit ihrer Familie und der Heimleitung mit niemandem sonst gesprochen.

„Ich möchte auf jeden Fall nicht, dass du irgendetwas hier aus dem Haus heraus trägst. Ist das klar? Das geht niemanden was an."

Ingrid nickte stumm und bemühte sich weiter um den alten Mann.

Eine Stunde später verließen Juliane und Ingrid mit dem Vater das Haus. Freiwillig setzte er sich in Julianes Auto und blieb dort auf der Rückbank neben Ingrid ohne zu Murren still und bewegungslos bis nach Butzbach sitzen.

Der Himmel hatte sich inzwischen verändert. Das strahlende Blau der letzten Tage war einem milchigen Blaugrau gewichen, das wie eine Suppe über der Stadt waberte. Die Wettervorhersage von Radio FFH kündigte das Herannahen von trockener Polarluft, die sich in Richtung Süden ausbreitete, an. „Durch das Aufeinanderprallen von kalten und heißen Luftmassen ist vereinzelt mit heftigen Gewittern und Sturmböen am Nachmittag in Mittelhessen zu rechnen" hatte der Moderator in FFH gesagt. Kein Wunder, dachte Juliane bei sich, die Hitze wurde immer unerträglicher. Der trockene Boden und die ausgedörrten Rasenflächen benötigten dringend Wasser.

Juliane hoffte jedoch, dass die Wetterau von dem angekündigten Unwetter verschont bleiben und nur ein paar Regenschauer über das Land ziehen würden. Meistens hatten sie in dieser Gegend Glück. Während in den vergangenen Jahren viele benachbarte Regionen durch Unwetter in Mitleidenschaft gezogen worden waren, war die mittelalterliche Kleinstadt von schlimmeren Auswirkungen verschont worden. Es war fast so, als würde die mittelalterliche Burgruine auf dem Hügel eine schützende Hand über die vier Ortsteile halten.

Um elf Uhr vormittags an diesem Dienstagmorgen erreichte Bernhard Weghaus endlich die Wirtin des Falken in Gambach. Verschlafen meldete sich die Frau am Telefon.

„Na endlich, Marianne. Hier ist Bernhard. Kannst du mir sagen, wo dein Bruder ist?"

„Ne, ich weiß nicht, wo er hin ist. Er wollte einfach nur mal ein paar Tage weg".

„Hör zu Marianne, ich muss ihn unbedingt sprechen. Ich muss wissen, ob Annedore bei ihm ist. Sie ist seit Sonntag nicht zu Hause gewesen".

„Hast du deine Frau denn nicht auf dem Handy angerufen?"

„Doch natürlich" antwortete Burkhard ungeduldig.

„Aber zuerst ist sie nicht dran gegangen und jetzt ist es ausgeschaltet. Ich mache mir aber Sorgen. Bitte, du musst mir die Handynummer von Herbert geben".

„Wie kommst du überhaupt darauf, dass sie bei ihm ist?"

„Marianne, bitte halte mich nicht für doof. Das habe ich dir Freitagnacht schon einmal gesagt. Ich weiß, dass Annedore was mit deinem Bruder hat. Ich will das aber nicht. Das muss aufhören. Verstehst du das denn nicht?"

„Ich mache dir einen Vorschlag Bernhard. Ich rufe Herbert an und frage ihn. Und wenn ich etwas von ihm gehört habe, melde ich mich bei dir. Ok?" beruhigte Marianne ihn.

„Ok. Aber bitte versuche es gleich und melde dich dann. Meine Nummer müsstest du ja auf dem Display haben".

In der vierten Stunde wurden die Schüler Daniel Rot jr., Jens Weghaus, Felix Kappelhof, Lukas Mähdert, Franziska Landmann und Kim Jakobi aus dem Englischunterricht bei Frau Dr. Buschkühle geholt. Ein Polizeibeamter von der Butzbacher Polizeistation befragte die Schüler und Schülerinnen in einem Nebenraum zu dem Vorgang am Freitag vergangener Woche, als man Matthias Beisel ein Abführrmittel verabreicht hatte „Pubertierende Jugendliche", dachte der Polizist am Ende des Gesprächs mit den jungen Leuten.

*

„Praxis Dr. Dreiseitel, Schlotterbeck am Apparat. Was kann ich für sie tun?" meldete sich die Sprechstundenhilfe der Allgemeinmedizinerin in Münzenberg.

„Rehbein hier. Ich möchte die Frau Doktor sprechen."

„Das geht jetzt nicht Herr Rehbein. Frau Dr. Dreiseitel ist gerade mitten in einer Untersuchung" log die Arzthelferin, die wusste, dass ihre Chefin während der Sprechstunde grundsätzlich keine Privatgespräche entgegennahm.

„Liebe Frau Schlotterbeck", entgegnete der Polizeidirektor ungehalten „glauben sie mir, ihre Chefin will mich sprechen. Also verbinden sie mich endlich" befahl er schroff.

Heidi Schlotterbeck machte sich auf einen Anschiss von ihrer Chefin gefasst, als sie die Verbindungstaste drückte. Doch sie hatte kaum den Namen Rehbein erwähnt, als ein Knacken in der Leitung die Übernahme des Gesprächs anzeigte. Hier wird es immer sonderbarer, dachte sich die Praxisangestellte.

„Frau Dr. Dreiseitel, ich habe mit meinen beiden besten Leuten gesprochen. Ich schicke Ihnen Kriminalhauptkommissar Alexander Henneberg und seine Kollegin Polizeioberkommissarin Cosima von Mittelstedt. Das sind zwei sehr erfahrene Kollegen vom K 10. Hauptkommissar Henneberg geht zwar manchmal etwas unkonventionell an die Sache heran, aber er hat bisher immer Erfolg damit gehabt. Was Frau von Mittelstedt betrifft, sie ist Psychologin und auf solche Fälle spezialisiert. Den beiden erzählen Sie alles, was sie wissen wollen. Die werden sich dann schon um die Angelegenheit kümmern. Wer weiß, vielleicht ist der Ausreißer schneller zurück als wir denken".

„Wann werden Herr Henneberg und Frau von Mittelstedt auftauchen? Ich müsste nämlich noch ein paar Hausbesuche erledigen. Wir haben im Moment wahnsinnig viel zu tun. Es geht eine Art Sommergrippe verbunden mit einem Magen- und Darmvirus um. Es ist wie verhext".

„Gehen sie ganz normal in ihre Praxis. Es kann Nachmittag werden, da die beiden noch in einer anderen Sache in Bad Vilbel ermitteln. Die Kommissare werden in Zivil erscheinen und kein großes Aufheben machen. Sie sollten aber ihre Frau Schlotterbeck einweihen. Die wollte mich eben auch nicht verbinden".

„Ich danke ihnen für ihre Mühe. Ich weiß, dass das nicht selbstverständlich ist".

„Schon gut. Sie werden sehen, dass sie sich danach besser fühlen und die Angelegenheit bei uns in besten Händen ist. Wir bleiben auf jeden Fall in Kontakt".

Es war bereits nach zwölf Uhr, als Ulla ihre Arzttasche nahm und zum Ausgang ging. Die Tür zur Praxis wurde von außen geöffnet und ein uniformierter Polizeibeamter erschien zwischen Tür und Angel. Verdammt, hatte diese blöde Heidi zum Ende der Sprechstunde wieder die Tür nicht abgeschlossen? Es war zum Verzweifeln. Wie oft sollte sie das noch ihren Angestellten sagen, dass um zwölf Uhr alles dicht gemacht wird. „Guten Tag. Sind Sie Frau Dr. Dreiseitel?"

„Wer will das wissen?" entgegnete die Ärztin, die sich schon auf die Hausbesuche eingestellt hatte, genervt.

„Die Polizei will das wissen. Ich komme wegen ihres Sohns Benjamin".

Der Beamte hielt ihr einen Ausweis mit seinem Bild vor die Nase.

„Oh, das ging aber schnell. Ich habe noch gar nicht so früh mit ihnen gerechnet. Man sagte mir, dass sie erst am Nachmittag zu Praxisbeginn in Zivil kommen würden".

Der Polizeibeamte wunderte sich. Hatte Dr. Mahler entgegen ihrer Absprache die Mutter des Jungen über seinen Besuch informiert. Die Polizei in Butzbach hatte dem Lehrer ausdrücklich untersagt, die Dreiseitels anzurufen und auch nicht dort selbst vorbei zu fahren. Die Angelegenheit lag jetzt in den Händen der Polizei. Der Vater von Matthias würde alle Rechtsmittel aufbieten, damit der Täter bestraft werden würde.

„Nein, ich bin direkt nach dem Gespräch im Weidig-Gymnasium hierher gefahren. Ich möchte mit ihrem Sohn Benjamin sprechen".

Ulla stutzte:„Wieso mit Benjamin? Hat sie Herr Rehbein denn nicht informiert?"

„Wieso Herr Rehbein, was hat denn der Polizeidirektor damit zu tun? Ich bin wegen Matthias Beisel hier."

Ulla wurde unruhig. Patzig antwortete sie dem Kommissar: „Sie können nicht mit meinem Sohn sprechen. Der liegt mit 40 Grad Fieber im Bett. Er hat eine schwere Magen- und Darmgrippe".

„Das ist mir ziemlich egal, was ihr Sohn hat. Ich möchte ihn jetzt sprechen, Frau Dr. Dreiseitel und zwar pronto".

Bennis Mutter unternahm einen letzten verzweifelten Versuch. „Sie wollen sich wohl anstecken?"

„Ich hatte nicht vor, ihren Sohn abzuknutschen. Also kann ich ihn jetzt sehen und ihn befragen?"

Ulla traf die Erkenntnis, dass der Polizeibeamte gar nicht von Herrn Rehbein kam, sondern wegen der Sache mit dem Abführmittel hier war, wie ein Schlag ins Gesicht.

„Hören sie, sie können mich nicht zwingen, sie ins Haus zu lassen. Mein Sohn bleibt im Bett und sie kommen ein anderes Mal wieder oder haben sie einen Haftbefehl?"

„Frau Dr. Dreiseitel, ich wollte ihren Sohn nur befragen und nicht verhaften".

„Das werden sie nicht tun. Ich rufe jetzt meine Anwältin an".

Sie warf die Praxistür zu und ließ den Polizeibeamten draußen stehen. Typisch Akademiker, dachte der Polizeibeamte verärgert. Selbst wenn sie in der größten Scheiße sitzen, verhalten sie sich arrogant und wenig kooperativ. Aber er würde nicht gehen und wenn er den ganzen Nachmittag in der brütenden Hitze vor der

Tür ausharren müsste. Von diesem vornehmen Pack ließ er sich nicht einschüchtern.

Ulla ging in ihr Sprechzimmer und ließ sich auf den nächsten Stuhl nieder. Ihr war schlecht vor Aufregung und Wut.

Mit zitternden Händen wählte sie die Nummer des Polizeidirektors Rehbein. Es antwortete nur die Mailbox. Sie versuchte Volker zu erreichen, doch die Sekretärin ihres Mannes ließ ihr ausrichten, dass der Psychologe mit dem Leiter der JVA zum Essen unterwegs sei. An sein Handy ging ihr Mann während des Mittagessens aus Prinzip nicht.

Auch ihren Vater konnte sie nicht ans Telefon kriegen. Ihr fiel ein, dass ihre Eltern dienstags immer zum Schwimmen gingen.

Durch die Glasscheibe der Eingangstür sah sie den Polizeibeamten. Seine Haltung verriet ihr, dass er nicht aufgeben würde. Sie musste jetzt irgendetwas unternehmen. Die Patienten warteten auf sie. Außerdem würden in einer guten Stunde die Zwillinge nach Hause kommen.

Die befreundete Anwältin der Familie Dreiseitel traf innerhalb von 10 Minuten im Eiloh, einer bevorzugten Wohngegend, ein. Ulla hatte die Freundin zur Hilfe gerufen. Diese hatte sich aufs Fahrrad geschwungen und war vom Steinweg immer nur den Berg hinunter bis ins Eiloh geradelt.

Ulla öffnete ihr die Haustür und bat den Streifenpolizisten zu warten. Sie wolle sich zunächst mit ihrer Anwältin beraten.

Zehn Minuten später trat die Anwältin vor die Tür und redete intensiv auf den Polizeibeamten ein, der daraufhin wütend das Grundstück der Dreiseitels verließ.

*

Marianne hatte den ganzen Vormittag und auch am frühen Nachmittag versucht, ihren Bruder Herbert auf dem Handy zu erreichen. Leider vergebens. Wahrscheinlich hatte er keine Lust, mit seiner Schwester zu sprechen. Schließlich schickte sie ihm eine SMS mit der Bitte, ihn dringend anzurufen. Es sei etwas passiert und sie müsse ihn unbedingt sprechen. Kaum war die SMS abgeschickt, reagierte ihr Bruder mit einem Rückruf.

„Um Gottes Willen Marianne, was ist denn passiert? Ist jemand gestorben?"

„Nein, du Vollidiot. Ist diese blöde Weghausschlampe bei dir?"

„Deswegen rufst du mich an. Sag mal, hast du sie noch alle?"

„He Bruderherz, komm mal wieder runter. Der Weghaus macht seit heute Morgen Stress. Seine Frau ist verschwunden und jetzt glaubt er, dass sie mit dir zusammen weggefahren ist".

„Ne, bei mir ist die nicht. Ich habe sie zwar am Samstagmorgen gefragt, ob sie mitkommt, aber sie hat so komisch reagiert und meinen Vorschlag abgelehnt. Ich habe seitdem nicht mehr mit ihr telefoniert. Ich wollte sie mal zappeln lassen".

„Na toll, das glaubt der Spinner mir doch nie. Ich kann mir auch nicht vorstellen, dass die alleine weggefahren ist."

„Keine Ahnung, aber bei der Annedore ist alles möglich. Die wird schon wieder auftauchen".

„Gut, wann kommst du denn wieder? Hier ist die Hölle los. Gestern war der ganze Hof voll. Beate und ich schaffen das alleine nicht. Und Mia ist wieder mal ausgefallen wegen der üblichen Sache. Mit einem blauen Auge kann sie schlecht bedienen".

„Mensch dann frag doch mal Wita. Die hilft bestimmt mal aus. Ich will noch ein paar Tage bleiben. Mach`s gut. Und lass dich von dem Weghaus nicht tyrannisieren".

Marianne hatte eine Stinkwut auf ihren Bruder. Seit sie und Herbert den ehemaligen Gasthof "Zur Post" gegenüber der Stadtverwaltung vor fünf Jahren von Ihren Eltern übernommen hatten, hatte sich nicht nur der Name geändert sondern auch die Anzahl der Gäste war ständig gestiegen. Viele Familien aus der Stadt feierten mittlerweile ihre runden Geburtstage, Konfirmationen oder Silberne und Goldene Hochzeiten hier. Jeden Tag nahm eine andere Gruppe an dem runden Stammtisch im Thekenraum oder im Innenhof Platz. Marianne hatte sich wider Erwarten in eine passable Wirtin verwandelt. Mit Unterstützung ihres Bruders, der seinen Job als Bierbrauer auf keinen Fall aufgeben wollte, hatte sie aus dem einstmals durchschnittlichen Gasthof eine Szene-Kneipe mit dem Namen „Zum Falken" gemacht.

Die Gäste kamen nicht nur aus der Stadt, sondern auch aus den umliegenden Gemeinden. Das alte Fachwerkhaus aus dem 18 Jahrhundert, das schon seit mehreren Generationen in Familienbesitz war, hatten die

Geschwister liebevoll restauriert und ein angenehmes Ambiente geschaffen.

Doch Marianne hatte seit fünf Jahren keinen einzig freien Tag mehr gehabt. An Urlaub war gar nicht zu denken. Ihre Gäste würden ihr das total verübeln, wenn sie auch nur eine Woche den Laden dicht machen würde. Umso mehr war sie verärgert, dass Herbert einfach so für ein paar Tage verschwand und sich mit dieser Weghaus einlassen musste.

Marianne informierte schließlich Bernhard Weghaus von dem Gespräch mit ihrem Bruder. Der glaubte ihr, wie erwartet, natürlich kein Wort.

„Bitte Bernhard sei vernünftig und lass mich jetzt in Ruhe. Ich habe wirklich was Besseres zu tun als auch noch wegen deiner Frau meinem Bruder hinterher zu telefonieren".

Damit drückte sie auf die Aus-Taste und ging auch den ganzen Nachmittag nicht mehr ans Telefon.

*

Der einzige Landwirt, den es in Ober-Hörgern noch gab, hatte es eilig. Mit seinem Traktor fuhr er auf dem Feldweg hinter den Häusern am Weiher entlang. Bevor sich das Unwetter über der Wetterau entladen würde, hatte er noch einiges zu erledigen. Die Wolken hingen bereits tief über dem Dorf. Die blaugraue Färbung kündigte schon seit Stunden einen Wetterwechsel an. Ein leichter Wind bewegte die Gräser am Wegrand. Es konnte nicht mehr lange dauern, bis die ersten Regentropfen auf die trockene Erde aufschlagen würden.

Ein Kleinwagen hinderte ihn in der Höhe von Ingrid Tscheches Anwesen am weiterfahren. Verdammt noch mal, dachte er, wer musste denn hier auf dem Wirtschaftsweg sein Auto abstellen? Dieser Weg war normalerweise nur für landwirtschaftliche Fahrzeuge frei und nicht zum Parken geeignet.

Die schwülheiße Luft trieb ihm den Schweiß aus den Poren. In seinem Kopf begann es leise zu pochen. Er stieg vom Traktor und sah in das Auto. Auf der Mittelkonsole lag ein Handy. Also konnte der Besitzer des Fahrzeuges nicht weit sein. Denn wer ging heutzutage schon ohne sein Handy unter die Leute. Vielleicht war der Besitzer des Kleinwagens bei Ingrid im Garten.

Er trat an die fast mannshohe Hecke des landwirtschaftlichen Besitzes. Die gepflegten Gemüsebeete lagen streng geordnet in der Mittagshitze. Kein Unkraut war zu sehen, ebenso wenig wie von der Besitzerin. Er öffnete die Pforte, die sich in der Mitte der Hecke befand und bewegte sich zwischen Tomatenpflanzen, Spargelbeeten und Rhabarberstauden auf die Scheune hinter dem Haus zu.

Das Tor ließ sich ohne Probleme öffnen. Er ging durch die Halle auf die Scheunentür zu, öffnete diese und befand sich in einem von Blumentöpfen und Blumenampeln gefüllten Innenhof. Laut rief er Ingrids Namen. Doch niemand antwortete. Es blieb still in Haus und Hof. Unverrichteter Dinge ging er zurück zu seinem Traktor, legte den Rückwärtsgang ein und fuhr den Wirtschaftsweg bis zum Bohnengarten zurück.

Ihm blieb nichts anderes übrig, als über einen Umweg ums Dorf auf sein Feld zu fahren. Vorbei an seiner

Pferdekoppel fuhr er zunächst in Richtung Gambach und bog dann links vor der landwirtschaftlichen Halle, die er vor einigen Jahren gegen den Widerstand des Ortsbeirates errichtet hatte, auf den Betonweg ein, um das Feld von der anderen, schmaleren Wegseite zu erreichen. Bei der schweißtreibenden Arbeit vergaß er den Ärger über das Hindernis.

*

Bernhard kam früher als gewohnt von der Dienststelle in Lich nach Hause. Er hatte seinen Chef gebeten, ihn eher gehen zu lassen, da er auf Grund der unerträglichen Schwüle angeblich unter plötzlich auftretender Migräne litt.

Der Himmel hing bleiern über den Feldern. Die Luft stand regelrecht. Das Thermometer an der Garagenwand zeigte 39 Grad im Schatten. Das Barometer war stark gefallen und lief rückwärts.

Eine innere Unruhe befiel ihn plötzlich. Hier stimmte was nicht. Ein feiner Wind strich über den Rasen. Es war ungewöhnlich still.

Bernhard rief beim Betreten des Hauses nach Jens. Sein Sohn kam die Treppe herunter und putzte sich den feinen Schweiß von der Stirn. In seinem Zimmer unter dem Dach war es trotz der geöffneten Dachfenster unerträglich heiß.

„Hallo Jens, hast du was von deiner Mutter gehört?" fragte er hoffnungsvoll den Jungen.

„Nein, keine Spur." „Ich habe heute Morgen bei der Sparkasse angerufen. Deine Mutter hat sich eine Woche Urlaub genommen. Wusstest du davon?"

„Ne, als ich am Freitag mit ihr telefoniert habe, hat sie keinen Ton gesagt. Aber das ist ja bei Mamas Benehmen auch nichts Außergewöhnliches. Die spinnt doch im Moment."

„Das kannst du laut sagen" erwiderte Bernhard, aber seinen Verdacht, dass seine Frau eine Affäre mit Herbert hatte, behielt er für sich.

„Im Moment können wir auch nichts weiter tun. Deine Mutter ist eine erwachsene Frau. Sie kann hingehen, wohin sie will."

Darauf wusste Jens nichts zu erwidern. „Ich gehe wieder in mein Zimmer und versuche noch ein bisschen zu lesen. Die Hitze hält ja kein Mensch aus."

Von der Befragung durch die Polizei wollte er seinem Vater später in Ruhe berichten.

„Ich befürchte, wir kriegen heute noch ein Unwetter. Mir wäre es lieb, wenn du nicht mehr weggehen würdest. Ist denn noch was zum Essen da?"

„Sieht ziemlich mager aus im Kühlschrank. Ich hätte nichts gegen was Anständiges zu Essen" maulte der schlanke, hochgewachsene Junge.

„Ok, dann fahre ich noch mal schnell ins Edeka nach Gambach bevor das Unwetter hier losgeht. Bis gleich."

10 Minuten später verließ der durchtrainierte Mann in leichter Sportkleidung das Haus und schwang sich auf sein Rennrad. Etwas Bewegung konnte nicht schaden.

Vom Radweg in Richtung Gambach aus sah er den 5er BMW von Alexander Henneberg auf der B 488 in Richtung Lich fahren. Neben dem Hauptkommissar des K 10 in Friedberg konnte Bernhard die Oberkommissarin

Cosima von Mittelstedt erkennen, die von Alexander und ihren Kollegen kurz Co genannt wurde.

Die Psychologin war vor zwei Jahren als Quereinsteigerin zum K 10 nach Friedberg gekommen und ermittelte seit dem gemeinsam mit Alexander Henneberg.

Bernhard und Alexander hatten die Polizeischule in Frankfurt besucht. Während sich Bernhard mit dem Job bei der Bereitschaftspolizei in Lich zufrieden gegeben hatte, hatte der ehrgeizige Alexander die höhere Laufbahn eingeschlagen und war beim K 10 in Friedberg gelandet. Durch Bernhard war Alexander Henneberg zu seinem Spitznamen Henne gekommen, den er nie mehr losgeworden war. Bernhard hatte den Freund und Kollegen, der grundsätzlich von gut aussehenden Frauen umgeben war, als die „einzige Henne im Korb" bezeichnet. Hätte er Hahnberg geheißen, so wäre er tatsächlich der Hahn im Korb gewesen und das Bild hätte gestimmt. So aber musste er sein ganzes Polizistenleben mit einem Spitznamen auskommen, der auf einem falschen Zitat beruhte.

Trotz der unterschiedlich eingeschlagenen Laufbahnen hatten Bernhard und Alexander nach all den Jahren immer noch Kontakt durch ihre Leidenschaft zum Sport. Regelmäßig trafen sie sich zum Tourenfahren und zum Joggen. Jedes Jahr nahmen sie an den Biathlonmeisterschaften, die vom Radfahrverein in Gambach organisiert wurden, teil. Bernhard wunderte sich, Alexander hier zu sehen. Was den Freund wohl in diese Umgebung führte? Schließlich bearbeitete er beim K 10 Vermissten- und Tötungsdelikte. Und wo das

Ermittlerduo Henne und Co auftauchte, wie sie in Polizeikreisen mit einem gewissen süffisanten Unterton genannte wurden, musste schon was Schlimmes vorgefallen sein.

Eine Windböe hätte Bernhard beinahe vom Rad gerissen und unterbrach seine Gedanken. Er wäre wohl besser mit dem Auto zum Einkaufen gefahren.

*

Hauptkommissar Alexander Henneberg folgte seinem Navi bis ins Eiloh nach Münzenberg. Er war einer der erfahrensten Beamten des K 10, dem er seit vielen Jahren angehörte. Man vertraute ihm grundsätzlich die schwierigsten Aufgaben an, die er mit einem unglaublichen Gespür aufdeckte. Deshalb hatte Polizeidirektor Rehbein auch ihn mit dem Vermisstenfall des 16-jährigen Benjamin betraut.

Sein großer, sportlicher Körper entfaltete in den meisten Fällen eine anziehende Wirkung auf Frauen. Sein männliches Gesicht mit den strahlend weißen Zähnen und den blauen Augen passten zu seinem welligen, mit leichten Silberfäden durchzogenen dunklen Haar, das sich im Nacken nach außen drehte.

Auf den ersten Blick wirkte er mit seinem leicht gebräunten Teint und dem gepflegten Äußeren sehr sympathisch, sein sicheres und distanziertes Auftreten forderten jedoch den gebührenden Respekt seiner Mitmenschen ein und ließen keine Nähe zu.

Die Straßen der Wohngegend mit den hübschen Ein- und Zweifamilienhäusern waren menschenleer. Der Wind fegte Blätter und kleinere Äste über die Pflastersteine.

Die Bewölkung hatte mittlerweile bedrohliche Formen angenommen. Wenn der Wetterdienst in Offenbach ausnahmsweise mal Recht haben sollte, würde es noch ein unruhiger Abend werden. Seine Kollegin, Kriminaloberkommissarin Cosima von Mittelstedt, mit der er seit zwei Jahren zusammenarbeitete, bemühte sich die Beifahrertür des BMW zu öffnen. Die zierliche Person stemmte sich gegen die schwere Tür, die der Wind immer wieder in ihre Richtung drückte. Kaum stand die schmale, junge Frau mit den langen, blonden zu einem Pferdeschwanz gebundenen Haaren auf dem Pflaster vor dem Haus der Familie Dreiseitel, als die Autotür von der nächsten Windbö zugeschlagen wurde.

Alexander Henneberg folgte seiner Kollegin zum Eingang der Praxis von Frau Dr. Dreiseitel. Das große Haus, in dem sowohl die Praxis als auch der private Wohnbereich der Familie untergebracht waren, beeindruckte die beiden Kommissare. Der toskanische Baustil fiel aus dem Rahmen der umstehenden Gebäude und ließ den Reichtum der darin wohnenden Personen auf den ersten Blick erkennen.

Normalerweise ließ sich die Tür während der Praxiszeiten von außen öffnen, doch wegen des stärker werdenden Windes hatte Frau Schlotterbeck einige Minuten zuvor die Durchgangssperre gedrückt. Der Klingelton im Inneren der Praxis war noch nicht richtig verhallt, als schon der Türöffner summte. Kommissar Henneberg nannte seinen Namen und wurde sofort von einer dienstbeflissenen Arzthelferin in die Privaträume der Familie Dreiseitel geführt. Seine Kollegin Cosima folgte ihm.

Volker Dreiseitel, der in der Zwischenzeit von seiner Frau über die Ereignisse informiert worden war, erhob sich aus einem großen Ledersessel und begrüßte die beiden Beamten, mit denen er durch seine Tätigkeit als Psychologe in der JVA Rockenberg schon mehrfach zu tun gehabt hatte.

Es ist ihm offensichtlich peinlich, dachte Henne als er dem Psychologen die Hand reichte und dieser seinen Blick nicht erwiderte.

Das Gleiche dachte Co, der die verächtlich herabgezogenen Mundwinkel von Volker Dreiseitel nicht entgangen waren. Sie konnte den Mann nicht leiden. Sein herrisches Gebaren war ihr schon mehrfach übel aufgestoßen. Sein eiskalter Blick fixierte sie abschätzend.

Ihre Gedanken wurden durch das Eintreten seiner Frau unterbrochen, die sich für den Rest des Nachmittags aus der Praxis abgemeldet hatte. Ihre Assistenzärztin, Frau Dr. Reinheimer, musste den Rest alleine bewältigen.

Die großgewachsene, gut gebaute Frau mit den stahlblauen Augen und den blonden Haaren war den beiden Kommissaren auf Anhieb unsympathisch. Ihr freundliches Lächeln in dem maskenhaften Gesicht war aufgesetzt und ihr gereizter Ton verriet, dass sie die Kommissare als Menschen niederen Ranges betrachtete.

Obwohl es in dem Raum stickig heiß war, schien sich plötzlich Eiseskälte auszubreiten. Zwischen den Eheleuten gab es keine Harmonie, keine Zuneigung, nur offene Ablehnung und Hass.

Hennes untrügliche Menschenkenntnis signalisierte ihm, dass in diesem Hause etwas ganz gewaltig faul war. Die Zwillinge Marc und Lena erschienen auf der freitragenden Treppe und fragten angesichts der beiden Kripobeamten, was denn los sei. In barschem Ton herrschte der Vater sie an und befahl den Kindern in ihre Zimmer zurückzukehren und dort zu warten bis man sie rief. Augenblicklich machten die beiden auf dem Absatz kehrt und verschwanden nach oben.

Der Ton von Volker Dreiseitel verriet Co, dass der Vater kein besonders gutes Verhältnis zu seinen Kindern hatte.

*

Bernhard kam mit der vollbepackten Satteltasche aus dem Lebensmittelgeschäft. Seine Haare flogen im Wind, der heftig zugenommen hatte. Die Bewölkung hatte mittlerweile eine bedrohliche Schwärze angenommen. In der Ferne grummelte es. Die Menschen hasteten über den Parkplatz zu ihren Autos und fuhren eilig davon, so als seien sie auf der Flucht. Bernhard wollte sich gerade aufs Rad schwingen, als ihn Ingrid Tscheche von hinten ansprach.

„Hallo Bernhard, hast du mittlerweile herausgefunden, wo sich deine Frau aufhält?"

„Nein, keine Spur, wo die sich rumtreibt." „Aber das ist doch nicht normal. Annedore würde doch nicht einfach so kommentarlos verschwinden. Willst du denn nichts unternehmen? Vielleicht ist ihr ja auch irgendwas passiert. Am Samstag ging es ihr nicht so gut."

Bernhard horchte auf. Wusste Ingrid am Ende etwas über den Zwischenfall in der Nacht zum Samstag?

„Sie ist erwachsen und kann hingehen, wohin sie will. Ich habe keinerlei Handhabe. Ich kann nur hoffen, dass sie vernünftig ist und von alleine den Weg nach Hause findet. Aber ich muss mich jetzt beeilen. Ich will noch im Trockenen nach Hause kommen. Mach`s gut Ingrid."

„Mach`s gut Bernhard und sag mir Bescheid, wenn du was in Erfahrung bringst. Ich mache mir Sorgen um Annedore."

Bernhard hatte alle Mühe, sich bei dem herannahenden Sturm auf dem Fahrrad zu halten. Leises Donnergrollen war zu hören. In der Ferne sah er vereinzelt Blitze aufleuchten. Die Bäume entlang der Wetter bogen sich im Wind. Kleine Äste wirbelten durch die Luft und der Dreck entlang des Radweges, den unachtsame Zeitgenossen aus ihren Autofenstern geworfen hatten, fegte über den Asphalt.

Auf der Mühlenstraße in Höhe der ehemaligen Pferdekoppel fuhr er über einen Schuh, der am Fahrbahnrand lag. Die dünnen Reifen waren dem Gegenstand nicht gewachsen und brachten das Rad zum Schlingern. Bernhard konnte das Rennrad nach einigen Metern gerade noch anhalten und die Füße auf den Boden stellen. Verdammt, wer ließ denn hier einfach so einen Schuh auf der Straße liegen? Er setzte sich wieder auf das Rad, ohne dem Hindernis weiter Beachtung zu schenken. Ihm war es nur noch wichtig, im Trockenen sein Haus zu erreichen.

*

Marianne hatte wie immer um fünf Uhr das Tor des Falken geöffnet. Außer Martin Weiss-Alles war bis jetzt jedoch niemand erschienen. Der Himmel hatte sich mittlerweile nachtschwarz verfärbt. Der Wind heulte über die Dächer. Es würde nicht mehr lange dauern, bis der erste Regen den Aufenthalt im Hof der Gaststätte unmöglich machen würde. Wahrscheinlich würde bei diesem Sauwetter gar niemand mehr auftauchen außer diesem Säufer Martin. Sie stellte ungefragt ein Glas Licher und eine Linie vor ihn auf die Theke. „Check den Dreck und zieh ihn weg", ließ sich der einsame Gast auf seinem Barhocker vernehmen.

Idiot, dachte die Wirtin bei sich. Sie machte sich hinter der Theke zu schaffen, damit Martin sie gar nicht erst in ein Gespräch verwickeln konnte. Sie hatte keine Lust, sich von diesem unangenehmen Menschen volllabern zu lassen.

„He Marianne, hast du was von deinem Bruder und der Annedore gehört?"

Als ob Martin ihre Gedanken lesen könnte, machte er sie jetzt an.

„Was soll das, Martin? Herbert ist in seinem wohlverdienten Urlaub und Annedore geht das gar nichts an" erwiderte sie böse.

„Ach komm schon. Das Pfeifen doch die Spatzen von den Dächern, dass die zwei was miteinander haben".

„Du solltest nicht alles glauben, was die Spatzen so von den Dächern pfeifen und schon gar nicht weiter pfeifen" gab die Wirtin schlagfertig zurück.

„Hier hast du noch ‘ne Linie und dann verziehst du dich besser, bevor das Unwetter losgeht".

„Das ist gut" lachte der bereits alkoholisierte Gast, „da hast du was Wahres gesagt. Ein Unwetter wird es noch geben, so oder so."

Er kippte die Linie in einem Zug herunter, rutschte vom Barhocker und verschwand durch das Hoftor, das schon verdächtig in den Angeln quietschte.

Vor dem Tor blickte er sich um, ob vielleicht doch noch ein Gast auftauchen würde, mit dem er sich unterhalten könnte. Normalerweise kam auch sein Freund um diese Zeit ins Gasthaus. Mit dem konnte man besonders gut über alles und jeden reden. Doch anscheinend hatte der es heute vorgezogen, bei dem heraufziehenden Unwetter zu Hause zu bleiben. Vielleicht sollte er mal im „Adler" in der Bahnhofstraße vorbeischauen. Es Könnte ja sein, dass er in dieser Kneipe jemanden antreffen würde.

Die Lichter der vorbeifahrenden Autos blendeten ihn. Martin kämpfte sich durch den Sturm die Hauptstraße entlang. Der Ort schien wie ausgestorben, keine Menschenseele auf der Straße. Die Blitze tauchten die wunderschönen Fachwerkhäuser in rascher Folge in gleißendes Licht. Als er gerade in die Bahnhofstraße einbog, öffnete der Himmel seine Schleusen. Er hetzte die letzten 50 Meter durch den strömenden Regen bis zum Gasthaus „Adler".

„Hallo Herr Doktor" begrüßte ihn sein Freund, der als einziger Gast an der Theke saß „ schön, dass Du kommst. Da können wir das Unwetter ja gemeinsam abwarten."

„Ja, lass uns einen trinken und warten, bis der Sturm vorüber ist" begrüßte er seinen Freund mit dem Kindergesicht.

„Herr Wirt, ein Pils und eine Linie für mich. Was trinkst du? Die erste Runde geht auf mich" lud der mittellose Geschäftsmann seinen Freund ein.

Martin hatte kein Verhältnis zu Geld. Wenn sein Konto kurzfristig ins Plus geriet, was selten der Fall war, versoff er die Einnahmen gleich wieder an der Theke des „Falken" oder im „Adler".

Seine Freundin Sabine hatte ihn in der Vergangenheit großzügig unterstützt. Doch seit Freitagnacht hatte sich das Verhältnis zu ihr merklich abgekühlt.

*

Ingrid Tscheche betrat ihren Hof. Sie hörte das Schlagen des rückwärtigen Scheunentores im Wind. Sie stellte die Einkaufstasche auf der Bank neben der Haustür ab und ging durch die Scheune nach hinten in ihren Garten. Trotz der heftigen Blitze, folgte sie dem Gartenweg bis zu dem Türchen in der Hecke, das ebenfalls im Wind hin und her schwang. Irgendjemand musste in ihrer Abwesenheit dagewesen und die Türen nicht richtig verschlossen haben.

Sie ging durch die Öffnung und betrat den Wirtschaftsweg hinter der Hecke. Sie blickte in beide Richtungen. Erstaunt sah sie, dass Annedores Cabriolet hinter der Hecke auf dem Wirtschaftsweg stand. Das Auto war total eingestaubt. Sie fasste auf die Kühlerhaube. Die war kalt. Das konnte nur bedeuten, dass der Wagen seit Samstagabend hier stand. Wahrscheinlich war Annedore abends mit dem Auto gekommen, aber nachts zu Fuß wieder nach Hause gegangen.

Sie hatte nicht mehr darauf geachtet, auf welchem Weg die Freundin ihr Grundstück verlassen hatte, denn sie hatte gleich nach dem Annedore das Haus verlassen hatte, die Haustür abgeschlossen.

Sie musste Bernhard anrufen und ihm sagen, dass das Auto hier stand. Sie hatte den Gedanken kaum zu Ende gedacht, als ein heftiger Donner die Stille erschütterte. Als hätte der Regen nur auf einen Befehl von oben gewartet, begannen die ersten schweren Tropfen auf den ausgetrockneten Boden zu klatschen.

Ingrid eilte zurück ins Haus und packte die Lebensmittel aus, bevor sie durch die Hitze verdarben. Durch das Küchenfenster sah sie, wie Blitze den mittlerweile rabenschwarzen Himmel erleuchteten. Es folgte Donner auf Donner.

Der Blick auf die Weehd, einem kleinen Löschteich, wurde durch eine flüssige Wand verdeckt. Es hörte sich an, als ob ein Fluss vor ihrem Fenster in die Tiefe rauschen würde.

Bevor sie zum Telefon greifen und Bernhard anrufen konnte, erhellte ein weiterer Blitzschlag die Küche, gefolgt von einem krachenden Donner. Das Licht ging aus.

Vorsichtig tappte Ingrid zum Schalter neben der Küchentür. Nichts tat sich. Der Strom war weg. In der Diele nahm sie das tragbare Telefon in die Hand und drückte automatisch die Einschalttaste. Auch hier tat sich nichts. Die Telefonanlage war tot.

Das Handy hatte sie in der Eile in ihrem Auto liegen lassen und das stand auf der Straße. Bei dem Wetter wollte sie jedoch nicht mehr hinausgehen. Bernhard musste noch ein Weilchen warten.

*

Juliane schloss beim ersten Donnerschlag die Terrassentür. Amiga hatte sich schon vor längerer Zeit unter den Wohnzimmertisch verkrochen. Man sagt ja, dass Tiere ein nahendes Unwetter schon lange bevor es eintrifft, bemerken. Ab und zu ließ der Hund, der den ganzen Nachmittag unruhig im Wohnzimmer auf und ab gelaufen war und das Haus seit Stunden nicht mehr verlassen hatte, ein leises Jaulen vernehmen. Juliane kannte das Benehmen des Tieres bei Unwetter oder auch an Silvester, wenn das Krachen von Böllern und das Zischen von Feuerwerksraketen dem Hund in den Ohren wehtat.

Juliane musste auch an ihren Vater denken, der ausgerechnet an seinem ersten Abend im Seniorenheim einem Gewitter ausgesetzt war.

Der Vater hatte den Wechsel dorthin relativ gut überstanden. Ohne zu murren war er am Morgen bei den anderen alten Leuten im Aufenthaltsraum sitzen geblieben und hatte seine Tochter gehen lassen.

Juliane musste an die Geschichten denken, die ihnen der Vater über die Sturmnächte in seiner Kindheit erzählt hatte. Als Kind eines Gutsverwalters in Ostpreußen hatten seine Eltern bei herannahenden Gewittern die ganze Familie in der Küche des Hofes versammelt. Die Mutter hatte eilig alle wichtigen Papiere, den wenigen Schmuck und das vorhandene Bargeld in einer Kassette auf dem Küchentisch deponiert. Durch das Aufsagen von Gedichten und das Singen von Liedern hatte sich die Familie abgelenkt und die Zeit vertrieben, bis das Unwetter vorüber war. Die Angst, durch ein Gewitter alles Hab und Gut zu verlieren, hatte der Vater nie abgelegt. Nun erging es Juliane ebenso, als sie sah, wie der Sturm draußen tobte und ein Inferno in der kleinen Stadt in der Wetterau anrichtete.

Juliane machte sich Gedanken um ihren Mann, der jetzt auf dem Weg von Frankfurt nach Hause war. Er würde geradezu in das Unwetter hineinfahren. Zu ihrer eigenen Beruhigung rief sie ihn auf dem Handy an. Walter meldete sich sofort über die Freisprecheinrichtung aus seinem Auto.

„Hallo mein Schatz, was gibt es?" „Wo bist du gerade?" „Ich bin soeben aus der Tiefgarage gefahren. Wieso, ist etwas nicht in Ordnung?"

„Hast du noch keine Nachrichten gehört? Hier bei uns geht gerade die Hölle los?" „Wieso das denn?"

„Es hat gerade ein fürchterliches Gewitter angefangen. Alles ist rabenschwarz, es regnet in Strömen, so dass ich die Häuser auf der anderen Straßenseite nicht mehr sehen kann" schrie Juliane gegen den heulenden Wind ins Telefon.

„Sind denn die Kinder zu Hause?"

„Jaja, alle sind da und bisher sind wir auch verschont geblieben, aber rundherum tobt die Hölle. Wenn du kannst, bleib in Frankfurt. Du wirst sonst bestimmt unterwegs in das Unwetter fahren."

„Ok, ich fahre zurück ins Büro und bleibe so lange dort, bis alles vorbei ist. Hier bezieht es sich auch. Ich befürchte, der Dreck kommt auch noch hier runter. Halte mich auf dem Laufenden."

Der Rest des Satzes ging in dem Krachen von splitterndem Glas unter. Augenblicklich war der Raum erfüllt von dem Toben des Windes. In der Terrassentür steckte die Kiefer des Nachbarn. Gleichzeitig ging das Licht aus. Juliane war von Dunkelheit umgeben, die nur von Blitzen unterbrochen wurde.

Die Donnerschläge hatten die Lautstärke von Explosionen erreicht.

*

Ulla und Volker Dreiseitel saßen im Halbdunkel den beiden Kripobeamten aus Friedberg in der luxuriös ausgestatteten Wohnhalle ihres Hauses gegenüber. Vor ein paar Minuten war das Licht erloschen. Durch die deckenhohen Flügeltüren, die in den Garten führten, sahen sie gezackte Blitze. In kurzen Abständen tauchten sie die Münzenburg in ein grelles Licht. Der ständige Wechsel von krachendem Donner und heftigen Blitzen machte die Stimmung unerträglich.

„Frau Dr. Dreiseitel, Herr Dr. Dreiseitel, gibt es einen Grund, warum ihr Sohn verschwunden sein könnte, hatte er Probleme in der Schule oder irgendwelchen Ärger? Hatte er vielleicht Feinde?"

„Nein, nein nichts dergleichen. Benni war ein ganz normaler Jugendlicher", erwidert die Mutter überrascht von so vielen, heftigen Fragen.

„Wann haben sie festgestellt, dass ihr Sohn verschwunden ist, Frau Dr. Dreiseitel?" begann Hauptkommissar Alexander Henneberg mit der Befragung.

„Am Sonntag um die Mittagszeit habe ich zunächst bemerkt, dass Benni über Nacht nicht nach Hause gekommen ist".

„Woran haben sie das gemerkt und was haben sie dann gemacht?"

„Als meine Eltern zum Essen kamen, war Benni noch nicht erschienen. Ich bin dann hoch in sein Zimmer und da ist mir aufgefallen, dass das Bett nicht benutzt war. Sein Handy war auch nirgends zu sehen und sein

Fahrrad war weder im Fahrradständer vor der Tür noch in der Garage. Ich habe dann auf seinem Handy angerufen, aber er hat sich nicht gemeldet."

„Und dann, was haben sie dann unternommen?" schaltete sich nun Oberkommissarin Cosima von Mittelstedt ein.

„Na ja, dann haben wir erst einmal zu Mittag gegessen. Meine Eltern waren ja da und sie können es nicht leiden, wenn nicht pünktlich gegessen wird. Nachdem ich dann die Küche aufgeräumt hatte, habe ich versucht, eine Bekannte zu erreichen, weil ich dachte, dass sich Benni vielleicht da aufhalten könnte."

„Wo wohnt denn ihre Bekannte und aus welchem Grund sollte sich ihr Sohn dort aufhalten?" ermunterte die Kommissarin die Mutter zum Weiterreden.

Ulla Dreiseitel berichtete von der südafrikanischen Schönheit, die für ein Jahr bei einer Familie in Gambach als Austauschschülerin zu Gast war und die mit Benni in eine Klasse auf dem Weidig-Gymnasium am Butzbacher Schrenzer ging. Am Anfang hatte das Mädchen etwas Schwierigkeiten gehabt Anschluss zu finden und deshalb hatte die Gastmutter, Angela Richter, sie gebeten, dass sich ihr Sohn etwas um das schüchterne Mädchen kümmern möchte.

„Die beiden haben sich sehr gut verstanden und am Samstag war der letzte Tag von Aimes Aufenthalt. Ich vermute, dass Benni ihr auf Wiedersehen sagen wollte".

Dass die beiden offenbar schon seit einiger Zeit eine Liebesbeziehung hatten, verschwieg sie.

„Das ist doch kein Grund, nachts nicht nach Hause zu kommen" fuhr der Vater wütend dazwischen.

„Zumal du ja Benni verboten hattest, am Samstagabend auszugehen".

„Warum hatten sie ihrem Sohn den Ausgang verboten? Er ist doch schon 16, ein Alter, in dem man normalerweise Samstagabends unterwegs ist".

„Na ja, ich hatte mich über ihn geärgert. Er war am Abend zuvor später als versprochen nach Hause gekommen" wich die Mutter geschickt der Frage aus.

„Sie scheinen ja ziemlich streng mit ihrem Sohn zu verfahren".

„In diesem Alter ist Disziplin äußerst wichtig, sonst tanzen einem die jungen Leute ganz schnell auf der Nase herum und das dulden wir nicht" bemerkte der Vater bissig.

„Hatte ihr Sohn in letzter Zeit irgendwelche Schwierigkeiten in der Schule oder mit Freunden?" hakte Henneberg nach.

„Nein, nicht das ich wüsste. Benni war wie immer, mal gut, mal schlecht gelaunt".

Von der Sache mit dem Abführmittel erwähnte die Ärztin nichts. Für sie war es noch gar nicht bewiesen, dass ihr Sohn was mit der Sache zu tun hatte. Auch seinen Drogenkonsum ließ sie unerwähnt.

„Haben Sie überprüft, ob der Ausweis des Jungen da ist?"

„Seinen Personalausweis hatte er immer im Portemonnaie. Der Reisepass liegt im Safe. Das habe ich schon überprüft".

„Hat ihr Sohn eine größere Menge Geld bei sich getragen?"

„Nicht das ich wüsste, aber ich habe noch nicht in sein Sparbuch geschaut".

„Könnten sie das bitte auch überprüfen?"

„Halten sie es für möglich, dass der Junge entführt wurde?"

„Nein, das glaube ich nicht. Wer sollte denn so etwas tun. Außerdem hätte sich doch dann sicher jemand bei uns gemeldet" antwortete Bennis Vater.

„Könnte er bei irgendwelchen Verwandten sein?"

„Mit Sicherheit nicht. Wir haben kaum Kontakt zu unseren Geschwistern". Dr. Dreiseitels Stimme klang verächtlich.

Die weiteren Fragen beantwortete das Ehepaar Dreiseitel nur widerwillig. Dabei bestätigte sich der erste Eindruck bei den beiden Kommissaren Henne und Co, dass zwischen Dr. Volker Dreiseitel und seinen drei Kindern kein besonders gutes Verhältnis bestand.

In den Aussagen von Frau Dr. Dreiseitel spürte man jedoch, dass sie sich ernsthaft Sorgen um ihren 16-jährigen Sohn machte und dass sie ihre Kinder liebte. Offenbar ließen es aber die Umstände nicht zu, dass sie ihren Kindern diese Liebe vermitteln konnte. Das Bild einer typisch deutschen Wohlstandsfamilie hatte sich Stück für Stück wie bei einem Puzzle zusammengesetzt.

Beide Dreiseitels waren Akademiker mit einem Doktortitel, sehr gebildet, erfolgreich im Beruf, angesehen und wohlhabend, jedoch ohne Zeit und Gefühl für ihre Kinder, die mehr oder weniger sich selbst überlassen waren. Das konnten auch nicht die tägliche Fahrt zum Gymnasium oder das gemeinsame Mittag- und Abendessen wettmachen, auf das die beiden Eheleute großen Wert legten. Die Kinder durften nur selten Freunde mitbringen und wenn, dann mussten sie so wie sie selbst aus gutem Hause sein. Mit normalen oder mittelmäßigen Menschen wollte man sich nicht abgeben. Das galt natürlich auch für die Eltern, die sich anscheinend nur mit Frau Dr. oder Herr Prof. umgaben. Die Namensnennung von Freunden erfolgte auf jeden Fall nie ohne Titel. Normale Mannschaftssportarten wie Fuß- oder Handball kamen für die Kinder gar nicht in Frage. Diese Kinder spielten Tennis und später würden sie wahrscheinlich ihres Gleichen im Golfclub treffen. Der Konzertflügel in der großzügig gestalteten Wohnhalle stand allen drei Kindern zum Üben zur Verfügung. Lena, das jüngste der drei Kinder, spielte zudem Geige. Schlagzeug oder E-Gitarre kamen nicht in Frage. Das machte nur Krach und Krach konnte man schon gar nicht gebrauchen. Auf gute Manieren und richtiges Benehmen legten die Eltern allergrößten Wert. Nach außen eine richtige Vorzeigefamilie, aus dessen Rahmen zumindest Benjamin im Moment fiel.

Henne hätte am liebsten gekotzt. Diese angesehenen, angeblich besseren Familien gingen ihm auf die Nerven, nicht zuletzt, weil es ihm als Kind mit seinen Eltern ähnlich ergangen war.

Ulla Dreiseitel stand auf und holte mehrere Kerzen, die sie auf den Tisch in der Mitte der Sitzgruppe stellte. Obwohl es erst halb sechs war, schien die Nacht hereingebrochen zu sein. Draußen war es mittlerweile bis auf die Blitze, die das Wohnzimmer immer wieder erhellten, dunkel. Der anhaltende Donner und das Heulen des schweren Sturms, der ums Haus fegte und die Büsche im Garten niedermähte, ließ eine unheimliche, fast ängstliche Stimmung entstehen. Regen peitschte gegen die hohen Scheiben. Die Temperatur im Raum schien auf dem Siedepunkt angelangt. Wegen der geschlossenen Fenster war es heiß und stickig. Die Luft schien verbraucht. Es fehlte der Sauerstoff.

In Volkers Kopf machte sich ein stechender Schmerz bemerkbar. Jetzt hätte er einen Cognac oder Whisky vertragen können, doch vor den Kripobeamten wollte er sich keine Blöße geben.

„Normalerweise würden wir uns jetzt das Zimmer ihres Sohnes ansehen, aber das ist im Moment ja nicht möglich" unterbrach Henneberg die eingetretene Stille.

„Ich schlage vor, dass wir kurz mit ihren beiden anderen Kindern sprechen und uns morgen das Zimmer von Benjamin vornehmen und uns etwas im Haus und auf dem Grundstück umsehen. Wir fangen vorsichtig an zu ermitteln, um nicht unnötig die Pferde Scheu zu machen. Vielleicht taucht ihr Sprössling ja tatsächlich von alleine wieder auf."

„Was soll das heißen, vorsichtig ermitteln?" fragte Volker Dreiseitel in eisigem Ton. „Nun Herr Dr. Dreiseitel", übernahm nun Cosima das Wort „zunächst werden wir in den umliegenden Krankenhäusern nachfragen, ob es dort eine verletzte Person gibt, die bis jetzt niemandem zugeordnet werden kann. Gleichzeitig werden wir mit den Fluglinien in Kontakt treten und feststellen, ob ihr Sohn über diesen Weg das Land verlassen hat. Zudem wird die Streifenpolizei ab sofort nach dem Fahrrad ihres Sohnes Ausschau halten und an Bahnhöfen nachfragen, ob Benjamin in den letzten

Tagen dort gesehen wurde. Das geht alles ohne großes Aufsehen."

„Und dann, wenn das alles nichts ergeben sollte, was machen sie dann?" schaltete sich nun die Mutter in das Gespräch ein.

„Dann müssten wir schon konkreter werden und die Freunde, Schulkameraden und Lehrer befragen, ob sie etwas über den Verbleib ihres Sohnes wissen."

„Ich würde Sie trotzdem bitten, mal vorsichtig bei ihren Verwandten und Freunden nachzufragen, ob sie Benjamin in den letzten Tagen gesehen haben" riet Cosima.

„Wie soll das denn gehen, ohne dass jemand merkt, was los ist?"

Die Stimme von Volker Dreiseitel triefte regelrecht vor Spott.

„Verehrter Herr Dr. Dreiseitel" kam es nun aus der Richtung von Henneberg „nichts einfacher als das. Sie rufen bei ihren Freunden und Verwandten an und geben vor, dass ihr Sohn Benjamin in den letzten Tagen sein Rad irgendwo stehen gelassen hätte und ob man etwas darüber wüsste. Zeigen sie sich verärgert über ihren unzuverlässigen Sohn, der nichts zu schätzen weiß und mit seinen Sachen unachtsam umgeht. Spielen sie die besorgten Eltern, die lediglich nach dem teuren Rennrad suchen. Das dürfte ihnen doch sicher nicht schwerfallen. Sie lassen ja auch sonst kein gutes Haar an ihm".

Henne konnte sich diesen Seitenhieb nicht verkneifen. Der Vater ging ihm tierisch auf die Nerven. Er konnte gut verstehen, dass der Junge verschwunden war. Viele Jugendliche verschwanden, weil sie sich von ihren Eltern unverstanden oder überfordert fühlten.

„Gut, das werde ich übernehmen. Aber kann ich auch nach einer Jacke oder was anderem fragen? Kein Mensch nimmt mir ab, dass Benni sein Rad hat stehen lassen. Wenn er nicht gerade von mir gefahren wird, ist er immer mit dem Rad unterwegs", mischte sich nun wieder die Mutter ein. „Natürlich, das geht auch. Es könnte auch ein teurer Pullover oder seine Geldbörse sein, eben irgendetwas, was Jungs in diesem Alter schon mal verlieren" bestärkte Cosima die besorgte Mutter.

„Auch wenn sie sich nicht so gut mit ihren Geschwistern verstehen, sollten sie dennoch die Möglichkeit in Betracht ziehen, dass ihr Sohn sich in dieser extremen Situation an sie gewandt hat".

„Zu meiner Schwester, dieser Grünentussi, würde Benni niemals gehen. Dieses alternative Getue kann er nicht ausstehen", kam es bissig von dem Vater.

„Nein, das glaube ich auch nicht. Die ist ganz anders als wir. Sie hat im letzten Jahr mit fast vierzig Jahren ihr zweites Kind bekommen. Sie hat ganz andere Ansichten als wir. Ich kann mir nicht vorstellen, dass sich Benni an sie gewandt hat", meinte die Mutter.

„Der würde es nur gefallen, wenn sie das gegen mich verwenden könnte" meinte nun Volker.

„Nun gut, wir wollen nun nicht ihre persönlichen Abneigungen diskutieren, dennoch sollten sie nachfragen, auch bei ihrer Halbschwester, Frau Dr. Dreiseitel".

„Können wir nun noch einmal mit Lena und Marc sprechen?"

„Ich werde sie holen", die Mutter erhob sich von ihrem Sessel.

„Nein, lassen sie uns bitte alleine mit den Kindern sprechen. Stört es sie, wenn wir sie in ihren Zimmern aufsuchen? Sie können uns das natürlich verweigern, aber sie als Psychologe sollten doch wissen, dass die Kinder im Beisein der Eltern nie so frei reden".

„Also gut, wenn es denn der Wahrheitsfindung dient. Ich werde ihnen die Zimmer zeigen" damit erhob sich der Vater von seinem Sessel, nahm eine Kerze und ging auf die Treppe zu. Die Mutter reichte jedem der Kripobeamten ebenfalls eine Kerze und blieb in dem fast dunklen Raum zurück.

Volker zeigte den beiden Beamten die Zimmer von Marc und Lena und ging in sein Büro am Ende des Ganges. Er stellte die Kerze auf dem Schreibtisch ab und trat an das Fenster. Der Regen prasselte wie Maschinengewehrsalven auf das Dach. Draußen türmten sich riesige Wolkenformationen auf, die vom Wind übers Land getrieben wurden und sinnflutartige Regengüsse niedergehen ließen. Rundherum war es finster. Er konnte weder in der Straße noch in den beiden Ortsteilen Ober-Hörgern und Gambach irgendeine Beleuchtung wahrnehmen. Wahrscheinlich war auch dort überall der Strom ausgefallen. Volker wollte sich gar nicht vorstellen, was in der JVA in Rockenberg bei diesem Unwetter für eine Stimmung herrschte. Wahrscheinlich würden die jugendlichen Gefangenen in ihren Zellen randalieren.

Er griff zu seinem Telefon auf dem Schreibtisch, um in der JVA anzurufen. Kein Freizeichen. Das Telefon war tot. Unter Umständen musste er noch einmal auf der schmalen Kreisstraße über den Berg an seine Arbeitsstätte in den Nachbarort fahren. Er wunderte sich, dass sein Handy noch nicht geklingelt hatte.

*

Der Junge wusste nicht, wie lange er hier schon lag. Immer wieder schwanden ihm die Sinne. Er spürte seinen Körper nicht und war unfähig sich zu bewegen. Seine Zunge klebte an seinem Gaumen. Er hatte unerträglichen Durst. Das Donnergrollen in der Ferne hatte er schon seit Stunden vernommen. Als es näher kam, bemerkte er auch die Blitze am Horizont. Der anfänglich sachte Wind war in einen Orkan übergegangen. Die Geräusche unter dem Brückenbogen machten ihm Angst. Schließlich begann es zu regnen. Schwere Tropfen klatschten auf den rissigen Boden des ausgetrockneten Mühlengrabens. Mehrfach waren schon Steine aus dem Straßenbelag der Brücke nach unten gefallen. Er wusste nun, dass er sterben würde, dass es für ihn keine Rettung mehr gab, sollte nicht ein Wunder geschehen.

Seit Tagen war er hier lebendig begraben. Niemand war auf seinen bewegungslosen Körper aufmerksam geworden. Weder der Besitzer des kleinen Dackels noch die spielenden Kinder hatten ihn hier unten in seiner Einsamkeit entdeckt. Unerträgliche Angst verdrängten seine hoffnungsvollen Gedanken an eine Rettung.

*

Mittlerweile hatte das Unwetter zwischen den Ausläufern des Taunus im Süden und dem Vogelsberg im Osten seine volle Gewalt über der Wetterau entfaltet. Besonders betroffen waren die Städte Butzbach und

Münzenberg. Auf allen Sendern der Region wurde ständig über die Ausmaße des Unwetters berichtet und die Autofahrer gebeten, die Städte großräumig zu umfahren oder noch besser ganz zu Hause zu bleiben. In den Straßen des Stadtteiles Münzenberg wälzten sich Wasser- und Schlammmassen den Berg hinunter. Die Kanäle konnten die Fluten, die sich innerhalb kürzester Zeit gebildet hatten, nicht fassen. Von der Wucht des Wassers waren die Kanaldeckel aus ihren Verankerungen gerissen und weggespült worden. In zahlreichen Kellern hatte sich eine übel riechende braune Brühe ausgebreitet. Aus den Toiletten schossen Fontänen stinkender Kloake. Das kleine Flüsschen Wetter, das sich normalerweise in seinem Bett durch die reizvolle Landschaft des Wettertales schlängelte, hatte sich in einen reißenden Fluss verwandelt. In Ober-Hörgern drangen die Wassermassen in den trockengelegten Mühlengraben und überfluteten diesen innerhalb kürzester Zeit. In Trais-Münzenberg war der Fluss über die Ufer getreten und hatte die Wetterstraße unpassierbar gemacht. Die Pferde des Biobauern waren aus ihrer Koppel ausgebrochen und panisch in Richtung Autobahn davon gestürmt. Auf der A 5 hatte sich kurz hinter der Anschlussstelle Butzbach in Richtung Frankfurt ein Verkehrsunfall mit mehreren Fahrzeugen auf Grund von Aquaplaning ereignet. Der Verkehr staute sich bereits bis zum Reiskirchener Dreieck zurück. Auf der A 45 bei Langgöns hatte der Sturm einem Lieferwagen die Abdeckplane weggerissen und auf die dahinter folgenden Fahrzeuge geschleudert. Daraufhin war es zu mehreren Auffahrunfällen gekommen.

Die Bundesstraße zwischen der Abfahrt Münzenberg und Butzbach war wegen eines umgestürzten Baumes blockiert. Ein Durchkommen war nur schwer möglich. Die Rettungsfahrzeuge mussten sich über Feld- und Wirtschaftswege rund um die Stadt ihren Weg suchen.

Im Stadtteil Gambach versuchten die Mitarbeiter des Supermarktes das Kanalwasser mit großen Schiebern aus dem Laden zu entfernen und auf dem Platz vor der Post war eine 200 Jahre alte Linde wie ein Streichholz vom Sturm umgeknickt worden.

Der „Gambach", der vor Jahren in eine Betonschale verlegt worden war, donnerte mit Getöse durch den Ort.

Im Neubaugebiet war eine Souterrainwohnung innerhalb kürzester Zeit von Schlamm- und Wassermassen überflutet worden. Die Bewohner hatten sich in letzter Sekunde vor dem Ertrinken in eines der oberen Stockwerke retten können. Innerhalb weniger Minuten hatten sie ihr ganzes Hab und Gut verloren.

Auch die Aussiedlerhöfe im Altstädter Feld hatten einiges abbekommen. Die neu errichtete und noch nicht komplett angeschlossene Solaranlage auf dem Scheunendach eines der dort ansässigen Landwirte hatte den Sturmböen nicht standhalten können und lag einige Meter weiter im Acker.

Die Klärgrube seines Nachbarn war übergelaufen. Die stinkenden Fäkalien ergossen sich nun in seinen Fischteich.

Die Erdbeerfelder eines weiteren Landwirtes standen unter Wasser. Die Ernte war vernichtet.

*

Stadtbrandinspektor Rot konnte sich an ein Unwetter solchen Ausmaßes in dieser Gegend nicht erinnern. Im Feuerwehrgerätehaus in der Bahnhofstraße im Stadtteil Gambach waren neben den Einsatzkräften der Feuerwehr der Bürgermeister, der Erste Stadtrat, die Stadtverordnetenvorsteherin sowie alle Magistratsmitglieder der Stadt eingetroffen. Sogar der neue Pfarrer von Gambach und Ober-Hörgern war aufgetaucht, ebenso der für die Ortsteile Münzenberg und Trais-Münzenberg verantwortliche Geistliche befand sich im Feuerwehrgerätehaus.

Selbst die beiden in Münzenberg praktizierenden Zahnärzte sowie der Internist aus Gambach und Frau Dr. Reinheimer in Vertretung von Frau Dr. Dreiseitel aus Münzenberg waren erschienen.

Der Notfallplan der Stadt sah vor, dass man sich im Katastrophenfall hier treffen sollte. Das Notstromaggregat sorgte zumindest für Licht in dem Gebäude, die Telefonleitung blieb aber auch hier stumm. Die Leitstelle in Friedberg, bei der alle Notrufe aufliefen, hatten die Handynummern von allen Anwesenden und konnten so das Notfallkommando der Stadt ständig informieren.

Die Münzenberger Feuerwehr wurde mittlerweile von den Feuerwehren der umliegenden Städte Pohlheim und Lich bei ihren Rettungseinsätzen unterstützt.

*

Der ausgetrocknete Mühlengraben füllte sich schnell mit dem einlaufenden Flusswasser, das den Körper des Jungen umspülte. Er spürte, wie seine Haare und seine Gesichtshaut nass wurden. Das Wasser floss in seine

Nase und drang in seinen Mund. Die Feuchtigkeit löste seine Zunge, die an seinem Gaumen klebte. Seine Angst stieg ins Unerträgliche. Er versuchte zu schreien. Doch aus seiner Kehle kam nur ein Gurgeln. Tränen der Verzweiflung liefen ihm über die Wangen und vermischten sich mit dem schnell ansteigenden Wasser. Er schaffte es vor Kraftlosigkeit nicht, den Kopf hoch zu halten und schließlich versank dieser ganz in den Fluten. Das Wasser eroberte seine Lungen und brachte die Lungenbläschen zum Platzen. Die damit einhergehende Enge in der Brust und die unter normalen Umständen entstehenden Schmerzen spürte er nicht.

Plötzlich fühlte sich alles so leicht und frei an. Ein weißes Licht schien ihn aufzusaugen. Sein letzter Gedanke galt Aime, der schwarzen Schönheit, die er so gern noch einmal in seine Arme geschlossen hätte.

Das ansteigende Wasser erreichte nun auch die Schaufeln des Mühlrades, das sich langsam in Bewegung setzte. Klappernd zog es alles an sich, was auf dem ausgetrockneten Boden herumgelegen hatte. Der leblose Körper des Jungen wurde mit der Strömung auf das Mühlrad zugetrieben, in dem sich innerhalb kürzester Zeit Äste, Grasbüschel und allerhand Unrat angesammelt hatten. Eine Schaufel erfasste das menschliche Bündel und drückte es unter die Wasseroberfläche. Der Körper verfing sich in der Ansammlung des Treibgutes, das sich nun zwischen dem Flussboden und der Schaufel staute und das Mühlrad wieder zum Stehen brachte. Das kurzzeitige Klappern der Mühle hörte augenblicklich wieder auf. Es war nur noch das Heulen des Sturmes zu hören. Das Wasser im Mühlengraben war nun bis auf die Höhe des ehemaligen Straßenbelags der Brücke angestiegen. Die Rundbögen der seitlichen Mauern ragten verloren in den nachtschwarzen Himmel. Die rot-weißen Barken waren umgefallen und die Schalbretter davon geschwemmt worden.

*

In dem Zimmer von Marc Dreiseitel verursachte der Sturm seltsame Geräusche. Es war fast so, als wollte das Dach jeden Moment abheben und davonfliegen. Der Regen trommelte unaufhörlich auf die großen Dachfenster. Die Stimmung im Zimmer passte zu dem aufgewühlten Wetterszenario rund ums Haus.

„Wisst ihr, ob euer Bruder irgendwelche Schwierigkeiten hatte, Ärger mit Mitschülern, Freunden oder sonst irgendjemandem?"

„Nein, keine Ahnung", kam es unisono von den Zwillingen.

„Wann habt ihr euren Bruder denn das letzte Mal gesehen?"

„Am Samstagabend." „Geht das auch etwas genauer?"

„Na ja, so um sieben Uhr." „Wisst ihr auch wohin euer Bruder gegangen ist?"

„Wahrscheinlich zu seiner Freundin Aime nach Gambach."

„Hatte er die schon lange?" „Keine Ahnung." „Woher wusstet ihr denn überhaupt von der Beziehung?"

„Na die haben doch immer heimlich in einer Ecke auf dem Schulhof geknutscht." „Das habt ihr gesehen?"

„Lena hat das gesehen. Die hat ja immer Benni ausspioniert." „Ok Lena, kannst du dich daran erinnern, wann du das zum ersten Mal beobachtet hast?" „Das war nach den Osterferien. Da habe ich die zwei zufällig in der Ecke zusammen gesehen."

„Wusste sonst noch jemand von der Freundschaft?"

„Das glaube ich nicht" bemerkte Marc vorlaut.

„Als Lena ihn darauf angesprochen hat, hat er uns zum Schweigen verdonnert".

„Und da habt ihr euch so ohne weiteres dran gehalten?" fragte Henneberg energisch nach. Marc und Lena wurden knallrot im Gesicht und stotterten ein verlegenes „Ja". Henneberg war sofort klar, dass das nicht stimmen konnte, aber er ließ es vorerst dabei bewenden.

„Wisst ihr auch, wie Benjamin nach Gambach gekommen ist?"

„Na mit dem Fahrrad. Ist doch klar. Der war doch nur mit dem Rad unterwegs."

„Hat einer von euch das Rad in den letzten Tagen gesehen?"

„Nein, in der Garage ist es jedenfalls nicht. Da haben wir schon nachgesehen."

„Wann habt ihr denn da nachgesehen?"

„Na am Sonntag, nachdem Benni nicht zum Essen aufgetaucht ist und sein Bett unbenutzt war."

„Habt ihr das denn nicht komisch gefunden, dass euer Bruder offensichtlich nicht nach Hause gekommen ist?"

„Nö, der hat doch sowieso nur noch gemacht was er wollte."

„Mit uns hat er ja kaum noch geredet." „Warum nicht?"

„Wir waren ihm zu blöd. Pisskinder hat er uns immer genannt."

„Was glaubt ihr denn, wo euer Bruder sein könnte?"

„Der ist bestimmt nach Südafrika abgehauen."

Von dem Gerede in der Schule erzählten die Kinder den Polizeibeamten nichts. Ihre Mutter würde sie erwürgen, falls irgendein Wort über ihre Lippen käme.

Die meiste Zeit antwortete nur Marc. Lena hielt sich entgegen ihrer sonstigen Gewohnheit schüchtern zurück. Aus dem, was die Kinder den beiden Kripobeamten berichteten, wurde ganz eindeutig klar, dass der verschwundene Junge keinen leichten Stand in der Familie Dreiseitel hatte.

Die Zwillinge waren eindeutig die Lieblinge ihrer Großeltern. Benjamin musste sich gegen die ständigen Hänseleien von Marc verteidigen und gegen die boshaften Spitzen seiner Schwester behaupten. Als der älteste Sohn der Dreiseitels hatte er sich mit seinem schlechten Benehmen anscheinend gegen die vermeintliche Familienidylle gewehrt. Dabei suchte er wohl nur Liebe, Aufmerksamkeit und Zuneigung.

Aus diesem Grund hatten Jugendliche schon ganz andere Dinge angestellt, dachte Cosima, die mehrere Jahre Psychologie studiert hatte. Es war durchaus möglich, dass er in seiner Freundin Aime eine Art Ersatz gefunden hatte, der ihn für die entgangenen Streicheleinheiten entschädigte.

Mit einer Taschenlampe ausgestattet, hatte sich Frau Dr. Dreiseitel in der Zwischenzeit in ihre Praxis begeben, um dort nach dem Rechten zu sehen. Die Räume waren leer, die Ausgangstür und die Fenster fest verschlossen. Die elektrischen Rollläden hatten sich mittels eines Sensors mit der vorzeitig eingefallenen Dämmerung von selbst geschlossen. Von dem Personal war niemand mehr anwesend. Merkwürdigerweise blinkte der Anrufbeantworter gar nicht. Sie hob den Hörer auf und stellte fest, dass die Leitung tot war.

Auf der Theke lag eine Notiz von Frau Dr. Reinheimer.

"Ich fahre nach Gambach ins Feuerwehrgerätehaus wegen des Notfallplans".

An den Notfallplan hatte sie gar nicht mehr gedacht. Aber es interessierte sie im Moment auch nicht, was in der Stadt passierte. Sie wollte ihren Sohn wiederhaben.

Henneberg und seine Kollegin kamen gerade die große freitragende Treppe herunter, als Frau Dr. Dreiseitel wieder die Wohnhalle betrat. Das Heulen des Windes hatte aufgehört. Der Himmel schien sich aufzuhellen. Durch die hohen Glasflügel fiel schwefelgelbes Licht. In den oberen Luftschichten flogen schwarze Wolken in rasender Geschwindigkeit über den Himmel. Doch darunter war es nun still. Das Unwetter hatte sich verzogen und nahm die letzten Reste der schwülheißen Luft der letzten Tage mit sich fort. Das Drücken des Lichtschalters ließ jedoch schnell erkennen, dass noch nicht mit der Widerkehr des normalen Lebens gerechnet werden konnte. Der Strom war immer noch weg. Das Telefon blieb stumm.

Henne und Co verabschiedeten sich von den Eltern. „Wir wollen sie nicht länger aufhalten. Wir werden nun, wie bereits gesagt, intern ermitteln und sie auf dem Laufenden halten. Sollten sie irgendetwas hören, melden sie sich bitte bei uns, egal zu welcher Uhrzeit", damit gab Henneberg Ulla Dreiseitel seine Visitenkarte.

„Ich werde, sobald das Telefon wieder geht, bei meiner und der Schwester meines Mannes anrufen und mich vorsichtig erkundigen".

„Gut, machen sie das. Wir kommen morgen früh wieder und werden uns im Haus umsehen. Wir müssen dann allerdings auch mit Frau Richter sprechen. Vielleicht kann die uns noch einen Hinweis geben".

„Was soll ich denn jetzt Herrn Dr. Mahler sagen?"
„Dem müssen sie reinen Wein einschenken. Aber sie sollten zum jetzigen Zeitpunkt so wenig wie möglich Personen informieren".

*

Eine gute Stunde hatte der Sturm die Menschen in Münzenberg in Atem gehalten. Als er sich gelegt hatte, kamen die Einwohner aus ihren Häusern, um zu sehen, was das Unwetter für einen Schaden angerichtet hatte.

Die Straßen waren voller Schlamm und Grünzeug. Dazwischen lagen Kanaldeckel. Ganze Hänge waren abgerutscht, Gärten überschwemmt, Dächer teilweise abgedeckt, Hoftore eingedrückt und Bäume vom Blitzschlag gespalten oder umgeknickt worden. Die Wetterwiesen standen unter Wasser, die Ortsdurchfahrt von Trais-Münzenberg war wegen Hochwassers unpassierbar geworden. Am unteren Ende der Mühlenstraße hatte sich ein See gebildet.

Auf der Bundesstraße begann sich das Gewirr aus Fahrzeugen und Rettungskräften langsam zu entwirren. Die A 5 war wegen des schweren Unfalls voll gesperrt. Die Polizei versuchte, den Verkehr vom Gambacher Kreuz aus großräumig umzuleiten.

Der Bürgermeister und der Erste Stadtrat verließen um 18.45 Uhr das Feuerwehrgerätehaus und fuhren durch die Straßen der Stadt, um sich von den Schäden des Unwetters und den Einsätzen der Feuerwehr ein persönliches Bild zu machen. Stadtbrandinspektor Rot war schon vor längerer Zeit zu dem Einsatz in der überfluteten Wohnung im Neubaugebiet aufgebrochen.

Frau Dr. Reinheimer war per Handy zu einer Patientin gerufen worden, deren Kreislauf durcheinander geraten war.

Der Internist war mit seinem unvermeidlichen Fahrrad zu einem Einsatz im Gambacher Oberdorf unterwegs. Man hatte ihn gebeten, bei einem Rettungseinsatz behilflich zu sein.

Die beiden Zahnärzte waren wieder zurück in ihre Praxen verschwunden.

Nur die beiden Pfarrer hielten noch die Stellung in dem Feuerwehrgerätehaus und beantworteten die Fragen der Anrufer und leiteten Hilfegesuche an die Einsatzkräfte der Feuerwehr weiter.

*

Martin Weiss-Alles und sein Freund hatten während des Sturms an der Theke des „Adler" kräftig dem Alkohol zugesprochen und unterhielten sich mittlerweile lallend.

Der Wirt hatte mehrfach den Raum verlassen, weil er dem Geschwafel der beiden nicht mehr zuhören wollte. Zudem musste er sich immer wieder vergewissern, dass nichts am Dach seines Hauses passiert war. Doch jetzt nahm die Unterhaltung der beiden Saufkumpane eine interessante Wendung.

„Weissu, was mir Samsagnach passiert iss? Das glaubsu mir nich". Martin verschluckte die Endsilben.

„Ne, keine Ahnung", „sag schon".

„Also, ich waa doch Samsagnach mittem Rad unnerwegs in Ober-Hörgern. Unn da hab ich gesehn, wie swei junge Männer eine Leiche ins Holz geworfen ham".

„Wassen für ne Leiche?"

„Das weissich auch nich. Abber es warne Leiche".

„Du spinns ja Martin. Du wills dich nur wichtich machen".

„Darauf müssn wir noch ein trinken. Wirt, nochen Pils unne Linie", donnernd krachte Martins Faust auf die Theke. Er schüttelte sich vor Lachen.

„Ich sach dir mein Freund, das Unwedder is lange noch nich vorbei. Das geht jetz erst richtich los."

Damit fiel Martin vom Barhocker und blieb vor der Theke liegen.

*

Als um 19.00 Uhr das Telefon wieder ging, rief Ingrid Tscheche bei dem Mann ihrer Freundin Annedore an. Es klingelte eine ganze Weile, bis ihr Anruf entgegengenommen wurde. Bernhard war auf der Terrasse gewesen, um zu sehen, ob das angestiegene Wasser im Mühlengraben bis auf den Rasen gelaufen war. Der ausgetrocknete Boden war nicht in der Lage, die Feuchtigkeit innerhalb kürzester Zeit aufzunehmen. Die Mühlenstraße stand im Kreuzungsbereich unter Wasser. Die Zufahrt zu Bernhards Grundstück war nicht möglich. Das Sportlerheim auf der anderen Seite der Brücke hatte kein Dach mehr.

An seinem Haus konnte Bernhard glücklicherweise keine Schäden entdecken. Auch das Haus seines Nachbarn Mani Wetz und der Hof seines Schwiegervaters schienen vom Sturm verschont worden zu sein. Voller Erwartung ging Bernhard ans Telefon. Er hoffte, Annedores Stimme zu hören, die sich jetzt vielleicht reuig und sorgenvoll zu Hause meldete.

„Weghaus".

„Hallo Bernhard, hier ist Ingrid. Hast du den Sturm gut überstanden?"

„Ja, bei mir ist Gott sei Dank nichts passiert. Nur die Wiese vor meinem Haus steht unter Wasser. Aber das ist ja auch kein Wunder. Der trockene Boden kann das Wasser gar nicht so schnell aufnehmen. Wie sieht es bei dir aus?"

„Meinen Garten hat es ziemlich übel erwischt. Mein Spargelbeet und meine Hochbeete sind alle davon geschwommen. Der ganze Schlamm hat sich vor der Scheune gesammelt. Das gibt eine Heidenarbeit, bis ich das wieder in Ordnung gebracht habe. Aber sonst bin ich ok. Deswegen rufe ich nicht an."

„Was gibt es dann so Wichtiges?"

Ingrid berichtete Bernhard von Annedores Auto, dass sie am späten Nachmittag auf dem Weg hinter dem Haus entdeckt hatte.

„Es muss seit Samstagnacht dort gestanden haben. Wir hatten ziemlich viel getrunken und anscheinend ist Annedore zu Fuß nach Hause gegangen. Es ist abgeschlossen, aber das Handy liegt auf der Konsole. Das ist doch seltsam. Findest Du nicht?"

„Allerdings, das ist merkwürdig. Wie hat sie sich dann die ganze Zeit fortbewegt, vielmehr wo steckt sie denn dann? Dann muss sie doch mit dem Bierbrauer weg sein".

„Mit welchem Bierbrauer?" täuschte Ingrid Ahnungslosigkeit vor.

„Ach komm, tue nicht so. Du weißt doch auch, dass Annedore was mit dem Herbert hat".

„Keine Ahnung, wovon du sprichst. Wann willst du denn das Auto holen?" lenkte Ingrid ab.

„Es muss da noch eine Weile stehen bleiben. Ich komme im Moment nicht von hier weg. Das Wasser muss erst von der Straße abfließen. Die Feuerwehr muss wahrscheinlich die Gullis freimachen".

„Macht ja nichts. Das Auto hat so lange hier gestanden, jetzt kommt es auf einen Tag auch nicht an."

„Ok, ich melde mich, sobald die Straße wieder frei ist".

Bernhard beendete das Gespräch und rief seinen Sohn. „Jens, komm mal runter".

„Gibt's endlich was zum Essen? Ich habe einen Mordskohldampf" rief Jens schon auf der Treppe.

„Nein, ich bin noch nicht so weit. Stell dir vor, Mamas Freundin Ingrid hat angerufen. Mamas Auto steht bei ihr hinter dem Haus. Es muss dort seit Samstagnacht stehen, als Mama bei Ingrid war".

„Ja und wo ist dann Mama jetzt?"

Bernhard wollte seinem Sohn eigentlich nichts von seiner Vermutung erzählen, doch jetzt blieb ihm wohl nichts anderes übrig. Der Junge würde es so oder so erfahren, dann doch besser von ihm als von einem Dritten. „Deine Mutter hat ein Verhältnis mit Herbert

Rudloff, dem Bruder von Marianne, der Wirtin des „Falken" aus Gambach. Und ich glaube, sie ist mit ihm weggefahren. Marianne streitet das zwar ab, aber der traue ich nicht".

„Das ist ja der Hammer" war Jens` einziger Kommentar.

„Hier spinnen doch alle nur noch".

„Was meinst du damit?"

„Na am Freitag hat mich Mama angerufen und mir erzählt, dass in der Apotheke ein Rezept für mich liegt für eine Aknecreme, die ich nicht brauche. Der Dreiseitel hat es dort für mich abgegeben. Dann hat der Vollidiot dem Matze letzte Woche Abführmittel in seine Trinkflasche geschüttet und der liegt jetzt auf der Intensivstation in der Uniklinik Gießen. Und der Dreiseitel war schon zwei Tage nicht mehr in der Schule. Heute sind Kira, Felix, Lukas, Basti und ich von der Polizei befragt worden. Und jetzt hat Mama auch noch einen Liebhaber und fährt mit dem einfach weg. Das reicht doch wohl oder?"

„Also ich verstehe nur noch Bahnhof. Das musst du mir jetzt alles der Reihe nach erklären. Komm in die Küche, wir machen was zum Essen und quatschen".

*

Die Stimmung im Hause Dreiseitel war bedrückend. Volker war nach dem Verlassen der Kommissare an seine Arbeitsstelle in Rockenberg gefahren. Er wollte sich um seine jugendlichen Gefangenen kümmern und sehen, ob das Alte Schloss, in dem die Justizvollzugsanstalt untergebracht war, den Sturm unbeschadet überstanden hatte.

Außerdem wollte er mit seiner Geliebten telefonieren und sich vergewissern, dass ihr nichts passiert war bei dem Unwetter.

Die Zwillinge hatten sich in ihre Zimmer verkrochen. Ulla saß allein in der Wohnhalle. Sie fühlte sich miserabel. Karl Rehbein hatte ihr prophezeit, dass sie erleichtert sein würde, wenn sie sich der Polizei anvertraut hätte. Davon konnte jedoch keine Rede sein. Sie blickte durch die großen Scheiben auf die Burgruine, die sich schwarz und mächtig über dem Dorf erhob. Ein paar letzte dunkle Wolkenfetzen schienen an den beiden gewaltigen Rundtürme auf dem Bergfried fest zu hängen. Den Trost, den sie meistens bei dem Anblick der mittelalterlichen Burgruine empfand, wollte sich dieses Mal jedoch nicht einstellen.

Ulla erinnerte sich, wie sie ganz gezielt bei der Offenlegung des Baugebietes diesen Bauplatz ausgesucht hatten, weil sie der Blick auf die Burganlage so beeindruckt hatte. Sie hatte sich noch mit einem Mitbewerber angelegt, der dann aber den Kürzeren gezogen hatte. Der Magistrat der Stadt Münzenberg hatte sich für die Ärztin entschieden, die dringend in Münzenberg benötigt wurde. In den ersten Jahren als sie sich hier in Münzenberg niedergelassen hatten, war Ulla so oft wie möglich mit den Kindern auf die Burg gegangen und hatte von dort oben auf das Land geschaut. Bei gutem Wetter konnte man im Süden die Skyline von Frankfurt sehen, rechts davon den Taunus, im Norden den Schiffenberg bei Gießen und im Osten die Höhen des Vogelsberges, die inzwischen riesigen Windrädern Platz boten.

Sie stellte sich dann immer vor, wie das Leben früher hier gewesen sein musste und wie lange man unterwegs war, um von einem Dorf zum anderen zu gelangen. Vor ihrem geistigen Auge sah sie Kutschen über das hügelige Land rollen und Bauern, die ihre Ernte nach Butzbach auf den Markt brachten.

Alle diese Gedanken gingen ihr jetzt durch den Kopf. Jetzt waren die Kinder groß. Die unbeschwerte Kindheit war einer problematischen Jugend gewichen, an der sie und ihr Mann nicht ganz unschuldig waren.

Diese plötzliche Erkenntnis überfiel sie mit einer Wucht, die ihr fast den Atem raubte. Ihr wurde bewusst, dass sie selbst durch ihr fortwährendes Streben nach Reichtum und Anerkennung die Kinder zu immer besseren Leistungen angetrieben und von den Schulkameraden ferngehalten hatte. Die Liebe und Fürsorge, die zärtliche Zuneigung einer Mutter für ihre Kinder waren dabei auf der Strecke geblieben. Durch ihre berechnende Haltung war sie ganz allein an dem Desaster, das sich ihr nun offenbarte, schuld. Aber sie wusste auch, dass sie nicht so einfach aus ihrer Haut heraus konnte.

*

Als Henne und Co auf die Straße traten, atmeten sie erst einmal tief ein und aus, so als wollten sie den ganzen Mist, den sie soeben gehört hatten, aus sich herauspressen. Der Himmel hatte aufgeklart. Bis auf ein paar dunkle Wolkenfetzen in den höheren Luftschichten war die Luft klar und rein. Die unerträgliche Schwüle der letzten Tage hatte ganz normalen sommerlichen Temperaturen Platz gemacht. Nur der Unrat auf der Straße zeugte noch von dem Sturm. Henne befreite sein Auto von Blättern und Zeitungspapier, die an der Frontscheibe hängen geblieben waren.

Er zündete sich eine Zigarette an und zog den Rauch tief in die Lungen ein. Befreit stieß er den Rauch aus und wiederholte den Vorgang. Er rauchte die Zigarette bis zum Filter und warf dann den Stummel zu dem anderen Dreck auf der Straße.

Seine Kollegin starrte auf die beiden Türme der Burg, die die Region optisch beherrschte. Sie freute sich auf ihr gemütliches zu Hause und den Platz neben ihrem Mann auf der Couch, wo sie hoffentlich etwas entspannen konnte.

Henne steuerte den BMW auf der kurvenreichen, hügeligen Landstraße zwischen Münzenberg und Rockenberg in Richtung Heimat. Die ausgefahrene Fahrbahndecke erforderte seine volle Konzentration. Dass die Straße nicht schon längst erneuert worden war, wunderte ihn.

Ein gigantischer Regenbogen spannte sich in seiner schillernden Farbenvielfalt über das Wettertal und ließ die beiden Kollegen einen Moment innehalten.

„Nun, was denkst Du Henne?" unterbrach ihn Cosima in seinen Gedanken.

„Ist der Junge wegen seiner Freundin verschwunden oder steckt was anderes dahinter?"

„Auf den ersten Blick würde ich sagen, der ist in Richtung Südafrika unterwegs. Der hat die Schnauze von seiner perfekten Familie voll. Aber ohne Reisepass und Geld dürfte das für einen 16-jährigen ziemlich schwierig sein. Irgendwas stört mich an der Sache. Ich weiß nur noch nicht was".

„So geht es mir auch. Es ist doch komisch, dass die Mutter erst heute Mittag die Polizei verständigt hat. Da muss doch noch was anderes sein".

„Wir werden mal schauen, ob gegen den jungen Mann noch irgendetwas anderes vorliegt. Hör dich bitte morgen früh gleich bei den Drogen und dem Diebstahl um. Ich bin sicher, wir finden noch was".

Henne war mit seinen Gedanken bei seinem Kumpel Erdmann, der schon auf ihn wartete, um am Ende eines arbeitsreichen, anstrengenden Tages einen ausgedehnten Spaziergang mit ihm zu unternehmen, der wie immer auf einen Absacker in ihrer Lieblingskneipe an der Ecke enden würde.

*

Ulla schreckte aus ihren Gedanken auf. Wie lange hatte sie hier schon gesessen und auf die Burg gestarrt? Sie musste Volkers und ihre eigene Schwester anrufen und Dr. Mahler von dem Verschwinden ihres Sohnes unterrichten.

Die Schwester von Volker Dreiseitel, die mit ihrem zweiten Mann in Trais-Münzenberg wohnte, meldete sich nicht. Ulla glaubte sowieso nicht, dass Benni ausgerechnet mit ihrer Schwägerin Kontakt aufgenommen hatte. Die beiden Familien waren so unterschiedlich wie Tag und Nacht und hatten kaum Kontakt miteinander. Ihre Schwägerin war eine Grüne durch und durch und die Dreiseitels konservativ bis in die letzte Faser. Volker und seine Schwester hatten sich

217

schon als Kinder nicht verstanden. Der erste Mann seiner Schwester war früh verstorben. Sie hatte dann ein zweites Mal geheiratet. Was sollte also der Sohn der Dreiseitels bei einer solchen Familie? Ulla würde es trotzdem noch einmal am nächsten Tag probieren.

Ihre Halbschwester, die ihre Mutter als uneheliches Kind mit in die Ehe gebracht hatte und die in der Familie Dreiseitel keine wesentliche Rolle spielte, meldete sich beim ersten Klingelzeichen. Ulla wusste, dass sie behutsam vorgehen musste. Ihre Stiefschwester war nicht dumm und würde sofort merken, wenn etwas nicht stimmte.

„Hallo Schwesterchen, ist bei euch alles in Ordnung oder habt ihr was von dem Sturm abgekriegt?" fragte Ulla übertrieben freundlich. Es blieb einen Moment still am anderen Ende. Dann sagte eine eisige Stimme: „Ulla, bist du krank oder was ist plötzlich in dich gefahren? Seit wann interessierst du dich für unser Wohlergehen?"

„Naja, das war ja schon ziemlich heftig heute Abend und da dachte ich mir, ich frage mal nach".

„Also bei uns ist alles ok. Der Sturm hat zwar ganz schön gewütet, aber ich glaube, Butzbach ist noch einmal mit einem blauen Auge davongekommen. Hier auf dem Marktplatz kann ich auf jeden Fall keine Schäden erkennen".

„Na das ist ja schön". Ulla wusste nicht so richtig, wie sie das Gespräch anfangen sollte.

„Also Ulla, was willst du wirklich? Ich habe jetzt nicht so viel Zeit. Deshalb komm bitte auf den Punkt" kam ihr die Stiefschwester zuvor.

„Ist Benni bei dir gewesen?" „Wann, heute?" kam es entgeistert zurück.

„Ja, oder in den vergangenen Tagen?"

„Nein, wie kommst du denn darauf. Ich habe ihn schon längere Zeit nicht mehr gesehen. Die Jungs haben aber immer mal Kontakt per E-Mail".

Ulla wusste nicht, was sie nun sagen sollte, ohne sich der Schwester näher zu erklären. Doch die hatte es offensichtlich ziemlich eilig. Sie fragte nicht weiter nach und beendete das Gespräch von sich aus.

Als nächstes rief Ulla den Klassenlehrer ihres Sohnes, Herrn Dr. Mahler an. Er wohnte im historischen Ortskern von Münzenberg im Steinweg, einer der ältesten hessischen Fachwerkstraßen.

Es dauerte eine ganze Weile, bis Dr. Mahler ans Telefon ging. Er hatte gerade die Hessenschau angesehen, die aktuell über das Unwetter in der Wetterau berichtet hatte.

„Herr Dr. Mahler, bitte entschuldigen sie die Störung. Ich möchte Benni entschuldigen. Er wird in den nächsten Tagen nicht in die Schule kommen."

„Wegen der Darmgrippe hätten sie mich jetzt nicht anrufen müssen. Das hätte auch noch bis morgen Zeit gehabt".

„Das ist es ja, was ich ihnen sagen muss".

Ihr war das alles sehr peinlich. „Benjamin ist nicht krank. Er ist verschwunden".

„Na das wäre ich auch, wenn ich so einen Blödsinn verzapft hätte". „Was meinen sie?"

„Ich habe ihnen doch gesagt, dass ihr Sohn in dem Verdacht steht, seinem Mitschüler etwas in die

Trinkflasche geschüttet zu haben und dass der arme Junge daraufhin ins Krankenhaus musste".

„Ach, das war doch nur ein dummer Jungenstreich und außerdem ist das doch noch gar nicht bewiesen, dass es Benni war".

„Da irren sie sich, sehr geehrte Frau Dr. Dreiseitel", kam es zynisch von dem Lehrer zurück.

„Ich habe ihnen schon einmal erklärt, dass Matthias auf der Intensivstation liegt. Es sieht nicht gut für ihn aus. Ich hoffe für Benjamin, dass Matthias das Attentat überlebt. Falls nicht, dann kann er sich warm anziehen, denn mehrere seiner Mitschüler haben heute bestätigt, dass Benjamin dafür verantwortlich ist. Sie haben es mit eigenen Augen gesehen."

Frau Dr. Dreiseitel musste wieder an den Polizisten denken, der zur Mittagszeit in der Praxis aufgetaucht war und unbedingt ihren Sohn sprechen wollte. Gleichzeitig fiel ihr Frau Dr. Reinheimer ein, die am Vortag ein Abführmittel gesucht hatte, das sie für einen Patienten bereitgestellt hatte. Auch das Rezept kam ihr wieder in den Sinn.

„Herr Dr. Mahler, ich glaube nicht, dass mein Sohn deswegen verschwunden ist. Ich befürchte, er ist auf dem Weg nach Südafrika. Er hat sich anscheinend in Aime verliebt" gab sie nun das erste Mal ihre Vermutung preis.

„Na ja, das war ja auch nicht zu übersehen, dass die beiden was miteinander hatten".

„Aber warum haben sie mir das denn nicht gesagt? Ich hatte ja keine Ahnung".

„Also hören sie mal Frau Dr. Dreiseitel, wieso sollte ich ihnen denn so was erzählen. Das ist nun wirklich nicht meine Aufgabe. Da könnte ich genauso gut sagen, wissen sie denn nicht, was ihr Sohn so treibt?"

„So was erzählen Jungs doch nicht gleich ihrer Mutter. Aber ich hätte schon erwartet, dass sie mich darauf ansprechen. Schließlich war Aime nur eine Austauschschülerin und zudem auch noch schwarz. Das geht doch nicht".

Dem Lehrer wurde das Gespräch nun zu blöd. Was bildete sich diese Frau nur ein? Sind denn Schwarze keine Menschen? Im Zeitalter der Globalisierung war eine Vermischung der unterschiedlichen Völkergruppen doch gar nicht mehr aufzuhalten. Er hatte jetzt auch keine Lust mehr, mit dieser arroganten Person zu reden.

„Was erwarten sie jetzt von mir, Frau Dr. Dreiseitel?"

„Ich wollte ihnen das nur sagen und sie bitten, diese Information vorerst für sich zu behalten. Die Polizei ist eingeschaltet, aber sie ermittelt zunächst verdeckt. Wir wollen kein großes Aufheben machen, um Benjamin die Rückkehr so leicht wie möglich zu machen".

Wenn er denn zurückkommt, dachte der Lehrer. Bei dieser Mutter würde ich auch verschwinden.

„Gut, geben sie mir ein Attest. Dann ist der Junge offiziell krank. Die Arbeiten sind alle geschrieben. Er verpasst also nichts mehr. Ich muss nur wissen, was ich mit der Klassenreise machen soll? Soll ich den Jungen abmelden?"

„Nein nein, lassen sie alles so wie es ist. Das würde doch auffallen. Sollte er nicht rechtzeitig zurückkommen, werde ich auf alle Fälle für die Kosten aufkommen".

„Gut, dann halten sie mich bitte auf dem Laufenden. Wollen wir hoffen, dass der Junge unbeschadet nach Hause zurückkehrt. Ansonsten kann ich ihnen nur empfehlen, sich etwas mehr um ihren Sohn zu kümmern".

Den letzten Hinweis konnte sich Dr. Mahler nicht verkneifen. Er beendete damit das Gespräch.

*

Dr. Mahler wählte die Nummer von Juliane Landmann in Gambach. Er wollte sie über den neuesten Stand in Sachen Dreiseitel unterrichten. Frau Dr. Dreiseitel hatte ihn zwar gebeten, die Information für sich zu behalten, er wusste aber, dass dieses Geheimnis bei Juliane gut aufgehoben war. Doch Juliane meldete sich nicht. Hoffentlich hatte sie nichts von dem Sturm abbekommen.

Juliane hörte das Telefon klingeln, doch sie konnte jetzt nicht drangehen. Sie stand bis zu den Knöcheln im Schlamm. Zu allem Unglück mit dem umgestürzten Baum in der Terrassentür war der Teich des über ihrem Gelände liegenden Nachbargrundstückes übergelaufen, hatte ihre Gemüsebeete aufgewühlt und sich als dreckigbraune, stinkende Masse auf ihrem Grundstück ausgebreitet. Die Schlammlawine war die Kellertreppe heruntergelaufen und suchte sich nun einen Weg durch den Spalt unter der Kellertür ins Innere des Hauses. Der Lichtschacht war ebenfalls vollgelaufen. Das Kellerfenster würde dem Druck des Schlammes nicht mehr lange standhalten.

Die Kois aus dem Teich des Nachbarn lagen verstreut zwischen den Gemüsepflanzen. Die Kiemen der armen

Kreaturen blähten sich auf und fielen wieder zusammen. Wo blieb nur die Feuerwehr? Und wo war der Nachbar, der sich gefälligst selbst um seine Edelfische kümmern sollte?

*

Der Tag schien kein Ende zu nehmen. Die Feuerwehr hatte alle Hände voll zu tun, vollgelaufene Keller leer zu pumpen. Die Einsatzkräfte waren über alle Maßen gefordert. Die Dachdecker aus der Stadt waren bereits im Einsatz und versuchten, kleinere Schäden zu beheben. Überall in den Straßen hörte man Hämmern. Nachbarn halfen sich gegenseitig, Geröll und Schlammmassen von ihren Grundstücken zu entfernen.

Der Sturm war vorüber und hatte einen beträchtlichen Schaden angerichtet. Die Versicherungen würden in den nächsten Tagen jede Menge Arbeit bekommen. Die einzige, die dem Sturm getrotzt hatte, war die Burg hoch über den Dächern der Stadt.

*

Nachdem Henne seine Kollegin Co am Polizeipräsidium abgesetzt hatte, fuhr er nach Hause in die Mainzer Toranlage. In der Villa seiner Mutter hatte er sich im Obergeschoss eine gemütliche Wohnung eingerichtet, die dem Stil eines unabhängigen, selbstbewussten Junggesellen entsprach.

Hinter der Haustür lauerte bereits der Rauhaardackel seiner Eltern. Er war eindeutig der Herr im Haus, der seine Mutter tagsüber tyrannisierte.

Alexanders Vater war vor einem halben Jahr ganz plötzlich gestorben und hatte seine Frau mit dem quirligen Tier zurückgelassen. Die alte Dame konnte jedoch nicht mehr so gut laufen und deshalb den Ansprüchen des bewegungsfreudigen Hundes nicht genügen.

Seitdem wartete er jeden Tag sehnsüchtig auf Alexander, der abends nach Dienstschluss noch eine Runde mit ihm drehte. Die Runde endete immer in Alexanders Stammkneipe auf einen Absacker für ihn und einem Leckerli für Dackel Erdmann.

Mittwoch, 9. Juni 2006

Ein kräftig blauer Himmel wölbte sich über der Wetterau. Nach dem Sturm am Vorabend war vermeintlich wieder Ruhe in der kleinen Stadt Münzenberg eingekehrt. Nur die verdreckten Straßen und umgeknickten Bäume zeugten auf den ersten Blick noch von der Wucht, mit der der Sturm über die fruchtbare Flusslandschaft hinweg gezogen war.

Der Verkehr floss wieder ganz normal über die B 488, entlang der voll Wasser stehenden Wetterwiesen zwischen Ober-Hörgern und Gambach.

Bereits in den frühen Morgenstunden waren die Menschen damit beschäftigt, die Spuren der stürmischen Hinterlassenschaft zu beseitigen. Auch wenn die Schäden zu beheben waren, würden die Menschen von Münzenberg noch lange unter ihren Ängsten leiden.

*

Bereits um 8.00 Uhr saß Kriminaloberkommissarin Cosima von Mittelstedt an ihrem Schreibtisch im Polizeipräsidium in Friedberg. Hoch über den Dächern der Kreisstadt genoss sie einen herrlichen Rundblick über die Wetterau.

Cosima fuhr ihren Computer hoch und gab den Namen des vermissten Jungen Benjamin Dreiseitel aus Münzenberg ein. Es dauerte nicht lange, bis auf dem Bildschirm eine Information auftauchte.

Benjamin Dreiseitel war im Frühjahr wegen Drogenkonsums und dem Handel mit Drogen vom Amtsgericht in Friedberg angeklagt und zur Ableistung von 50 Stunden sozialer Arbeit in einem Altersheim verurteilt worden. Sofort schrieb sie eine Mail an das zuständige Dezernat mit der Bitte, ihr die entsprechende Akte zu überlassen.

Dann schickte sie ein Hilfegesuch mit Bild an die Kliniken im Wetteraukreis und im Landkreis Gießen sowie im Großraum Frankfurt. Vielleicht war irgendwo ein Jugendlicher aufgetaucht, der bisher noch nicht als vermisst gemeldet worden war. Es würde sicherlich einige Zeit dauern, bis sie eine Antwort bekam.

Als nächstes informierte sie den Streifendienst im Wetteraukreis über das Verschwinden von Benjamin und fügte ein Bild des Jungen hinzu sowie eine ausführliche Beschreibung seines gelben Rennrades.

Um 9.00 Uhr tauchte ihr Kollege, Kriminalhauptkommissar Alexander Henneberg, gut gelaunt und ausgeschlafen im Polizeipräsidium in Friedberg auf, um seine Kollegin Co abzuholen.

Mit Hennes Dienstwagen fuhren sie zunächst über die B 3 von Friedberg nach Butzbach und von dort über die B 488 in die Bahnhofstraße nach Gambach zu Angela Richter.

Die junge Frau reagierte aber erst nach mehrmaligem Klingeln und öffnete die Haustür nur einen Spalt breit, soweit es die vorgehängte Kette zuließ. Verschlafen blinzelte sie den Kripobeamten entgegen.

„Wer sind sie denn und was wollen sie am frühen Morgen hier?" knurrte die junge Frau unfreundlich die beiden Beamten an.

„Wir sind von der Kripo Friedberg und müssten sie dringend sprechen, Frau Richter. Können sie bitte die Tür öffnen."

Beide hielten Angela Richter ihre Ausweise mit ihrem Bild vor die Nase.

„Ja und, was wollen sie von mir? Ist irgendetwas mit meinem Mann passiert?" fragte die junge Frau erschrocken.

„Nein, nein. Bleiben sie ganz ruhig Frau Richter. Wir ermitteln in einem Vermisstenfall. Genauer gesagt, wir suchen Benjamin Dreiseitel, den Sohn ihrer Bekannten. Aber könnten wir das vielleicht im Haus besprechen?"

Widerwillig entfernte die junge Frau die Kette und öffnete den Kripobeamten die Tür. Sie ging voran in die Küche, in der ein kleiner, ca. drei Jahre alter Junge in seinem Hochstuhl vor seinem Frühstück am Küchentisch saß.

„Mein Sohn Linus hat mich wieder die ganze Nacht wachgehalten. Wir sind eben erst aufgestanden. Bitte setzen sie sich."

Sie entfernte ein paar Zeitungen und Teller vom Tisch, was das Chaos in der Küche kaum schmälerte.

„Frau Richter, Benjamin Dreiseitel ist seit Samstagnacht nicht mehr nach Hause gekommen. Können sie uns etwas über Aime und ihre Beziehung zu Benjamin erzählen bzw. wann war der Junge das letzte Mal hier?"

Cosima von Mittelstedt lächelte die Frau ihr gegenüber freundlich an, um ihr etwas die Beklommenheit zu nehmen.

„Aime war seit letztem Sommer als Gastschülerin bei uns und am Sonntag ist sie wieder nach Hause zurückgekehrt. Benjamin habe ich das letzte Mal am Samstagabend gesehen, als er sich von Aime verabschiedet hat."

„Waren die beiden nur so befreundet oder war da mehr?", schaltete sich nun der Hauptkommissar ein.

„Ich denke, dass aus der anfänglichen Freundschaft so etwas wie eine Liebesbeziehung geworden ist. Aime hatte am Anfang ein paar Schwierigkeiten mit den Leuten hier zurechtzukommen. Sie hat keinen richtigen Anschluss in ihrer Klasse gehabt. Und da habe ich Benjamins Mutter angesprochen, ob sich Benni etwas um Aime kümmern könnte".

„Seit wann war da mehr und wie weit ging denn die Beziehung zwischen den beiden?"

„Also am Anfang hatte Benni gar keine richtige Lust, sich um Aime zu kümmern, aber auf einmal kam er öfter zu uns nach Hause und nach Ostern habe ich gemerkt, dass da etwas zwischen den beiden lief. Also, ich meine, dass sie auch miteinander schliefen".

Die Kripobeamten merkten, dass es Angela Richter sehr unangenehm war, über das Verhältnis zu reden.

„Woher wussten sie, dass sie miteinander schliefen?"

„Benjamin ist meistens so zwischen 15.00 und 18.00 Uhr hier aufgetaucht, wenn ich mit Linus im Spielkreis oder zum Schwimmen unterwegs war. Einmal bin ich eher zurückgekommen, weil Linus mir das ganze Auto vollgekotzt hatte. Da habe ich halt ziemlich eindeutige Geräusche aus Aimes Zimmer gehört".

„Haben sie das Mädchen darauf angesprochen?"

„Nach einiger Zeit schon. Irgendwie war mir das peinlich. Mein Gott, das ist ja doch heutzutage schon ganz normal. Aber ich hatte schließlich die Verantwortung für meine Gastschülerin und dann hatte ich natürlich auch Angst, dass sie schwanger werden könnte".

„Wissen Sie denn, ob sie verhütet hat?" „Aime hat mir gesagt, ich solle mir keine Sorgen machen. Benni hätte die Pille für sie besorgt. Seine Mutter ist ja Ärztin und da muss er irgendwie drangekommen sein."

„Um mal auf den Punkt zu kommen. Wie war denn der Abschied der beiden?"

Alexander Henneberg wurde langsam ungeduldig.

„Also am Freitagabend hatten wir eine Abschiedsparty für Aime organisiert. Da waren die Nachbarn, unsere Eltern und ein paar Mädels aus ihrer Klasse, mit denen sie sich irgendwann angefreundet hatte, da. Benni war natürlich auch hier. Am Samstagabend waren wir in Butzbach eingeladen. Da haben wir auch die Dreiseitels getroffen. In dieser Zeit war Benni noch mal hier. Als wir um halb zwölf heimkamen, haben wir Benni dann gebeten, nach Hause zu fahren. Um zwölf Uhr lagen wir alle im Bett".

„Wann ist denn Aime ganz genau abgereist?"

„Am Sonntagnachmittag um vier Uhr haben wir Aime an den Flughafen gefahren. Sie war total enttäuscht, dass Benni weder angerufen hat noch einmal hier aufgetaucht ist. Wir hatten ihm ja angeboten, mitzukommen. Aber nachdem Aime mehrfach vergeblich versucht hatte, Benni auf dem Handy zu erreichen, sind wir dann schließlich ohne ihn gefahren".

„Und sie sind sicher, dass er auch nicht am Flughafen war."

„Mit Sicherheit nicht. Wir waren bis zum Schluss mit Aime zusammen."

„Warum hat Aime denn nicht bei den Dreiseitels zu Hause angerufen und nach ihrem Freund gefragt?"

„Um Gottes willen. Die Eltern von Benni wussten doch gar nichts von der Liebesbeziehung. Frau Dr. Dreiseitel wäre mir an die Gurgel gegangen, wenn sie das gewusst hätte. Ich musste ja auch Aime versprechen, dass ich ihr nichts davon erzähle. Bennis Mutter dachte wohl bis zum Wochenende, dass die beiden nur so befreundet sind. Er ist ja auch meistens heimlich zu uns gekommen. Seine Eltern haben doch gar nicht mitgekriegt, dass er mittags nicht zu Hause war. Seine Mutter war ja immer nur in der Praxis und der Vater im Rockenberger Knast."

„Sie sagten eben, dass Frau Dr. Dreiseitel bis zum Wochenende nicht gewusst hätte, dass Aime und ihr Sohn was miteinander hatten.

Woher wusste sie denn auf einmal von der Beziehung?"

„Keine Ahnung. Ich habe sie nicht gefragt. Aber als sie am Montagmorgen vor meiner Tür stand und nach Benni gefragt hat, sagte sie, sie wisse Bescheid."

Henneberg und seine Kollegin sahen sich kurz an.

„Glauben sie denn, dass Benjamin versuchen könnte, zu Aime zu gelangen?"

„Verrückt genug ist er. Dem traue ich alles zu".

„Haben sie denn gehört, ob Benni irgendetwas in der Richtung zu Aime gesagt hat?"

„Ja, er hat noch an der Haustür zu Aime gesagt, dass er sobald wie möglich zu ihr nach Afrika kommen würde."

„Hat er damit gemeint, dass er in den Ferien zu ihr kommt oder fest zu ihr kommt?"

„Ganz ehrlich, ich habe das gar nicht für ernst genommen. Jugendliche sagen doch so was schnell und nach 14 Tagen haben sie wieder alles vergessen."

„Haben sie denn schon mit Aime gesprochen seit sie wieder zu Hause ist?"

„Das ist ja das Problem. Aime hat am Montagnachmittag hier angerufen. Ich war leider nicht zu Hause und deshalb hat sie nur aufs Band gesprochen und mir mitgeteilt, dass sie gut in Kapstadt angekommen ist. Sie ist im Moment noch bei ihren Großeltern. Sie fährt erst übernächste Woche mit ihren Eltern nach Hause. Die sind auch in Kapstadt. Aber leider weiß ich nicht, wie Aimes Großeltern heißen. Ich kann sie deshalb auch nicht erreichen".

„Ok, wir wollen sie nicht länger aufhalten. Das waren jetzt fürs Erste Mal genug Fragen. Es könnte aber sein, dass wir sie noch mal sprechen müssen. Sollte ihnen irgendetwas einfallen, was uns weiterhelfen könnte, melden sie sich bitte. Wir sind für jeden Hinweis dankbar. Und bitte behalten sie die Information, dass Benjamin verschwunden ist, zunächst für sich. Wir hoffen, dass der Junge von ganz alleine wieder auftaucht und wollen ihm die Rückkehr nicht unnötig schwer machen."

Henneberg drückte Angela Richter zum Abschied die unvermeidliche Visitenkarte in die Hand.

Vor der Tür zündete sich Alexander eine Zigarette an. Er blieb auf dem Bürgersteig stehen und betrachtete den Verkehr in der Dreißiger-Zone der Bahnhofstraße. Ein mit Erde vollbeladener LKW aus dem Hochtaunuskreis donnerte vorbei. Der war bestimmt schneller als 30 km/h unterwegs, dachte er.

„Ist es nicht sonderbar, dass Frau Dr. Dreiseitel in unserer Gegenwart so tut, als wüsste sie nicht, wohin ihr Sohn verschwunden sein könnte, Frau Richter und auch die Geschwister aber sofort sagen, er sei nach Südafrika abgehauen" sinnierte der Kommissar.

„Nein, das ist gar nicht komisch. Diese Leute sind so. Du glaubst doch nicht ernsthaft, dass die zugeben würde, dass ihr hochwohlgeborener Sohn etwas mit einer Schwarzen aus Afrika gehabt hätte."

„Und woher wusste sie jetzt davon und woher hatte das Mädchen die Pille?" wollte Henneberg von seiner Kollegin wissen.

„Keine Ahnung. Um das herauszufinden, sollten wir noch einmal mit den Zwillingen und der Mutter sprechen."

„Die Kinder sind doch jetzt in der Schule und Frau Dr. Dreiseitel in ihrer Praxis."

„Irrtum mein Lieber. Hast Du heute Morgen noch kein Radio gehört? Am Weidig-Gymnasium in Butzbach fällt heute der Unterricht aus, weil das Dach durch umgestürzte Bäume beschädigt wurde. Das ist doch das erste, was die Kiddies rauskriegen."

„Na dann, nichts wie ab nach Münzenberg."

*

Um halb zehn kam endlich ein Einsatzfahrzeug der Feuerwehr nach Ober-Hörgern, um das Wasser, das den Kreuzungsbereich der Mühlenstraße blockierte, abzupumpen.

Bernhard und Jens Weghaus schauten den Einsatzkräften vom Tor aus gespannt zu. Bernhard hatte sich wegen Migräne krank gemeldet. In der Nacht hatte er sich schlaflos im Bett herumgewälzt. Das Verhalten seiner Frau ließ ihn keine Ruhe finden.

Er hätte wegen des Wassers auf der Kreuzung sowieso nicht das Haus verlassen können. Jens war zu Hause, weil die Schule ausfiel. Das Weidig-Gymnasium am Butzbacher Schrenzer, das direkt an den Waldrand grenzte, war durch den Sturm beschädigt worden. Das hatte Jens bereits am frühen Morgen im Radio gehört. Auch Sebastian war über den Rasen, der immer noch feucht war, zu ihnen gestoßen. Die schwarzen Ringe unter seinen Augen ließen darauf schließen, dass er auch nicht besonders viel geschlafen hatte in der letzten Nacht. Schließlich kam auch Mani Wetz, der Nachbar und Vater von Sebastian unrasiert und in Jogginghosen angeschlichen.

„So ein Mist, jetzt haben wir uns am Samstag so viel Mühe mit dem Mühlrad gegeben und jetzt steht es schon wieder" kam er gleich zur Sache.

„Das wird sich schon wieder drehen, sobald das Hochwasser abgeflossen ist" bemerkte Bernhard zerknirscht. Er war froh gewesen, dass das verdammte Ding in der letzten Zeit nicht gelaufen war. Das Geklapper nervte. Hoffentlich kam es gar nicht wieder in Bewegung.

„Steht das Wasser über der Mittelachse des Rades?"

„Ja klar, bei den Wassermassen."

„Na dann wird sich das Ding in ein paar Tagen, wenn das Wasser niedriger steht, wieder drehen. Mir wäre es viel lieber, wenn wir endlich mal unser Grundstück verlassen könnten. Ich wette mit dir, dass diese verdammten Gullis wieder verstopft sind und das Wasser deshalb nicht abfließen kann" murrte Bernhard.

In diesem Moment kam Daniel Rot, der Nachbar und Stadtbrandinspektor, durch das kniehohe Wasser gewatet.

„Hallo Bernhard, hallo Mani. Ich hoffe, wir haben die Schweinerei bald beseitigt. Dann könnt ihr wieder von hier weg."

„Ach lasst euch Zeit, da muss ich wenigstens nicht zur Arbeit" lachte Mani Wetz.

„Ich bin ja auch erst um 6.00 Uhr heute Morgen nach Hause gekommen. Ich bin echt platt von der Schufterei."

Mani Wetz gehörte zur Freiwilligen Feuerwehr von Ober-Hörgern und war die ganze Nacht im Einsatz gewesen.

„Wie bist du denn überhaupt zu deinem Grundstück gekommen? Die Mühlenstraße war doch gar nicht erreichbar" wollte der Stadtbrandinspektor wissen.

„Na geschwommen" witzelte Mani Wetz.

„Sehr komisch. Ne, jetzt mal im Ernst, wie bist du denn heim gekommen?" beharrte Daniel auf seiner Frage.

„Ich bin an der Straße am Friedhof runter, vorbei an den Schweineställen und dann über den Platz der Schreinerei und schließlich über den Acker bis zu meinem Haus. Ich habe ausgesehen wie ein Schwein.

Meine Alte hätte mich am liebsten umgebracht. Und was muss ich als Erstes feststellen, bei uns ist bis auf einen nassen Rasen alles ok. Nur das Scheißrad dreht sich nicht, obwohl jetzt ja wieder Wasser im Mühlengraben ist."

„Na wenn du sonst keine Sorgen hast" grinste Daniel.

„Was ist denn alles heute Nach passiert? Ich bin ja nicht vom Grundstück gekommen wegen dieser Sturzflut hier" wollte Bernhard Weghaus von den Feuerwehrmännern wissen.

„Vollgelaufene Keller, abgedeckte Dächer, umgestürzte Bäume, eingedrückte Hoftore und einiges mehr. So was habe ich noch nicht erlebt. Wir haben bis jetzt 42 Einsätze in der ganzen Stadt gehabt und sind noch nicht fertig. Dazu kommen noch die Einsätze, die die Feuerwehren aus Lich und Pohlheim übernommen haben".

„Sind denn die Pferde unseres Biobauern wieder aufgetaucht?" wollte Mani wissen.

„Die hat der Bäcker aus Eberstadt einfangen und beruhigen können. Du weißt doch, dass ist auch so ein Pferdenarr. Jetzt sind sie erst mal bei ihm im Stall untergebracht. Gott sei Dank sind sie nicht auf die Autobahn gerannt. Nicht auszudenken, was das für ein Gemetzel gegeben hätte."

Die drei Männer wurden von einem weiteren Feuerwehrmann unterbrochen. „Das Wasser ist jetzt weg. Wie nicht anders zu erwarten, sind sämtliche Gullis verstopft gewesen. Da hat doch die Stadt vermutlich mal wieder gepennt und die Dinger im Frühjahr nicht geleert. Es ist doch jedes Mal die gleiche Scheiße. Ich frage mich, für was wir teure Regenüberlaufbecken bauen, wenn das Wasser gar nicht erst dahin kommt."

„Ruf den Bauhof an. Die sollen sich selbst darum kümmern. Das ist nun wirklich nicht unsere Aufgabe. Außerdem sollen sie neue Barken vor der Brücke aufstellen. Die ist jetzt wohl ganz hinüber" wies der Stadtbrandinspektor den Feuerwehrmann an.

„Ok Jungs, auf geht's zum nächsten Keller oder was immer noch zu tun ist. Der Ortslandwirt wird nachher noch mit einem Schild den Schlamm beseitigen, aber den Müll, der hier überall rumliegt, müsst ihr schon selbst aufheben".

Damit verabschiedete er sich und lief über die schmutzige Straße zu seinen Kameraden. Dabei stolperte er über einen Damenschuh. Unglaublich, was ein Unwetter so alles hervorbrachte.

„Sag mal Bernhard, wo steckt eigentlich deine Frau? Ich habe sie schon einige Tage nicht mehr gesehen. Ist die verreist?" fragte Mani Wetz süffisant seinen Nachbarn.

Vor lauter Aufregung verschluckte sich Sebastian. Speichel gelang in seine Luftröhre. Er schüttelte sich vor Husten. Sein Kopf lief rot an und die Augen traten aus den Höhlen. Sein Vater klopfte ihm auf den Rücken. „Mensch stell dich nicht so an" herrschte er seinen Sohn an. Sebastian tat Bernhard leid. Er hatte es wirklich nicht leicht bei seinem Vater. Aber so blieb ihm wenigstens eine Antwort erspart. Immer noch hustend, verschwand Sebastian über den Rasen nach nebenan. Sein Vater folgte ihm.

*

„Jens, ich werde jetzt das Auto deiner Mutter holen. Vielleicht weiß ich dann mehr."

„Willst du eigentlich nicht mal bei Opa vorbeischauen? Da ist es so verdächtig ruhig" entgegnete sein Sohn.

„Mach du das mal. Aber ich bin sicher, wenn etwas passiert wäre, hätte der alte Kauz sich schon gemeldet."

Bernhard überquerte die schmutzige, von Unrat übersäte Kreuzung und folgte dem gegenüberliegenden Betonweg entlang des Anwesens von Walter Hufnagel, seinem Schwiegervater. Er passierte die Schreinerei und den Schweinestall. Am Friedhof überquerte er die Bundesstraße, auf der der Verkehr wieder ganz normal floss und lief die Straße „Am Bohnengarten" bis zu dem Wirtschaftsweg hinter den Gärten entlang, wo das Auto seiner Frau stand.

Er war bemüht, so wenig wie möglich Bewohnern des Ortes über den Weg zu laufen. Doch leider ließ sich das nicht ganz vermeiden. Die Ober-Hörgerner waren damit beschäftigt, die Straßen von Dreck und zerbrochenen Ziegeln zu befreien, Müll einzusammeln und Zäune aufzurichten.

Als er in die Gärten entlang des Wirtschaftsweges sah, musste er feststellen, dass sämtliche Gemüsebeete weggerutscht waren. Einige der Gartenbesitzer waren schon dabei, Ordnung zu schaffen.

Auf dem durchweichten Grasweg kam er nur schwer voran. Auch hier hatte der ausgetrocknete Boden das Wasser nicht komplett aufsaugen können. Das Auto konnte er auf jeden Fall nicht mitnehmen. Es würde im Schlamm stecken bleiben. Er wollte aber wenigstens das Handy holen, dass Annedore auf der Mittelkonsole hatte liegen lassen. Mit dem Ersatzschlüssel öffnete er die Beifahrertür und nahm das Gerät an sich.

„Hallo Bernhard, nimmst du das Auto nicht mit?" kam es von dem Tor in der Hecke.

„Nein, der Boden ist zu sehr aufgeweicht. Ich hole es in den nächsten Tagen."

„Hast du was von deiner Frau gehört?"

„Keinen Ton." „Wieso bist du überhaupt zu Hause?" versuchte er die Freundin seiner Frau abzulenken.

„Der Vater von Juliane ist gestern Morgen ins Altersheim gekommen. Jetzt muss ich nur noch montags und freitags zum Putzen dorthin". „Mach´s gut."

*

Henne und Co klingelten um 10.30 Uhr an der Haustür der Familie Dreiseitel in Münzenberg. Die Tür wurde ihnen von einer älteren Dame mit weißen Haaren geöffnet.

„Guten Tag, was kann ich für sie tun?"

„Wir hätten gern Frau Dr. Dreiseitel und die Zwillinge gesprochen."

„Frau Dr. Dreiseitel ist zu dieser Zeit in ihrer Praxis. Da kann ich sie schlecht stören. Können sie nicht später wiederkommen?"

„Nein, das können wir nicht. Außerdem sind wir sicher, dass Frau Dr. Dreiseitel mit uns sprechen möchte."

„In welcher Angelegenheit?"

„Das möchten wir ihr schon selbst sagen. Bitte richten Sie Frau Dr. Dreiseitel aus, dass Herr Henneberg und Frau von Mittelstedt hier sind."

Sie vermieden es, der unbekannten Person ihren Status mitzuteilen. „Einen Moment bitte."

Hochnäsig drehte sich die Haushälterin um und schloss die Haustür. Die beiden Beamten standen vor der Tür auf der Straße. Fünf Minuten später ging die Tür wieder auf und Ulla Dreiseitel erschien sichtlich verärgert mit hochrotem Kopf an der Tür.

„Entschuldigen sie bitte, aber meine Haushälterin ist angewiesen, niemanden einfach so ins Haus zu lassen. Kommen sie bitte herein. Ich habe aber nicht lange Zeit für sie. Die Praxis sitzt voller Patienten. Viele von ihnen haben nach der stürmischen Nacht Probleme mit dem Kreislauf."

„Wir müssen ihnen aber noch einige Fragen stellen, um weiter ermitteln zu können. Außerdem hatten wir ja schon angekündigt, dass wir uns gern mal im Zimmer ihres Sohnes umsehen und mit den Zwillingen reden würden."

„Ja, das können sie gern tun, solange ich nicht die ganze Zeit dabei sein muss. Die Kinder haben heute schulfrei. Die Schule bleibt wegen der Sturmschäden geschlossen."

„Gut Frau Dr. Dreiseitel, dann beginnen wir mit ihnen. Sie haben uns gesagt, sie könnten sich nicht erklären, wohin und warum Benjamin verschwunden sein könnte und dass er angeblich keinerlei Schwierigkeiten hatte, begann Henne mit der Befragung. Bleiben sie bei dieser Aussage?"

Die Mutter von Benjamin blinzelte, ließ sich aber ihre Nervosität nicht anmerken. Was wussten die Beamten bereits von ihrem Sohn? Sie stellten eine solche Frage doch sicherlich nicht grundlos.

„Frau Dr. Dreiseitel", versuchte es nun seine Kollegin Co deutlich einfühlsamer.

„Wir möchten doch ihnen und ihrem Sohn nur helfen. Um aber heraus zu finden, wohin Benjamin gegangen ist, müssen sie uns schon die Wahrheit sagen. Frau Richter hat uns erzählt, dass sie von Benjamins Liebesbeziehung mit der Afrikanerin Aime wussten. Ist das richtig?"

Vorsichtig begann die Mutter zu berichten, dass sie nur durch Zufall erfahren hätte, dass ihr Sohn enger mit der Austauschschülerin befreundet gewesen sei. Sie hätte nie etwas von seiner Liebe zu dem Mädchen bemerkt. Leider habe sie auf Grund ihrer Tätigkeit als Ärztin nicht viel Zeit für die Kinder gehabt. Bis jetzt habe es ja auch nie Probleme gegeben. Und man müsse doch verstehen, dass es sehr peinlich sei, wenn der eigene Sohn sich mit einer Schwarzen einließe. Was sollten denn nur die Leute im Dorf von ihnen denken? Das würde doch dem Ansehen der ganzen Familie schaden und ganz besonders ihrem Ruf als Ärztin. Schließlich lebe man auf dem Lande. Hier seien die Menschen noch nicht so weltoffen.

Die Frau ging Alexander auf die Nerven.

„Also von keinerlei Schwierigkeiten kann wohl keine Rede sein. Wir haben festgestellt, dass ihr Sohn im Frühjahr wegen eines Drogendelikts vor dem Amtsgericht in Friedberg erschienen ist. Wissen sie, ob ihr Sohn immer noch Drogen nimmt?"

Die Gesichtsfarbe der Mutter nahm ganz plötzlich eine bedrohliche Blässe an.

„Nein, das glaube ich nicht. Das war ja auch nur ein Ausrutscher. Er ist Gott sei Dank noch einmal mit einem blauen Auge davon gekommen."

„Wissen sie denn, ob er seine Arbeitsstunden, die ihm auferlegt wurden, abgeleistet hat?" kam es kühl zurück.

„Davon gehe ich doch aus. Er hat es mir auf jeden Fall versprochen", log Ulla Dreiseitel zum Schutz ihres Sohnes.

„Überprüft haben sie es aber nicht?" „Nein, aber was hat das denn alles mit Bennis Verschwinden zu tun?"

„Hören sie Frau Dr. Dreiseitel. Wir fragen sie das alles nur, um uns ein Bild von ihrem Sohn zu machen. Umso leichter ist es unter Umständen für uns, ihn zu finden", mischte sich Co nun ein, die als Psychologin über einschlägige Erfahrungen mit menschlichem Verhalten verfügte.

„Gut, belassen wir es erst einmal dabei. Wir gehen mal nach oben und reden mit den Zwillingen. Die können uns ja dann auch Benjamins Zimmer zeigen. Haben sie im Übrigen einmal nachgeschaut, ob er Geld von seinem Sparkonto abgehoben hat?"

„Ja, ich habe in sein Sparbuch geschaut. Da fehlt nichts. Und außer seinem Taschengeld hat er nichts."

„Es sei denn, er hat wieder mit Drogen gedealt" bemerkte Henne bissig.

„Hat Benjamin einen Computer?" wollte Co wissen.

„Ja natürlich. Bei uns hat jeder seinen eigenen Anschluss."

„Dürften wir vielleicht einmal in seine Mails schauen? Vielleicht können wir daraus ersehen, wohin ihr Sohn verschwunden ist."

„Nur ungern, aber wenn es der Wahrheitsfindung dient, dann von mir aus."

„Kennen Sie sein Passwort?" „Er hat meines Wissens kein Passwort. Unsere Computer sind alle miteinander vernetzt. Sie müssen nur den Startknopf des Rechners drücken. Dann fährt das Ding von alleine hoch."

„Henne, brems dich ein bisschen."

Auf dem Weg ins Dachgeschoss des Hauses rügte Co ihren Kollegen für sein rüdes Benehmen gegenüber der Ärztin.

„Die Frau geht mir tierisch auf den Nerv."

„Lass uns nachher darüber reden. Jetzt nehmen wir uns erst noch einmal die Kinder vor und zwar etwas behutsamer."

„Ist ja schon gut. Ich werde die niedlichen Kleinen mit Samthandschuhen anfassen", konterte Henne.

Marc und Lena hatten die Kommissare schon in Marcs Zimmer erwartet. Im Schneidersitz saßen sie auf dem breiten Bett, das diagonal zur einen Ecke mitten ins Zimmer ragte.

„Ihr habt also eurer Mutter gesagt, dass euer Bruder mit Aime eng befreundet war?" stellte der Kommissar den Zwillingen eine Fangfrage.

„Nein, das haben wir nicht. Oder hast du deinen Bruder verpetzt?" wollte Marc von seiner Schwester wissen.

„Nein, das habe ich nicht. Ich schwöre es, ich habe kein Ton gesagt."

„Du lügst. Du hast am Freitagabend noch gesagt, dass du es Mama sagen willst, dass er wieder so spät nach Hause gekommen ist und dass er wieder bei Aime war."

„Und warum hast du ihn dann doch nicht verraten?" wollte nun die Kommissarin wissen.

„Na weil Benni ihr gedroht hat, Mama zu verraten, dass sie das Geld genommen hat" petzte nun Marc.

„Welches Geld?" Den beiden Kripobeamten wurde es nun langsam unheimlich. „Wehe du sagst ein Ton, dann kriegst du von mir nichts mehr ab" zischte Lena.

„Hört mal, wir sind hier um herauszufinden, was Benjamin veranlasst hat, zu verschwinden. Und wohin er gegangen sein könnte. Dazu müsst ihr uns aber helfen. Oder wollt ihr nicht, dass euer Bruder wiederkommt?" versuchte es Co erneut.

„Ach, ist doch eh egal. Bei uns ist doch immer nur schlechte Stimmung. Egal, ob der Blödmann da ist oder nicht."

„Ich mache euch mal einen Vorschlag. Lena und ich unterhalten uns mal ein bisschen in ihrem Zimmer weiter und du, Marc gehst mal mit meinem Kollegen in das Zimmer deines Bruders. Vielleicht kannst du ihm ein bisschen behilflich sein."

Murrend zog Marc mit Henne ab. Lena begab sich mit der Kripobeamtin in ihr Zimmer auf der anderen Seite des Flurs.

„Also Lena, was hat das mit dem Geld zu bedeuten?" begann Co erneut die Unterhaltung.

„Und versuche erst gar nicht mich zu belügen. Ich kriege es so oder so raus. Vergiss nicht, ich bin die Polizei", fügte sie mit einem Lächeln hinzu.

Zunächst druckste das Mädchen noch etwas herum, dann begann es jedoch zu erzählen, dass während einer Feier Geld aus einem Umschlag verschwunden sei. Dieses Geld hatte sie genommen und ihr Zwillingsbruder Marc hatte sie dabei beobachtet. Sie hatte dann das

Geld mit Marc geteilt und ihren Eltern hatten die Kinder erzählt, dass es einer der Gäste genommen hätte. Das hatten die Eltern den Kindern auch geglaubt. Bis heute hielten sie an dieser Geschichte fest. Am Freitag dann hatte Lena ihrem Bruder Benni gedroht, ihn bei der Mutter zu verpetzen, um mehr Geld von ihm zu erpressen. Benni gab seiner Schwester regelmäßig Geld, damit sie den Eltern nichts von seiner Liebesbeziehung zu Aime verraten würde. Aber am Freitag hatte Benni gesagt, er würde der Mutter erzählen, dass sie das Geld aus dem Geburtstagsumschlag genommen hätte und dass er sich nicht länger erpressen lasse. Woher er plötzlich von dem Geld wusste, konnte sie sich nicht erklären.

Die Kripobeamtin war fassungslos. „Also, wenn ich dich richtig verstanden habe, hast du Geld von Benjamin bekommen, damit du die Klappe hältst. Und jetzt will dein Bruder nicht mehr zahlen, weil er weiß, dass du das Geldgeschenk aus dem Umschlag genommen hast."

„Ja", kam es kleinlaut zurück.

„Na, ihr macht ja schöne Dinger."

„Kommt Benni wieder? Ich vermisse ihn so" Lena begann zu weinen.

„Wir werden alles versuchen ihn zu finden" versuchte die Beamtin das Mädchen zu beruhigen.

„Marc, kannst du den Computer von deinem Bruder hochfahren?"

„Nein, der ist passwortgeschützt."

„Aber deine Mutter sagte mir doch, dass dem nicht so ist."

„Mein Bruder hat aber eines eingerichtet und ich kenne das Passwort nicht."

Henneberg startete den Rechner. Der Bildschirm präsentierte ihm ein kräftiges Blau. Sogleich erschien ein Kästchen „Passwort eingeben".

„Hab` ich doch gesagt, Benni hat ein Passwort eingerichtet".

„Ich probiere es einfach Mal mit Afrika" dachte Henneberg bei sich. Fehlanzeige.

„Wie gefällt dir Aime?" Wieder kam kein Ton über seine Lippen, als er das vermeintliche Passwort eingab Bingo! Ein Bildschirmschoner mit einer riesigen Sanddüne erschien.

„Na, dann wollen wir mal schauen, was dein lieber Bruder sich so alles angesehen hat im Internet. Du bleibst aber mal schön da sitzen. Ich beschäftige mich gleich wieder mit dir."

Zehn Minuten reichten dem Kripobeamten, um sich einen Überblick zu verschaffen, dann fuhr er den Computer wieder runter. „Haben sie was Interessantes gefunden?" wollte Marc wissen.

„Ja schon, aber das geht dich nichts an, genauso wenig wie das Passwort. Marc, Du hast gesagt, es sei sowieso egal, ob dein Bruder wiederkommt oder nicht, weil die Stimmung so schlecht ist. Was hast du damit gemeint?"

„Ach, meine Eltern streiten ständig. Sie schlafen auch nicht mehr in einem Zimmer. Und dann habe ich mit bekommen, dass mein Vater eine Freundin hat und Mama verlassen will."

„Hm, das hört sich nicht so toll an. Hat dein Bruder das auch gewusst?"

„Das mit der Freundin nicht, aber die schlechte Stimmung war schon die ganze Zeit zu spüren. Außerdem hat Papa immer so viel getrunken und sich gar nicht um uns gekümmert."

„Glaubst du dein Bruder ist deswegen verschwunden?"

„Kann schon sein. Ich würde auch am liebsten abhauen. Aber ich habe ja keine Aime " kam es frustriert von Marc.

Henne schickte Marc raus und sah sich noch etwas in dem mit hochwertigen Möbeln ausgestatteten Zimmer von Benjamin um. Er öffnete die Schubladen und den Schrank, betrachtete die Bücher im Regal und die CD`s neben der Stereoanlage. Für einen Jungen in Benjamins Alter war das Zimmer sehr ordentlich. Außergewöhnlich waren auch die Drucke an den Wänden. Welcher 16-jährige hängte sich schon Bilder von Franz Hals in sein Zimmer? Die Einrichtung trug eindeutig die Handschrift eines Erwachsenen.

Das gleiche Gefühl hatte er schon im Zimmer von Marc verspürt. Auch da war alles vorschriftsmäßig aufgeräumt und erinnerte ihn eher an das Zimmer eines älteren Menschen als an das eines pubertierenden Jugendlichen.

Henne suchte nach Geheimfächern oder einem Versteck, in dem der Teenager seine Drogen versteckt haben könnte. Fehlanzeige.

Er schaute in die anderen Zimmer auf dem Gang und fand schließlich seine Kollegin bei Lena. Auch dieses Zimmer war teuer eingerichtet und sehr ordentlich. Henne gab Co ein Zeichen und ging über die freitragende Holztreppe nach unten in die Wohnhalle. Ein paar Minuten später erschien auch seine Kollegin und sie verließen nach einem kurzen Abschiedsgruß an die Haushälterin das Haus der Dreieitels in Münzenberg.

Henne zündete sich eine Zigarette an und ging um das freistehende Haus der Dreiseitels herum. Vom Garten aus hatte man einen herrlichen Blick über die Salzwiesen vor Ober-Hörgern, die nach dem heftigen Regen von gestern unter Wasser standen. In der Sonne schimmerte das feuchte Gras wie kleine Kristalle. Auf der anderen Seite des Hauses blickte man auf die Ruine der mittelalterlichen Stauferburg. Co folgte ihrem Kollegen.

„Was hast du herausgefunden?" Henne berichtete von dem Passwort und den Seiten, die Benjamin gegoogelt hatte. Demnach hatte sich der Junge ausgiebig mit dem afrikanischen Kontinent, den Menschen und der Kultur dort beschäftigt. Er hatte auch Flugpläne nach Johannesburg und Kapstadt angeschaut und die großen Häfen innerhalb Europas, von denen Containerschiffe nach Afrika fuhren. Alles deutete seiner Meinung nach tatsächlich darauf hin, dass Benjamin versucht haben könnte, seiner Freundin nach Afrika zu folgen.

„Nachdem was ich jetzt so alles erfahren habe, wundert mich das nicht, dass der Junge verschwunden ist. Das scheint ja so eine richtig nette Familie zu sein" bemerkte Co zynisch, bevor sie ihrem Kollegen die Geschichte mit dem Geld erzählte.

„Wenn er tatsächlich mit einem Schiff verschwunden ist, kann es wochenlang dauern, bis er wieder auftaucht. Aber ich frage mich, wie er ohne Reisepass und Geld überhaupt dorthin kommen will und vor allem, was er dann dort will. Die Eltern des Mädchens werden bestimmt nicht begeistert sein, wenn plötzlich ein mittelloser weißer Jugendlicher vor ihrer Tür steht."

„Hast du eigentlich irgendwelche Spuren von Drogen entdeckt?" wollte stattdessen seine Kollegin wissen.

„Nein nichts dergleichen. Aber der Junge ist bestimmt nicht so blöd und hebt die in seinem Zimmer auf. Es ist doch auch sonderbar, dass alle Schubladen zu öffnen sind, nichts ist verschlossen. Und stell dir vor, die Klamotten sind nach Farben sortiert. So was habe ich noch nie gesehen. Ich sage dir Co, die Ordnung in den Zimmern der Kinder trägt eindeutig die Handschrift ihrer Mutter."

Henne warf seine Zigarette achtlos auf den gepflegten Rasen, der vom Regen durchnässt war. Diese Sorte Mensch mit ihrem vornehmen Getue kotzten ihn so an.

„Komm, wir statten der Dame des Hauses noch einen kurzen Besuch in ihrer Praxis ab".

„Aber bitte sei höflich" ermahnte ihn seine Kollegin. „Das hat die doch gar nicht verdient, die feine Dame".

Henne stieß die Tür der Praxis so heftig auf, dass sie gegen die Wand knallte. Frau Schlotterbeck, die hinter dem Empfangstresen saß, blickte erschrocken auf. „Bitte nehmen sie doch auf den Stühlen im Gang Platz. Die Chefin ist gleich bei ihnen."

Fünf Minuten später öffnete sich die Tür des Behandlungszimmers. Die Ärztin verabschiedete mit auffallender

Freundlichkeit eine Patientin „Auf Wiedersehen, gute Besserung und schöne Grüße an ihren Mann."

„Bitte kommen sie rein. Haben sie irgendetwas herausgefunden?"

Henne berichtete von dem, was er in Benjamins Computer entdeckt hatte und dass er daraus schließe, dass der Sohn der Dreiseitels versuche, auf irgendeine Weise nach Afrika zu gelangen.

„Wir können die Bundespolizei am Frankfurter Flughafen einschalten, die ihren Sohn, falls er nicht schon ausgereist ist, aufhalten würde. Wer weiß, vielleicht versucht er auch auf einem Schiff oder einer privaten Jacht anzuheuern. Die Möglichkeiten sind vielfältig. Solange wir keine näheren Hinweise haben, sind uns die Hände gebunden."

„Aber wie lange kann das denn dauern, bis er in Südafrika auftaucht?"

„Wenn er überhaupt dort auftaucht, können Wochen vergehen. Hat ihr Sohn einen Freund, dem er sich vielleicht anvertraut hat?"

„Benni war nicht so gesellig. Er war eher ein Einzelgänger. Ich glaube nicht, dass er sich jemandem anvertraut hat" versuchte die Mutter abzulenken. Sie wollte unbedingt verhindern, dass die Kripobeamten etwas über die Sache mit dem Abführmittel herausfanden.

„Aber sie haben uns doch erzählt, dass er Tennis spielt. Da muss er doch irgendwelche Kontakte haben."

„In dieser Saison hat er noch nicht gespielt. Er musste ja die Arbeitsstunden ableisten."

„Von denen sie aber nicht wissen, ob er sie wirklich abgeleistet hat."

„Nein, ich muss ehrlich sagen, dass ich in letzter Zeit nur sehr wenig mit ihm über seine Belange gesprochen habe", gab die Mutter sichtlich berührt zu.

„Gut, dann schauen wir mal, ob unsere Kollegen vom Streifendienst etwas herausbekommen haben oder sich ein Krankenhaus gemeldet hat. Wir informieren sie, sobald wir etwas erfahren haben. Aber lange können sie das nicht mehr geheim halten, dass ihr Sohn verschwunden ist. Irgendeiner wird doch mal nachfragen."

„Ja, das befürchte ich auch. Meine Angestellten stellen zwar keine Fragen, aber doof sind sie auch nicht."

Damit verabschiedete sich die Ärztin von den beiden Kripobeamten.

*

„Jens, hast du eine Ahnung, wo deine Mutter ihr Ladegerät für das Handy aufbewahrt?" rief Bernhard Weghaus beim Betreten seines Hauses. Jens, der wahrscheinlich mehr über die Gewohnheiten seiner Mutter wusste als ihr eigener Mann, kam sofort aus seinem Zimmer und holte seinem Vater das gewünschte Teil.

„Papa, stell dir vor, als ich bei Opa war, habe ich einen total durchweichten Schuh von Mama auf der Straße gefunden. Kannst du dir erklären, wie der da hinkommt?"

„Ne, keine Ahnung. Aber ich bin doch gestern auch schon über einen Schuh gestolpert."

„Das wird der gleiche gewesen sein, so viele Schuhe können ja nicht herumliegen."

„Wie geht es überhaupt deinem Opa? Ist bei ihm alles ok?"

„Bei dem ist alles in Ordnung. Er ist nur stinksauer, dass sich Mama nicht bei ihm meldet. Er findet sie frech und undankbar." „Da hat er sogar Recht."

Bernhard hantierte mit dem Ladegerät. „Ich brauche den Pin. Kennst du den?" „Gib mal her, ich mache das."

Jens nahm seinem Vater das Handy aus der Hand und tippte eine Zahl ein. Das Anmeldebild von Motorola ließ erkennen, dass es geklappt hatte. Das Ding war betriebsbereit.

„Hier schau mal, außer uns beiden und Ingrid hat niemand angerufen. Der letzte Anruf ist am Montag verzeichnet. Danach hat sich das Gerät wahrscheinlich abgeschaltet, weil der Akku leer war."

„Also ist sie mit diesem Bierbrauer Samstagnacht abgehauen. Ist doch ganz klar."

„Hast du denn mal nachgesehen, ob sie irgendwas mitgenommen hat?"

„Nein, habe ich nicht. Auf die Idee bin ich noch gar nicht gekommen."

„Na dann sollten wir das jetzt mal tun." Jens lief in das Elternschlafzimmer und öffnete die Türen des eingebauten Kleiderschrankes. In dem Chaos seiner Mutter konnte er jedoch nicht erkennen, ob irgendetwas fehlte.

Mit Sicherheit stellte Jens aber fest, dass die Handtasche seiner Mutter verschwunden war. Annedore Weghaus hatte eine Vorliebe für Taschen von Luis Vuitton. Da sie sich aber keine echte leisten wollte, hatte sie sich im vergangenen Jahr eine gut gelungene Imitation aus dem Urlaub in Tunesien mitgebracht. Diese Tasche schleppte sie das ganze Jahr mit sich herum.

„Also, die Tasche ist weg, damit auch ihre Kreditkarten. Wenn sie keine Klamotten mitgenommen hat, was ich nicht mit Sicherheit sagen kann, wird sie sich vielleicht ein paar neue gekauft haben. Hast du schon mal auf eurem Konto nachgeschaut?"

Die Eheleute verfügten über ein gemeinsames Konto bei der Bank, auf dem die Gehälter und Mieten von dem Haus auf der gegenüberliegenden Seite eingingen. Annedore selbst hatte auf dem gemeinsamen Konto bei ihrer Bank bestanden, damit sie ihren Mann besser kontrollieren konnte.

„Nein, habe ich nicht. Aber ich muss morgen früh sowieso zu Frau Dr. Dreiseitel nach Münzenberg, um mir ein Attest zu holen. Dann werde ich mal auf der Bank vorbeifahren." „Mach das" stimmte ihm Jens zu.

„Dass der Schuh auf der Straße liegt, ist jedenfalls komisch." „Bist du sicher, dass das der Schuh deiner Mutter ist?"

„Hundert pro" kam es in der saloppen Sprache der jungen Leute von Jens zurück.

*

In der Mittagszeit des gleichen Tages verstarb der 16-jährige Schüler Matthias Beisel in den Armen seiner fassungslosen Eltern auf der Intensivstation der Uniklinik Gießen. Die Eltern des Jungen waren außer sich. Der Vater informierte seinen Anwalt mit der Bitte, alle rechtlichen Schritte einzuleiten. Dieser wiederum berichtet dem Klassenlehrer von Matthias, Herrn Dr. Mahler, von dem traurigen Ereignis. Die Klinikleitung schaltete die Staatsanwaltschaft ein. Der Leichnam des Jungen wurde in die Gerichtsmedizin überführt.

Als Oberkommissarin von Mittelstedt nach der Mittagspause ihr Büro betrat, fand sie mehrere Zettel und ausgedruckte Mails auf ihrem Schreibtisch vor. Ihr alter Schulfreund, Polizeiobermeister Dieter Hofmeister von der Polizeistation in Butzbach, hatte angerufen und bat um ihren Rückruf.

„Polizeistation Butzbach, Hofmeister am Apparat" meldete sich kurz darauf ihr Schulfreund.

„Hallo Dieter, altes Haus, was gibt es denn? Habt ihr vielleicht schon was wegen des vermissten Jungens herausgefunden?" kam die Kriminaloberkommissarin gleich zur Sache.

„Dir auch einen schönen Tag, meine liebe Co. Ich hoffe, dir geht es gut. So viel Zeit muss sein."

„Ja danke, mir geht es sehr gut. Ich habe nur ein bisschen viel um die Ohren im Moment. Erst das tote Baby in Bad Vilbel und jetzt auch noch dieser vermisste pubertierende Jugendliche. Wie läuft es bei euch? Ihr hattet sicher alle Hände voll zu tun letzte Nacht."

„Das kannst du aber laut sagen. Es war das reinste Chaos. Auf so was waren wir nicht vorbereitet. Aber mittlerweile läuft alles wieder in geordneten Bahnen."

„Also was gibt es, was habt ihr herausgefunden?"

„Bis jetzt noch gar nichts. Aber als ich den Namen des Jungen gelesen habe, ist mir fast die Kinnlade herunter gefallen."

„Soll heißen?" kam es nun ziemlich ungeduldig von Cosima. Dieter Hofmeister erzählte seiner Kollegin nun in aller Ausführlichkeit von der am Vortag vorgenommenen Befragung einiger Schüler der Klasse 10 B des Butzbacher Weidig-Gymnasiums zu dem Vorfall mit dem Abführmittel. Dabei wurde eben dieser Benjamin Dreiseitel, der seit Montag nicht mehr zum Unterricht erschienen war, von seinen Mitschülern beschuldigt, für die Sache verantwortlich zu sein. Als er den Jungen zu Hause aufsuchen wollte, habe ihm seine Mutter erzählt, ihr Sohn liege mit Magen- und Darmgrippe im Bett und er könne ihn jetzt nicht sprechen. Dann habe sie ihre Anwältin angerufen und die habe ihn nach einem kurzen Gespräch mit ihm weggeschickt.

„Na, das ist ja interessant. Polizeidirektor Rehbein hat uns gestern um die Mittagszeit informiert, dass wir uns mit der Mutter von Benjamin Dreiseitel in Münzenberg in Verbindung setzen sollen. Der Junge sei seit Samstagnacht verschwunden. Wir sollten behutsam vorgehen, weil es sich hier um sehr bekannte und angesehene Leute handeln würde. Die Mutter ist niedergelassene Ärztin in Münzenberg und der Vater Psychologe am Knast in Rockenberg. Bekannt vielleicht, aber angesehen, na ja. Heute Morgen habe ich doch gleich festgestellt, dass Benjamin im Frühjahr wegen eines Drogendelikts vor Gericht stand."

„Mir fällt zu diesem Dreiseitel auch noch was ein. Im vergangenen Sommer ist dieses Früchtchen während einer Klassenreise beim Klauen erwischt worden. Die Kollegen aus Weimar haben sich an uns gewandt. Das Kaufhaus hatte Anzeige erstattet. Wir haben den Jungen vorgeladen, um ihn in der Sache zu vernehmen. Der ist mit seiner Mutter hier erschienen. Das hättest du mal erleben sollen, was die für einen Aufstand gemacht hat. Wir sollten uns wegen der paar Kippen nicht so anstellen. Das sei doch nur eine Mutprobe gewesen. Die anderen hätten auch geklaut, seien aber nicht erwischt worden. Es sei doch ganz normal, dass Jugendliche so was machen und so weiter und so fort. Und dann erwähnte sie natürlich ganz beiläufig den Namen unseres Polizeidirektors."

„Ja und, was ist dann weiter passiert?"

„Na was wohl, nach dem die feine Dame uns mehrfach versichert hat, dass sie in Zukunft besser auf ihren Sohn aufpassen und das so etwas nicht wieder vorkommen werde, hat das Kaufhaus auf Bitten unseres Dienststellenleiters die Anzeige zurückgezogen. So läuft das doch immer in diesen Kreisen."

„Na das scheint mir ja wirklich ein durchtriebener junger Mann zu sein. Wer weiß, was da noch so alles auftaucht. Vielen Dank auf jeden Fall für deinen Hinweis."

Die Kriminaloberkommissarin zögerte nicht lange und informierte ihren Kollegen Henneberg, der wegen des toten Babys noch einmal nach Bad Vilbel unterwegs war, auf dem Handy über die Anzeige wegen des Abführmittels. „Damit kriegt die Sache eine ganz andere Wendung. Erkundige dich bitte in der Klinik nach dem Geschädigten. Gibt es sonst irgendwelche Hinweise?" wollte Henne wissen.

„Ich muss jetzt erst mal meine Mails checken. Aber viel kann das ja noch nicht sein. Ich melde mich wieder."

*

Nachdem Cosima ihre Mails durchgesehen hatte, fuhr sie über die B 3 und den Gießener Ring in die Uniklinik. Auf der Intensivstation klingelte sie an der Pforte und wartete 10 Minuten, bis ihr ein Pfleger unwillig öffnete. Cosima zeigte ihm ihren Dienstausweis und verlangte den Stationsarzt zu sprechen.

„Ich brauche ein paar Auskünfte über einen ihrer Patienten." Nach einer Ewigkeit erschien der diensthabende Oberarzt Dr. Muhrad, dem Namen und Aussehen nach ein gebürtiger Perser. Der gut aussehende Arzt machte einen müden Eindruck auf Cosima, kam aber gleich auf den Grund ihres Besuches zu sprechen.

„Um welchen Patienten handelt es sich denn?"

„Um einen 16-jährigen Schüler namens Matthias Beisel aus Butzbach. Der Junge liegt seit Samstagabend hier. Können Sie mir sagen, wie es ihm geht?"

Der Arzt machte ein betretenes Gesicht. „Da kommen sie zu spät. Der Junge ist um die Mittagszeit verstorben. Kannten sie ihn?"

„Oh, das tut mir leid." Cosima war erschüttert.

„Nein, ich kannte ihn nicht. Ich ermittele in einer anderen Sache, die eventuell auch etwas hiermit zu tun haben könnte. Woran ist der Junge denn gestorben?"

„Vermutlich an Organversagen. Sehen Sie, Matthias fehlte nach einem Unfall vor ein paar Jahren eine Niere. Man kann auch mit einer Niere gut leben. Man muss natürlich auf sich achten. Matthias ging es gut. Er hatte den eisernen Willen, ein ganz normales Leben zu führen. Doch durch die Verabreichung eines Abführmittels hatte der Junge starken Durchfall bekommen und war innerhalb kürzester Zeit total dehydriert. Die Belastung war zu groß und seine Niere hat schließlich versagt."

„Wissen seine Eltern schon Bescheid?"

„Ja, seine Mutter und sein Vater waren beide hier. Sie sind total verzweifelt. Sein Tod ist so unsinnig. Wer macht denn nur so was?"

„Offenbar ein übermütiger Mitschüler. Haben sie schon die Staatsanwaltschaft informiert?"

„Ja natürlich. Die Leiche ist in der Gerichtsmedizin zu weiteren Untersuchungen. Der Mitschüler kann sich auf jeden Fall warm anziehen. So leicht wird der nicht davon kommen."

Mein Mitleid mit Benjamin hält sich in Grenzen, dachte sich Cosima.

„Was mich jedoch noch interessieren würde, woher wussten sie denn, dass dem Jungen ein Abführmittel verabreicht wurde?"

„Reiner Zufall. Als Matthias Eltern am Samstagabend von einer Dienstreise nach Hause kamen, haben sie ihren Sohn auf dem Boden liegend ohnmächtig vorgefunden. Sie haben ihn dann sofort mit dem Notarztwagen in unsere Klinik bringen lassen. Wir kennen Matthias seit vielen Jahren. Am nächsten Morgen wollte seine Mutter die Trinkflasche ihres Sohnes spülen. Sie ist ihr dabei runtergefallen. In der Flasche war noch etwas von dem Getränk. Die restliche Flüssigkeit ist auf den Küchenboden gelaufen und der Hund der Familie hat das aufgeleckt. Kurze Zeit später hat der Hund Bauchkrämpfe und fürchterlichen Durchfall bekommen. Daraus hat die Mutter geschlossen, dass irgendetwas in der Flasche war. Sie hat eine Probe des Kots mit in die Klinik gebracht. Wir haben sie untersucht. Das Ergebnis war eindeutig."

„Unglaublich, was die jungen Leute für ein Blödsinn verzapfen. Da muss aus lauter Jux und Dollerei so ein armer Junge sein Leben lassen. Wie unsinnig."

Damit verabschiedete sich Cosima von dem Arzt und verließ das Gebäude. Vor der Tür holte sie mehrmals tief Luft. Ihr war die ganze Zeit klar gewesen, dass an dem Verschwinden von Benjamin Dreiseitel etwas faul war.

Sie drückte auf dem Handy die Kurzwahl ihres Kollegen, der umgehend antwortete. „Was gibt es, Co?"

„Stell dir vor, der Junge, dem Benjamin das Abführmittel verabreicht hat, ist vor einigen Stunden an Organversagen gestorben. Die Staatsanwaltschaft ist schon eingeschaltet."

„Na dann können wir jetzt auch nichts mehr für die Familie Dreiseitel tun. Der Staatsanwaltschaft bleibt gar nichts anderes übrig, als eine offizielle Aufenthaltsermittlung einzuleiten. Schließlich ermitteln wir ab jetzt in einem Tötungsdelikt."

Sie verabredeten sich um 16.00 Uhr in der Dienststelle, um die weitere Vorgehensweise festzulegen.

*

Am frühen Nachmittag erreichte Dr. Mahler endlich Juliane Landmann, die Elternbeirätin seiner Klasse. Die Vertreterin von Juliane war die Mutter von Jens Weghaus. Doch die konnte der Lehrer nicht leiden. Er wusste, dass die geschwätzige Frau innerhalb kürzester Zeit aus einer Mücke einen Elefanten machen konnte. Nicht auszudenken, was sie mit der Information anfangen würde, die er Juliane nun geben musste.

„Hallo Juliane, du bist ja schwerer zu erreichen als der Papst" sagte der Klassenlehrer ihrer Tochter.

„Wenn du so einen Zirkus am Hals hättest wie ich, würdest du auch nicht ans Telefon gehen."

„Was hast du denn für ein Problem?" fragte er mehr aus Höflichkeit als aus Interesse.

„Der Sturm hat bei mir richtig reingehauen. Erst ist meine Terrassentür von der umstürzenden Kiefer aus dem Garten der Familie Trais eingedrückt worden und dann ist auch noch der Teich des Nachbarn oberhalb unseres Grundstücks ausgelaufen. Mein Garten ist ruiniert, die Hauswand versaut und der Keller stinkt. Verendete Kois liegen in meinen Gemüsebeeten und zu allem Überfluss ist der Besitzer dieser Edelfische nicht mal zu Hause. Brauchst du noch mehr?"

„Sorry, das tut mir leid. Aber gemessen an dem, was ich dir jetzt erzähle, ist das noch harmlos. Du kannst alles wieder reparieren. Für Matthias kommt jedoch jede Hilfe zu spät. Er ist heute Mittag verstorben."

„Ist nicht wahr", war alles, was die Mutter von drei Töchtern von sich geben konnte. Juliane war erschüttert. Sie spürte wie ihr die Tränen in die Augen schossen. Sie hatte sowieso nah ans Wasser gebaut und fing oft schon bei der geringsten Kleinigkeit an zu weinen, nicht nur vor Kummer, oft auch vor Freude.

„Juliane, bist du noch dran? Jetzt wo Matthias tot ist, sollten wir die Klassenreise absagen."

Juliane schluckte schwer. Sie musste sich zusammenreißen, um das Gespräch fortzuführen.

„Franziska hat mir erzählt, dass gestern ein Polizeibeamter bei euch in der Schule gewesen und tatsächlich Benjamin für den Mist verantwortlich ist."

„Ja, das wollte ich dir gestern Abend schon mitteilen, aber du bist ja nicht ans Telefon gegangen. Außerdem muss ich dir noch was sagen, aber das musst du unbedingt noch für dich behalten. Benjamin ist seit Samstagnacht verschwunden. Seine Mutter hat mich gestern Abend spät informiert. Am Montag hatte sie mir noch gesagt, ihr Sohn würde mit Magen- und Darmgrippe im Bett liegen."

„Das ist ja der Hammer. Aber bei dem Vollidioten wundert mich gar nichts mehr. Der scheint nur Mist gebaut zu haben in letzter Zeit. Am Freitag beim Stammtisch haben sich doch die Dreiseitel und die Weghaus wegen Benjamin in die Haare gekriegt."

„Wieso das denn? Davon hast du mir gar nichts erzählt."

„Ach da ging es um ein Rezept, das Benjamin für Jens in der Apotheke abgegeben hat. Wenn ich das richtig kapiert habe, hat Jens aber gar nichts gebraucht und Benjamin hat sich über Jens ein Medikament besorgt."

„Na, da hat der Kleinknabe ja einiges auf dem Kerbholz. Erst klaut er, dann nimmt er Drogen, schüttet dem Beisel was ins Getränk und zu allem Überfluss hat er sich auch noch mit der Gastschülerin aus Afrika eingelassen."

„Ne, das glaub' ich net". Vor lauter Aufregung verfiel Juliane in Gambacher Dialekt.

„Des hätt' doch die Franzi gesacht."

„Wahrscheinlich wusste niemand was davon. Die beiden haben das wohl nicht gerade an die große Glocke gehängt. Ich habe es auch nur durch Zufall entdeckt. Da das Mädel aber am Sonntag bereits abgereist

ist, habe ich es für mich behalten. Schließlich geht das ja niemanden was an."

„Des is ja wie Sodom und Gomorra hier in dem Kaff. Wie wirdden des jetz weitergehn?"

„Es kommen unruhige Zeiten auf uns zu. Gar nicht auszudenken, wie das dem Ansehen der Schule schaden kann und erst der Familie Dreiseitel."

„Gud, ich muss weidermachn und die Sauerei hier entfernne. Hald mich auf dem Laufende. Tschüss."

Juliane beendete abrupt das Gespräch, fiel auf die Knie und begann hemmungslos zu schluchzen. Auf der einen Seite war sie unendlich traurig wegen des Todes von Matthias, auf der anderen Seite war sie dankbar, dass sie mit ihren eigenen Kindern keine Probleme hatte. Dazu kam die Sorge um ihren Vater, der seit gestern im Pflegeheim war. Von der Pflegerin hatte sie zwar erfahren, dass der Vater trotz des Sturms die erste Nacht im Heim unbeschadet überstanden hatte, trotzdem machte sie sich Gedanken um ihn. Wahrscheinlich hatten die Pflegekräfte die Heimbewohner ruhig gestellt. Denn ihr Vater wäre schon bei dem ersten Anzeichen von Wind wie ein Tiger im Käfig auf und abgelaufen.

Dann war da noch die Sauerei im Garten. Überall lagen diese toten Fische. Der Nachbar war anscheinend im Urlaub, denn er hatte sich bis jetzt nicht blicken lassen.

Ihr Mann Walter war gestern erst spät von Frankfurt nach Hause gekommen. Er hatte das Unwetter in seinem Büro abgewartet. Heute Morgen war er wieder in aller Frühe weggefahren.

Juliane hatte sich kurzfristig Urlaub nehmen müssen. Ihr Chef von der Lokalzeitung war stinksauer.

Sie hätte heute Morgen ein paar Bilder von den Sturmschäden in der Umgebung von Münzenberg machen sollen. Aber sie konnte unmöglich von zu Hause weg. Sie musste die Schäden am Haus und im Garten regulieren. Der Schreiner war bereits da gewesen und hatte die zerbrochene Scheibe ausgemessen. Allerdings würde es ein paar Tage dauern, bis das Glaskontor aus Gießen Ersatz liefern würde. So lange musste eben der Rollladen geschlossen bleiben. Ihren Landschaftsgärtner hatte sie noch nicht erreichen können.

„Was ist denn los Mama?", fragte Franziska, die ihre Mutter weinend auf den Knien im Garten vorfand.

„Matthias ist tot. Dr. Mahler hat mich gerade angerufen." Das war mal wieder typisch für Mama, Rotz und Wasser zu heulen wegen eines Jungens, den sie gar nicht näher kannte. Aber auch Franzi kamen die Tränen. Nachdem Juliane sich wieder einigermaßen beruhigt hatte, erzählte sie ihrer Tochter von dem Gespräch mit ihrem Klassenlehrer.

„Dieser Mistkerl Dreiseitel. Kein Wunder, dass er nicht mehr zur Schule kommt. Ich muss gleich ein paar Leute anrufen."

„Den Teufel wirst du tun. Ich habe deinem Lehrer versprochen, dass ich das für mich behalte. Sag mal, Franzi, hast du denn nicht gemerkt, dass da was zwischen Aime und Benjamin lief?"

„Was soll das denn heißen?" „Na, Dr. Mahler hat mir erzählt, dass die beiden was miteinander hatten."

„Ne, wirklich nicht. Das kann ich mir nicht vorstellen, dass dieser arrogante Schnösel was mit der hatte."

„Aber irgendjemand muss doch was gemerkt haben. Hatte die denn keine Freundinnen in der Klasse?"

„Nicht so richtig. Aime war sehr schüchtern. Kannst du dich nicht erinnern, ich hatte sie doch am Anfang auch mal eingeladen. Aber irgendwie ist man nicht an sie heran gekommen. Ein paar von den Lang-Gönsern haben ab und zu mal was mit ihr gemacht. Ich hab` mich dann rausgehalten. Ich laufe doch niemandem hinterher."

„Glaubst du, der Benjamin ist nach Südafrika abgehauen?"

„Dem Idioten traue ich alles zu. Ich frage mich nur, was er da will. Da gibt es ja keine Polo-Ralph-Lauren-Hemdchen und keine Aignerschuhe."

*

Franziska verstand sich grundsätzlich prima mit ihren Eltern, dennoch dachte sie nicht daran das Gehörte für sich zu behalten. Zudem hatte sie ein total schlechtes Gewissen. Sie hätte Matze sagen sollen, was sie gesehen hatte. Aber wie immer hatte sie es eilig gehabt und nicht mehr an die Flasche gedacht. Auch wenn der Dreiseitel in ihren Augen ein Arschloch war, hatte sie ihm so etwas Gemeines nicht zugetraut. Wenn ihr Mitschüler nun aber auf Grund dieser Sache gestorben war, war sie mitverantwortlich. Sie musste sich mit ihren Freunden besprechen.

Sie schickte per SMS eine Mitteilung vom Tod Matzes an Felix, Jens, Lukas, Kim und Daniel. Es dauerte nicht lange und ihr Handy klingelte. Als Erste meldete sich Kim. Nach einem kurzen Gespräch verabredeten sich die Mädchen zu einem Treffen im Biergarten des Gambacher Bürgerhauses. Seit sie alle dem Jugendraum entwachsen waren, hatten sie sich als neuen

Treffpunkt diesen Ort ausgesucht. Die Jungs sollten auch dazu kommen.

Dass Benjamin verschwunden war, würde sie jedoch für sich behalten. Sie wollte schließlich nicht, dass ihre Mutter Ärger mit ihrem Klassenlehrer bekam.

Innerhalb kürzester Zeit verbreitete sich die traurige Nachricht vom Tod des Schülers in Münzenberg und Umgebung. Schließlich erfuhr auch Sebastian davon. Jens war über den Rasen zu ihm gekommen und hatte an seine Scheibe geklopft. Nichts Gutes ahnend öffnete er die Terrassentür. Wenn Jens sich schon zu ihm bemühte, musste irgendwas Schlimmes passiert sein. Denn obwohl sie nebeneinander wohnten und sich schon seit ihrer Kindheit kannten, hatten sie nicht wirklich viel Kontakt miteinander.

„He Basti, hast du schon gehört, Matze ist tot."

Sebastian wurde kreidebleich. Ihm wurde augenblicklich schlecht. Der Schweiß lief ihm aus allen Poren. Was hatte Benni in den letzten Tagen nur für einen Schaden angerichtet und warum hatte er ihn nicht aufgehalten?

Er fühlte sich mitverantwortlich für den Tod seines Mitschülers. Er hatte gesehen, dass sein Freund etwas in die Trinkflasche von Matze getan hatte. Er hätte Matze warnen müssen.

Aber hätte er es wirklich verhindern können? Benni hatte ihm gedroht, dass er keine Drogen mehr von ihm bekommen würde und dass er nicht länger sein Freund wäre, wenn er ihn verraten würde. Sebastian wusste ja, dass sein Freund Matze nicht hatte töten wollen. Benni hatte Matze nur eins auswischen wollen, weil der ihn beim Knutschen mit Aime gesehen hatte. Er wollte mit der Aktion Matze eine Weile außer Gefecht setzen, damit er ihn nicht verraten würde. Aber das war gründlich schiefgelaufen. Aus der Nummer kam Benni nicht mehr raus.

Nicht auszudenken, wenn die Sache von Samstagnacht noch raus käme. Auch da hatte er sich nur beteiligt, weil er auf Benni wegen seiner verdammten Drogenabhängigkeit angewiesen war.

„He Basti, hast du nicht gehört, was ich gesagt habe? Matze ist tot."

Wahrscheinlich war der Typ mal wieder auf Droge, dachte Jens. Er wusste, dass sein Mitschüler kiffte. Und er wusste auch, von wem er das Zeug bekam.

„Doch doch, ich habe es gehört. Ich bin nur total schockiert. Wir hätten Matze warnen müssen."

„Ich bin doch nicht verantwortlich für den Scheiß, den der Dreiseitel macht. Kann ich wissen, was der dem in die Flasche schüttet? Ne ne mein Lieber, das lass ich mir nicht anhängen."

Sebastian begann zu schluchzen. Er war vollkommen verzweifelt. Sein einziger Freund war ein Mörder.

„Mensch Basti, deswegen musst du doch nicht gleich heulen. Ich kann dir aber nur raten, halte dich mal in bisschen von diesem Dreiseitel fern. Der tut dir nicht gut."

Sebastian tat ihm jetzt fast ein bisschen leid. Sein Mitschüler hatte keine Freunde und keine Interessen. Die meiste Zeit saß er vor seinem Computer. Der einzige, der sich mit ihm abgab, war Benni. Doch der nutzte ihn nur aus. Aber Jens konnte sich jetzt nicht auch noch mit Sebastians Problemen belasten.

Der Tod von Matze ging ihm nahe. Zudem kam das seltsame Verhalten seiner Mutter. Wo steckte die nur und wieso musste sie sich mit diesem Bierbrauer einlassen? Sein Vater war zwar auch nicht immer einfach, aber das war doch kein Grund, alles aufzugeben und spurlos zu verschwinden. Warum waren Erwachsene nur so kompliziert?

„He Basti, willst du mit nach Gambach kommen? Wir treffen uns da gleich im Biergarten." „Ne lass mal, ich bleibe lieber hier."

Kaum war Jens verschwunden, griff Sebastian zum Telefon. Er wählte die Festnetznummer von Dreiseitels. Auf dem Handy von Benni brauchte er es gar nicht mehr zu versuchen. Das schwieg seit Montag. Nach dem vierten Klingelton meldete sich der Anrufbeantworter.

„Hallo Benni, hier ist Basti. Falls du meine Nachricht hörst, melde dich doch mal bei mir. Ich wollte wissen, wie es Dir geht. Außerdem gibt es Neuigkeiten."

Es war vollkommen ungewöhnlich für Benni, dass er sich nicht meldete, dachte Sebastian. Seit Samstagnacht hatte er nichts mehr von dem Freund gehört. Am Telefon war er von Frau Dreiseitel abgewiesen worden. Bennis Handy war tot. Auch auf die Mails hatte der Freund nicht reagiert. Irgendwas stimmte da ganz und gar nicht.

Je mehr Sebastian darüber nachdachte, desto verzweifelter wurde er. Was sollte er denn ohne den Freund anfangen? Seine Drogenvorräte gingen zur Neige. Er hatte zwar Geld, aber keine Kontakte. Wo sollte er denn jetzt das Zeug herkriegen? Benni war seine zuverlässige Quelle für den Stoff gewesen.

*

Ulla Dreiseitel verharrte neben dem Telefon. Sie hatte Sebastians Nachricht mitgehört. Wer weiß, was das für Neuigkeiten waren. Doch mit Sebastian konnte sie nicht reden.

Normalerweise fuhr sie an ihrem freien Nachmittag zum Einkaufen, doch heute war ihr weiß Gott nicht danach. Die Hausbesuche hatte sie an dem praxisfreien Nachmittag Frau Dr. Reinheimer aufs Auge gedrückt. Nach dem Mittagessen mit Lena und Marc hatte sie sich in ihre schicke Wohnhalle gesetzt. Sie musste nachdenken, aber auch ein bisschen zur Ruhe kommen.

Nachdem sie am Morgen auch bei ihrer Schwägerin vergeblich nach Benjamin geforscht hatte, war sie der Verzweiflung nahe. Natürlich hatte ihre Schwägerin hinter den vorsichtig gestellten Fragen von Ulla gleich etwas anderes vermutet. Das Gespräch endete dann wie immer im Streit. Das war ja auch kein Wunder.

Die Schwester ihres Mannes war eine kluge und sehr stolze Frau und ließ sich von der Familie ihres Bruders nicht einfach so zum Narren halten.

Mit ihrem Mann konnte Ulla auch nicht reden. Der war gestern Nacht gar nicht erst nach Hause gekommen. Vermutlich war er bei seiner Geliebten geblieben. Aber das war jetzt auch schon egal.

Auch ihre Eltern konnten ihr nicht helfen. Ihr Vater fing sofort an, ihr Vorwürfe zu machen.

Außer der Anwältin im Steinweg hatte sie auch keine wirklichen Freunde. Eigentlich hatte sie nur oberflächliche Bekannte, zu denen sie nur aus Eigennutz Kontakte pflegte. Da musste erst ihr Sohn verschwinden, bevor sie merkte, dass ihr ganzes Leben vollkommen schieflief.

Das Telefon klingelte erneut. Auf dem Display erkannte Ulla die Nummer von Dr. Mahler. Sie hatte keine Kraft, den Hörer aufzunehmen. Ihr wurde das alles zu viel.

„Hier Dr. Mahler. Frau Dr. Dreiseitel, wenn sie ihren Anrufbeantworter abhören, melden sie sich doch bitte bei mir, egal, wie spät es ist. Ich habe leider schlechte Neuigkeiten."

Was hatte das zu bedeuten? Wenn der Lehrer irgendetwas über ihren Sohn in Erfahrung gebracht hätte, hätte er es doch sicher auf Band gesprochen. Sie blickte auf ihren wunderschön gepflegten Garten und auf die Burg, die imposant vor dem blauen Himmel thronte.

Sie wünschte, sie könnte die Zeit noch einmal zurück drehen zu dem Zeitpunkt, als sie mit den Kindern auf dem Burghof Verstecken gespielt hatte und ihre Welt noch in Ordnung war.

*

Um 17.00 Uhr hatten Kriminaloberkommissarin Cosima von Mittelstedt und Kriminalhauptkommissar Alexander Henneberg ein Gespräch mit dem leitenden Staatsanwalt. Auch Polizeidirektor Rehbein war anwesend. Die Staatsanwaltschaft war sowohl von der Uniklinik in Gießen als auch von dem Anwalt des Ehepaares Beisel über den unnatürlichen Tod des Schülers Matthias Beisel informiert worden.

Die Kommissare vom K 10 berichteten dem Staatsanwalt, was sie in dieser Angelegenheit bereits in Erfahrung gebracht hatten und dass der Verdächtige Benjamin Dreiseitel seit Samstagnacht verschwunden sei.

„Ich habe die beiden Kommissare gestern Mittag gebeten, mit der Familie von Benjamin Dreiseitel Kontakt aufzunehmen. Der Junge ist seit Samstagnacht verschwunden. Bei der Familie handelt es sich um angesehene Leute. Frau Dr. Dreiseitel ist niedergelassene Ärztin in Münzenberg. Ihren Mann kennen wir alle. Herr Dr. Dreiseitel ist, wie sie wissen, Psychologe in der JVA Rockenberg. Die Mutter hatte mich gestern Morgen wegen des Verschwindens ihres Sohnes um Hilfe gebeten. Dass dann auch noch so was folgen würde, konnte zu dem Zeitpunkt niemand ahnen" verteidigte Polizeidirektor Rehbein sein Verhalten.

Der Staatsanwalt wusste, dass es sich bei den beiden Kommissaren, die von ihren Kollegen als Ermittlerduo Henne und Co bezeichnet wurden, um sehr erfahrene Mitarbeiter handelte, die nicht ohne Grund einer Sache nachgingen. Er betraute sie nun mit der offiziellen Aufenthaltsermittlung von Benjamin Dreiseitel und in diesem Zusammenhang mit der Aufklärung des unnatürlichen Todes von Matthias Beisel. Er selbst werde noch heute persönlich mit den Eltern des verstorbenen Schülers sprechen.

*

Die Terrasse der Bürgerhausgaststätte in Gambach war bereits gut besetzt, als Felix, Jens, Lukas, Kim und Franziska eintrafen. Sie setzten sich an den letzten freien Tisch.

Das alles beherrschende Thema bei den Gästen war der Sturm am Vorabend. Jeder der Anwesenden wusste irgendeine aufregende Geschichte zum Besten zu geben.

Bei dem sommerlichen Wetter war es angenehm, auf der Terrasse hinter dem Bürgerhaus mit dem Blick auf den liebevoll angelegten Bürgerpark zu sitzen. Der „Gambach", der sich durch den Park schlängelte, war auf Grund der heftigen Regenfälle stark angeschwollen. Das Wasser hatte sich in eine dreckig braune Brühe verwandelt und schwappte über die Ufer auf die angrenzenden Grünflächen. Stinkend floss der Bach durch sein Bett. Der Wasserspiegel reichte bis zu den Rundbögen der kleinen Brücke, die vor einigen Jahren von dem hiesigen Bauunternehmer unentgeltlich über den Gamach gebaut worden war.

Auf der riesigen Halfpipe, die bereits in den 90igern für die Jugendlichen der Stadt gebaut worden war, befand sich wie immer kein Mensch. Die Bürgerstube hatte als einzige Gaststätte in Gambach mittwochs geöffnet. Hier trafen sich die Kneipengänger, die sonst im „Falken" oder im „Adler" an der Theke zu finden waren.

Erschrocken stellte Lukas Mähdert fest, dass auch seine Mutter Sabine mit ihrem Lover auf der Terrasse saß. Es war ihm peinlich, die beiden vor einem großen Glas Bier und einem Schnaps hier sitzen zu sehen. Seine Mutter sah aufgedunsen und fett aus. Sie hatte in der letzten Zeit mindestens 15 kg zugenommen und passte mit ihrem ungepflegten Aussehen zu diesem windigen Besserwisser Martin Weiss-Alles. Ihre langen, einstmals gepflegten Haare hingen in Strähnen herab.

Seit sich seine Mutter vor einigen Jahren von seinem Vater getrennt hatte, hatte er nur selten Kontakt zu ihr. Sie täuschte aber Einvernehmen vor, indem sie immer noch zu den Elternstammtischen ging und sich über alles, was in seiner Klasse passierte, informierte.

Kurz nach der Trennung der Eltern hatte Lukas darauf bestanden, bei seinem Vater zu bleiben. Die ständige Knutscherei seiner Mutter mit ihrem Lover war dem Jungen peinlich gewesen und nachdem er sie einmal in Gegenwart seines Freundes beim Sex auf der Wohnzimmercouch erwischt hatte, besuchte er sie nur noch alle paar Wochen widerwillig.

Aus seiner einstmals liebevollen, lustigen und gutaussehenden Mutter war durch den Einfluss dieser versoffenen Kreatur Weiss-Alles eine Alkoholikerin geworden, die ihr Geld in der Kneipe versoff. Aus ihren braunen Augen, die in Bergen von Fett versanken, fixierte sie ihren Sohn.

Franziska bemerkte, dass Lukas sich in dieser Umgebung nicht wohlfühlte. Sie war schon seit der fünften Klasse mit ihm befreundet und hatte das Drama um die Trennung seiner Eltern mitbekommen. Sie hatte ihn für seinen Mut, beim Jugendamt vorzusprechen, bewundert. Nachdem er zu seinem Vater zurückgekehrt war, erwähnte er seine Mutter kaum und wenn er alle drei Wochen bei ihr antanzen musste, war er danach immer sehr traurig.

Lukas hatte seiner Mutter nur zugenickt und sich dann mit dem Rücken zu ihr hingesetzt.

Aufgeregt unterhielten sich die Jugendlichen über das traurige Ereignis und fragten sich inwieweit sie für den Tod ihres Mitschülers verantwortlich gemacht werden konnten.

„Ich bin doch nicht das Kindermädchen von meinen Mitschülern" kam es von Jens.

„Wer konnte denn auch wissen, was der Dreiseitel dem Matze in die Flasche schüttet", versuchte Felix die anderen zu beruhigen.

„So einfach können wir es uns nicht machen", meinte nun Franziska.

„Aber wieso denn, der Matze ist mal wieder später in die Stunde gekommen. Wir konnten doch gar nicht mit ihm reden. Und warum lässt er denn auch seine Trinkflasche einfach so rumstehen?" entgegnete Kim.

„Na ja, das machen doch alle. Wer rechnet denn damit, dass jemand auf so eine Idee kommt", meldete sich nun Felix zu Wort.

„Der Matze war halt auch so zurückhaltend. Wenn wir mehr mit ihm zu tun gehabt hätten, wäre das alles vielleicht gar nicht passiert", gab nun auch Daniel seinen Senf dazu.

Die Jugendlichen diskutierten heftig über den plötzlichen Tod von Matze und die Folgen.

Nur Lukas hielt sich aus der Diskussion heraus. Der Tod seines Mitschülers stimmte ihn unendlich traurig. Er fühlte sich mitverantwortlich und wusste genau, dass nicht nur die Gehässigkeit von Benjamin sondern auch ihre Gleichgültigkeit zum Tod des Klassenkameraden beigetragen hatte. Wie mussten sich nur die Eltern von Matze fühlen? Er war das einzige Kind. Durch einen Unfall, bei dem er eine Niere verloren hatte, hatten er und seine Eltern schon so viel mitgemacht. Und für was? Damit er ein paar Jahre später sein zurückgewonnenes Leben durch einen dummen Streich verlor. Das Leben war ungerecht, dachte Lukas gerade, als sich eine Hand auf seine Schultern legte.

„Hallo, mein Sohn. Kennst du deine Mutter nicht mehr oder warum sagst du mir nicht anständig guten Tag?"

Lukas zuckte zusammen. Sein Gesicht lief rot an. Er blickte zu seiner Mutter auf, die neben ihm stand. Selbst im Sitzen roch er den Alkoholdunst, der sie umgab. „Hallo Mama, ich wollte euch nicht stören."

„Deine Ausreden waren auch schon mal besser, mein Sohn. Was habt ihr denn zu bereden? Wer ist denn gestorben?"

Die Klassenkameraden blickten sich erschrocken an. Im Eifer der Diskussion hatten sie nicht auf die anderen Gäste geachtet, denen das Drama um den Mitschüler offensichtlich nicht entgangen war. Erst jetzt merkten sie, dass die Gespräche rund um sie verstummt waren. Alle blickten gespannt zu ihrem Tisch.

„Darüber dürfen wir nichts sagen" stammelte Lukas.

„Ach, das kriege ich auch so raus. Ich könnte wetten Jens, dass Deine Mutter schon Bescheid weiß. Ich werde sie mal auf dem Handy anrufen", entgegnete Sabine schnippisch.

„Nein, die weiß bestimmt nichts. Die ist im Urlaub. Die können sie auch gar nicht auf dem Handy erreichen" stammelte nun Jens.

Kim, die noch nicht lange in der Stadt wohnte und die näheren Umstände nicht kannte, verriet der Mutter von Lukas, um wen es sich handelte. Die Frau würde es sowieso bald erfahren.

„Matthias Beisel aus Butzbach ist heute Mittag gestorben", mehr sagte Kim jedoch nicht.

„Na das ist ja ein Ding. Und wieso? Hat das was mit dem Sturm zu tun?"

„Das wissen wir noch nicht so genau" bemerkte Jens schroff.

„Na, was hier so alles passiert" säuselte Sabine Mähdert süffisant und wankte zu ihrem Freund an den Nachbartisch zurück.

„Was ist denn los?" fragte Martin Weiss-Alles neugierig.

„Stell dir vor, ein Mitschüler von Lukas ist gestorben." „Ach ne, woran denn?"

„Das wollten die Kids nicht sagen. Meinem Sohn war das Ganze sowieso schon wieder oberpeinlich."

„Na dann werde ich den Kleinkindern mal auf den Zahn fühlen. Wetten, dass die mir was sagen?"

„Martin bitte lass das. Die ganze Sache ist eh schon peinlich genug."

„Was soll das denn wieder heißen? Bin ich dir etwa peinlich?" Damit verschwand er an den Nachbartisch.

Martin hatte den Nagel auf den Kopf getroffen. Er war ihr peinlich. Nach der Auseinandersetzung in der Kneipe am Freitag hatte sie mal ein bisschen nachgeforscht und herausbekommen, dass Martin kaum noch arbeitete. Sie hatte sich schon immer gewundert, wie es möglich war, dass er morgens um halb zehn in Butzbach auf dem Marktplatz frühstückte und nachmittags um halb fünf schon wieder an der Theke des Falken saß. Er besuchte seine Kunden nie abends, angeblich nur tagsüber. Er bekam auch kaum noch Anrufe. Gerade heute, ein Tag nach dem Sturm, wo doch sicher Schäden gemeldet werden mussten, hatte sein Handy bisher kein einziges Mal geklingelt. Letzte Nacht war er wieder mal auf allen Vieren nach Hause gekommen.

Als sie heute Morgen die Wohnung verlassen hatte, war er noch im Tiefschlaf. Für einen angeblich erfolgreichen Versicherungskaufmann, der er zu Beginn ihrer Freundschaft vorgegeben hatte zu sein, war er verdächtig oft zu Hause. Er hatte sie immer damit beruhigt, dass die besten Geschäfte an der Theke gemacht werden. Doch wenn sie ihn in die Kneipe begleitete, hatte er nicht einziges Mal mit jemand über eine Versicherung gesprochen. Sie war ja selbst schuld daran, dass sie so tief gesunken war. Sie hatte sich ständig mit ihm in die Kneipe begeben und jetzt kam sie vom Alkohol nicht mehr los. Außerdem hatte sie ihm viel Geld geliehen, das sie jetzt nicht wieder sehen würde. Noch am Samstag hatte sie geglaubt, dass alles wieder gut werden würde. Immer wieder war sie auf seine Liebesschwüre hereingefallen. So auch dieses Mal.

Obwohl sie mittlerweile wusste, dass er sie nach Strich und Faden belog, konnte sie sich nicht von ihm lossagen. Wo sollte sie denn hin und was sollte aus der gemeinsamen Wohnung werden? Das Vertrauen zu ihrem Sohn hatte sie schon vor langer Zeit verspielt und bei den meisten Einwohnern Münzenbergs hatte sie ihr einstmals hohes Ansehen eingebüßt. Wegen dieses Blenders hatte sie sogar ihre Freunde verloren. Die einzigen Menschen, die ihr noch geblieben waren, waren die Kneipenbekanntschaften, die sie regelmäßig an der Theke des Falken traf.

Und dann war da noch ihre Sexbesessenheit, die sie mit Martin so richtig austoben konnte, wenn er nicht zu besoffen war. Doch auch die Quickies zwischendurch, morgens im Bett oder im Bad, auf dem Tisch in der Küche oder nachts auf dem Balkon hatten nachgelassen, weil Martin ständig zu viel trank. Meistens kriegte er gar keinen mehr hoch.

„Also Kinners, was geht bei euch? Was hab' ich da gehört, einen Mitschüler von euch hat's hinweg gerafft?"

Martin nahm sich einen Stuhl und setzte sich unaufgefordert an den Tisch der Jugendlichen. Mit seiner flapsigem Sprache versuchte er, ihr Vertrauen zu gewinnen.

Lukas sah den Liebhaber seiner Mutter mit verächtlichem Blick an. Die anderen bemerkten seine ablehnende Haltung und schwiegen.

„Wie wär's mit ner Runde?" versuchte es Martin erneut.

„Verpiss dich Martin. Es geht dich gar nichts an, was mit unserem Mitschüler passiert ist", zischte ihn Lukas an.

„Nur weil Sabine auf sie reingefallen ist, müssen wir das lange noch nicht. Gehen sie jetzt bitte", forderte Franziska den aufdringlichen Gast auf.

„Ist ja schon ok. Ich hab's ja nur gut gemeint und dachte, ich könnt' euch helfen."

„Sie wären der Letzte, von dem wir Hilfe annehmen würden", erwiderte Jens boshaft.

Ohne ein weiteres Wort stand Martin auf und ging beleidigt zu Sabine an den Nachbartisch zurück.

„Entschuldige Lukas. Ich wusste ja nicht, dass der Kontakt zu deiner Mutter nicht so gut ist. Ich hätte sonst nichts gesagt. Ich wollte nicht, dass dieser widerliche Typ hier aufkreuzt", bedauerte Kim den Vorfall.

„Schon gut. Das konntest du ja nicht wissen."

Lukas war Kim nicht böse. Dafür mochte er die neue Mitschülerin viel zu sehr.

„Wir sollten von hier verschwinden. Hier hören zu viele Leute zu", mischte sich nun Felix ein.

*

Martin griff zu seinem Handy und rief bei seinem Freund Bernhard an. „Bernhard, alter Freund, was gibt es Neues? Ist Deine Frau wieder aufgetaucht?"

Er heuchelte zunächst Interesse an Bernhards Situation. „Nein, ist sie leider nicht. Was willst du wirklich?" „Hast du schon von dem Tod eines Weidig-Schülers gehört, der mit unseren Kindern in die Klasse geht?"

Martin tat immer so, als würde er sich ausgezeichnet mit dem Sohn seiner Lebensgefährtin verstehen und bezeichnete Lukas kurzerhand als sein Kind.

„Ja, habe ich. Schöne Scheiße." „Kann man wohl sagen. Weißt du, an was der gestorben ist?"

„Angeblich hat ihm einer ein Abführmittel in seine Trinkflasche gekippt."

„Ist ja unglaublich. Wer macht denn so was?" „Hast du was von Herbert gehört?"

Bernhard ignorierte die Frage von Martin einfach. „Nein, aber morgen gehe ich wieder in den „Falken".

Sobald ich was erfahre, rufe ich dich an. Denk an mein Geld. Ich komme in den nächsten Tagen mal vorbei."

*

Das Ermittlerduo Henne und Co begab sich an diesem Abend noch einmal persönlich nach Münzenberg zu den Dreiseitels, um ihnen die Mitteilung vom Tod des Mitschülers Matthias Beisel zu überbringen und ihnen mitzuteilen, dass sie nun offiziell nach ihrem Sohn fahnden würden. Frau Dr. Dreiseitel, die mit den Zwillingen allein zu Hause war, zeigte keine Gefühlsregung. Selbst in dieser Situation blieb sie gefasst.

„Was hat das zu bedeuten?" Ihre Stimme klang kühl.

„Nach Zeugenaussagen hat ihr Sohn das Abführmittel in die Trinkflasche von Matthias geschüttet. Der Durchfall war so heftig, dass der arme Junge innerhalb kürzester Zeit total dehydriert ist und dies wahrscheinlich zu Organversagen geführt hat. Die genaue Todesursache wird nun in der Gerichtsmedizin untersucht. Wenn sich die Vermutung bestätigt, ermitteln wir in einem Tötungsdelikt. Können sie sich erklären, woher ihr Sohn das Abführmittel hatte?"

„Nein, das kann ich nicht" entgegnete die Mutter abweisend. Ihre Anwältin hatte ihr geraten, vorerst nichts zu sagen, was ihren Sohn belasten könnte. Aber die Beamten würden mit Sicherheit herausfinden, dass Benjamin das Medikament aus ihrer Praxis entwendet hatte.

„Wir müssen zunächst unter allen Umständen den Aufenthalt ihres Sohnes ermitteln."

„Ja, das muss dann wohl so sein. Werden sie jetzt öffentlich nach ihm fahnden?"

„Im Rahmen des Ermittlungsverfahrens werden wir alle Personen, die mit ihrem Sohn zu tun haben, befragen. Damit beginnen wir morgen. Dadurch wird das Verschwinden ihres Sohnes öffentlich. Das lässt sich nicht vermeiden. Und natürlich werden wir überall nach ihm suchen."

„Wird das alles auch in der Presse erscheinen?"

„Von uns aus zunächst nicht, aber wir können nicht ausschließen, dass irgendein netter Zeitgenosse die Sache an die Presse weitergibt."

„Ich werde mich mit meiner Anwältin beraten. Ich lasse nicht zu, dass man Benni öffentlich durch den Dreck zieht. Ich bestehe darauf, dass er fair behandelt wird."

„Das hätten sich die Eltern von Matthias sicher auch gewünscht, Frau Dr. Dreiseitel. Hier handelt es sich schließlich nicht mehr um einen dummen Jungenstreich."

Henne ließ seiner Verärgerung freien Lauf. „Wo ist eigentlich ihr Mann, Frau Dr. Dreiseitel? Wir hätten auch gern noch mit ihm gesprochen."

„Da müssen sie ihn schon in Rockenberg an seiner Arbeitsstelle aufsuchen. War es das jetzt? Ich möchte jetzt gern alleine sein."

„Wir können ihnen weitere Fragen nicht ersparen. Wir kommen wieder."

Ohne Abschiedsgruß verließ Alexander Henneberg das Haus.

„Frau Dr. Dreiseitel, sie sollten uns zum Wohle ihres Sohnes behilflich sein. Das dient auch der Schadensbegrenzung." Co folgte ihrem Kollegen ins Freie.

„Es ist doch wirklich erstaunlich, dass sich die Mutter von Benjamin nur darum kümmert, ob das andere erfahren. Sie hat nicht einmal nach dem verstorbenen Jungen oder dessen Eltern gefragt. Die Arroganz dieser Person ist erschreckend. Aber so ist das nun mal bei diesen von und zu, auf und nieder, hoch und tief."

Hennebergs Stimme triefte vor Spott. Er wusste, dass seine Kollegin, obwohl sie selbst eine „von" war, genauso empfand.

„Das kannst du laut sagen. Aber vielleicht ist das auch nur eine Art Schutzmechanismus."

„Ah, da kommt wieder die Psychologin durch. Mir ist es scheißegal, welcher Mechanismus da in Kraft tritt. Ich könnte wetten, dass der Junge das Abführmittel aus der Praxis mitgenommen hat."

„Das musst du erst mal beweisen." „Das kriege ich raus, verlass dich drauf. Dann ist die feine Dame mit dran. Dem Bürschchen werde ich das Handwerk legen, egal wo der sich aufhält und wenn ich ihm bis ans Kap der Guten Hoffnung hinterher reisen muss. Den kriege ich. Und seine hochnäsige Frau Mama gleich dazu. Denen mache ich nach bis ins Essgefach."

Co musste trotz der ernsten Situation über den Wutausbruch und die Redewendung ihres Kollegen lachen. Henne bediente sich zur Belustigung seiner Kollegin öfter merkwürdiger Ausdrücke, die sie als „Nichthessin" nicht immer gleich zuordnen konnte.

Frustriert und zornig startete Henne den Wagen. Schweigend fuhren sie nach Friedberg. In der Kaiserstraße ließ er seine Kollegin aussteigen, die sich mit ihrem Mann in einer Eisdiele verabredet hatte. Henne sehnte sich nach einem ausgedehnten Spaziergang mit seinem putzigen Begleiter Erdmann. Heute Abend hatte er mehr als einen Absacker nötig.

*

Nachdem die Beamten das Haus im Eiloh verlassen hatten, informierte Ulla Dreiseitel die Zwillinge sowie ihren Mann und ihre Eltern. Ihr war klar, dass die Sache nicht geheim bleiben würde und ihr und ihrer Familie großen Schaden zufügen würde. Ob sie ihre Praxis unter diesen Umständen weiterführen konnte, erschien ihr im Moment fraglich.

Aber jetzt musste erst einmal Benni gefunden werden. Dann würde sich alles andere finden. Sie würde die besten Anwälte für ihn besorgen. Sie würde kämpfen und versuchen, den Schaden so gering wie möglich zu halten. Sie hatte nicht jahrelang so hart gearbeitet, um sich jetzt alles kaputt machen lassen. Ihre Ehe war schon am Ende, aber ihre Praxis und ihre Kinder wollte sie behalten.

An diesem Abend saß Ulla Dreiseitel wie an so vielen schönen Sommerabenden noch lange auf ihrer Terrasse. Bei Einbruch der Dunkelheit öffnete sie die zweite Flasche Rotwein und blickte auf die beleuchtete Burganlage, um deren Türme Falken kreisten. Fledermäuse schwirrten durch die Dunkelheit. Stille hatte sich über das Land gesenkt. Doch weder die heimelige Atmosphäre noch der schwere Rotwein konnten die Nerven der Mutter von Benjamin beruhigen.

*

Auch Bernhard Weghaus saß auf seiner Terrasse und betrachtete die beleuchtete Burg, die auch nachts weithin gut sichtbar war. Er liebte den Anblick des überragenden Kulturdenkmals, das tagsüber die Landschaft der Region weithin beherrschte. Seit die Pappeln entlang des Wetterbogens vor einigen Wochen gefällt worden waren, hatte er freie Sicht auf die Salzwiesen, den Stadtteil Münzenberg und die Münzenburg, die der Stadt ihren Namen gegeben hatte. Nirgendwo sonst konnte er den Wechsel der Jahreszeiten so perfekt beobachten wie hier. Im Januar glitzerten die Salzwiesen bei Frost wie Diamanten in der Sonne. Der Frühling machte sich mit leuchtendem Grün und lautem Vogelgezwitscher bemerkbar. Die aufgehende Sommersonne tauchte die gewaltige Stauferburg jeden Morgen in glutrotes Licht. Ein Naturschauspiel, von dem er nie genug bekommen konnte. Im Herbst verlieh Nebel der Flusslandschaft ein mystisches Aussehen. Dann ragten die hohen Türme der Burg wie schwarze Ungeheuer drohend aus den Nebelschwaden. Wenn er hier so saß, dachte er darüber nach, wie es wohl im Mittelalter zugegangen sein musste, als die Burg noch bewohnt und Bestandteil der kleinen mittelalterlichen Stadt war. Als die Bürger noch aufeinander angewiesen waren und gemeinsam im Schutz der hohen Mauern, die die kleine Stadt umgaben, ihr Dasein fristeten. Vor seinem geistigen Auge sah Bernhard Händler und Bauern übers Land ziehen, die auf den Märkten in den umliegenden Städten ihre Waren und ihr Vieh anboten. Auf diesen herrlichen Anblick wollte er auch in Zukunft auf keinen Fall verzichten. Er würde, sobald seine Frau ihren Urlaub beendet hatte,

mit ihr sprechen und ihr den Besuch eines Ehebe-
raters vorschlagen. Er würde nie wieder eine Hand
gegen sie erheben und alles tun, damit sie zusam-
menbleiben würden. Er wusste, dass er dafür große Opfer bringen und wahrscheinlich auch so manche Demütigung in Kauf nehmen musste. Doch ihm
blieb gar nichts anderes übrig. Der ganze Besitz war
im Grundbuch auf den Namen seiner Frau eingetra-
gen. Darauf hatte Walter Hufnagel bestanden, als er
ihnen die Grundstücke für das Wohnhaus und das
Mehrfamilienhaus zur Verfügung gestellt hatte. So
hinterhältig wie seine Frau war, würde er bei einer
Scheidung ziemlich mittellos zurückbleiben. Dass er
beim Hausbau Stein auf Stein gesetzt hatte, würde
niemanden interessieren.

Mitten in seine trüben Gedanken platzte sein Sohn
Jens.

„Wo kommst du denn jetzt her? Meinst du nicht,
dass es schon reichlich spät ist? Du musst doch Morgen in die Schule."

„Beruhige dich Papa. Wir haben uns im Biergarten
getroffen. Dein bescheuerter Freund Martin hat uns
aber vergrault. Wir waren dann alle noch bei Franzi. Außerdem fällt bis Montag die Schule aus. Die
umgestürzten Bäume haben größeren Schaden angerichtet."

„Was ist denn mit eurer Klassenreise nach Italien?"
„Die wird abgesagt wegen des Todes von Matze."

„Was für eine Scheiße. Das tut mir aber leid."

„Uns auch. Wir haben jetzt eh keine Lust mehr weg-
zufahren."

„Woran ist er denn gestorben? Hat das was mit dem Abführmittel zu tun?"

„Angeblich ist er an Organversagen gestorben. Ob das was mit dem Abführmittel zu tun hat, weiß ich nicht. Ich nehme an, das wird jetzt untersucht. Die Leiche von Matze ist in der Gerichtsmedizin. Du musst doch als Polizist besser wissen, was jetzt passiert."

„Ja ja. Aber ich bin im Moment mit meinen Gedanken woanders. Ich will, dass deine Mutter wiederkommt und dass wir wieder ein normales Familienleben führen. So wie es im Moment ist, geht es nicht weiter. Jeder rennt in eine andere Richtung."

„Mir gefällt es auch nicht, aber dann musst du dich auch mal ein bisschen beherrschen, Papa."

„Du hast ja Recht. Ich hätte auch nicht gedacht, dass mir das mal mein eigener Sohn sagen muss. An mir soll es nicht liegen. Aber deine Mutter muss erst mal wieder auftauchen".

Vom Nachbargrundstück drang ein Geräusch zu Ihnen. Im Mondschein glitzerte das angrenzende Rasenstück. Sebastian kam durch das feuchte Gras auf sie zu.

„Hallo, könnt ihr auch nicht schlafen?" fragte er schüchtern.

„Ne, ist zu viel passiert in den letzten Stunden. Komm setz dich zu uns. Wir trinken ein Bier zusammen, " lud ihn Bernhard ein. Jens verschwand ins Innere des Hauses. Sebastian blickte zu dem abnehmenden Mond am Sternenhimmel. Auf der einen Seite freute er sich über die Einladung von Bernhard, auf der anderen Seite überkam ihn eine tiefe Traurigkeit. Wann hatte er mal mit seinem Vater auf der Terrasse gesessen und in den Abendhimmel geschaut und sich einfach nur unterhalten? Er war immer nur alleine auf sich gestellt. In seiner Familie interessierte sich kein Mensch für ihn. Dieses Schicksal teilte er mit seinem einzigen Freund Benni und der meldete sich seit Samstag nicht mehr.

Jens kam mit drei Flaschen Licher Bier zurück. Zischend sprang der Kronendeckel vom Flaschenhals.

Sebastian kam sich total mies vor, als Bernhard ihm zuprostete. Was machte er hier? Wenn die Nachbarn wüssten, was er und Benni Samstagnacht mit Annedore gemacht hatten, würden sie ihn auf der Stelle im Fluss ertränken. Sebastian konnte es nicht sagen, er konnte aber auch nicht mehr länger mit dieser Schuld leben. Wenn er sich nur mit seinem Freund beraten könnte. Er sprang auf, murmelte einen Abschiedsgruß und rannte aufs Nachbargrundstück.

In seinem Zimmer blieb er allein mit seinen Sorgen zurück. Er holte die Tabletten aus dem Versteck. Irgendwie musste er sich jetzt betäuben. Lange würden seine Vorräte nicht mehr reichen. Er hatte Angst durchzudrehen.

„Komischer Kerl. Was ist nur mit dem los?" „Keine Ahnung. Er lässt ja niemanden an sich heran. Er hängt immer nur mit diesem Dreiseitel zusammen."

„Irgendwie scheint hier jeder nur noch Sorgen zu haben. Ich geh jetzt ins Bett. Macht irgendwie alles kein Spaß im Moment. Gute Nacht, Jens. Schlaf gut. Ich gehe morgen in aller Frühe zum Arzt und lass mich für ein paar Tage krankschreiben. Auf dem Rückweg bringe ich Brötchen mit."

„Nacht, Papa. Ich bleibe noch ein bisschen hier sitzen. Die Nacht ist so schön warm."

„Nacht, mein Sohn.

Donnerstag, den 10. Juni 2006

Eine Meldung in dem Boulevard-Blatt mir vier Buchstaben aus Hamburg schaffte es an diesem Morgen, die Ereignisse der vergangenen Tage vergessen zu lassen. Keiner redete mehr über die schwarze Sturmwolke, die eine Verwüstung großen Ausmaßes in der Wetterau hinterlassen hatte oder gar über den Ausgang der Fußball-Weltmeisterschaft am vergangenen Sonntag.

Die reißerisch aufgemachte Schlagzeile „Schüler des Butzbacher Weidig-Gymnasiums fiel Abführmittel zum Opfer" verlockte die Leute zum Kauf der Zeitung. Ein großes Bild des Schülers Matthias Beisel aus Butzbach zierte zudem das Titelblatt.

Walter Landmann verabschiedete sich an diesem Morgen ein paar Minuten eher von seiner Frau Juliane. Er musste noch tanken. Beim Bezahlen der Tankrechnung an der Esso-Tankstelle in Gambach fiel sein Blick auf das Bild auf der ersten Seite. Normalerweise nahm er dieses Medium nicht einmal in die Hand oder gab auch nur einen Cent dafür aus, aber beim Blick auf die Überschrift machte er eine Ausnahme.

Im Auto las er den Artikel:

„Der Weidig-Schüler Matthias B. ist gestern Nachmittag auf der Intensivstation der Uni-Klinik Gießen an Organversagen gestorben. Der 16-jährige Gymnasiast war am Samstagabend wegen starken Durchfalls in das Klinikum eingewiesen worden. Am Vortag hatte ihm nach unbestätigten Aussagen eines Zeugen vermutlich ein Mitschüler ein Abführmittel in seine Trinkflasche gefüllt. Trotz der sofort eingeleiteten medizinischen Versorgung konnte der Schüler nicht gerettet werden. Der Körper des Jungen war bei der Einlieferung in die Klinik bereits zu stark dehydriert. Wie ein Arzt dieser Zeitung berichtete, verfügte der Patient nach einem schweren Verkehrsunfall vor vielen Jahren, bei dem seine beiden Geschwister ums Leben gekommen waren, nur noch über eine Niere. „Ein gesunder Mensch hätte das sicherlich überlebt, aber in diesem Fall war der Körper einfach überfordert. Wir konnten nichts mehr für ihn tun", äußerte sich ein Arzt der Gießener Uni Klinik gegenüber dieser Zeitung.

Juliane wollte gerade zu ihrer allmorgendlichen Walking-Tour aufbrechen, als das Telefon klingelte. „Schatz stell dir vor, was in diesem widerlichen Blatt steht, das ich normalerweise nicht in die Hand nehme", meldete sich ihr Ehemann. „Seit wann liest du dieses Schmierblatt?"

„Hör zu, ich lese dir mal einen Artikel vor. Dann weißt du warum." Er las der staunenden Juliane den Text des Berichtes vor.

„Mein Gott, dass darf doch nicht wahr sein. Wer hat denn diese Informationen weitergegeben?"

„Keine Ahnung. Es ist auf jeden Fall ungeheuerlich. Die armen Eltern. Hoffentlich hat Franzi nichts damit zu tun."

„Ich habe ihr nur von Matthias Tod erzählt, alles andere hat sie doch gar nicht gewusst. Das kriegen diese Paparazzi doch auch so raus. Es wäre sowieso nicht lange geheim geblieben, aber das diese Skandalreporter so einen Dreck daraus machen, ist wirklich das Letzte."

„Anscheinend wissen sie aber nicht, wer es gemacht hat, denn sonst würde auch das sicherlich schon in der Zeitung stehen."

„Das finden die auch ganz schnell raus. Wegen des Dreiseitels ist mir das auch ganz egal. Aber die Eltern von Matthias tun mir leid. Warum müssen die das auch von den Geschwistern schreiben. Das wusste ich auch nicht."

„Du solltest dich mit Dr. Mahler in Verbindung setzen. Ich muss jetzt losfahren. Ich bin eh schon zu spät dran. Mach´s gut bis heute Abend."

Es war gerade kurz nach sieben Uhr. Jetzt konnte sie den Klassenlehrer von Franzi unmöglich anrufen. Am liebsten hätte sie ihre Tochter geweckt. Doch das würde auch nichts bringen.

Sie hatte Franzi gestern Nachmittag gebeten, ihren Mitschülern nichts zu sagen, aber die hatte sich nicht daran gehalten. Eigentlich war es ja auch ganz normal, dass sich die Klassenkameraden über den Tod ihres Mitschülers informierten und unterhielten.

Sie fragte sich nur, wer der Zeitung diesen Tipp gegeben hatte. Sie konnte sich nicht vorstellen, dass es einer von Franzis Freunden war. Die ganze Geschichte nahm einen sehr unglücklichen Verlauf.

Auch die Tatsache, dass die Klassenfahrt nun abgesagt werden musste, bereitete ihr Kopfzerbrechen. Darum musste sie sich im Laufe des Tages kümmern. Sobald sie bei dem Reisebüro vorgesprochen hatte, wollte sie die Eltern informieren. Das bedeutete einen Haufen Arbeit, die sie neben ihren eigenen Problemen bewältigen musste.

*

Alexander Henneberg betrat wie an jedem normalen Werktag die Bäckerei um die Ecke des Polizeipräsidiums in Friedberg. Er begann seinen Tag immer mit einem Latte Macchiato to go und einem Croissant und dem Blick in das bekannteste Boulevard-Blatt Deutschlands.

Der Atem stockte ihm, als er die Schlagzeile las. Das durfte doch nicht wahr sein. Wer hatte denn diese unglaubliche Sauerei veranlasst? Er nahm sein Croissant und den Becher mit der noch dampfenden Latte und verließ kauend mit der Zeitung in der Hand auf der Stelle den Laden. „Schreib' s an. Ich hab's eilig", rief er der jungen blonden Bäckereiverkäuferin zu, die ihn aus großen blauen Augen anschmachtete. Er wusste, dass die junge Frau in ihn verliebt war. Normalerweise hätte er die Gelegenheit zu einem Flirt genutzt, doch heute hatte er dafür keine Zeit. Im Büro schmiss er die Zeitung seiner Kollegin Cosima auf den Schreibtisch. Ohne eine Begrüßung fragte er: „Co, kannst du mir sagen, wie das in dieses Revolverblatt kommt? Ich darf gar nicht dran denken, was wir uns von Rehbein und unserem leitenden Staatsanwalt anhören müssen." Die Kommissarin las zunächst den Text, bevor sie ihrem wütenden Kollegen antwortete.

„Irgendeiner wird gequatscht haben. Das erschwert natürlich auch unsere Arbeit und setzt uns unter Zeitdruck. Wir müssen schnell handeln."

„Ja wie denn, wenn dieser Typ unauffindbar ist. Ich habe meine Mails gecheckt. Krankenhäuser negativ. Alles andere ist am Laufen. Das kann aber dauern. Du weißt genau, dass wir keinen Einfluss darauf haben."

„Wir sollten verschwinden, bevor wir in die heiligen Hallen unseres Polizeidirektors bestellt werden oder unser geschätzter Staatsanwalt hier auftaucht. Ich schlage vor, wir suchen zuerst den Klassenlehrer auf und dann die Schüler, die mit unserem Schätzchen befreundet waren. Irgendeiner wird schon was wissen."

*

Bernhard Weghaus war bereits um halb acht auf dem Weg nach Münzenberg zu seiner Ärztin. Er wollte sich krankschreiben lassen. Er hatte in der jetzigen Situation keinen Nerv zu arbeiten. Erst musste er die Sache mit Annedore klären.

Am Empfang in der Praxis von Frau Dr. Dreiseitel saß die Freundin seiner Frau, Heidi Schlotterbeck.

„Hallo Bernhard. Dich habe ich ja schon lange nicht mehr gesehen. Wie geht es dir?"

„Nicht so gut. Ich habe fürchterliche Migräne. Kann ich hierbleiben und mit der Frau Doktor sprechen?"

„Du doch immer. Aber es wird einen Moment dauern. Sag mal, wo steckt eigentlich deine Frau? Ich habe schon paarmal versucht, sie auf dem Handy zu erreichen. Da kommt immer nur die Ansage, dass der Teilnehmer im Moment nicht erreichbar ist."

„Ach, Annedore ist für ein paar Tage verreist. Sie will mal ihre Ruhe haben. Sie meldet sich sicher bei dir, sobald sie wieder zu Hause ist. Ich nehme schon mal im Wartezimmer Platz."

Er verschwand in den angrenzenden Raum, bevor die Freundin seiner Frau ihn weiter ausfragen konnte. Innerhalb kürzester Zeit füllte sich das Wartezimmer. Es dauerte eine ganze Weile, bis Bernhard aufgerufen wurde.

„Herr Weghaus, bitteschön." Bernhard folgte der Ärztin in das Behandlungszimmer.

Die Allgemeinmedizinerin hatte tiefe Ringe unter den Augen. Sie sah aus, als hätte sie die ganze Nacht nicht geschlafen. Die Haut der sonst so hübschen Frau wirkte grau und faltig. Wahrscheinlich machte sie sich wegen ihres Sohns Benjamin Sorgen. Nachdem was Jens ihm erzählt hatte, gab es ja auch allen Grund dazu. Die Ärztin reichte ihm widerwillig die Hand zur Begrüßung.

„Bitte nehmen sie Platz, Herr Weghaus. Was führt sie zu mir?" Ihre kühle Stimme triefte vor Abneigung.

„Ich habe seit Tagen schreckliche Migräne. Ich bräuchte etwas dagegen und möchte sie bitten, mich für den Rest der Woche krank zu schreiben. Ich kann mich mit diesen Schmerzen nicht konzentrieren."

„Die hätte ich in Ihrem Fall auch. Wie geht es eigentlich ihrer Frau? Sie hatte doch noch mal vorbeikommen wollen. Ich hatte ihr geraten, den Oberkörper röntgen zu lassen. Es ist ja nicht auszuschließen, dass sie sich ein paar Rippen angebrochen hat."

Ulla konnte sich diese Anspielung nicht verkneifen. Trotz ihrer eigenen Sorgen musste sie an Ihre Patientin und Mutter eines Mitschülers von Benni denken.

Sie hatte Annedore Weghaus am Samstagmorgen aufgesucht und sie auf das Rezept angesprochen. Dabei hatte sich die Frau ihr anvertraut und ihr von den

Schlägen ihres Mannes erzählt. Die Ärztin hatte die Patientin untersucht und sie wegen der starken Prellungen im Brustbereich mit Schmerzmitteln versorgt. Sie hatte aber auch die Befürchtung geäußert, dass eine oder mehrere Rippen angebrochen sein könnten und der Patientin empfohlen, sich im Licher Krankenhaus röntgen zu lassen. Gleichzeitig hatte sie Annedore unter Druck gesetzt. Sie, die Hausärztin, werde niemandem etwas von den Schlägen ihres gewalttätigen Mannes sagen und Annedore hielt die Klappe wegen des Rezepts, das Benni offensichtlich auf Jens ausgestellt hatte. Dass sie als Ärztin eine Verschwiegenheitspflicht hatte, ließ sie unerwähnt.

Bernhard verschlug es die Sprache. Was sollte diese Andeutung? Wusste die Ärztin, was Freitagnacht vorgefallen war?

„Meine Frau ist für ein paar Tage verreist. Sie wird sich nächste Woche wieder bei ihnen melden."

„In ihrem Zustand ist das sehr unvernünftig. Sie hätte sich lieber mal etwas schonen sollen."

„Und sie sollten hier nicht den Moralapostel herauskehren, Frau Dr. Dreiseitel. Was ist nun mit meinem Rezept und der Krankmeldung?"

Diese arrogante Tussi hatte es gerade nötig. Er würde sich eine andere Arztpraxis suchen. Auch wenn sie etwas von den Streitigkeiten zwischen ihm und seiner Frau wusste, hatte sie kein Recht, ihm Vorhaltungen zu machen. Sie sollte sich erst mal um den Dreck vor ihrer eigenen Tür kümmern.

Die Ärztin druckte das Rezept und die Krankmeldung aus, unterschrieb beides und reichte es ihrem

Patienten mit einem missbilligenden Blick. „Auf Wiedersehen Herr Weghaus und grüßen Sie ihre Frau."

Der drohende Unterton in ihrer Stimme war nicht zu überhören.

Bernhard fuhr vorbei an der Sporthalle über den Kastanienplatz und durch den Steinweg, eine der ältesten historischen Straßen in Hessen, mit wunderschön sanierten Fachwerkhäusern und einem gigantischen Blick auf die Stauferburg, die man beim Einfahren in die schmale Straße sofort im Blick hatte.

Im Steinweg wohnte auch Dr. Mahler, der Klassenlehrer seines Sohnes. Nur langsam kam Bernhard voran, denn mitten auf der Straße, deren Asphalt längst eine Reparatur nötig hatte, trottete ein Pferd samt Reiter. Wegen der vielen Autos, die links und rechts parkten, war kein Durchkommen möglich. Er musste geduldig hinter dem tierischen Hindernis herfahren.

Nicht nur die Autos störten den Anblick dieser einmalig anmutenden Straße sondern auch die Pferdeäpfel, die die Tiere zum Ärger der Anwohner hier hinterließen.

In Höhe der Pizzeria kam ihm ein dicker BMW entgegen. Bernhard lenkte sein Auto in eine Lücke zwischen zwei parkenden Fahrzeugen, um das entgegenkommende Auto vorbei zu lassen. Der BMW stoppte neben ihm und aus dem sich elektrisch öffnenden Seitenfenster schaute sein Freund Henne heraus. Bernhard öffnete ebenfalls sein Fenster und grüßte den Kriminalhauptkommissar aus Friedberg.

„He Henne, was geht? Hab´ dich vorgestern schon auf der Straße von Gambach nach Ober-Hörgern gesehen. Was treibt dich in unsere schöne Stadt?"

„Tote, nichts als Tote", witzelte Henne, der über seinen Spitznahmen grinsen musste. Bernhard hatte ihm den vor vielen Jahren während der Ausbildung verpasst.

„Geht es um den Schüler vom Weidig-Gymnasium?" „Du hast wohl schon die Bild-Zeitung gelesen heute Morgen, wie?"

„Ne, aber mein Sohn und Matze, also Matthias sind in eine Klasse gegangen. Das wusste ich gestern schon."

„Na das ist ja interessant. Woher wusstest du das denn?"

„Von meinem Sohn Jens. Der hat das gestern von einer Mitschülerin erfahren."

„Wenn wir in dieser verdammten Straße endlich einen Parkplatz gefunden haben, suchen wir Dr. Mahler auf. Können wir danach mit deinem Sohn sprechen? Da die Schule ja immer noch geschlossen ist, wird er ja wohl zu Hause sein."

„Klar könnt ihr vorbeikommen. Ich wollte gerade Brötchen holen. Soll ich ein paar mehr holen und Kaffee kochen?"

„Kann nicht schaden, aber viel Zeit haben wir nicht." Laut hupend beschwerte sich ein weiterer Verkehrsteilnehmer. Henneberg fuhr winkend weiter.

Beim Bäcker nahm Bernhard eine Zeitung mit. Die Schlagzeile war reißerisch.

Bevor er nach Hause fuhr, holte er seine Auszüge bei der Sparkasse, die im Neuen Weg eine Zweigstelle hatte. Bis vor kurzem hatte seine Frau einmal in der Woche hier in der Filiale gearbeitet. Wegen zu geringer Rentabilität war der Bankschalter geschlossen worden. Geld und Kontoauszüge konnte man jetzt nur noch an Automaten holen. Für Überweisungsträger stand ein schwarzer Kasten bereit. Wer weitere Dienstleistungen von der Bank erwartete, musste den Weg nach Butzbach in die Zentrale auf sich nehmen. Auch der Protest des Ortsbeirates und eine Resolution der Stadtverordneten gegen die Schließung der Filiale hatte nichts bewirken können. Im Stadtteil Münzenberg gab es jetzt nur noch einen Bäcker und einen Metzger. Alle anderen Geschäfte sowie die Post hatten geschlossen.

Bernhard war das eigentlich egal, da seine Frau schon immer alle finanziellen Angelegenheiten abgewickelt hatte. Auf der einen Seite war diese Regelung sehr bequem, auf der anderen Seite hatte sie ihm jeglichen Einfluss entzogen. Annedore war eben sehr geschäftstüchtig. Sie kümmerte sich auch um die Steuer und alle Versicherungen sowie die Vermietung des Mehrfamilienhauses auf der anderen Seite ihres Bungalows in Ober-Hörgern. Manchmal fühlte er sich einfach nur ohnmächtig und das machte ihn wiederum aggressiv.

Bernhard sah sich die Auszüge an. Am Dienstag dieser Woche waren Euro 1000,- von dem gemeinsamen Konto abgebucht worden. Das konnte doch nur bedeuten, dass Annedore Geld für ihren Urlaub benötigte. Hoffentlich hielt sie diesen Bierbrauer nicht auch noch aus.

Auf dem Weg nach Ober-Hörgern grübelte er über das sonderbare Verhalten seiner Frau nach. Eigentlich passte es nicht zu ihrer Art, nichts von sich hören zu lassen. Schon wegen ihrer Gehässigkeit hätte er seiner Frau zugetraut, dass sie ihn über ihren Urlaub informiert hätte.

*

Dr. Mahler bat die beiden Kommissare ins Haus und führte sie ein paar Stufen hinauf in seine Bibliothek. In deckenhohen Regalen standen hier historische Bücher neben Bildbänden, Sachbüchern, Fachliteratur und Romanen. Die große, durchgesessene Ledercouch, die vor einem schweren Schreibtisch stand, lud zum Verweilen und Lesen ein. Auf der dicken Holzplatte des Tisches stapelten sich Regienanweisungen für das neue Theaterstück auf der Burg, das im August aufgeführt werden sollte.

Cosima warf einen interessierten Blick auf die Manuskripte. Bevor Henne und Co zum Grund ihres Besuches kommen konnten, waren sie in einem Gespräch über die Burg und das geplante Schauspiel vertieft.

Man spürte die Leidenschaft, mit der Dr. Mahler bei der Sache war. Co war begeistert von den Ausführungen des Gymnasiallehrers. Der Mann gefiel ihr auf den ersten Blick. Sein Profil mit der leicht angedeuteten Hakennase hatte etwas Klassisches.

Nach zehn Minuten sah sich Henne jedoch gemüßigt, den Redefluss des Lehrers zu bremsen und auf ihr Anliegen zu kommen.

„Herr Dr. Mahler, sie wissen schon von dem Tod ihres Schülers Matthias Beisel." Das war eher eine Feststellung als eine Frage.

„Ja, der Rechtsanwalt von Herrn Beisel hat mich gestern Mittag informiert. Die Eltern sind erschüttert. Der Tod von Matthias ist so unsinnig."

Man merkte dem Lehrer seine tiefe Betroffenheit an. Das machte ihn Cosima noch sympathischer.

„Was war Matthias für ein Junge?", wandte sie sich nun an den Lehrer.

„Matthias war sehr intelligent. Er war ein guter Schüler. Aber nicht im klassischen Sinne ein Streber, der alles besser wusste. Seine Noten waren sehr gut. Mir schien es immer so, als wüsste er genau, was er wollte und diesem Ziel galt seine ganze Konzentration."

„Wie war denn sein Verhältnis zu den anderen Schülern?"

„Eher distanziert, aber nicht unfreundlich. Ich habe das eine oder andere Mal mitbekommen, dass er anderen sogar die Hausaufgaben überlassen hat."

„Hatte er einen Freund in der Klasse?"

„Nein, das eher nicht. Ich glaube, die Sache mit dem schweren Unfall vor ein paar Jahren, bei dem er seine beiden Geschwister verloren hat, hat ihn geprägt. Für sein Alter war er schon sehr erwachsen."

„Sie wussten auch von dem Abführmittel?"

„Der Vater von Matthias hatte mich am Montagmorgen informiert. Ich wollte die Angelegenheit intern regeln, um sowohl Schaden von dem Jungen als auch von unserer Schule abzuwenden. Aber das hat leider nicht funktioniert. Und nachdem dieser dumme Streich nun auch noch tödlich ausgegangen ist, wird wohl keine Schadensbegrenzung mehr möglich sein."

Der Gesichtsausdruck des Lehrers passte zu seiner zynischen Stimme.

„Nein, das wird es wohl nicht, nachdem die ganze Geschichte schon heute morgen in einem Boulevardblatt steht", bestätigte Cosima die Aussage.

„Oh Gott, das ist ja schrecklich." „Das kann man wohl laut sagen. Das Vögelchen, das da gezwitschert hat, hat keinem der Betroffenen einen Gefallen getan."

„Ich bin sicher, man wollte nicht Matthias schaden, sondern dem Verursacher."

Dr. Mahler behielt die Tatsache, dass er Juliane Landmann informiert hatte, für sich.

„Nun, so wie es aussieht, ist wohl der Schüler Benjamin Dreiseitel dafür verantwortlich. Das haben zumindest mehrere meiner Schüler ihrem Kollegen, Polizeiobermeister Hofmeister, von der Polizeistation in Butzbach gesagt. "

„Ja, das scheint wohl so zu sein. Selbstverständlich werden wir die Aussagen der Mitschüler noch einmal überprüfen. Wir ermitteln schließlich in einem Tötungsdelikt. Aber können sie uns etwas zu diesem Benjamin Dreiseitel sagen?"

Wieder passten Stimme und Gesichtsausdruck zu dem, was der Lehrer sagte.

„Dieser Dreiseitel ist ein ausgemachtes Arschloch, wichtigtuerisch, großkotzig, rücksichtslos, arrogant, in hohem Maße kriminell veranlagt."

„Gibt es auch irgendetwas Positives über ihn zu sagen?" wollte die Kommissarin nun wissen.

„Von meiner Seite aus nicht. Benjamin hat andere Menschen für seine Zwecke missbraucht. Er ist durch und durch berechnend. Die meisten haben sich ja auch wohl von ihm abgewendet."

„Wissen sie, wer mit ihm befreundet ist?"

„Wenn man das überhaupt Freund nennen kann, dann wohl Sebastian Wetz aus Ober-Hörgern. Aber ich befürchte, dem hat er nur Drogen angedreht. Ansonsten hat er wohl nur noch Kontakt zur Drogenszene."

„Sie wissen von seinem Drogenkonsum?"

„Natürlich, weiß ich davon. So etwas lässt sich nicht verheimlichen. Und das ist ja nicht alles, was der gute Junge aus bestem Hause so auf dem Kerbholz hat."

„Was wissen sie sonst noch über ihn?"

„Im vergangenen Jahr hat er auf einer Klassenreise geklaut. Das hat eine Menge Ärger gegeben. In diesem Frühjahr stand er dann wegen Drogenkonsums und wohl auch wegen Handels mit Drogen vor dem Amtsgericht in Friedberg. Dann hat er auch was mit unserer Gastschülerin Aime aus Südafrika angefangen. Und letzte Woche, so hat man mir erzählt, muss er auch noch ein Rezept auf einen Mitschüler ausgestellt haben."

„Wie geht das denn?" „Ich weiß auch nichts Genaues. Da müssen sie mal Jens Weghaus aus Ober-Hörgern fragen. Das hing mit ihm zusammen."

„Und woher wissen sie das von dem Rezept?"

„Franziskas Mutter, Frau Landmann aus Gambach, die Vorsitzende des Elternbeirates, hat mir erzählt, dass es am Freitagabend am Elternstammtisch zwischen Frau Dr. Dreiseitel und Frau Weghaus einen Disput gegeben hat. Es ging um eben dieses Rezept."

„Ging es bei diesem Rezept vielleicht um das Abführmittel?"

„Das kann ich ihnen leider nicht sagen. Ich weiß nichts Näheres. Da müssen sie schon Jens oder Frau Weghaus fragen."

„Gut, das werden wir überprüfen. Was glauben sie denn, warum Benjamin seinem Mitschüler ein Abführmittel verabreicht hat?"

„Der brauchte keinen Grund. Der Junge kannte einfach keine Grenzen. Ich glaube, der wollte nur austesten, wie weit er gehen kann."

„Wie meinen Sie das?"

„Benjamin war ein verwöhnter Junge aus sogenannten besseren Kreisen. Seine Eltern haben keine Zeit für die Kinder. Benjamin ist wohl oft sich alleine überlassen. Ihm fehlt es an Aufmerksamkeit und wahrscheinlich auch an Liebe. Benjamin war nicht von Anfang an mein Schüler. Er hat vor zwei Jahren die Klasse gewechselt. Meine Kollegin ist nicht mit ihm zu Recht gekommen. Benjamin hat ständig den Unterricht gestört, dazwischengerufen, Mitschüler geärgert. Seine Mutter hat mindestens einmal in der Woche bei seiner Klassenlehrerin angerufen und sich beschwert über die angeblich ungerechte Behandlung ihres Sohnes. Sie hat die Lehrerin richtig fertiggemacht, hat sich sogar beim Direktor beschwert und der Lehrerin unterstellt, sie würde ihren Sohn absichtlich benachteiligen. Sie hat es sogar fertiggebracht, wegen einer angeblich ungerechten Note in Englisch eine Anwältin einzuschalten. Der Junge beschäftigt ständig die Lehrerkonferenz. Er ist gefürchtet."

„Warum schmeißen sie ihn denn nicht von der Schule?" Grinsend verzog Dr. Mahler das Gesicht.

„Haben Sie Kinder?" „Nein" kam es unisono von Henne und Co.

„Dann haben sie anscheinend auch keine Ahnung, was an den Schulen so alles los ist. Uns Lehrern sind vollkommen die Hände gebunden. Wir beschäftigen uns mittlerweile mehr mit den Beschwerden der Eltern als mit der Vorbereitung des Unterrichts."

„Haben Sie Kinder?" nutzte Cosima die Chance, etwas über Herrn Dr. Mahlers Privatleben herauszufinden.

„Nein, ich bin nicht verheiratet. Es hat sich noch nicht ergeben", antwortete der attraktive Lehrer grinsend.

„Gut, kommen wir zurück zur Sache", unterbrach der Kommissar das Geplänkel.

„Ich nehme an, Frau Dr. Dreiseitel hat sie informiert, dass ihr Sohn seit Samstagnacht verschwunden ist."

„Ja, am Dienstagabend hat sie mich angerufen. Das wundert mich überhaupt nicht, dass er verschwunden ist. Das passt zu dem sonstigen Verhalten von ihm."

„Wir vermuten, dass er auf dem Weg nach Südafrika ist. Vielleicht will er zu seiner Freundin. Was halten sie von dieser Vermutung?"

„Ich traue dem Jungen alles zu, auch, dass er in Richtung Südafrika unterwegs ist. Was er da allerdings will, ist mir nicht ganz klar. Die warten da bestimmt nicht auf einen mit hochgestellten Krägelchen in Polo-Ralph-Lauren-T-Shirts, der zudem noch kifft. Außerdem wage ich zu bezweifeln, dass es Benjamin mit dieser Aime ernst gemeint hat. Ich behaupte mal, dass er das Mädchen nur zur Befriedigung seiner sexuellen Bedürfnisse missbraucht hat."

Dr. Mahler konnte die Abneigung, die er gegen seinen Schüler hegte, nicht verbergen.

„Könnte er nicht bei dem Mädchen die Liebe und Anerkennung gefunden haben, die ihm bei seiner Familie verweigert wurde?"

„Da spricht eindeutig die Psychologin und Frau aus Ihnen, liebe Frau von Mittelstedt. Nennen sie es wie sie wollen, ich als Pädagoge sage ihnen, dieser junge Mann ist durchtrieben bis in die Fußspitzen. Vielleicht wollte er sich auch nur der Verantwortung entziehen, für den Mist, den er angerichtet hat."

„Das könnte natürlich auch sein. Dann stellt sich allerdings die Frage, wo er sich aufhält. Wir wollen ihre Zeit nicht länger in Anspruch nehmen, bräuchten allerdings noch eine vollständige Liste mit den Schülernamen ihrer Klasse. Sie sagten, Sebastian Wetz sei der Freund von Benjamin?" unterbrach Henneberg ungeduldig die Ausführungen des Lehrers.

„Ja, wie gesagt, wenn man das als Freundschaft bezeichnen kann. "

Dr. Mahler stand auf, ging an seinen Computer und druckte eine Liste aus.

„Ich habe die Namen der Schüler angekreuzt, die gesehen haben wollen, dass Benjamin etwas in die Flasche von Matthias geschüttet hat."

„Hier ist meine Visitenkarte. Falls ihnen noch etwas einfällt, lassen sie es mich wissen."

Co lächelte Dr. Mahler verschmitzt an. Seine meerblauen Augen blitzten amüsiert auf. Ihm war nicht entgangen, dass die Kommissarin eine gewisse Sympathie für ihn empfand.

Vor dem Hoftor zündete sich Henneberg eine Zigarette an.

„Du hast den Lehrer ganz schön angemacht, meine Liebe."

„Du bist doch nicht etwa eifersüchtig, lieber Henne", lachte ihn seine Kollegin übermütig an.

„Nicht die Spur, Co. Du weißt, ich schätze deine kompetente Art, aber du passt eindeutig nicht in mein Beuteschema."

„Dito, du auch nicht in meines." „Gut, dass wir das mal geklärt haben. Wir sollten uns jetzt auf das Wesentliche konzentrieren und die Schüler befragen."

Henne und Co liebten es, sich gegenseitig aufzuziehen. Das war die einzige Art und Weise, ihre oft unerträgliche Arbeit etwas angenehmer zu machen. Der Kommissar nahm einen tiefen Zug aus seiner Zigarette und studierte die Namen und Adressen auf der Liste.

„Lass uns mal nach Ober-Hörgern zu deinem Freund fahren. Ich könnte mal einen Kaffee gebrauchen. Dann können wir nach und nach die anderen Schüler aufsuchen und mit der Befragung beginnen."

Henne verließ Münzenberg über die kleine Umgehung „Am Viehtrieb" und fuhr durch die Felder in Richtung Ober-Hörgern. Der Himmel spannte sich azurblau über den fruchtbaren Böden der Wetterau.

Doch die friedliche Idylle wurde gestört durch die plattgewalzten Getreidefelder, die die schweren Regenschauer am Dienstag hinterlassen hatten. Die Salzwiesen standen unter Wasser. Die Sonne zauberte eine silbrig glänzende Spiegelung auf der feuchten Fläche.

Als sich Henne der Ortschaft näherte, sah er, dass das Wasser des sonst eher bedächtig in seinem Bett fließenden Wetterflüsschens stark angeschwollen war. Hinter der Flussbiegung wurde die Fahrt gestoppt. Rot-weiße Barken machten die Weiterfahrt unmöglich. Links vor der Brücke sah man die Überreste des Vereinsheimes der Fußballer. Die Brücke selbst war nur an den seitlich aus dem Wasser ragenden Rundbögen zu erkennen.

„Na Henne, du kennst dich wohl doch nicht so gut aus hier." „Dass die Brücke gesperrt ist, wusste ich nicht."

Er setzte zurück und wendete den Wagen. Mitten im Feld bog er an der Kreuzung, die von einer gewaltigen Eiche überschattet wurde, nach rechts ab in Richtung Gambach. Diesen Umweg musste er nun in Kauf nehmen, obwohl der Betonweg durch die Wetterwiesen, die unter Naturschutz standen, eigentlich nur für den landwirtschaftlichen Verkehr freigegeben war. Rechts vom Weg standen die etwas tiefer liegenden Wiesen unter Wasser. Es würde noch eine Weile dauern, bis sie wieder trocken liegen würden.

In Gambach fuhr er über die steinerne Brücke und überquerte die Bahngleise der ehemaligen Butzbach-Licher-Eisenbahn, die heute nur noch der Ausfahrt der historischen Eisenbahn von Bad Nauheim nach Münzenberg durch das Wettertal dienten. Den Kreisel an der B 488 verließ er rechts in Richtung Ober- Hörgern.

„Das war eine schöne Rundfahrt Henne. Das sollten wir öfter machen. Diese Landschaft ist wunderschön. Und irgendwann muss ich noch mal auf diese Burg."

„Ich verspreche dir, dass wir da noch hingehen." Die Kommissare ahnten zu diesem Zeitpunkt nicht, wie bald sie ein weiterer trauriger Anlass an diesen Ort führen sollte.

„Willst du mich etwa einladen, Kollege?" „Klar, erst besichtigen wir die Burg und dann gehen wir ins Burghotel und setzen uns in den Garten unter die Kastanien. Die haben hier einen herrlichen Hefekuchen. Aber erst, wenn die Arbeit getan ist."

Henne verließ die Bundesstraße und fuhr links in die Mühlenstraße bis zum Haus der Familie Weghaus.

Bernhard war gerade dabei, das Frühstück zuzubereiten, als Jens in die Küche kam. „Guten Morgen, Papa. Warst du schon bei Deiner Ärztin?"

„Ja, sie hat mich für ein paar Tage krankgeschrieben. Stell dir vor, ich habe auf den Auszügen gesehen, dass deine Mutter am Dienstag Euro 1000,- von unserem Konto abgehoben hat."

„Wo denn?" „Wie, wo denn?" „Na in welchem Ort. Das kann man doch auf den Auszügen sehen. Dann weißt du auch, wo sie sich aufhält."

„Da habe ich gar nicht drauf geachtet. Guck doch mal, die Auszüge liegen da."

Jens nahm kopfschüttelnd die Bankbelege vom Tisch. Sein Vater lebte anscheinend hinter dem Mond. Auf den ersten Blick erkannte er, dass das Geld am Dienstag der gleichen Woche am Automaten bei der Sparkasse in Butzbach gezogen worden war.

„He Papa, wenn Mama das Geld abgehoben hat, dann muss sie doch hier in der Nähe sein. Das Geld wurde in Butzbach abgehoben."

„Das gibt es doch gar nicht. Dann kann sie nicht mit Herbert vereist sein. Irgendwie macht das alles keinen Sinn. Ihr Auto steht bei Ingrid. Das Handy liegt auf der Mittelkonsole. Auf der Straße finden wir einen Schuh und ein größerer Geldbetrag wird hier ganz in der Nähe abgebucht."

„Und was ist, wenn Mama gar nicht vereist ist, sondern sich hier in der Nähe aufhält? Vielleicht will sie ja ausziehen und sucht eine Wohnung."

„Dann müsste sie nicht so ein Geheimnis daraus machen. Ich muss unbedingt mit Herbert sprechen. Aber so lange der nicht aus dem Urlaub zurück ist, habe ich keine Chance."

In diesem Moment klingelte es an der Haustür. „Mach mal bitte die Tür auf. Das werden die beiden Kriminalkommissare aus Friedberg sein, die dich wegen Matze sprechen wollen." „Ach Du Scheiße."

Jens hatte augenblicklich ein mulmiges Gefühl. Hoffentlich bekam er jetzt keinen Ärger, weil er Matze nicht gewarnt hatte.

Bernhard bat das Ermittlerduo auf die geräumige Terrasse, auf der er bereits den Frühstückstisch gedeckt hatte. Co saugte mit einem tiefen Atemzug die wunderschöne Aussicht in sich auf. Das einzige, was im Moment den Anblick der Wiesen in der bereits warmen Morgensonne trübte, war die dreckig braune Brühe im Mühlengraben und der Wetter, die nur langsam abfloss.

„Was ist denn mit dem Mühlrad, läuft das nicht mehr?"

„Seit dem Frühjahr hat es sich nicht mehr bewegt. Am Samstag hat es der Nachbar repariert. Und eigentlich müsste es jetzt in Bewegung sein, zumal das Wasser schon etwas abgeflossen ist und nicht mehr über der Achse steht."

Cosima blickte sich um. Sie erkannte die desolate Brücke und das im Hintergrund vom Sturm zerstörte Vereinsheim, das sie vor wenigen Minuten noch von der anderen Flussseite gesehen hatten.

„Ist wohl alles vom Sturm?" Mit dem Kopf wies sie in die Richtung der Brücke.

„Die Brücke war schon vorher sanierungsbedürftig und das Häuschen hat tatsächlich der Sturm auf dem Gewissen. Die Fußballer hatten alles so toll aufgebaut. Das Dach war aber noch nicht fertig und nur mit Planen abgedeckt. Der Sturm ist ausgerechnet darüber hinweggefegt. Solange die Brücke aber nicht repariert ist, können die Fußballer nicht viel ausrichten."

Nachdem Bernhard alle mit Kaffee versorgt und man ein paar weitere belanglose Worte ausgetauscht hatte, begannen die Kommissare mit der Befragung von Jens.

Jens berichtete offen alles, was er über die beiden Mitschüler Matthias Beisel und Benjamin Dreiseitel wusste. Die Aussagen deckten sich mit denen von Dr. Mahler. Auch bei Jens war die Abneigung gegen Benjamin deutlich zu spüren. Angeblich hatte er aber nichts über die engere Freundschaft zwischen ihm und Aime gewusst.

„Wusstest du denn, dass Benjamin Drogen nimmt?"

„Klar, dass war doch ein offenes Geheimnis. Die konnte man doch bei ihm kriegen."

„Nimmst du auch welche?" „Ne wirklich nicht. Von so `nem Zeug lass ich die Finger."

„Und deine Mitschüler, was ist mit denen?" „Keine Ahnung. Die müssen sie schon selbst fragen."

„Wie war das nun mit dem Abführmittel? Was hast du denn gesehen?" „Na ja" Jens blickte unter sich, „am Freitag am Ende der Pause vor der letzten Stunde habe ich als ich in die Klasse zurückkam, nur gesehen, wie der Dreiseitel gerade die Flasche von Matze auf den Tisch zurückgestellt hat. Dann hat er was in seine Hosentasche gesteckt. Das war alles."

„Du hast also nicht gesehen, wie er etwas in die Flasche geschüttet hat?"

„Nein, nicht direkt. Ich habe mir das nur gedacht, als uns Dr. Mahler am Montag erzählt hat, dass Matze im Krankenhaus ist und dass ihm jemand Abführmittel in seine Getränkeflasche geschüttet hat. Ich meine, warum hat er denn sonst die Flasche von Matze in der Hand gehabt. Das ist doch logisch, dass es so gewesen sein muss."

„Haben die anderen denn was gesehen?" „Ja schon, aber die Stunde fing gleich an. Und nach der Stunde sind alle raus zum Bus. Nach der fünften Stunde sind die Busse immer so voll. Da muss man sehen, dass man mitkommt."

„Dr. Mahler hat uns was von einem Rezept erzählt. Ging es dabei vielleicht um das Abführmittel?"

Jens wurde es mulmig bei dieser Frage. Jetzt musste er von seiner Mutter erzählen, ob er wollte oder nicht.

„Nein, das hatte nichts mit dem Abführmittel zu tun." „Womit denn dann?"

„Also am Freitag hat mich meine Mutter nach der Schule auf dem Handy angerufen und mich gefragt, ob ich ein Rezept für Aknecreme bei Frau Dr. Dreiseitel bestellt und Benni gebeten hätte, dass für mich in der Apotheke abzuholen und wieso sie nichts davon wüsste. Natürlich hatte ich keine Aknecreme bestellt und schon gar nicht den doofen Dreiseitel gebeten, mir das Mittel zu besorgen. Ich habe mit dem Typen keinen Vertrag. Außerdem habe ich gar keine Akne, wie sie selbst sehen. Der Dreiseitel dafür aber umso mehr."

„Da kann uns sicher deine Mutter noch was darüber erzählen. Deswegen hat es ja wohl noch Streit zwischen ihr und Frau Dr. Dreiseitel gegeben."

„Davon weiß ich nichts." „Wann ist denn deine Frau von der Arbeit zurück, Bernhard?"

Vater und Sohn blickten sich über den Tisch an. „Annedore ist zurzeit im Urlaub. Sobald sie zurück ist, kannst du sie danach fragen."

Henne und Co bemerkten die plötzlich eingetretene Spannung. „Du hast gesagt, du hast keinen Vertrag mit Benjamin. Wer hatte denn einen mit ihm bzw. wer von deiner Klasse war denn mit ihm befreundet?"

„Na Basti, also Sebastian Wetz war der einzige, mit dem der Blödmann was zu tun hatte. Aber seit er nicht mehr mit dem Bus gefahren ist, waren die wohl auch nicht mehr so eng."

„Wer ist nicht mehr mit dem Bus gefahren? Sebastian oder Benjamin?"

„Benjamin ist seit dem Frühjahr nicht mehr mit dem Bus zur Schule gefahren. Seine Mutter hat ihn und seine Geschwister morgens nach Butzbach zur Schule gefahren und mittags auch wieder abgeholt."

„Und warum?" „Angeblich, weil die Busse immer so voll sind. Aber das glaube ich nicht."

„Aha, und was glaubst du?" „Naja, der Dreiseitel hat immer so angegeben, dass er schließlich alles wissen müsse, seine Eltern wären ja Akademiker und so. Und da hat er halt mal eins aufs Maul gekriegt."

Jens konnte sich das Grinsen nicht verkneifen. „Von wem denn?"

„Das weiß ich nicht. Ich hab's auch nur erzählt bekommen."

Jens wollte niemanden verpetzen. Außerdem hatte es der Dreiseitel verdient.

„Nach den Adressen auf der Liste zu urteilen, wohnen Kim Jakobi und Sebastian Wetz in der Nachbarschaft. Jens könntest du mal schauen, ob die beiden zu Hause sind. Wir würden dann gern mit ihnen sprechen."

Jens war froh, dass er sich verdrücken konnte. Die Fragen waren ihm unangenehm. Er lief über den immer noch feuchten Rasen auf das Nachbargrundstück. Cosima stand auf und ging auf den Mühlengraben zu. Sie spürte die Nässe zwischen ihren Zehen, die in offenen Sandalen steckten. Aber der Anblick der vor ihr liegenden Landschaft tröstete sie über ihre nassen Füße hinweg. Hier würde sie auch gern wohnen. Außer dem Vogelgezwitscher war kein Laut zu vernehmen, kein Auto, kein Fluglärm, nur die Geräusche der Natur.

„Sag mal Bernhard, bedrückt dich etwas? Hast du Stress mit deiner Frau?" wollte Henne, der bei seinem ehemaligen Kollegen sitzen geblieben war, wissen. Er kannte seinen Sportkameraden lange genug, um zu merken, dass ihn irgendetwas beschäftigte.

„Ach Henne, was soll ich dir sagen. Das ist nicht so einfach."

„Na ja, wenn es dir hilft, können wir gern mal reden. Was hältst du von einem Bier beim Falken heute Abend?"

„Geht nicht. Ich bin krankgeschrieben. Habe seit dem Sturm unerträgliche Kopfschmerzen."

„Nur wegen des Sturms oder wegen deiner Frau?"
„Du kannst wohl hellsehen."

„Das gehört schließlich zu meinem Beruf, Situationen richtig einzuschätzen. Und das bei euch irgendwas nicht stimmt, ist nicht zu übersehen. Also Alter, willst du es mir sagen?"

„Du gibst ja doch nicht auf. Und vielleicht ist es auch besser so".

Bernhard zögerte noch einen Moment und wählte seine Worte dann vorsichtig aus.

„Ich hatte letztes Wochenende Bereitschaftsdienst. Du weißt ja, das Fußballspiel hat alle in Alarmbereitschaft versetzt. Ich bin erst am Montagmorgen nach Hause gekommen. Annedore war nicht da. Ich dachte, sie sei schon zur Arbeit. Ich habe versucht, sie bei der Bank zu erreichen. Da sagte man mir, sie habe sich die ganze Woche Urlaub genommen. Ihr Auto war auch weg. Ich habe mehrfach versucht, sie auf dem Handy zu erreichen. Fehlanzeige. Am Dienstagabend nach dem Sturm rief mich ihre Freundin an, weil das Auto von Annedore hinter ihrem Haus auf einem Feldweg stand. Annedore war Samstagabend bei ihr gewesen. Als ich das Auto am Mittwochmorgen holen wollte, habe ich ihr Handy im Auto gefunden."

„Könnte es sein, dass sie mit irgendjemandem weggefahren ist?"

„Das wäre schon möglich. Bei Annedore ist alles möglich. Sie ist unberechenbar. Aber so gehässig wie sie ist, hätte sie mich bestimmt darüber informiert."

„Und wenn sie gar nicht weggefahren ist, sondern sich hier in der Nähe aufhält? Vielleicht ist sie bei einer Freundin."

„Könnte natürlich sein. Jens meinte, sie würde sich vielleicht eine Wohnung suchen. Es läuft im Moment nicht so gut mit uns beiden."

„Na ja, sie ist erwachsen. Sie kann schließlich hingehen, wohin sie will. Aber ein bisschen seltsam ist das schon. Ist denn irgendwas zwischen euch vorgefallen?" „Außer den üblichen Streitigkeiten nichts."

Bernhard wollte nicht alles preisgeben, was vorgefallen war. Er hoffte nur, dass Frau Dr. Dreiseitel dichthalten würde.

„Aber etwas ist sonderbar. Als gestern die Feuerwehr hier war, um das Wasser von der Straße zu pumpen, haben wir einen Schuh gefunden. Es war ein Schuh von Annedore." „Weißt du das mit Sicherheit?"

„Ja, Jens schwört, dass es ein Schuh seiner Mutter ist. Ich muss zu meiner Schande gestehen, dass mein Sohn sich besser mit den Sachen meiner Frau auskennt als ich. Außerdem wurden am Dienstag Euro 1000 von unserem gemeinsamen Konto bei der Sparkasse in Butzbach abgehoben."

„Ach ist das herrlich hier. Man kommt sich vor wie im Urlaub." Cosima betrat die Terrasse. Die beiden Männer unterbrachen ihr vertrautes Gespräch.

„Henne wir müssen dann mal weiter. Wir sind ja schließlich nicht zum Vergnügen hier."

„Geh Du schon mal rüber zu Sebastian. Ich komm' gleich nach, Co."

„Das mit dem Schuh ist tatsächlich sonderbar", nahm Henneberg das Gespräch mit seinem Freund wieder auf.

„Hast du denn in Erwägung gezogen, ob deiner Frau irgendetwas zugestoßen sein könnte?"

„Wer die am Abend holt, bringt sie am nächsten Tag wieder, so biestig wie die manchmal ist."

Bernhard konnte seine Wut nicht bremsen. „Ich muss weiter. Ruf mich an, falls es was Neues gibt oder wenn du Hilfe brauchst. Wenn Sie nicht bald wieder auftaucht, würde ich schon mal nach ihr suchen."

„Kannst du denn nicht mal vorsichtig Deine Fühler ausstrecken?"

Bei diesem Satz gingen sämtliche Alarmglocken bei Henne an. Etwas Ähnliches hatte er diese Woche schon einmal gehört.

*

Henneberg fand seine Kollegin mit Jens und Sebastian auf der Terrasse des Nachbarhauses. Bei diesem schönen Wetter schien sich auf dem Land alles draußen abzuspielen. Er kramte seine Zigaretten hervor und bot sie den Jungs an. Dankend lehnten sie ab. Der Kommissar betrachtete Sebastian eine Weile. Mit seinen rötlichblonden Haaren, den Sommersprossen und den vollen Lippen erinnerte ihn der Jugendliche an irgendjemanden. Irgendwo hatte er das Gesicht schon einmal gesehen.

„Hallo Sebastian. Ich bin Hauptkommissar Henneberg und das ist meine Kollegin, Oberkommissarin von Mittelstedt. Können wir mit dir reden?"

„Ja, aber ich weiß nichts", kam es schüchtern zurück. Sebastian machte einen ängstlichen Eindruck auf die Kommissare. Seine Augen flatterten. Er hatte einen leichten Schweißfilm auf der Stirn. Die Pupillen der hellgrünen Augen waren seltsam vergrößert. Eindeutig ein Zeichen für Drogenkonsum.

„Ich geh mal rüber zu Kim und melde sie an." Jens verschwand.

„Sebastian, wir sind hier, weil Matthias Beisel verstorben ist. Wir ermitteln in einem Tötungsdelikt. Deshalb haben wir ein paar Fragen an dich", begann die Kommissarin einfühlsam. Die Angst des Jungen war greifbar.

„Sebastian, du hast bei der Befragung durch unseren Kollegen Herrn Hofmeister ausgesagt, dass du gesehen hast, wie dein Freund Benjamin etwas in die Flasche von Matthias geschüttet hat. Ist das richtig?" „Nein, ich habe nichts gesehen."

Sebastian blickte an den Kommissaren vorbei auf das hinter dem Mühlengraben liegende Wetterstadion, so als könnte er von dort Hilfe erwarten.

„Aber du hast doch zugegeben, dass du das gesehen hast. Wieso sagst du denn jetzt genau das Gegenteil?"

„Kim hat das gesagt. Sie hat mich überrumpelt. Ich hatte ja gar keine andere Wahl, als der Polizist uns befragt hat", antwortete der Junge trotzig. Mit den Fußspitzen schob er ein Steinchen auf dem Terrassenboden hin und her. „Du hast also nichts gesehen?"

Henne wollte vorerst nicht weiter in ihn dringen. Wusstest du denn, dass dein Freund Benjamin mit Aime befreundet war?"

„Nein, wusste ich nicht." „Ist dir bekannt, dass Benjamin Drogen nimmt?" „Nein" Sebastian wurde immer einsilbiger und verstockter.

„Aber Benjamin war doch dein Freund oder nicht?" „Schon, aber in der letzten Zeit haben wir uns nicht mehr so oft gesehen."

Die Kommissare wechselten sich ab mit der Befragung. „Gibt es dafür einen Grund? Hattet ihr Streit?"

„Nein. Aber Benni fährt nicht mehr mit dem Bus zur Schule und da haben wir nicht mehr so viel miteinander gesprochen."

„Man kann sich aber doch auch verabreden." „Trotzdem, seit Ostern haben wir uns kaum noch gesehen."

„Warum ist Benjamin denn nicht mehr mit dem Bus gefahren?" wollte nun Co wissen.

„Er hatte Ärger mit ein paar älteren Jungs aus der Elf. Die haben ihn verprügelt und deshalb durfte er nicht mehr mit dem Bus fahren."

„Wie ist es zu dem Ärger gekommen?" „Benni hat immer angegeben und das konnten die nicht leiden."

„Hast du deinen Freund in den letzten Tagen mal gesehen oder mit ihm gesprochen?" „Nein. Benni ist doch krank."

„Das ist doch kein Grund. Es gibt doch auch andere Möglichkeiten. Ihr habt doch alle ein Handy und Computer. Man kann doch simsen oder mailen."

„Ich habe aber seit Freitag nichts von ihm gehört. Ich habe mal bei ihm zu Hause auf dem Festnetz angerufen. Aber seine Mutter hat gesagt, Benni würde mit Fieber im Bett liegen und könnte nicht ans Telefon kommen."

Sebastian hatte plötzlich Tränen in den Augen und senkte den Kopf. Co warf Henne einen warnenden Blick zu, der so viel bedeutete, wie genug jetzt. „Hör zu Sebastian, falls dir noch etwas einfällt, rufe uns bitte an."

Henne gab dem Jungen seine Visitenkarte und verließ die Terrasse. Co blieb zurück. „Sebastian, wenn du Kummer hast und mit jemandem reden möchtest, stehe ich jederzeit zur Verfügung. Manchmal hilft das." „Ja danke." Sebastian drehte sich um und verschwand in seinem Zimmer. Mit einem Knall flog die Terrassentür hinter ihm zu.

*

Co folgte ihrem Kollegen über den Rasen vorbei am Haus der Familie Weghaus zur Straße. Henne stand rauchend vor den rot-weißen Barken, der Brückenabsperrung, und starrte auf die dreckige Brühe im Mühlengraben.

„Der Junge lügt. Der weiß viel mehr. Hast du seine Pupillen gesehen. Der nimmt Drogen. Und es würde mich nicht wundern, wenn er die von seinem feinen Freund Benjamin bekommt."

„Der Junge hat vor allem Angst. Man darf ihn nicht so unter Druck setzen."

„Ach jetzt komm mir nicht mit deinem Mitleid. Das ist ja das Schlimme an der heutigen Jugend, dass man die alle nicht mehr hart anfassen darf. Alles Weicheier."

„Jaja, ich weiß schon, zu deiner Zeit hätte es das nicht gegeben."

„Ach ist doch wahr. Wir verplempern hier unsere Zeit."

„Komm, lass uns mal auf die andere Straßenseite zu Kim Jakobi gehen."

„Vielleicht hat das Verschwinden von Benjamin ja was mit seinem Drogenkonsum bzw. dem Handel mit Drogen zu tun", überlegte Henne laut.

„Schon möglich. Das sollten wir nicht außer Acht lassen. Nun komm schon. Wir haben noch viel vor", forderte Co ihren Kollegen erneut zum Gehen auf.

Das Fünffamilienhaus auf der gegenüberliegenden Straßenseite in der Mühlenstraße machte einen gepflegten Eindruck. Auf dem Parkplatz davor parkten mehrere Autos. Ein älterer Herr war damit beschäftigt, die Straßenrinne zu säubern, in der sich nach dem Abfließen der Wassermassen Schlamm angesammelt hatte.

Co drückte auf den Klingelknopf der Familie Jakobi. Sofort ertönte der Summer und die Haustür öffnete sich auf sanften Druck. Von oben hörte man die Stimme einer jungen Frau.

„Wir sind ganz hier oben." Eine mit terrakottafarbenen Steinfliesen ausgelegte Treppe führte sie ins Obergeschoss. Kim Jakobi lehnte an der Türfüllung. Im Hintergrund erschien ihre Mutter.

„Kommen sie näher. Wenn es ihnen recht ist, setzen wir uns auf die Loggia."

Die Beamten folgten der Mutter nach draußen und nahmen auf den bequemen Sesseln an einem runden Tisch Platz. Co setzte sich so, dass sie auf die gegenüberliegende Landschaft und die Burg im Hintergrund sehen konnte. Mitten auf dem Tisch lag die Ausgabe der aktuellen Boulevardzeitung aus Hamburg. Die Schlagzeile war nicht zu übersehen.

„Ich geh dann mal." Jens erhob sich von seinem Platz. „Nein, du kannst ruhig bleiben. Wir hätten auch an dich noch ein paar Fragen. Kim setz dich doch bitte zu uns."

„Soll ich lieber weggehen?" bot Kims Mutter an. „Nein. Sie können gern bleiben."

„Darf ich ihnen was zum Trinken anbieten?" „Danke nein, wir wollen uns nicht lange aufhalten."

„Kim, dein Schulfreund Matthias ist tot."
Kim nickte. Die haselnussbraunen Augen des hübschen Mädchens füllten sich mit Tränen. Sie sah zu ihrem Nachbarn Jens, der sie liebevoll aufmunternd anblickte.

„Wir ermitteln in einem Tötungsdelikt. Hast du gesehen, wer das Abführmittel in die Flasche von Matthias geschüttet hat?"

„Ja, das habe ich ja schon gesagt. Es war der Dreiseitel aus Münzenberg."

„Was genau hast du denn gesehen?" „Als ich zum Ende der Pause mit Franzi in die Klasse zurückgekommen bin, habe ich gesehen, wie Benni die Flasche von Matze in der einen und ein kleines Fläschchen in der anderen Hand hatte."

„Aber du hast nicht gesehen, dass er etwas in die Flasche geschüttet hat."

„Nicht direkt. Aber das ist doch logisch, dass er es war."

„Wer war denn zu dem Zeitpunkt noch in der Klasse?" „Basti und Aime."

„Und wer kam hinter dir in die Klasse?" „Jens, Felix und Lukas."

„Wieso weißt du das so genau?" „Weil wir alle zusammen in der Pause waren und zusammengestanden haben?"

„Und Franzi, war die vor dir in der Klasse?" „Ja, die ist vor mir reingegangen. Die hat es auch gesehen."

„Wenn Sebastian und Aime in der Klasse waren, müssen Sie es auch gesehen haben."

Das war eher eine Feststellung als eine Frage. „Ja, das haben sie bestimmt. Aber Basti würde doch nicht seinen Freund verraten. Der ist doch abhängig von ihm."

Ihre Stimme triefte vor Verachtung. „Wieso ist er von ihm abhängig?" Jens warf Kim einen warnenden Blick zu. Doch Kim ließ sich nicht aufhalten.

„Na der kriegt doch Drogen von Benni." „Das weißt du ganz sicher?"

„Ja, das weiß doch jeder. Aber keiner macht was. Das kotzt mich ja so an." Jens blickte betreten weg.

„Warum hat denn keiner von euch Matthias gewarnt?"

„Das hätte ich ja gern. Aber dummerweise ist Matze ausgerechnet an diesem Tag mal wieder später zum Unterricht gekommen und unsere Deutschlehrerin, erlaubt keinerlei Privatgespräche während des Unterrichts. Die versteht überhaupt keinen Spaß."

„Wieso ist er denn mal wieder zu spät gekommen? Und hat er nicht auch Ärger mit der Lehrerin bekommen?"

„Matze hatte nur eine Niere und deshalb kam es schon mal vor, dass es ihm nicht so gut ging. Dann blieb er auch schon mal länger an der frischen Luft. Das war bei ihm aber kein Problem, weil er ja ein sehr guter Schüler war."

„Ihr hättet ihn doch nach dem Unterricht warnen können oder ihm einen Zettel schreiben können."

„Nach der fünften Stunde müssen wir uns immer beeilen, damit wir noch einen Platz im Bus bekommen. Da kann man sich nicht mehr lange aufhalten. Außerdem, was hätte ich ihm denn sagen oder schreiben sollen? Dass Benni seine Flasche in der Hand hatte? Ganz ehrlich, zu diesem Zeitpunkt habe ich mir gar nichts Schlimmes gedacht. Erst als Herr Dr. Mahler am Montag davon gesprochen hat, ist uns allen ein Licht aufgegangen. Kriegen wir jetzt Ärger?"

„Nein, ich denke nicht" beschwichtigte Cosima das Mädchen.

„Es konnte ja wirklich keiner ahnen, was da geschah." Jens atmete erleichtert auf.

„Wie war denn euer Verhältnis zu Matthias?" „Nicht so besonders. Matze war sehr ruhig, aber freundlich. Man konnte nicht richtig Kontakt zu ihm kriegen. Dass er zwei Geschwister verloren hatte, wussten wir nicht. Das haben wir erst aus der Zeitung erfahren."

Kim plapperte wie ein Wasserfall. „Und wie war dein Verhältnis zu Benjamin? Wusstest du, dass er was mit Aime hatte?"

„Den konnte ich gar nicht leiden. Der ist mir von Anfang an auf die Nerven gegangen mit seiner Angeberei. Der war eine männliche Zicke. Und dass er was mit Aime gehabt haben soll, kann ich gar nicht glauben. Der ist doch immer über Ausländer hergezogen. Auch über Asoziale hat er nur abgelästert. Ne, das glaube ich im Leben nicht."

„Was ist denn überhaupt mit dem? Haben sie ihn wenigsten eingelocht?"

„So schnell geht das nicht. Erst müssen wir mal Beweise sichern und dann wird er auch schon seine gerechte Strafe kriegen."

„Ist das Mord?" „Wenn es seine Absicht war, Matthias zu töten, dann schon. Aber das müssen wir ihm nachweisen. So einfach ist das aber nicht."

„Was glaubt ihr denn, was er damit bezwecken wollte?" „Keine Ahnung. Ich traue dem ja wirklich alles zu, aber dass er Matze umbringen wollte, glaube ich nun wirklich nicht" mischte sich nun Jens wieder ein.

„Nein, das glaube ich auch nicht. Das war mal wieder so ein dummer Streich von diesem Arschloch."

„Habt ihr denn mit Benjamin in den letzten Tagen gesprochen?"

„Ne, der ist doch krank. Und den ruft doch keiner an. Wir sind froh, wenn der nicht auftaucht", machte sich Jens erneut Luft.

„Ich muss dann mal wieder, wenn sie mich nicht mehr bauchen."

„Der kann sowieso was erleben nächste Woche. Wegen dem wird auch noch unsere Abschlussfahrt abgesagt", empörte sich Kim.

„Das ist wirklich gemein. Da freuen sich die Kinder die ganze Zeit auf ihre Abschlussfahrt und nun dürfen sie wegen eines Störenfrieds nicht fahren."

Kims Mutter hatte die ganze Zeit schweigend daneben gesessen. Jens hatte mittlerweile die Wohnung verlassen und überquerte im Moment unten die Straße.

„Sie haben einen tollen Ausblick hier. Ich wusste gar nicht, dass es hier so schön ist" schwärmte Co.

„Ja die Landschaft ist genial. Außerdem ist es hier schön ruhig. Bis auf so manche Vollmondnacht. Fragen sie mal meine Tochter."

„Das kann man wohl sagen. Als die Brücke noch befahrbar war, sind hier nachts immer Autos durch das Feld gefahren. Entweder hatten die Fahrer was getrunken oder es waren Liebespärchen. Auch Radfahrer sind hier viele unterwegs."

„Was ist denn eigentlich mit der Brücke passiert, hat der Sturm die weggerissen?" wollte Co wissen. Bettina Jakobi erzählte ihr von der Brückensanierung und den Sturmschäden, von dem Abholzen der Pappeln und dem großen Feuer am Sonntag sowie dem Public Viewing des Endspieles der Fußball- Weltmeisterschaft.

„Na hier ist ja ganz schön was los. Warum hast Du mir das nicht erzählt Alexander?"

In Gegenwart Dritter nannten die Kommissare sich immer beim richtigen Namen. „Ja, ich muss mich auch sehr wundern, was hier so alles abgeht. Das hat mir mein Freund gar nicht gesagt. Kennen Sie eigentlich Frau Weghaus näher, Frau Jakobi?"

Henne wandte sich nun an Kims Mutter. Vielleicht wusste die etwas über die Nachbarin.

„Um Gottes Willen nein. Der gehe ich so gut ich kann aus dem Weg. Sie ist zwar unsere Vermieterin, aber deshalb muss ich ja nichts mit ihr zu tun haben. Die liegt mir absolut nicht. Ich sehe sie nur ab und zu beim Elternstammtisch. Da lässt es sich leider nicht vermeiden".

Die Mutter quasselte genauso schnell wie ihre Tochter.

„Sie haben aber nicht zufällig in den letzten Tagen etwas von ihr gehört oder gesehen?" wollte Henne noch wissen.

„Ne, die habe ich das letzte Mal am Freitagabend beim Elternstammtisch gesehen und das hat mir für das nächste halbe Jahr gereicht. Die hat sich wieder so unmöglich benommen. Das war schon mehr als peinlich."

„Wie meinen sie das?" „Zuerst hat sie auf Frau Landmann rumgehackt. Das ist die Elternbeiratsvorsitzende, die hat die Klassenreise für die Schüler organisiert, die nun leider abgesagt wird. Dann hat sie Frau Dr. Dreiseitel wegen eines Rezepts attackiert, bis die wütend aufgestanden und abgehauen ist. Als dann endlich alles vorbei war, hat sie wieder auf Juliane, also Frau Landmann eingedroschen. Juliane ist die Mutter von Franziska. Na ja, und dann flirtet sie ganz offensichtlich mit dem Bruder der Wirtin vom Falken. Das war am Freitagabend nicht zu übersehen."

Co holte ihr Black Berry aus der Tasche, das sich schon mehrfach durch anhaltendes Vibrieren bemerkbar gemacht hatte und las die Mitteilungen.

„Alexander, ich denke wir sollten jetzt wieder gehen", ermahnte ihn seine Kollegin. „Ich würde zwar gern noch ein bisschen bleiben und die herrliche Aussicht genießen, aber die Arbeit ruft."

„Sie können jederzeit gern wieder kommen. Abends sieht es hier noch toller aus, wenn die untergehende Sonne die Landschaft in ein rotgoldenes Licht taucht, sieht der Fluss aus wie flüssiges Gold."

„Ich finde es bei Vollmond schöner. Da spukt es hier sogar", lachte Kim. „Ach Kim, du immer mit deinen Phantasien. Sie müssen wissen, meine Tochter will Schriftstellerin werden."

„Dazu benötigt man tatsächlich eine Menge Phantasie, aber auch eine Portion Fachwissen."

Henne grinste die Mutter an. „Was sieht man denn so bei Vollmond, wenn es spukt?" fragte Co, nun neugierig geworden.

„Na zum Beispiel seltsam blinkende Lichter. Man hört Schreie von Menschen, das Rascheln von Büschen, als ob sich jemand darin verstecken würde. Besoffene, die auf der Straße schlafen oder aber Gestalten, die über die Wiesen huschen."

„Für den Anfang ist das schon ganz schön gruselig."

Frau Jakobi und die Kommissare mussten lachen. „Du bist gemein, Mama, nie glaubst du mir."

Der Fehler der Erwachsenen in der Erziehung ihrer Kinder ist der, dass man sie zu wenig ernst nimmt, dachte Kim wütend. Aber sie ließ sich nicht beirren und wusste genau, dass die merkwürdigen Geräusche und Ereignisse in der Nacht von Samstag auf Sonntag nicht ihrer Phantasie entsprangen.

*

„Sag mal, was hast du denn jetzt auf einmal mit dieser Frau Weghaus zu schaffen?" wollte Cosima auf dem Weg nach unten wissen.

„Die Frau interessiert uns doch gar nicht."

„Vielleicht doch. Die ist nämlich auch seit Samstagnacht verschwunden. Findest du das nicht sonderbar?"

„Woher weißt du denn das schon wieder? Und was soll denn die Mutter von Jens mit Benjamin Dreiseitel zu tun haben?"

„Bernhard hat mir vorhin erzählt, dass seine Frau seit Samstagnacht nicht mehr zu Hause war. Da sind so ein paar Ungereimtheiten, die mich stören. Ich erkläre es dir später. Lass uns mal zu dieser Franziska Landmann fahren. Hoffentlich ist ihre Mutter auch da."

„Rehbein hat mir eine Mail geschrieben. Wir sollen um 15.00 Uhr im Präsidium antanzen. Wahrscheinlich gibt es heute noch eine Pressekonferenz."

*

Im Stadtteil Gambach hielt Henneberg vor einem schicken Einfamilienhaus im Neubaugebiet. Der verwüstete Garten stand jedoch im Kontrast zu dem sonst sehr gepflegten Gebäude, ebenso wie die Spanholzplatte, mit der die Terrassentür verschlossen war. Der mit Bruchsteinen ausgelegte Zugang zum Haus war mit Resten eines ehemals hellen Teppichbodens abgedeckt. Neben der Haustür standen eine Schippe, ein Rechen und mehrere Eimer, aus denen Putzlappen heraushingen. Das Klingelzeichen erzeugte lautes Hundegebell im Inneren des Hauses. Die Tür wurde von einem blonden Teenie geöffnet. Sie versuchte, einen Hund am Halsband festzuhalten. „Amiga, aus jetzt!" „Ist Franziska zu sprechen?"

Die Kommissarin hielt dem Mädchen ihren Dienstausweis vor die Nase. Ohne Notiz von dem Ausweis zu nehmen, schrie das Mädchen „Franzi, dein Typ wird verlangt."

Daraufhin ließ sie die Kommissare vor der Tür stehen und entfernte sich. Der Hund beschnupperte aufgeregt Henne und Co. Schließlich erschien ein schlankes, hochgewachsenes Mädchen mit schulterlangen braunen Haaren in der Tür. Sie hatte die Kommissare schon erwartet. Jens hatte sie bereits informiert. „Amiga, aus. Geh in Deinen Korb."

Der Hund hörte augenblicklich auf das Kommando. „Kommen sie rein. Ich würde sie ja gern auf die Terrasse bitten, aber unsere Tür ist kaputt. Während des Sturms ist die Kiefer vom Nachbarn da reingedonnert" erklärte Franziska den Beamten ungefragt. Sie nahmen im Esszimmer Platz, das durch die Sonne aufgeheizt war. Das Zimmer war geschmackvoll mit Möbeln aus heller Eiche im nordischen Landhausstil eingerichtet. Dazu passten die ockergelben Wände und die Gardinen in unterschiedlichen Gelb- und Ockertönen. Auch die Bilder an den Wänden zeugten von einem erlesenen Geschmack der Hausbewohner.

Als wäre es eine Selbstverständlichkeit, mit der Polizei zu sprechen, fragte Franziska die Kommissare, was sie von ihr wollten.

„Franziska, du weißt, dass dein Schulfreund Matthias tot ist?"

„Ja leider, und jetzt tut es mir richtig leid, dass wir uns nicht mehr um ihn gekümmert haben."

„Franziska, kannst du mir sagen, was du an dem bewussten Freitag gesehen hast?"

327

„Ich kam kurz vor dem Klingelzeichen zur fünften Stunde in unsere Klasse zurück. Da habe ich gesehen, wie der Dreiseitel eine Trinkflasche in der rechten Hand hielt und mit der linken Hand etwas aus einem kleinen, braunen Fläschchen hineingeschüttet hat. Er hat aber sofort damit aufgehört als er mich gesehen hat und die Flasche auf den Tisch vor sich gestellt."

„Woher wusstest du denn, dass das die Flasche von Matthias war?"

„Außer Matze hat niemand mehr so eine Flasche benutzt. Das ist nicht mehr angesagt."

„Und warum hast du Matthias nicht darauf aufmerksam gemacht, dass Benjamin etwas in seine Flasche getan hat?"

„Ich sitze ganz vorne und Matze ganz hinten. Er kam auch später zur Stunde. Und ganz ehrlich, ich habe nicht gedacht, dass der Dreiseitel was Schädliches in die Flasche schütten würde. Ich habe mir eigentlich gar nichts dabei gedacht. Erst als Dr. Mahler uns am Montag erzählt hat, was passiert ist, habe ich die Zusammenhänge gecheckt."

Hoch erhobenen Kopfes berichtete die Jugendliche selbstbewusst von dem Vorfall.

„Ich muss aber ganz sicher sein, dass ich dich richtig verstanden habe. Du hast ganz genau gesehen, dass Benjamin Dreiseitel aus einer kleinen braunen Flasche etwas in die Flasche von Matthias Beisel geschüttet hat?" fragte Henne.

„Ja, sag' ich doch. Da bin ich mir ganz sicher. Das kann ich vor jedem Gericht der Welt beschwören. Und Basti muss es auch gesehen haben und Aime ebenso."

„Apropos Aime, wusstest du, dass Benjamin etwas mit dem Mädel hatte?"

„Nein, bis gestern wusste ich das nicht. Und ich kann es auch nicht so richtig glauben. Der Dreiseitel hat sich immer sehr abfällig über Ausländer und arme Menschen geäußert. Das passt nicht zu seiner arroganten Art."

„Wieso bis gestern?" meldete sich nun Co. „Meine Mutter hat gestern Nachmittag mit Dr. Mahler telefoniert. Er hat ihr erzählt, dass Matze gestorben ist. Und noch so ein paar andere Sachen von Matzes Unfall und von seinen Geschwistern. Ich weiß auch, dass der Dreiseitel seit Samstag verschwunden ist. Aber ich habe es bis jetzt niemandem erzählt. Ehrlich."

Sie hob die rechte Hand zum Schwur. „Aber du hast deine Klassenkameraden gleich von dem Tod deines Mitschülers unterrichtet?"

„Na klar. Was denken sie denn? Das ist doch der Hammer. Ich habe gleich eine SMS rumgeschickt."

„Kein Wunder, dass das heute brühwarm in der Bild-Zeitung steht", empörte sich die Kommissarin.

„Wahrscheinlich hat irgendjemand dieses Blatt informiert. Das war nicht ok. Es ist doch schon genug Leid geschehen. Könnt Ihr euch nicht denken, was die armen Eltern durchmachen?"

Vorwurfsvoll schaute Co das Mädchen an, das vollkommen unbeirrt ihrem Blick standhielt. „Von uns war das keiner. Auf jeden Fall wollte ich das nicht. Ich habe nur dafür gesorgt, dass sich die Clique trifft" kam die Antwort wie aus der Pistole geschossen.

„Und wo habt Ihr euch getroffen?" „Im Biergarten vom Bürgerhaus haben wir zusammengesessen. Wir waren alle sehr traurig über Matzes Tod."

„Hat da jemand mitgehört?" „Wahrscheinlich. Die Terrasse war voll von Gästen und wir waren alle ziemlich aufgeregt. Und dann kam der Freund von Lukas Mutter zu uns an den Tisch und wollte wissen, was los ist. Dem traue ich zu, dass er die Info weitergegeben hat. Das ist so ein schmieriger Typ."

Angewidert verzog Franziska das Gesicht. „Das ist ja jetzt auch egal, wer den Dreck verbreitet hat. Hast du eine Ahnung, was am Freitagabend beim Elternstammtisch vorgefallen ist?" mischte sich nun Henne wieder ein.

„Meine Mutter hat so eine Andeutung gemacht. Sie muss jeden Moment nach Hause kommen. Dann können sie sie selbst fragen."

„Aber was hat das denn mit dem Tod von Matze zu tun?" „Das wissen wir noch nicht. Vielleicht gar nichts. Haben denn Lukas und Felix irgendwas gesehen?"

Henneberg versuchte die Schülerin abzulenken. „Felix und Lukas haben gesagt, sie hätten noch gesehen, wie der Dreiseitel die Trinkflasche auf den Tisch gestellt hat. Alles andere haben sie sich dann auch zusammengereimt. Aber fragen sie doch Basti. Der war im Klassenzimmer, als wir reinkamen."

„Der hat angeblich nichts gesehen." „Das kann ich mir denken, dass der seinen Kumpel nicht verrät", sagte sie verächtlich, „alles Weicheier."

Henne musste schmunzeln bei dem Ausdruck. Die selbstbewusste Art des Mädchens gefiel ihm. Sie war richtig taff, vollkommen unbeirrt. Auf die Mutter war er schon gespannt.

„Hat denn eigentlich keiner von euch Mädels Kontakt zu dieser Aime gehabt?" schaltete sich nun Co wieder ein.

„Nein, obwohl sie bei einer Familie in Gambach war, hat aus der Stadt keiner Kontakt mit ihr gehabt. Sie war, wenn überhaupt, mit den Mädels aus Lang-Göns befreundet."

„Warum war das so?" hakte Co nach. „Am Anfang habe ich versucht, mit ihr Freundschaft zu schließen. Aber sie wollte irgendwie nicht so richtig. Sie war immer nur mit ihrer Gastmutter unterwegs. Vielleicht hatte sie nur starkes Heimweh. Keine Ahnung. Mir war das dann zu blöd und habe es aufgegeben. Nach Weihnachten habe ich mitbekommen, dass sie ab und zu was mit den Lang-Gönsern unternommen hat."

Die Haustür öffnete sich. Der Hund bellte freudig. Schlüssel klapperten. „Hallo, ist irgendwer da?"

Eine attraktive Mitvierzigerin erschien im Türrahmen. Das ebenmäßige, faltenfreie Gesicht wurde von dunklen Haaren im Pagenschnitt umrahmt. Die rot geschminkten Lippen standen im Kontrast zu den braunen Augen. Die leicht gebräunte Haut schimmerte bronzefarben im Licht der Sonne.

Henne betrachtete interessiert die weiblichen Formen von Franziskas Mutter. Juliane Landmann nahm den interessierten Blick des ihr unbekannten Mannes amüsiert zur Kenntnis. Sie war sich der Wirkung auf Männer durchaus bewusst.

„Hallo, ich bin Juliane Landmann. Mit wem habe ich das Vergnügen?"

„Hauptkommissar Henneberg und das ist meine Kollegin Oberkommissarin Cosima von Mittelstedt. Wir sind wegen des Todes von Matthias Beisel hier."

Sie reichten sich die Hände. Für so eine attraktive Erscheinung ist der Händedruck der Frau ungewöhnlich fest, dachte Henneberg, ohne die Mutter Franziskas aus den Augen zu lassen, die sich nun ihm gegenüber am Esstisch niederließ.

„Der Tod von Matthias ist tragisch und so überaus sinnlos. Ich komme gerade aus dem Reisebüro. Die Klassenfahrt übernächste Woche musste ich stornieren. Aber wie kann ich ihnen nun helfen?"

„Sie sind die Elternbeiratsvorsitzende der Klasse und verfügen anscheinend über allerhand Kenntnisse. Dr. Mahler hat uns berichtet, dass sie ihm von Streitigkeiten zwischen Frau Weghaus und Frau Dr. Dreiseitel während des Elternstammtisches berichtet haben. Können sie uns sagen, was da vorgefallen ist?"

„Was hat das denn mit dem Tod von Matthias zu tun?" Julianne Landmann hob erstaunt die Augenbrauen und fixierte mit ihrem Blick den Kommissar.

„Liebe Frau Landmann", säuselte er in ungewohnt netter Weise, „das wissen wir noch nicht so genau. Aber möglicherweise gibt es da einen Zusammenhang. Würden sie uns also bitte erzählen, was am Freitagabend zwischen den beiden Damen vorgefallen ist", forderte er Frau Landmann auf.

„Ich hatte das Vergnügen, zwischen Annedore Weghaus und Frau Dr. Dreiseitel zu sitzen. Ich kann diese Weiber auf den Tod nicht ausstehen. Die eine schwätzt zu viel, die andere ist arrogant ohne Ende. Sie stören den sonst so harmonischen Elternstammtisch durch ihre bloße Anwesenheit. Am Freitagabend kam es dann zu einem Disput zwischen den beiden. Annedore hat Frau Dr. Dreiseitel auf ein Rezept angesprochen, das auf ihren Sohn Jens ausgestellt war, der aber gar nichts davon wusste. Es ging um eine Aknecreme. Jens hat aber gar keine Akne, Benjamin dafür umso mehr. Und Benjamin muss wohl dieses Rezept in der Apotheke abgegeben haben".

„Wo finden wir die Apotheke?"

Hauptkommissar Henneberg hatte es plötzlich sehr eilig. Er erhob sich von seinem Stuhl und forderte seine Kollegin mit einem Blick auf, ihm zu folgen.

„Die Apotheke ist am Bürgerplatz. Sie müssen sich allerdings beeilen. Die schließen um 13.00 Uhr für eine Stunde.

*

„Sag mal, in welchem Fall ermittelst du inzwischen? Ich blicke nicht so ganz durch, was du mit der Fragerei nach diesem dämlichen Rezept erreichen willst."

Co war noch nicht angeschnallt, als ihr Kollege das Auto startete und mit quitschenden Reifen die Brückfeldstraße in Richtung Ortsmitte entlang fuhr.

„Ich vermute, dass es zwischen dem Verschwinden von Annedore Weghaus und dem von Benjamin Dreiseitel eine Verbindung gibt. Das hat vielleicht was mit dem Rezept zu tun."

„Dann wären ja unsere ganzen Vermutungen falsch."

„Überhaupt nicht. Aber bitte gib mir noch etwas Zeit. Es fehlen noch ein paar Puzzle-Teile."

Co wollte ihren Kollegen nicht weiter ausfragen. Er war einer der besten Ermittler, über die die Wetterauer Polizei verfügte und war für seine Kombinationsgabe bekannt. Sie vertraute ihm voll und würde sich in Geduld üben, bis er ihr alles berichten würde.

Auf dem Bürgerplatz waren Mitarbeiter des städtischen Bauhofes gerade damit beschäftigt, die Reste herabgefallener Äste zu beseitigen. Seit Dienstagnacht wussten die Arbeiter nicht, wo sie zuerst anpacken sollten. Mit dem Arbeitsaufkommen, das der Sturm verursacht hatte, waren sie völlig überfordert. Es würde noch Tage dauern, bis alle Spuren auf den öffentlichen Plätzen und an den Gebäuden beseitigt wären.

Henne lenkte den schweren Wagen in die Lücke zwischen zwei parkenden Autos. Die Kirchturmuhr schlug gerade ein Uhr, als sich die automatische Tür der Apotheke direkt vor seiner Nase schloss. Wütend klopfte er gegen die Scheibe.

Die Apothekerin erschien kopfschüttelnd im Verkaufsraum. Sie wollte in ihre verdiente Mittagspause antreten. Der Kommissar hielt seinen Ausweis hoch.

„Kriminalpolizei. Bitte öffnen sie die Tür. Wir müssen sie dringend sprechen", forderte er die Frau auf der anderen Seite der Glastür in einem forschen Ton auf. Die Apothekerin öffnete widerwillig die Tür und ließ Henne und seine Kollegin eintreten. Die automatische Tür schloss sich geräuschlos hinter den Eintretenden.

„Sind sie die Eigentümerin der Apotheke?" „Ja. Ich bin Simone Frede und führe die Apotheke seit fünf Jahren. Wie kann ich ihnen helfen?"

„Henneberg, von Mittelstedt, von der Kripo Friedberg. Wir wollen sie nicht lange aufhalten. Wir ermitteln in einem Tötungsdelikt und haben ein paar Fragen an sie. Können sie uns bitte sagen, ob am Freitag ein Rezept, ausgestellt auf einen Jens Weghaus, bei ihnen abgegeben wurde und zwar von wem und wer es abgeholt hat?"

„Muss ich darauf antworten? Schließlich handelt es sich hier um die Intimsphäre meiner Kunden."

„Liebe Frau Frede. Ja, das müssen sie. Wir können sie aber auch auf das Polizeipräsidium nach Friedberg mitnehmen, falls ihnen das Reden dort leichter fällt", reagierte Henne erneut recht unwirsch.

„Ja also, das Rezept wurde bereits am Donnerstagnachmittag von Benjamin Dreiseitel, dem Sohn von Frau Dr. Dreiseitel, gebracht. Es war auf seinen Schulfreund Jens Weghaus ausgestellt. Eigentlich wollte er die Aknecreme gleich mitnehmen. Aber die war nicht vorrätig und ich bat ihn, am nächsten Tag wiederzukommen. Als Frau Weghaus am Freitag vorbei kam, um ihr Blutdruckmittel abzuholen, habe ich ihr das Medikament für ihren Sohn mitgegeben. Die war jedoch ganz erstaunt, dass ihr Sohn ein solches Medikament benötigte. Aber sie hat es mitgenommen."

„Kam das öfter vor, dass Benjamin Dreiseitel Rezepte für seinen Schulfreund brachte und sie auch abholte?"

„Ja, das war öfter der Fall." „Und hat er auch Rezepte, die auf andere Personen ausgestellt waren, vorbeigebracht und das Medikament gleich mitgenommen?"

„Ja, das kam auch vor." „Kam ihnen das nicht sonderbar vor?"

„Zunächst nicht. Es ist ja durchaus normal, dass die Arztpraxen Rezepte ihrer Patienten direkt in die Apotheke geben und die Patienten sie dann hier abholen. Deshalb dachte ich, dass Benjamin seinem Freund nur einen Gefallen tun wollte. Aber nachdem es mehrfach vorgekommen ist, wurde ich stutzig. Deshalb habe ich ganz bewusst Frau Weghaus das Medikament in die Hand gedrückt. Ich dachte mir, es ist besser, eine dritte Person kommt dahinter und spricht die Ärztin an, als wenn ich das tue. Ich bin ja mehr oder weniger auf eine gute Zusammenarbeit mit ihr angewiesen."

„Was waren das für Medikamente? Waren auch Betäubungsmittel dabei oder Abführrmittel?"

„Meistens waren es Medikamente für Sportverletzungen oder eben diese Aknecreme. Die Pille habe ich zweimal rausgegeben. Betäubungsmittel natürlich nicht, aber leichte Schlafmittel und das eine oder andere Schmerzmittel schon. Diese Medikamente waren aber auf Erwachsene ausgestellt. Abführmittel sind gar nicht mehr verschreibungspflichtig."

„Und das hat sie nicht stutzig gemacht?" „Wie schon gesagt, zunächst nicht. Benjamin hat mir sehr überzeugend erzählt, dass er nach der Schule in der Praxis seiner Mutter aushelfe und die Medikament für die Patienten, in dem Fall für Freunde der Familie, besorgen würde."

„Ist denn, nach dem sie Frau Weghaus das Medikament mitgegeben haben, etwas passiert?"

„Das kann man wohl sagen. Am Samstagmorgen kam Frau Dr. Dreiseitel höchst persönlich hierher und hat mich zur Schnecke gemacht, weil ich ihrem Sohn Medikamente ausgehändigt hätte. Sie wollte mich zur Verantwortung heranziehen, falls irgendetwas an die Öffentlichkeit dringen würde. Als wenn ich was dafür könnte."

„Danke, das ist alles was ich wissen wollte. Angenehme Mittagpause Frau Frede."

„Bingo. Dachte ich mir es doch. Jetzt werden wir der feinen Frau Dr. Dreiseitel noch einmal einen Besuch abstatten. Kannst du bitte fahren? Ich muss in der Zwischenzeit mit dem Staatsanwalt sprechen. Was sagen deine Mails, gibt es neue Erkenntnisse über den Aufenthaltsort unseres Verdächtigen?"

„Keine Spur. Außerdem hätte sich Stückchen gemeldet, wenn es etwas Neues geben würde. Ich glaube, ich weiß jetzt, was du denkst. Der Junge ist gar nicht wirklich verschwunden. Der versteckt sich hier irgendwo, weil er so viel Mist gebaut hat."

„Vielleicht liege ich total falsch. Aber mich hat mein Instinkt noch nie im Stich gelassen. Kannst du dich bitte mit dem Erkennungsdienst in Verbindung setzen. Die sollen sich schnellstmöglich einen richterlichen Beschluss besorgen und die Kassette aus der Überwachungskamera der Sparkasse in Butzbach organisieren. Mich interessieren die Aufnahmen vom Dienstagmittag aus dem Vorraum, in dem die Geldautomaten stehen. Sie sollen kontrollieren, wer um 13.30 Uhr Geld abgehoben hat, männlich oder weiblich. Das muss möglichst heute noch erledigt werden."

Bevor Co noch etwas antworten konnte, hatte Henne schon den Staatsanwalt am Ohr. Als sie vor dem Haus der Dreiseitels in Münzenberg anhielt, beendete ihr Kollege das Telefonat. Co stieg aus und rief den Erkennungsdienst an.

„Sie kümmern sich sofort darum. Wir kriegen heute noch Nachricht", teilte Co mit.

„Der Bericht der Gerichtsmedizin ist da. Matthias Beisel ist eindeutig an Nierenversagen gestorben. Die eine Niere hat den Stress nicht ausgehalten. Vermutlich ist er aber auch zu spät in die Klinik eingeliefert worden. Seine Eltern waren wohl von Freitag auf Samstag verreist und haben ihn bei ihrer Rückkehr am Samstagabend bewusstlos zu Hause aufgefunden."

„Das würde ja bedeuten, dass der Junge hätte gerettet werden können, wenn man ihn rechtzeitig zu einem Arzt gebracht hätte."

„Ich bin zwar keine Ärztin, aber wahrscheinlich hast du recht."

*

Im Hause Dreiseitel tagte gerade der Familienrat. Sowohl der Vater als auch das Ehepaar Dreiseitel, die Eltern der Ärztin, waren anwesend. Mit am Esstisch saßen auch die Zwillinge Marc und Lena sowie die Freundin und Anwältin der Familie.

Ulla führte die Kommissare ins Esszimmer, wo man sie neugierig anschaute. Die Neugier wich Enttäuschung, als man hörte, dass es nichts Neues von dem Vermissten gab.

In der Mitte des Tisches lag die Ausgabe der Zeitung, die alles ins Rollen gebracht hatte. Frau Dr. Dreiseitel hatte diese am Morgen während der Praxis von ihrer Mitarbeiterin Heidi Schlotterbeck überreicht bekommen, mit der Frage, wie es denn eigentlich Benjamin gehe. Von ihrer Tochter hatte Frau Schlotterbeck erfahren, dass man den Sohn ihrer Chefin für die Attacke mit dem Abführmittel verantwortlich mache und dass er seit Montag nicht mehr in der Schule war. Sie konnte sich ihren Teil daraufhin denken. Schließlich war ihr nicht entgangen, dass die Assistenzärztin, Frau Dr. Reinheimer, vor ein paar Tagen nach einem Abführmittel gefragt hatte, dass aus ihrem Sprechzimmer verschwunden war. Das erzählte sie ihrer Chefin jedoch nicht. Sie wollte ihre Stellung nicht verlieren. Auch wenn ihre Chefin sehr launisch war, war sie froh, nach einer längeren Zeit der Arbeitslosigkeit wieder einen Job gefunden zu haben.

„Frau Dr. Dreiseitel, wir hätten noch einige Dinge mit ihnen zu besprechen."

„Kommen sie, wir gehen auf die Terrasse. Die Kinder müssen nicht alles hören. Es ist sowieso schon alles schlimm genug für sie."

„Ich komme mit, wenn es recht ist. Ich vertrete die Familie in allen Rechtsfragen."

Die Anwältin erhob sich. Die Hausherrin öffnete die Terrassentür.

„Volker kommst du bitte auch mit. Es ist schließlich auch dein Sohn" sagte sie in spitzem Ton zu ihrem Mann, der keinerlei Anstalten machte, sich zu erheben.

„Frau Dr. Dreiseitel, Herr Dr. Dreiseitel, sie haben ja schon diese Zeitung gelesen, wie wir gesehen haben.

Wir befürchten, dass morgen noch mehr von diesem Mist in diesem Blatt erscheinen wird. Und nicht nur in dieser Zeitung. Ich habe gerade mit dem Staatsanwalt gesprochen. In Friedberg ist die Hölle los. Sämtliche große Zeitungen und mehrere Fernsehsender möchten über diese Sache berichten. Auch die Schule wird mit Anfragen bombardiert. Der Anwalt der Familie Beisel macht Druck auf unseren Polizeidirektor, mit dem er befreundet ist. Es ist nur eine Frage der Zeit, bis man herausfindet, wer für den Tod von Matthias Beisel verantwortlich ist. Wir können die Angelegenheit nicht länger geheim halten und müssen nun öffentlich nach ihrem Sohn fahnden."

Damit hatte Henne alles Wichtige in Kürze erklärt. „Frau Dr. Dreiseitel, würden sie uns noch ein paar Fragen beantworten?"

„Ulla, ihr müsst gar nichts sagen, wenn ihr euren Sohn damit belastet."

Die Anwältin funkelte die Kommissare böse an. „Außerdem ist noch gar nicht bewiesen, dass Benjamin für den Tod des Jungen verantwortlich ist."

„Irrtum. Die Gerichtsmedizin hat festgestellt, dass Matthias Beisel an Nierenversagen auf Grund der Dehydration gestorben ist. Die wiederum ist durch schweren, anhaltenden Durchfall hervorgerufen worden."

Henne war kurz davor, die Geduld zu verlieren. Dass außer Franziska und Kim bisher keiner der Mitschüler zugegeben hatte, gesehen zu haben, wie Benjamin das Mittel in die Flasche geschüttet hatte, behielt er für sich. Hierzu mussten sie noch einmal Sebastian Wetz aus Ober-Hörgern befragen.

„Frau Dr. Dreiseitel, natürlich müssen sie uns nichts sagen, aber überlegen sie bitte, ob sie uns nicht helfen wollen, Ihren Sohn zu finden und die Sache ordentlich aufzuklären. Das kann doch nur in ihrem Interesse sein. Die Medien werden sich auf die Sache stürzen. Sobald sie erfahren, was in der Schule passiert ist, werden diese Hyänen hier auftauchen. Dann können wir sie nicht mehr schützen. Das wird für sie das reinste Spießrutenlaufen werden."

Die Kommissarin sprach betont langsam zu den Eltern. „Verdammt noch mal Ulla, jetzt mach den Mund auf. Mir reicht dieses Schmierentheater. Du ruinierst unsere ganze Existenz."

Volker fuhr seine Frau böse an. Seine Augen blitzten zornig.

„Und du halte dich aus der Sache raus. Ich habe dich nicht beauftragt", blaffte er die Anwältin an. Er konnte die Freundin seiner Frau nicht leiden.

„Was wollen sie wissen?" fragte die Mutter hochnäsig.

„Frau Dr. Dreiseitel, sind sie ganz sicher, dass sich ihr Sohn nicht irgendwo hier in der Nähe aufhält?"

„Ich habe nicht die geringste Ahnung, wo mein Sohn steckt."

„Eine andere Frage. Wir haben erfahren, dass ihr Sohn ein Rezept in der Apotheke in Gambach abgegeben hat, das auf einen seiner Mitschüler ausgestellt war und das er dann selbst abholen wollte. Offenbar war es auch nicht das erste Mal. Wissen sie etwas davon?"

Die Ärztin sah die Kommissare erschrocken an. „Ja, die Mutter von Jens Weghaus hat mich während des Elternstammtisches am Freitag darauf angesprochen."

„Haben sie das Rezept ausgestellt?" „Nein, das habe ich nicht. Vermutlich hat Benni das gemacht."

Volker schüttelte empört den Kopf. Die Anwältin schüttelte ungläubig den Blick.

„Können sie uns das erklären. Ich meine, wie kommt denn ein Sechzehnjähriger dazu, sich ein Rezept auszustellen?"

„Benni hat in den Ferien und manchmal auch an seinen freien Nachmittagen Rezepte für unsere Patienten erstellt. Wenn die Patienten hier anrufen, läuft zunächst ein Band. Der Anrufer wird gefragt, ob er einen Termin oder ein Rezept möchte. Wenn er einen Termin möchte, wird der Anruf durchgestellt. Wenn er ein Rezept möchte, gibt der Patient seinen Namen, sein Geburtsdatum und den Namen bzw. die Stärke des Medikamentes an. Wir stellen nach einer Überprüfung, ob das Medikament schon einmal dem Patienten verschrieben wurde, ein Rezept aus und geben es in die Apotheke. Dort kann sich dann jeder das Verschriebene abholen. Auf Wunsch kann das Medikament auch gebracht werden. Das machen viele Praxen so. Benni hat in den Ferien das Band abgehört und die bereits vorab unterschriebenen Rezepte für die Patienten ausgestellt und ausgedruckt. Nach der Praxis hat er sie dann in die Apotheke gebracht. Das hat ihm Spaß gemacht."

„Das heißt, es war ein Leichtes für ihn, sich über ein Rezept für eine dritte Person ein Medikament zu besorgen?"

„Theoretisch schon" gab die Ärztin zu. „Ulla wie konntest du nur so was zulassen? Dadurch konnte sich Benjamin doch Zugang zu Patientendaten verschaffen."

„Ich wollte ihn doch nur beschäftigen. Ich konnte doch nicht wissen, dass er das missbraucht."

„Das hat er aber offenbar. Die Apothekerin hat uns berichtet, dass ihr Sohn mehrfach Rezepte vorgelegt hat, die auf andere ausgestellt waren. Er hat die Medikamente immer gleich mitgenommen. Im guten Glauben, dass ihr Sohn seinen Freunden einen Gefallen tun will, hat Frau Frede ihm die Medikamente gegeben."

„Das war ziemlich dumm von ihm." „Dir ist schon klar, dass du dadurch deine Approbation verlieren kannst, Ulla?"

Vorwurfsvoll herrschte Volker seine Frau an. „Dr. Dreiseitel, beruhigen sie sich. Wir ermitteln nicht wegen der Fälschung von Rezepten sondern wegen eines Tötungsdeliktes."

„Haben sie mit ihrem Sohn über dieses Rezept gesprochen?"

„Ja am Samstagmorgen habe ich ihn zur Rede gestellt und ihm erklärt, dass ich deswegen ziemlich viel Ärger bekommen kann. Ich habe ihm dann verboten, abends wegzugehen."

„Was hat ihr Sohn denn dazu gesagt?" „Er ist ziemlich wütend geworden und meinte, ich solle mich wegen so eines blöden Rezepts nicht so anstellen. Und, dass die blöde Weghaus-Schlampe noch an ihn denken werde."

Volker sprang von seinem Stuhl auf und ging auf dem Rasen auf und ab. Eine ganze Weile sprach niemand ein Wort. Das Gehörte war so ungeheuerlich, dass selbst die Anwältin und die Kommissare geschockt waren.

„Frau Dr. Dreiseitel, Frau Frede hat uns berichtet, dass sie bei ihr in der Apotheke waren. Haben sie auch mit Frau Weghaus gesprochen?"

„Ist ja auch egal. Jetzt kann ich ihnen auch alles erzählen."

Gespannt hörten die Anwesenden zu. „Nachdem ich mit Benni gesprochen hatte, bin ich in die Apotheke gefahren und habe Frau Frede zur Rede gestellt. Da habe ich erst erfahren, dass er schon öfter Rezepte vorgelegt hat. Dann bin ich nach Ober-Hörgern zu Frau Weghaus gefahren. Die hatte ich gleich nach dem Gespräch mit Benni angerufen und sie hat mich gebeten, bei ihr vorbeizukommen, weil es ihr nicht gut ginge."

„Was hatte Frau Weghaus denn?" „Ich dachte, sie hätte auch die Magen-und Darmgrippe. Aber als ich dort ankam, war mir gleich klar, dass sie andere Sorgen hatte. Zu meiner Überraschung erzählte sie mir, dass ihr Mann sie in der vergangenen Nacht windelweich geprügelt und sie nun starke Schmerzen hätte. Die Blutergüsse, die ich dann im Bauch- und Brustbereich feststellte, deuteten eindeutig auf Schläge hin. Durch Abtasten konnte ich nicht eindeutig feststellen, ob sie vielleicht auch eine oder mehrere Rippen gebrochen hatte. Ich wollte das aber nicht ausschließen und bat sie, ins Krankenhaus zu fahren und sich röntgen zu lassen."

Hier unterbrach die Ärztin ihren Bericht. „Und, war sie im Krankenhaus?"

„Keine Ahnung. Ich habe ihr auf jeden Fall eine Überweisung ausgestellt, ihr fürs Erste eine Spritze gegeben und ihr noch starke Schmerzmittel verschrieben.

Ich habe ihr auch geraten, sich zu schonen und für ein paar Tage zu Hause zu bleiben. Aber sie wollte sich nicht krankschreiben lassen."

„Hat sie denn irgendetwas gesagt, ob sie ihren Mann verlassen will?"

„Ich habe ihr gesagt, dass sie das Schwein verlassen und ihn anzeigen soll, aber das wollte sie nicht. Sie hat mich eindringlich gebeten, die Sache für mich zu behalten."

„War sie denn nicht noch mal bei ihnen im Laufe der Woche?"

„Nein, das ist ja das Sonderbare. Heute Morgen war ihr Mann bei mir in der Praxis. Ich habe ihn gefragt, wie es seiner Frau geht und warum sie nicht noch mal zu mir gekommen ist. Und da hat er mir ziemlich frech geantwortet, dass seine Frau seit Samstag im Urlaub ist und ich gefälligst vor meiner eigenen Tür kehren soll."

„Da schließt sich der Kreis, Cosima."

Henne grinste seine Kollegin allwissend an.

„Was meinen sie damit und wie lange soll denn diese unsinnige Befragung hier noch weitergehen? Was hat das denn alles mit dem Verschwinden von Benni zu tun?"

„Lieber Herr Dr. Dreiseitel, wir versuchen im Moment mehrere Puzzleteile zusammenzufügen. Ob diese alle zu einem Bild passen, können wir zu diesem Zeitpunkt noch nicht sagen. Aber es ist nicht auszuschließen. Wir sind aber nun fertig für den Moment."

„Wie wird es denn jetzt weitergehen? Können sie denn nun anhand der Angaben rauskriegen, wo sich der Sohn der Dreiseitels aufhält?" mischte sich nun die Anwältin ein.

„Leider nicht. Wir müssen jetzt verstärkt nach ihm fahnden. Die Medien werden ziemlich schnell den Namen von Benjamin herauskriegen, selbst wenn wir uns bedeckt halten. Ich kann den Dreiseitels nur raten, keine Journalisten ins Haus zu lassen und zu niemandem ein Wort zu sagen. Am besten wäre es, wenn sie ihre Praxis für eine Weile schließen und zumindest für die nächsten Tage von hier verschwinden würden."

„Das kommt gar nicht in Frage. Die Praxis bleibt auf. Die Patienten bleiben schon von alleine weg, wenn sich das rumspricht."

„Ich habe mir schon Urlaub genommen. Ich kann mir den Hohn und Spott meiner Kollegen bestens vorstellen."

Das Gesicht von Volker war rot vor Wut. „Das kann ihnen leider niemand ersparen."

„Wenn sie Hilfe brauchen, melden sie sich." Damit verabschiedeten sich die Ermittler von der Familie. Durch die Gartenpforte gelangten sie auf die Straße zu ihrem Auto.

*

Henneberg zündete sich die unvermeidliche Zigarette danach an, wie er es nannte. Er blickte über die Salzwiesen. Sein Blick streifte weiter über die Wetter bis zu den Dächern von Ober-Hörgern. Er versuchte, seine Gedanken zu ordnen. Wenn Annedore Weghaus nicht im Urlaub, sondern ihr etwas zugestoßen war, was es noch zu ermitteln galt, hätte er gleich mehrere Verdächtige. Er war sich jedoch sicher, dass beide Fälle etwas miteinander zu tun hatten. Es wäre das erste Mal, dass er sich in all den Jahren irren würde.

„Ich sehe schon, wie sich die Zahnrädchen in deinem Kriminalistenhirn drehen. Mir ist schon klar, wie die ticken, aber ich halte deine Theorie für ziemlich weithergeholt. Du glaubst doch nicht im Ernst, dass Benjamin die Mutter seines Mitschülers wegen eines Rezepts umgebracht hat und dann verschwunden ist."

„Wieso denn nicht? Erst schüttet er seinem Schulfreund was in das Getränk und bringt ihn damit um. Dann bringt er die Mutter seines Schulfreundes um, weil die ihm Schwierigkeiten wegen des Rezepts machen kann und verschwindet mit der Tasche der Toten. Zudem ist seine Freundin abgereist. Vielleicht liebt er die, vielleicht auch nicht. Da gibt es ja ziemlich widersprüchliche Aussagen. Es gibt aber nichts, was ihn hier hält. Am Dienstag besorgt er sich noch Geld vom Konto der Familie Weghaus. Entweder ist er mit dem Geld verschwunden oder aber er hält sich hier irgendwo auf. Wie auch immer, der junge Mann scheint mir ziemlich viel kriminelle Energie zu besitzen."

„Es könnte doch auch sein, dass Frau Weghaus ins Krankenhaus gegangen ist", entgegnete Co.

„Könnte theoretisch möglich sein. Aber dann hätte Bernhard doch mit Sicherheit was von ihr oder vom Krankenhaus gehört. Aber wenn es dich beruhigt, sage Stückchen, sie soll mal die umliegenden Kliniken anrufen und nachfragen, ob eine Annedore Weghaus am Wochenende dort eingeliefert wurde."

„Ok, mache ich gleich. Kannst du jetzt deine Energie in Richtung Friedberg lenken? Wir müssen ins Büro zurück. Sonst kriegen wir Ärger mit Rehbein und unserem heiß geliebten Staatsanwalt.

Henneberg hatte gerade den Motor gestartet, als Cosimas Black Berry zu summen begann. Die Nummer auf dem Display gehörte zum Apparat von Angelika Stückrat, der Sekretärin und guten Seele des K 10, die von allen liebevoll nur Stückchen genannt wurde.

„Hallo Stückchen, was gibt es? Wir sind gerade auf dem Rückweg ins Präsidium."

„Ich wollte nur wissen, ob ihr schon unterwegs seid. Hier ist ganz schön dicke Luft."

„Wir sind unterwegs. Stückchen, kannst du bitte mal die Kaffeemaschine anschmeißen und uns ein bisschen Gebäck besorgen. Ich habe einen Mordshunger."

„Geht klar Co, ich stelle euch alles in den Konferenzraum. Beeilt euch aber bitte, die ersten Hyänen umkreisen schon das Gebäude."

Stückchen lachte über ihren Witz. Selbst der nächste Auftrag von Co, die umliegenden Kliniken wegen Annedore Weghaus anzurufen, konnte ihre gute Laune nicht vertreiben.

*

Die Besprechung im Konferenzraum des Polizeipräsidiums, an der Polizeidirektor Rehbein, der leitende Staatsanwalt, der Pressesprecher des Wetteraukreises sowie die beiden Ermittler Henneberg und von Mittelstedt teilnahmen, dauerte ganze 15 Minuten. Mehr Zeit blieb nicht bis zur kurzfristig einberufenen Pressekonferenz, die vor allem auf Druck der Medien, aber auch des Polizeipräsidenten von

Mittelhessen zustandengekommen war. Der Polizeipräsident war ein guter Freund des Anwaltes der Familie Beisel, der seinem Freund die Hölle heiß machte. Henne und Co erstatteten einen kurzen Bericht über die Fakten, die sie im Todesfall Matthias Beisel zusammengetragen hatten. Es stand eindeutig fest, wer und was für den Tod des Schülers verantwortlich war. Das Motiv für die unsinnige Tat war jedoch nicht klar, da der Verantwortliche im Moment unauffindbar war. Man war sich einig, dass die Fahndung nach Benjamin Dreiseitel verstärkt werden müsste, wollte der Presse gegenüber aber noch Zurückhaltung an den Tag legen.

Henneberg erwähnte seine Vermutung, dass es in diesem Zusammenhang eine weitere vermisste Person geben könnte. Zum jetzigen Zeitpunkt könnte er aber noch nicht mehr sagen und bat diese Mitteilung zunächst ebenfalls als reine Spekulation zu bewerten.

Der Pressesprecher der Wetterauer Kripo empfing die Vertreter der Medien in seiner gekonnt ruhigen Art und fütterte die Anwesenden mit den vorhandenen Fakten. Aus Gründen des Persönlichkeitsschutzes wolle man den Namen des Verantwortlichen zunächst nicht bekannt geben. Die Ermittlungen seien noch nicht endgültig abgeschlossen.

Die anfallenden Fragen beantworteten er oder Hauptkommissar Henneberg kurz und sachlich. Auf Spekulationen zu dem Motiv ließ man sich nicht ein.

Der Staatsanwalt versprach abschließend, die Medien auf dem Laufenden zu halten und bat darum, sich bei der Berichterstattung an den Fakten zu orientieren.

Die ganze Sache sei traurig genug. Der versteckte Hinweis galt vor allem der Regenbogenpresse.

Unter den Reportern entdeckte Alexander Henneberg Frau Landmann, die Mutter von Franziska. Er trat zu der Frau und begrüßte sie.

„So schnell sieht man sich wieder. Für welche Zeitung berichten sie?"

„Ich arbeite für die hiesige Lokalpresse. Eigentlich lässt mein Chef sich so was nicht entgehen, aber heute hatte er keine Zeit. Also werde ich mich mit der Sache befassen. Könnte sein, dass wir das eine oder andere Mal noch miteinander zu tun haben."

„Ich wüsste nicht, was mir besser gefallen könnte. Wenigstens ein Lichtblick in dieser traurigen Geschichte. Hätten sie noch Zeit für einen Kaffee. Ich würde gern noch etwas mit ihnen besprechen."

„Einen Moment habe ich noch, aber ohne Kaffee bitte. Was gibt es so Wichtiges?" wollte Juliane Landmann wissen.

„Ich vertraue darauf, dass sie ihr Wissen über Benjamin vorerst nicht verwenden. Wir haben ganz absichtlich den Namen des Jungen noch nicht bekannt gegeben. Für die Familie Dreiseitel ist das alles schlimm genug."

„Mein Mitleid hält sich in Grenzen. Aber ich hatte nicht vor, mein Wissen zu missbrauchen. Aber mal ganz ehrlich, sie glauben doch nicht, dass das lange geheim bleibt. Dafür wissen schon viel zu viele Leute davon. Wenn sie Pech haben, steht das morgen schon in der Boulevardpresse mit den vier Buchstaben. Warum haben sie nicht einfach gesagt, dass der Verantwortlich zurzeit nicht auffindbar ist?"

„Sie wissen davon?" Henne tat erstaunt.

„Nicht nur ich, auch meine Tochter Franziska. Sie hat mitgehört, als ich gestern mit Dr. Mahler telefoniert habe. Aber sie hält dicht."

„Das ist jetzt auch egal. Wir machen wie gewohnt unsere Arbeit. Wenn wir es für richtig halten, die Öffentlichkeit zu informieren, werden wir das tun. Wenn andere es vor uns tun, können wir es nicht verhindern. Es macht die ganze Sache jedoch ständig nur noch schlimmer."

„Wenn es das war, gehe ich jetzt. Den Kaffee können wir ein anderes Mal trinken."

„Eine Frage hätte ich noch. Kennen Sie Frau Weghaus näher?"

„Ja, leider. Ich habe mit ihr die Hauptschule bis zur vierten Klasse besucht. Nach der Konfirmation haben wir uns aus den Augen verloren. Ich habe sie erst wiedergesehen als unsere Kinder gemeinsam in den Kindergarten gingen. Seit dem habe ich sie an der Backe. Sie ist eine unangenehme Person, aufdringlich, laut und sie zieht ständig über alles und jeden her."

„Können sie mir etwas über ihr Privatleben oder ihre Ehe sagen?"

„Ehrlich gesagt, nicht viel. Aber für meine Begriffe ist die Dame nicht ohne. Am Freitagabend habe ich mitbekommen, wie sie auf Teufel komm raus mit dem Bruder der Wirtin des Falken geflirtet hat. Da konnte selbst ich noch was lernen."

„Glauben sie, dass da irgendetwas zwischen den beiden war, also haben die was miteinander?"

„Für die Verbreitung von Gerüchten ist Frau Weghaus zuständig. Aber ausschließen würde ich ein mögliches Verhältnis nicht."

„Zwischen ihnen und Frau Weghaus hat es doch Streit gegeben. Was war denn der Grund?" „Sie wissen wohl auch alles."

Neckisch blickte Juliane Landmann den Kommissar von unten herauf an. Zwischen ihr und Henne funkte es ganz gewaltig. Das Aussehen und die Art des Mannes gefielen ihr. Zudem hatte sie eine Schwäche für Menschen mit Macht. Und die besaß der Kommissar zweifellos.

„Wir sind die Polizei, schon vergessen? Also, was war da zwischen ihnen und Frau Weghaus?"

„Nichts Schlimmes eigentlich. Sie wusste, dass mein Vater ins Pflegeheim kommen sollte und hat mich darauf in ihrer flapsigen Art angesprochen. Ich habe das selbst erst an dem Tag erfahren und die blöde Kuh breitet das in der Kneipe vor anderen Leuten aus. Das ist alles traurig genug. Die Weghaus ist eine richtige Hexe. Vor 250 Jahren hätte man so ein Weibsstück auf dem Scheiterhaufen verbrannt."

Ein dunkler Schatten huschte über das schöne Gesicht von Juliane. Henne war wie elektrisiert von dem, was sie gerade in ihrer Wut gesagt hatte. Die Gedanken wirbelten in seinem Kopf herum.

Er musste an das denken, was die Schülerin Kim ihm am Vormittag erzählt hatte über die seltsamen Vorkommnisse in den Vollmondnächten und an das große Feuer am Sonntag. Ohne es zu ahnen, hatte Juliane Landmann mit ihrem kleinen Wutausbruch unter Umständen zur Aufdeckung des Verschwindens von Annedore Weghaus beigetragen.

„Frau Landmann, ich muss dann auch mal weiter. Das Kaffeetrinken holen wir nach."

Ohne weitere Erklärung eilte der Kommissar aus dem Raum und ließ Juliane Landmann etwas verwirrt zurück.

*

„Co, lass uns nach Ober-Hörgern fahren. Wir müssen noch mal mit Sebastian Wetz und Bernhard Weghaus reden. Mir lässt die Sache mit Annedore Weghaus keine Ruhe. Irgendetwas ist da faul."

„Du immer mit deinen Vermutungen." „Habe ich mich schon mal geirrt?"

„Nein, das ist ja das Unfassbare. Deine Vermutungen bestätigen sich immer. Darf ich wenigstens daran teilhaben?" „Ich erkläre es dir unterwegs."

Frau Stückrat rief er im Hinausgehen zu: „Stückchen, falls sich der Erkennungsdienst meldet, sage ihnen, sie sollen mich oder Co auf dem Handy anrufen."

„Halt, wollt ihr denn nicht wissen, was ich rausgefunden habe?"

Co kehrte auf dem Absatz um und lief zu der Sekretärin zurück.

„Also was gibt es, was wir noch wissen müssen?"

„Die Nachfrage bei den Kliniken hat nichts ergeben. Annedore Weghaus ist nirgendwo eingeliefert worden."

„Oh je, ich befürchte, dann hat unser Henne mal wieder recht und wir haben es mittlerweile mit zwei Toten zu tun."

Am späten Nachmittag fuhren die Kommissare zum zweiten Mal an diesem Tag in den kleinsten Münzenberger Stadtteil. Auf der B 488 herrschte ziemlich viel Verkehr. Kurz vor Ober- Hörgern trat alles auf die Bremse, weil jeder die fest installierte Geschwindigkeitsmessanlage fürchtete. Auch wenn nun nicht mehr so viel geblitzt wurde und die Geldquelle langsam versiegte, hatte die Anlage auf alle Fälle zur Verkehrsberuhigung beigetragen.

Mitten im Ort bog Henne rechts in die Mühlenstraße ein. Die auf beiden Seiten der breiten Dorfstraße befindlichen Hofreiten mit ihren reich verzierten Holzfachwerken ließen auf einen erheblichen Wohlstand der einheimischen Bevölkerung, die bis in die siebziger Jahre noch ausschließlich von der Landwirtschaft lebte, schließen.

Als Henne und Co vor dem Fachwerkhaus der Familie Wetz am Ende der Mühlenstraße angekommen waren, beendete Henne seine umfangreichen Gedankengänge über die Zusammenhänge zwischen dem Tod von Matthias Beisel und dem Verschwinden von Benjamin Dreiseitel sowie Annedore Weghaus. Überzeugt von den Ausführungen ihres Kollegen war Co noch nicht, aber sie konnte ihm nun besser folgen und die entsprechenden Fragen stellen.

Sie klingelten an der Tür des Fachwerkhauses. Eine Frau mittleren Alters mit strohig blonden Haaren und einem aufgedunsenen Gesicht öffnete ihnen nach einer Weile die Tür. Von der kleinen, stämmigen Frau in einem schlabberigen Hausanzug kam ihnen eine Alkoholfahne entgegen.

„Kriminalpolizei. Sind sie die Mutter von Sebastian?"

„Ja. Was wollen sie?" kam es unfreundlich von dem unsympathischen Wesen an der Haustür.

„Wir hätten gern noch mal mit ihrem Sohn gesprochen. Ist er da?"

„Klar ist er da. Wo soll er auch sonst schon sein. Am Ende des Ganges ist sein Zimmer."

Die Sauberkeit und Ordnung im Haus entsprachen nicht dem Auftreten der Eigentümerin.

Henne klopfte an die Tür am Ende des Ganges. Es verstrichen einige Sekunden, aber nichts rührte sich. Henne setzte erneut zum Klopfen an, als die Tür aufging. Sebastian stand ihnen wie ein Häufchen Elend gegenüber. Aus rot unterlaufenen Augen sah er die Besucher trübe an.

„Was wollen sie denn schon wieder von mir? Ich habe ihnen doch schon alles gesagt, was ich weiß."

Er ließ die Beamten ins Zimmer, ging aber durch die Terrassentür nach draußen in den Garten. Das Ermittlerduo folgte ihm und setzte sich auf eine Bank.

„Setz dich doch bitte, Sebastian. Im Sitzen lässt es sich leichter reden."

Sebastian nahm Platz, vermied es aber, die Ermittler anzuschauen.

„Sebastian, du hast gesagt, du hättest nicht gesehen, wie dein Freund etwas in die Flasche von Matthias geschüttet hat. Das kann aber nicht sein. Die anderen haben gesehen, dass du zugeschaut hast."

Das war zwar gelogen, aber ab und zu mussten Notlügen sein, um eine Antwort zu erhalten. Der Junge sah immer noch unter sich und antwortete nicht.

„Sebastian, wir ermitteln in einem Tötungsdelikt, für das vermutlich dein Freund Benjamin verantwortlich ist. Was du noch nicht weißt, ist die Tatsache, dass dein Freund seit Samstagnacht verschwunden ist."

Jetzt blickte der Junge sie ungläubig an. „Das glaube ich ihnen nicht. Sie bluffen."

„Leider nicht. Benjamin ist Samstagnacht nicht nach Hause gekommen. Seine Eltern wissen nicht, wo er sich aufhält. Also willst du uns jetzt sagen, was du weißt?"

Sebastian begann zu schwitzen. Sein Blick irrte verzweifelt hin und her und blieb schließlich an dem immer noch stillstehenden Mühlrad hängen.

„Sebastian, bitte hilf uns, bevor vielleicht noch Schlimmeres passiert. Dann können wir auch dir helfen. Mit dir ist doch was nicht in Ordnung. Du brauchst Drogen, stimmt´s?"

Co sprach behutsam auf den verstockten Jungen ein. „Und die bekommst du von Benjamin und der ist jetzt verschwunden."

„Mach endlich den Mund auf, Junge. Wir haben nicht endlos Zeit."

Henne verlor wie so oft die Geduld. Er ließ sich nicht gern von so einem Grünschnabel verarschen. Es folgte minutenlanges Schweigen. Die Kommissare saßen wie bestellt und nicht abgeholt auf der Bank in der sinkenden Nachmittagssonne. Sie hätten sich durchaus an der schönen Umgebung und den warmen Sonnenstrahlen erfreuen können.

„Sebastian, wäre es dir lieber, wenn wir dich zum Verhör auf das Polizeipräsidium nach Friedberg bringen lassen?"

Die Kommissarin versuchte erneut ihr Glück. Erschrocken sah Sebastian sie an. Er schwitzte mittlerweile so stark, dass sich auf seinem T-Shirt dunkle Schweißränder bildeten.

„Benni hat das Zeug doch nur in die Flasche getan, weil er dem Matze eins auswischen wollte. Der wollte ihn doch nicht umbringen."

„Und was war der Grund dafür, warum wollte er denn Matthias eins auswischen?"

„Matze hat gesehen, wie Benni mit Aime geknutscht hat. Und da hat Benni Angst gehabt, dass er was zu den anderen sagt."

„Und das war alles. Wegen so einem Scheiß musste Matthias sterben."

Ungläubig starrte Henne den Jungen gegenüber an.

„Matze wusste auch, dass Benni Drogen nimmt und er hat ein paar Mal zu Benni gesagt, dass er das nicht machen soll und das er nicht andere mit hinein ziehen soll."

„Hat er dich damit gemeint? Du nimmst doch Drogen, Sebastian. Das sieht ein Blinder."

Sebastian nickte zustimmend. Tränen liefen ihm über die Wangen.

„Sebastian, wir können dir helfen, denn von Benjamin wirst du vorläufig nichts bekommen. Der ist wie gesagt, verschwunden. Wann hast du deinen Freund das letzte Mal gesehen? Und hast du eine Ahnung, wo er sein könnte? Hältst du es für möglich, dass er versucht, zu Aime nach Südafrika zu gelangen?"

Henne merkte, dass der Widerstand von Sebastian schwächer wurde.

„Benni war am Samstag noch mal hier, nachdem er sich von Aime verabschiedet hatte. Er hat gesagt, dass er die Schnauze voll hat und abhauen will."

„Um wie viel Uhr war das und hat er gesagt, wohin er gehen will?"

„Kurz vor Mitternacht ist er hier aufgekreuzt. Er hat wörtlich gesagt: „Ich hau ab und geh zu Aime." „Glaubst du, dass er das gemacht hat?"

„Keine Ahnung. Ich meine, Benni ist schon ziemlich durchgeknallt. Der macht allen möglichen Scheiß. Aber er ist auch ein ganz schöner Angeber."

„Sag mal, ist das denn normal, dass Benjamin so spät bei dir vorbeikommt? Was sagen denn da deine Eltern?"

„Ach die, die interessieren sich doch gar nicht für mich. Meine Mutter ist nur am Saufen oder Putzen und mein Vater ist immer nur unterwegs, entweder beruflich oder in einem seiner vielen Vereine. Die kriegen doch gar nicht mit, was ich mache oder was mich interessiert."

„Du hast aber noch nicht meine Frage beantwortet. Ist es normal, dass Benjamin hier so spät aufkreuzt?"

„Nein, so spät nicht unbedingt. Aber er kann ja immer über die Terrasse kommen. Wenn er von Gambach nach Hause fährt, nimmt er den Weg über die Brücke und dann guckt er ab und zu mal rein. Ich habe ihm in letzter Zeit ja auch immer ein Alibi gegeben, wenn er bei Aime war."

Dass er mit seinem Freund bei der Gelegenheit Samstagnacht den Körper seiner Nachbarin beseitigt hatte, ließ er unerwähnt.

„Und du bist ganz sicher, dass du von deinem Freund seit Samstagnacht nichts mehr gesehen oder gehört hast?" Sebastian nickte unter Tränen.

„Sag mal, hast du eigentlich Geschwister?"

Sebastian schüttelte verneinend den Kopf. Sein Körper schüttelte sich nun vor Schluchzen. Henne und Co sahen sich irritiert an. Cosima wartete eine Weile, bis sie sich wieder an den Jungen wandte:

„Sebastian, lässt du mich und meinen Kollegen mal einen Moment alleine, bitte. Ich kümmere mich dann gleich wieder um dich."

Sebastian verschwand in sein Zimmer. Ein ungutes Gefühl begleitete ihn. Wo war Benni? Und wie lange würde er sein Lügengerüst noch aufrecht halten können? Irgendwann musste ja rauskommen, dass seine Nachbarin verschwunden war.

„Alexander, lass mich noch einen Moment mit Sebastian allein. Er braucht Hilfe. Das geht natürlich nur auf freiwilliger Basis. Wir wissen ja nun, was für uns wichtig ist. Geh doch schon mal zu deinem Freund nach nebenan. Der erzählt dir wahrscheinlich mehr, wenn du ohne mich dort aufkreuzt. Ich komme in ein paar Minuten nach."

„Ok, ich mach mich dann mal vom Acker." Er ging über den Rasen auf das Nachbargrundstück, wo er Bernhard in einem Liegestuhl sitzend antraf.

*

„Hallo Bernhard. Da bin ich wieder. Kann ich noch mal einen Moment mit dir reden? Ist dein Sohn auch da?"

„Jens hat sich mit seiner Clique verabredet. Ich bin ganz alleine. Ich weiß allerdings nichts Neues von meiner Frau."

„Du warst nicht ganz aufrichtig zu mir. Ich habe mittlerweile einiges gehört, was dir nicht gefallen wird." „Was meinst du?"

Bernhard sah den Freund verunsichert an. „Hat deine Frau einen Liebhaber? Und wenn ja, kann es sein, dass du deswegen handgreiflich geworden bist?"

Bernhard lief knallrot an. Er presste die Lippen fest zusammen. Die ganze Sache war oberpeinlich für ihn.

„Bernhard, ich muss dir doch nicht sagen, dass die ganze Sache dadurch in einem völlig anderen Licht erscheint. Jetzt gibt es mehrere Möglichkeiten. Entweder deine Frau ist abgehauen, weil sie die Nase voll hat und sucht sich eine eigene Wohnung. Oder aber, und das kriege ich ganz schnell heraus, du hast etwas mit dem Verschwinden deiner Frau zu tun. Was man auch nicht ausschließen kann, ihr ist auf dem Heimweg etwas zugestoßen. Zumindest ist sie nicht in einem Krankenhaus. Das haben wir überprüft."

In diesem Moment klingelte sein Handy. „Moment." Henne stand auf und ging um die Ecke. „Henneberg, was gibt es?"

„Stückchen hier, der Erkennungsdienst hat die Kassette gebracht. Auf dem Film ist um diese Zeit ein junger Mann zu sehen" berichtete die Sekretärin vom K 10.

Henne konnte es nicht fassen. Seine Vermutung, dass Benjamin etwas mit dem Verschwinden von Annedore Weghaus zu tun hatte, bestätigte sich.

„Benjamin?" „Nein, eben nicht. Ich habe mir die Kassette eben angeschaut. Der junge Mann in der Bank sieht nicht aus wie der Junge auf dem Bild. Das muss jemand anderes sein."

„Verdammt, wie sieht der denn aus?" „Irgendwie erinnert mich der junge Mann auf dem Überwachungsvideo an Boris Becker. Könnte ein Sohn von ihm sein."

Henne fiel es wie Schuppen von den Augen. Jetzt wusste er, an wen ihn Sebastian erinnerte.

„Stückchen, du bist ein Goldschatz. Du musst mir einen Durchsuchungsbeschluss für das Haus von Sebastian Wetz in Ober-Hörgern besorgen. Klemm dich dahinter. Ich brauche das Ding spätestens morgen früh."

„Wird gemacht, Henne." Stückchen lachte ins Telefon.

Henne ging zurück zur Terrasse. Co kam vom anderen Grundstück auf ihn zu. Er zog sie mit sich um die Hausecke.

„Wir kommen gleich wieder", rief er seinem Freund zu, der wie versteinert auf seinem Stuhl saß.

„Stell dir vor, das Geld auf der Bank wurde von Sebastian abgehoben."

„Das gibt es doch nicht, wie kommt der an die Tasche von Frau Weghaus?" flüsterte Cosima.

„Das finden wir noch heraus. Ich habe Stückchen gebeten, einen Durchsuchungsbeschluss zu besorgen. Wir werden Sebastian morgen früh heimsuchen. Zunächst keinen Ton zu Bernhard. Dem habe ich gerade den Schock seines Lebens verpasst."

„Sebastian tut mir leid. Ich habe ihm angeboten, ihm zu helfen, einen Therapieplatz zu finden. Der Junge hat Hilfe dringend nötig. Er ist nicht schlecht, aber total einsam. Das Geld braucht er wahrscheinlich für Drogen. Aber das macht die Sache nur noch schlimmer."

„Was hat denn Sebastian zu deinem Angebot gesagt, will er denn überhaupt deine Hilfe annehmen?"

„Gesagt hat er nicht viel, aber er will es sich überlegen. Da ist noch mehr. Ich glaube, du hast verdammt noch mal wieder recht. Sebastian ist nicht nur einsam, der ist auch total verängstigt."

Bernhard Weghaus saß unverändert auf seinem Stuhl. Er sah aus, als wäre er zur Salzsäule erstarrt.

„Hallo Bernhard, komm wieder zu dir. Wir haben Neuigkeiten." Der Angesprochene traute sich vor lauter Scham nicht aufzublicken. Abgesehen davon, dass die ganze Sache oberpeinlich war, konnte er ja auch seinen Job verlieren, wenn rauskam, dass er seine Frau prügelte.

„Was habt ihr denn so Wichtiges herausgefunden?"

„Wir wissen jetzt, dass deine Frau das Geld nicht abgehoben hat. Es war jemand anderes, aber dazu können wir dir jetzt noch nichts sagen. Hast du denn die Bankkarte sperren lassen?"

„Jens wollte sich darum kümmern. Aber wenn es nicht Annedore war, wer war es dann? Doch nicht etwa dieser Bierbrauer?"

„Wer ist denn der Bierbrauer, ist das der Freund deiner Frau?"

„Ach ist ja jetzt auch egal. Annedore hat schon längere Zeit, was mit Herbert, dem Bruder der Wirtin vom Falken. Ein Freund hat mich auf die Spur gebracht. Darüber habe ich mich natürlich geärgert und da ist mir halt mal die Hand ausgerutscht. Ich weiß, dass das nicht in Ordnung ist und ich schäme mich auch dafür. Aber glaube mir, ich habe mit dem Verschwinden von Annedore nichts zu tun. Obwohl ich sie mir manchmal auf den Mond wünsche. Du kennst Annedore nicht. Sie ist ein Biest und macht mit anderen Menschen, was sie will. Man fühlt sich manchmal richtig hilflos in ihrer Gegenwart."

Nachdem, was Bernhard von seiner Frau erzählte, fühlte sich Henne mal wieder bestätigt, wie richtig seine Entscheidung war, niemals zu heiraten. Er fand Frauen aufregend, mochte sie gern um sich. Aber für eine feste Bindung waren ihm weibliche Geschöpfe zu anstrengend und zu kompliziert. Seine Gedanken wurden vom ansteigenden Klingelton eines Handys unterbrochen.

„Hallo Martin, was gibt es? Ich habe gerade Besuch und kann jetzt nicht so gut sprechen." Bernhard hörte dem Anrufer zu.

„Danke für die Info. Halte du dich bitte da raus. Das mache ich schon selbst. Tschüss."

Bernhard klappte sein Handy zu und legte es zurück auf den Tisch. „Der Bierbrauer ist wieder da. Mein Freund sitzt im Hof des Falken und hat ihn gerade kommen sehen."

„Wieso ruft dich dein Freund an, um dir zu sagen, dass der Liebhaber deiner Frau gekommen ist? Wo war er denn?"

„Herbert war seit Samstag im Urlaub. Und ich dachte die ganze Zeit, dass Annedore mit ihm gefahren ist.

Ich habe ja ihr und auch ihm hinterher telefoniert, aber nichts rausgekriegt. Erst gestern sind mir Zweifel gekommen, als ich das Handy in ihrem Auto gefunden habe. Und als dann die Feuerwehrleute noch den Schuh von ihr auf der Straße gefunden haben, war ich total verunsichert. Jetzt sagst du mir auch noch, dass Annedore nicht das Geld abgeholt hat, sondern jemand anderes. Das stinkt doch zum Himmel. Aber glaube mir, ich habe nichts mit dem Verschwinden von Annedore zu tun."

„Und dein Freund, dieser Martin, weiß der Bescheid?"

„Er hat in der letzten Zeit ein bisschen für mich die Augen offen gehalten. Ich hatte so eine Vermutung und habe ihn gebeten, herauszufinden, ob da was zwischen Herbert und Annedore läuft. Er denkt auch, dass die beiden zusammen im Urlaub waren. Deshalb hat er mich jetzt angerufen."

„Dann sollten wir mal diesen Bierbrauer befragen. Vielleicht weiß er ja, wo sich deine Frau aufhält."

Seit er wusste, dass Sebastian das Geld vom Konto der Weghaus` abgehoben hatte, glaubte er nicht an diese Version. Aber er wollte dennoch allen Spuren nachgehen.

„Bernhard, ich möchte, dass du mitkommst. Können wir mit deinem Auto fahren?"

Cosima, die die ganze Zeit nur zugehört hatte, zog fragend die Augenbrauen hoch. Er zog sie zur Seite und flüsterte ihr zu:

„Geh rüber zu Sebastian und sage ihm, dass wir morgen früh erneut vorbeikommen. Von dem

Durchsuchungsbeschluss erwähnst du keinen Ton. Sonst haut er uns am Ende noch ab."

„Ok, Chef. Ich komme dann gleich nach. Aber das kostet dich mindestens ein Bier."

„Keinen Alkohol im Dienst!" „Für mich ist dann Dienstschluss. Ich muss dringend etwas essen, sonst falle ich noch irgendjemanden an."

„Ok, so lange du mich nicht anfällst, kriegst du auch ein gutes Steak. Die sollen im Falken hervorragend sein."

*

Co ging den Weg zurück, den sie vor ein paar Minuten gekommen war. In Momenten wie diesen war sie froh, dass sie keine Kinder hatte. Sie liebte Kinder, aber die Natur hatte es anders gewollt. Trotz zahlreicher Versuche war ihre Ehe kinderlos geblieben. Bei ihrem anstrengenden Beruf und den schrecklichen Ereignissen, die ihre kriminalistische Tätigkeit täglich zu Tage förderte, war das wahrscheinlich auch besser so.

Die Terrassentür zu Sebastians Zimmer stand offen. Der Junge saß am Schreibtisch vor einem Flachbildschirm. Sie teilte ihm kurz ihr Anliegen mit. Sebastian sah sie aus großen Augen an. Co war nicht sicher, ob er verstanden hatte, was sie von ihm wollte. Ihr Black Berry summte.

„Von Mittelstedt", Cosima blieb auf der Terrasse des Anwesens stehen.

„Rehbein hier. Frau von Mittelstedt, wo sind sie gerade? Haben sie schon das Neueste gehört?"

„Henneberg und ich sind immer noch in Ober-Hörgern bei Bernhard Weghaus, dem Mann der vermissten Frau. Was gibt es denn?"

„In „Brisant" und „Hallo Deutschland" haben sie eben die Geschichte von Matthias Beisel gebracht. Und obwohl wir keinen Ton von einem Verdächtigen gesagt haben, wissen die schon alles. Die haben das Haus der Familie Dreiseitel in Münzenberg gezeigt und ein Bild von Benjamin. Ich habe veranlasst, dass eine Polizeistreife vor dem Haus der Dreiseitels steht. Das ist eine unglaubliche Sauerei."

„Das war mir fast klar, dass das ganz schnell rauskommt. Vermutlich hat die vermisste Person auch noch etwas mit der Sache zu tun. Sie kennen ja Henneberg. Wenn der erst mal Lunte gerochen hat, ist der nicht zu bremsen."

„Ok, halten sie mich auf dem Laufenden, egal wie spät es ist. Wir treffen uns morgen früh um 8.00 Uhr im Präsidium. Vielleicht gibt es bis dahin auch irgendetwas Neues von Benjamin. Bisher haben wir keine Ahnung, wo der Kerl abgeblieben ist."

Co drückte die Austaste. Im Zimmer hinter sich hörte sie ein Geräusch. Sebastian saß nicht mehr an seinem Schreibtisch. Sie spähte ins Zimmer und sah, wie sich gerade die Zimmertür schloss. Hoffentlich hatte der Junge nichts von ihrem Telefongespräch mitbekommen. In ihrem Eifer hatte sie nicht daran gedacht, dass sich der Jugendliche nur wenige Meter von ihr aufhielt.

*

Sebastian schlich am Wohnzimmer vorbei. Der Ton des Fernsehers war wie immer sehr laut. Seine Mutter tröstete sich am Ende eines arbeitsreichen Tages, in dem sie wieder das ganze Haus von oben bis unten gereinigt hatte, mit irgendwelchen Seifenopern und Alkohol. Sein Vater würde so schnell nicht auftauchen. Keiner würde seine Abwesenheit bemerken. Die Erwachsenen waren alle gleich, immer nur auf sich bedacht.

Auch die Kommissarin wollte nur ihren Fall lösen. Als wenn die sich ernsthaft für seine Probleme interessieren würde. Jetzt wussten die Bullen schon von Annedores Verschwinden. Sein Freund Benni war abgehauen. Drogen hatte er auch keine mehr. Seine Lage erschien ihm hoffnungslos. Er war einsam und allein, ohne Freunde, ohne Eltern, die sich um ihn kümmerten, ohne Geschwister, die ihm halfen und ohne seine geliebten Großeltern, die ihn einst umsorgt und verstanden hatten. In seiner Hilflosigkeit sah er nur noch einen Ausweg.

*

Auf der Straße nach Gambach fragte Henne seinen alten Freund:„Sag mal Bernhard, wie ist denn das Verhältnis zwischen euch und euren Nachbarn, seid ihr oder eure Jungs miteinander befreundet?"

„Nein, das waren wir nie. Kurz bevor wir hier auf das Grundstück meines Schwiegervaters gebaut haben, ist der älteste Sohn der Familie Wetz in der Wetter ertrunken. Die Mutter war längere Zeit in der Psychiatrie. Sebastian ist bei seinen Großeltern im Dorf aufgewachsen und Mani hat sich in die Arbeit gestürzt. Frau Wetz lebt sehr zurückgezogen. Sie hat einen

Putzfimmel und Mani sitzt in fast jedem Vereinsvorstand. Seit die Eltern von Frau Wetz verstorben sind, ist Sebastian die meiste Zeit sich selbst überlassen. Außer „Guten Tag" und „Guten Weg" haben wir nichts miteinander zu tun."

„Der Junge tut mir leid. Er scheint ein Drogenproblem zu haben. Und die Mutter trinkt. Oder wie siehst du das?"

Henne schlug einen vertraulichen Ton an. „Die trinkt schon so lange ich sie kenne. Ich möchte nicht wissen, wie ihre Leber aussieht. Jens hat mir mal erzählt, dass Sebastian Drogen nimmt. Auch wenn es nicht in Ordnung ist, kann ich ihn verstehen. Der arme Kerl kann seinem Vater ja auch nichts recht machen. Keiner kümmert sich um ihn. Familienleben kennen die gar nicht."

*

Bernhard parkte direkt vor dem Tor des Falken, außerhalb der gekennzeichneten Flächen. Die Glocken der nahen Kirche läuteten gerade sechsmal. Schon auf der Straße war der Krach im Hof der Kneipe zu hören.

Bevor Henneberg die Tür zur Kneipe öffnete, bat er Bernhard, bei der Freundin seiner Frau, Ingrid Tscheche, anzurufen und sie zu fragen, wann Annedore Samstagnacht ihr Haus verlassen hatte.

Der Kommissar setzte sich an einen Tisch in der Nähe der Theke. Alle Barhocker waren besetzt. Mitten in dem Trinkgelage saß eine heruntergekommene Frau, die vermutlich älter aussah, als es ihrem wirklichen Alter entsprach. Sie sah ihn interessiert an. Neben ihr saß ein ebenso versoffen aussehender Mann, der die Unterhaltung an der Theke zu bestimmen schien.

Henne blickte sich im Hof um. Er war schon lange nicht mehr hier gewesen. Die Gaststätte machte einen gepflegten Eindruck und war durch geschickt angebrachte Dekorationsartikel aufgepeppt worden. Alle Tische waren besetzt. Die Gäste schienen sich hier wohlzufühlen. Das einzige, was die gemütliche Atmosphäre störte, war die lauthals geführte Unterhaltung an der Theke. Der Kommissar wurde in seinen Gedanken unterbrochen, als sich sein Freund Bernhard auf dem Stuhl ihm gegenüber niederließ.

„Annedore ist kurz vor zwölf gegangen. Ingrid hat aber nicht darauf geachtet, welchen Weg sie genommen hat."

„Danke für die Hilfe. Was willst du trinken? Ich lade dich ein."

„Ein Pils kann ich mir genehmigen." Bernhard machte einen unruhigen Eindruck.

„Glaubst du, Annedore ist auf dem Heimweg etwas zugestoßen?"

„Bernhard, lass uns erst noch mit Herbert sprechen. Ich möchte mich jetzt noch nicht festlegen."

Er versuchte seinen Freund zu beruhigen. Bis jetzt waren das ja alles nur Vermutungen, aber verschiedene Bemerkungen, die er in den vergangenen Stunden gehört hatte, bestärkten ihn in seiner Annahme, dass Annedore nicht freiwillig verschwunden war. Vom runden Ende der Theke winkte ihnen der versoffen aussehende Mann zu. Die Frau neben ihm sah Henne immer noch interessiert an

„Wir werden nicht mehr lange alleine hier sitzen. Mein Freund Martin Weiss-Alles hat uns schon gesehen."

„Hast du schon den Liebhaber deiner Frau entdeckt?"

„Nein, bis jetzt noch nicht."

„Aadung, Aadung, Leber duck dich, ich komm."

Grölendes Gelächter an der Theke folgte dem undeutlichen Trinkspruch. Offensichtlich hatten einige der Gäste schon etliches an Alkohol konsumiert und das, obwohl der Abend gerade erst begonnen hatte.

„Hallo Bernhard, was willst du denn hier?"

Unfreundlich begrüßte die Wirtin die neuen Gäste. „Auch schönen guten Abend. Sind sie immer so freundlich zu ihren Gästen?"

Henne blickte zu der schlanken Frau auf, die wie aus dem Boden geschossen plötzlich neben ihnen aufgetaucht war.

„Ist dein Bruder aus dem Urlaub zurück?"

„Ist er. Dieser Wichtigtuer Weiss-Alles kann doch einfach nicht das Maul halten. Hast du dir deshalb Verstärkung mitgebracht?"

„Hätten sie die Freundlichkeit, ihren Bruder zu rufen? Wir möchten ihn sprechen."

„Und wen darf ich melden?", fragte Marianne zynisch. Der Kommissar zückte seinen Ausweis.

„Die Kriminalpolizei. Und bei Gelegenheit bringen sie uns bitte zwei Pils", antwortete Henne ebenso zynisch.

„Das ist doch nicht zu fassen, jetzt hetzt der Idiot uns schon die Bullen auf den Hals."

Marianne knallte das Tablett auf den Tresen und zapfte zwei Pils.

Bernhards Freund Martin rutschte vom Barhocker und trat an den Tisch seines Freundes und des ihm unbekannten Mannes.

„Hallo Bernhard, is deine Alte endlich widder aufgetaucht?" Ohne Aufforderung nahm sich Martin einen freien Stuhl und setzte sich zu ihnen an den Tisch.

„Nein, ist sie nicht. Ich hoffe nur, du hast in der Zwischenzeit nicht Herbert angemacht. Wo ist der eigentlich?"

„Der ist vorhin mit ner Reisetasche in der Hand hier hereinspaziert. Dann hab` ich disch gleisch angerufen. Seit dem is er nisch mehr hier unne gewese".

An den Zischlauten war eindeutig der südhessische Dialekt des unsympathischen Freundes von Bernhard Weghaus zu erkennen.

„Martin ich möchte dich bitten, dich aus der Sache rauszuhalten, wenn Herbert kommt. Ich regele das alleine mit ihm, klar."

„Klar Alder. Wen hasten da eigentlisch mitgebracht?" „Das ist Alexander Henneberg aus Friedberg. Ein alter Freund von mir." „Hallo Alex, isch bin de Maddin."

Martin Weiss-Alles reichte dem verblüfften Kommissar die rechte Hand über den Tisch. Henne ignorierte die aufdringliche Geste und begnügte sich mit einem kurzen „Hallo".

„Eh Martin, komm zurück. Du wolltest uns doch von der Leiche erzählen, die du gesehen hast."

Ein großer Mann mit einem naiven Kindergesicht und einem überdimensionalen Bauch lachte lauthals und drehte sich wieder zu den anderen Freibiergesichtern um. In diesem Moment erschien Herbert, der Bierbrauer, mit zwei Gläsern Pils am Tisch.

„Martin mach mal die Fliege. Wir ham was zu besprechen."

Er stellte die Gläser auf den Tisch. Martin erhob sich knurrend und wankte zur Theke, wo er sich unter Gejohle auf seinem Barhocker niederließ.

„Also hörte mal, das mit dere Leisch......" Der Rest war nicht mehr zu verstehen. Herbert versperrte dem Kommissar die Aussicht. „Hier bin ich, was gibt es?"

„Würden sie sich bitte einen Moment zu uns setzen, Herr.... Wie heißen sie eigentlich mit Nachnamen?"

„Rudloff. Ich heiße Herbert Rudloff. Und wer sind sie, wenn ich das mal erfahren dürfte?"

„Mein Name ist Alexander Henneberg, Hauptkommissar Henneberg von der Wetterauer Kriminalpolizei. Ich habe ein paar Fragen wegen Frau Weghaus. Setzen sie sich doch einen Moment zu uns. Es wird nicht lange dauern."

„Danke, ich bleibe lieber stehen. Was wollen sie wissen?" fragte Herbert mit einem ärgerlichen Blick auf Bernhard und überkreuzte demonstrativ seine Arme vor der Brust.

„Herr Rudloff, wir wissen, dass sie ein Verhältnis mit Frau Weghaus haben. Wo waren sie in den vergangenen Tagen und war Frau Weghaus bei ihnen?"

Herberts Gesicht verfärbte sich tiefrot. Er war nicht in der Lage, auch nur einen Ton herauszubringen. Seine Augen flackerten nervös.

„Herr Rudloff, wir haben Zeit. Wenn es sein muss, den ganzen Abend. Vielleicht wollen sie sich doch setzen. Möglicherweise fällt ihnen das Denken im Sitzen leichter." Der Kommissar legte eine Hand auf Bernhards Unterarm und hinderte ihn damit am Reden. Bernhard wurde langsam ungeduldig und hätte dem Nebenbuhler am liebsten die Faust in den Magen gestoßen.

„Wird man jetzt schon von der Polizei verfolgt, wenn man was mit der Frau eines anderen hat?"

Herbert setzte sich unwillig auf den Stuhl, auf dem gerade noch Martin Weiss-Alles gesessen hatte.

„Also stimmt es, dass du meine Frau gefickt hast, du Drecksau."!

Bernhards verbaler Ausbruch ließ die Gäste im Hof aufhorchen. „

Bernhard, halt dich bitte zurück" warnte Henne seinen Freund leise, aber eindringlich. Willst du, das alle hier erfahren, weswegen wir hier sind."

„Es stimmt, ich habe was mit Annedore. Aber ich habe sie seit Freitag letzter Woche nicht mehr gesehen, als du wie ein Bekloppter gegen das Hoftor gedonnert hast und anschließend mit quietschenden Reifen davongefahren bist."

Er schaute Bernhard wutschnaubend an. „Und das sollen wir ihnen glauben. Sie wollen uns allen Ernstes erzählen, dass Annedore nicht mit ihnen weg war."

„Genauso war es aber. Nachdem dieser aufgeblasene Gartenzwerg Freitagnacht die ganze Nachbarschaft aufgeschreckt hat, habe ich mich am Samstagmorgen kurzfristig entschlossen, ein paar Tage Urlaub zu nehmen. Ich habe Annedore am Samstagmorgen angerufen und sie gefragt, ob sie mitkommen möchte. Sie hat ganz sonderbar reagiert am Telefon. Dann bin ich halt alleine gefahren. Ich habe versucht, sie am Anfang der Woche auf dem Handy zu erreichen, aber das Ding war wohl abgeschaltet."

„Kann das jemand bezeugen?"

„Ja, mein Freund Jakob in Bodenwöhr. Das ist im Oberpfälzer Wald. Wir haben zusammen gelernt und stehen seitdem in Kontakt. Er hat vor kurzem die Brauerei seiner Eltern übernommen und die habe ich mir mal angeschaut. Gewohnt habe ich bei denen. Die haben nämlich auch ein Hotel am Hammersee. Das war es eigentlich schon. Ich bin nur zurückgekommen, weil Marianne morgen einen 65. Geburtstag hat, geschlossene Gesellschaft. Da muss ich ihr helfen."

„Gut, wir werden das überprüfen. Können sie mir bitte die Telefonnummer und die Adresse ihres Freundes mitteilen?"

„Schreibe ich auf. Aber kann ich jetzt mal erfahren, wieso sie mich das alles fragen?"

Kommissar Henneberg berichtete kurz, was seit Samstag letzter Woche vorgefallen war und dass Frau Weghaus offenbar verschwunden war. Ungläubig starrte Herbert von Bernhard zu dem Kommissar.

„Bernhard, du kannst mir glauben, damit habe ich nichts zu tun. Ich bin schon am Samstagmorgen nach Bodenwöhr gefahren. Das kann ich sogar beweisen. Ich habe eine Tankquittung aus Schwandorf. Da habe ich kurz vor dem Ziel noch getankt."

„Ist ja schon gut, Herr Rudloff. Ich werde das überprüfen. Aber haben sie eine Ahnung, wo Frau Weghaus sich aufhalten könnte?"

„Nein, nicht die geringste. Nachdem, was sie so erzählt haben, ist doch eher anzunehmen, dass Annedore was passiert ist, oder?"

Das Gegröhle an der Theke wurde zunehmend lauter. „Du bist doch ein Wichtigtuer, Martin."

„Das glauben wir dir nicht." „Kannst du das beweisen?" „Angeber" „Ich glaube, ich muss mal meiner Schwester helfen. Dieser Weiss-Alles mischt schon wieder alles auf hier."

Im Aufstehen begrüßte Herbert Rudloff Oberkommissarin von Mittelstedt, die gerade herein gekommen war

„Mann habe ich einen Kohldampf."

Cosima ließ sich auf den gerade frei gewordenen Stuhl nieder.

„Ich könnte ein ganzes Schwein verdrücken." „Halloooo, hört mich einer?"

Henne nahm Co gar nicht wahr. Er hörte der Unterhaltung an der Theke zu. Schließlich stand er auf und ging auf den Mann zu, der den Ton angab. Er tippte ihm auf die Schulter: „Kann ich sie mal sprechen?"

Das Gegröhle verstummte. Alle Augen blickten auf den unbekannten Mann. „Ach ne, erst kennste misch net und jetzt willste misch gleisch spreche. Was bisten du überhaupt für einer?"

„Hören sie bitte auf mich zu duzen und kommen sie mit mir!"

„Ich glaubs ja net. Wie komm ich dann dazu, ihne zu folche. Ich kenn sie ja gar net. Des könnese knicke."

Der Kommissar zückte seinen Ausweis und hielt ihm Martin Weiss-Alles vor die Nase

„Kriminalpolizei. Würden sie mir jetzt bitte nach draußen folgen."

„Das hast du jetzt von deiner Angeberei. Ich habe dir doch gesagt, dass du nicht so einen Schwachsinn verzapfen sollst."

Martins Freundin Sabine funkelte ihren Freund zornig an. Der Angesprochene glitt vom Barhocker und folgt dem Kommissar vor das Hoftor. Im Hinausgehen machte Alexander seiner Kollegin ein Zeichen, ihn nach draußen zu begleiten.

Martin beschlich ein mulmiges Gefühl, als er den beiden Kommissaren auf dem Bürgersteig vor dem Tor gegenüber stand.

„Herr Weiss-Alles, sie haben da eben die ganze Zeit etwas von einer Leiche gefaselt. Wo haben sie denn die Leiche gesehen? Und vor allem, wann? Oder war das tatsächlich nur Angeberei von ihnen?"

Vom gegenüberliegenden Hof der Stadtverwaltung fuhr gerade Bürgermeister Fink auf die Hauptstraße. Wichtigtuerisch hob Martin Weiss-Alles die Hand zum Gruß. Der Gruß blieb jedoch unerwidert.

„Herr Weiss-Alles, ich kann sie auch auf das Polizeipräsidium vorladen. Wäre ihnen das lieber?"

„Isch weiß gar net, was se von mer wolle. Ich hab doch bloß Spaß gemacht."

„Nach Spaß hat sich das aber nicht angehört. Hören sie, ich ermittele in einem Vermisstenfall. Vielleicht könnte das, was sie da angeblich gesehen haben, etwas damit zu tun haben. Also machen sie endlich den Mund auf, Mann. Was haben sie gesehen?"

Martin kam sich auf einmal sehr wichtig vor. Vielleicht hatte er Samstagnacht tatsächlich etwas Wichtiges beobachtet. Das würde sein Ansehen bei seinen Freunden und seiner Freundin Sabine enorm aufwerten. Da war er sich sicher.

„Wer widden vermisst?" „Das tut jetzt nichts zur Sache. Beantworten sie einfach nur meine Fragen. Wann und wo haben sie eine Leiche gesehen?"

„Ich muss ihne gar nix sache. Isch kenn mich aus. Se könne misch ja vorlade lasse."

„Also habe ich sie doch richtig eingeschätzt. Sie sind ein Angeber. Alles was sie an der Theke da eben von sich gegeben haben, war reine Phantasie, um ihre Saufkumpanen zu beeindrucken."

Henne war sich sicher, dass er diesen Widerling damit aus der Reserve locken würde. Er holte eine Zigarettenschachtel hervor, zündete sich eine Zigarette an und blies den inhalierten Rauch genüsslich aus. Martin schaute ihm gierig zu. „Kann isch auch ei habbe?" „Sorry, das war die letzte."

Henne zerknäulte demonstrativ die Packung und warf sie achtlos in die Gosse.

„Also guter Mann, was haben sie nun gesehen? Ich habe doch den Wortfetzen entnommen, dass das irgendwas mit Ober- Hörgern und dem Feuer am Sonntag zu tun hatte."

„Ich erzähl ihne alles, wenn mir jetz reingehe und ich e Bier trinke und e Zigarett rauche kann."

„Ich mache ihnen einen anderen Vorschlag. Sie kommen jetzt mit uns nach Friedberg auf das Präsidium und dort werden sie die Fragen meines Kollegen beantworten."

Cosima hatte nun die Faxen dicke. Sie hatte Hunger und Anzeichen von Kopfschmerzen machten sich bemerkbar. Sie schätzte ihren Kollegen Henne sehr und vertraute seiner Intuition. Aber er fand einfach kein Ende und nervte alle Beteiligten so lange, bis er alles aufgeklärt hatte. Da kannte er keinen Durst, keinen Hunger und keine Müdigkeit, ganz im Gegensatz zu ihr, die kurz vor dem Zusammenbruch war.

Der Vorschlag der Kommissarin gefiel Martin. Das würde seine Wichtigkeit nur untermauern.

„Gud, ich komm' mit und da geb' isch alles zu Prodokoll."

Seine Formulierung bewies eindeutig, dass er sich kriminaltechnisch auskannte. Wenn die glaubten, sie hätten einen Dummkopf vor sich, hatten sie sich getäuscht.

„Isch muss nur meiner Freundin Bescheid gebbe."

Henne konnte ihn gerade noch daran hindern, wieder in den Hof zu gehen.

„Das übernehme ich. Sie steigen schon mal zu meiner Kollegin ins Auto."

Er hatte nicht die geringste Lust, diesen Wichtigtuer auf das Präsidium mitzunehmen und hoffte, dass er doch noch reden würde, zumal er jetzt nicht mehr so sicher war, ob das, was der Mann an der Theke von sich gegeben hatte, wirklich mit dem Verschwinden von Annedore Weghaus zu tun hatte.

„Also gut, ich erzähle ihnen jetzt, was ich weiß. Dann lassen sie mich aber wieder gehen und ich komme dann morgen zu ihnen und gebe alles zu Protokoll."

In reinem Hochdeutsch sprach der Mann plötzlich zu den Kommissaren.

„Am Samstag bin ich in der Nacht nach Ober-Hörgern gefahren, um zu gucken, ob die Annedore zu Hause ist. Auf dem Weg dahin, kurz vor dem Haus vom Bernhard und der Annedore, habe ich was Großes auf der Straße liegen sehen. Dann sind plötzlich zwei Leute aufgetaucht. Die haben das Ding zum Feuerplatz gezerrt und dann auf den Haufen geworfen. Dann haben sie noch Holz oben drauf gepackt. Ich bin mir nicht ganz sicher, aber von weitem sah das aus wie ein Mensch. Mir war das alles sehr unheimlich und deshalb habe ich mich auch nicht gerührt. Als die zwei dann verschwunden waren, bin ich noch zum Haus vom Bernhard und hab geguckt, ob das Auto von der Annedore da war. Das war es aber nicht. Da hab' ich mich wieder aus dem Staub gemacht."

„Wissen sie noch genau, wie spät es da war?"

„Da bin ich mir sogar ganz sicher, weil es gerade Mitternacht geschlagen hat. Das war total unheimlich mit dem Vollmond und dem Glockenschlag und dann die zwei Gestalten, die lautlos da hin und her gehuscht sind. Da habe ich es richtig mit der Angst zu tun bekommen und deshalb bin ich auch gleich wieder nach Gambach zurückgefahren."

„Sind sie sicher, dass sie einen Menschen gesehen haben oder könnte das auch ein Tier gewesen sein, was da auf der Straße lag?" hakte Co nun nach.

„Ich habe ihnen doch gesagt, von weitem sah es aus wie ein Mensch. Außerdem, warum sollten denn die Leute nachts ein Tier aufheben und zum Feuerplatz tragen. Das macht doch keiner. Das hätten die doch liegen lassen."

„Haben sie denn die Personen erkannt, die den Gegenstand von der Straße zum Feuerplatz gezogen haben?"

„Nein, erkannt habe ich die nicht. Aber ich denke, es waren zwei junge Männer. So wie die sich bewegt haben und auch von der Figur." „Und dann sind sie einfach nach Hause gefahren und haben nichts unternommen. Ist ihnen denn nicht klar, dass sie da vielleicht ein Verbrechen beobachtet haben?"

Co wurde nun richtig wütend. Henne ließ sie gewähren. „Warum haben sie denn nicht die Polizei verständigt?"

„Na ja, weil ich mir eben nicht hundertprozentig sicher war. Außerdem wollte ich am nächsten Tag erst noch mal im Hellen nachgucken."

„Ja und haben sie das gemacht?" „Am nächsten Mittag bin ich zum Feuerplatz. Da bin ich um den Haufen herum gelaufen. Der war mittlerweile ja doppelt so hoch. Die Jugendfeuerwehr hat am Morgen das ganze Holz von den Bäumen aufgestapelt und da war nichts zu sehen."

„Gut, gehen sie wieder rein. Aber halten sie den Mund und erwähnen sie nichts von dem, was wir hier gesprochen haben. Schreiben sie uns ihre Adresse auf und halten sie sich morgen bereit für eine Aussage. Wir melden uns bei ihnen." Martin Weiss-Alles verschwand in der Kneipe.

*

Sebastian ging links an der Seite durch das offen stehende Tor. Er drückte sich gebückt am Häuschen der Burgbeschließerin vorbei, die bis um 19.00 Uhr Dienst an der Kasse hatte. Dicht an der Mauer folgte er dem

Weg, passierte das zweite Tor mit der Pechnase und ging durch das große Rundtor auf den Bergfried.

Von den Schauspielern und Helfern, die bei gutem Wetter jeden Abend ab 19.00 Uhr, wenn die Besucher der Burg keinen Zutritt mehr hatten, das neue Theaterstück probten, war noch nichts zu sehen.

Sebastian eilte geduckt über den Burghof, vorbei an der großen Linde bis zur Treppe am Turm. Er blickte nach oben und plötzlich überkam ihn eine seltsame Ruhe. Der Turm stellte die Lösung all seiner Probleme dar.

*

„Alexander, es gibt unangenehme Neuigkeiten."

Nachdem Martin Weiss-Alles im Hof verschwunden war, berichtete Co ihrem Kollegen von dem Gespräch mit dem Polizeidirektor.

„Das können wir jetzt leider auch nicht ändern. Ich vermute, da stecken sogar die Eltern von Matthias oder der Anwalt dahinter. Die wollen jetzt den Dreiseitel fertig machen, obwohl die gar nicht wissen, warum er das gemacht hat."

„Was hältst du von dem, was dieser unangenehme Zeitgenosse gesagt hat?"

Co konnte sich vor Hunger kaum noch auf den Beinen halten. Mittlerweile waren weitere Gäste an ihnen vorbei in den Hof des Lokals gegangen.

„Es könnte Angeberei sein, es könnte aber auch so sein, dass Annedore auf dem Heimweg von Benjamin überrascht wurde. Der hatte eine Stinkwut auf Annedore wegen der Sache mit dem Rezept. Also hat er sie umgebracht und dann seinen Freund Sebastian zu Hilfe geholt, um die Leiche auf den Scheiterhaufen zu schleppen.

Sebastian hat die Tasche von Annedore mit nach Hause genommen und Benjamin ist verschwunden. Die Leiche ist in der Glut des Feuerhaufens verbrannt, ohne das es jemand bemerkt hätte."

„Kannst du dich erinnern, was Kim heute Mittag erzählt hat? Sie hat gesagt, dass es manchmal spukt und das manchmal auch Besoffene auf der Straße liegen. Vielleicht ist Annedore im Suff gefallen und hat sich das Genick gebrochen. Benjamin hat sie dann auf dem Heimweg auf der Straße liegen sehen und hat Angst bekommen, dass man ihn verdächtigen könnte, etwas mit dem Tod der Frau zu tun zu haben. Deshalb hat er Sebastian geholt und die beiden haben die Leiche verschwinden lassen", entgegnete nun Co.

„Diese Theorie ist auch möglich. Hoffentlich war sie wirklich tot und nicht nur bewusstlos. Das wird uns Sebastian beantworten müssen. Jetzt werden wir aber erst mal etwas essen und dann sehen, ob wir mit jemandem von der Feuerwehr sprechen können. Wenn in dem Feuer wirklich die Leiche von Annedore Weghaus verbrannt ist, müssen ja Spuren zu finden sein."

Die Kirchturmuhr schlug halb sieben, als die Kommissare wieder den Hof des Falken betraten. Die Gespräche verstummten augenblicklich. Anscheinend hatte es sich schon herumgesprochen, dass im Städtchen etwas passiert war.

An ihrem Tisch saß der große Mann mit dem Kindergesicht und sprach mit Bernhard. Er stand sofort auf und verabschiedete sich, als die Kommissare näher traten.

Henne und Co nahmen Platz. Ihr Wissen und ihre Vermutungen behielten sie jedoch für sich. Sie wollten Bernhard nicht unnötig beunruhigen, bevor sie nicht endgültig Gewissheit hatten, was tatsächlich passiert war. Bernhard wusste mittlerweile von den Reportagen und den Fernsehsendungen. Sein Freund hatte es ihm gerade brühwarm gesteckt.

*

Sebastian eilte die Stufen der freitragenden Holztreppe im Ostturm hinauf. Die Bretter knarrten unter seinen Füßen. Er stieß die schwere Holztür am Ende der Treppe auf und trat ins Freie. Ein leichter Wind blies ihm ins Gesicht. Er ließ seinen Blick über das Land schweifen. Der Ausblick war grandios. Doch das nahm der Junge nicht wahr. Seine Augen fixierten schließlich den schiefen Kirchturm von Münzenberg unterhalb der Burg. Zornig ballte er die Hände. Seine Augen füllten sich mit Tränen. Er zog sich an der Mauer hoch und schwang sich auf die Brüstung des Turmes. Ohne zu zögern und einen weiteren Gedanken zu verschwenden, stürzte er sich in die Tiefe. Sein Schrei schreckte die Falken auf, die ständig um den Turm kreisten.

*

Henne und Co bestellten endlich etwas zu Essen und unterhielten sich mit Bernhard über die Ereignisse der vergangenen Tage, über den Tod von Matthias, über den Sturm, das Abholzen der Pappeln und lenkten das Gespräch geschickt auf die Veranstaltung am Sonntag. Sie fanden dabei heraus, wer für das Feuer verantwortlich war und wen sie als nächstes befragen mussten, ohne dass Bernhard auch nur Verdacht über den wahren Grund ihrer Fragen geschöpft hätte.

Co verschwand zwischendurch auf die Toilette und telefonierte mit Zora Rot, der Frau des Stadtbrandinspektors. Sie erhielt die Auskunft, dass ihr Mann im Feuerwehrgerätehaus in Gambach sei.

Der Hof der Gaststätte war mittlerweile so gut von Gästen besetzt, dass man einen weiteren Tisch für eine Gruppe Radfahrer, die gerade nassgeschwitzt ihre Räder abgestellt hatten, aufstellte.

Henne löste sein Versprechen, seine Kollegin Co zum Essen einzuladen, ein und zahlte die Steaks, die wirklich hervorragend geschmeckt und ihren Hunger gestillt hatten. Sie verließen mit Bernhard die Kneipe. Sie versprachen ihm, sich zu melden, sobald sie etwas von Annedore erfahren würden.

Die Bahnhofstraße war rund um das Feuerwehrgerätehaus zugeparkt. Auf dem Hof vor der Fahrzeughalle spielten Kinder. Mitten in dem Gewusel kläffte Anton, der kleine Rauhaardackel von Daniel Rot wie wild.

Henne und Co folgten dem Lärm in das Innere des Gebäudes. Hier saßen die Feuerwehrkameraden an langen Tischen, die mit Hausmacherwurst, Brot und Gurken bestückt waren. Dazwischen standen Bier- und Cola-Flaschen.

Ein groß gewachsener Mann mit tiefblauen Augen und einem Schnurrbart trat auf sie zu. Er blinzelte verschmitzt.

„Kann ich was für Sie tun?" „Wir suchen Daniel Rot, den Stadtbrandinspektor."

„Das bin ich. Und wer sind sie?" fragte er freundlich. Henneberg stellte sich und seine Kollegin vor.

„Tut mir leid, wenn wir sie stören, aber wir ermitteln in einer Vermisstensache. Was ist hier eigentlich los, Herr Rot?"

„Ich weiß schon Bescheid, sie suchen Benjamin Dreiseitel. Schlimme Sache. War vorhin im Fernsehen. Das ist das Gesprächsthema des Abends.

Ich habe die Feuerwehrkameraden spontan zu einem Essen eingeladen, weil sie Dienstagnacht eine tolle Leistung vollbracht haben. Sie sind während und auch nach dem Sturm zu über 40 Einsätzen in der Stadt unterwegs gewesen. Sie haben bis an die Grenze ihrer Leistungsfähigkeit gearbeitet. Das verdient eine Belohnung."

„Alle Achtung, aber können wir uns irgendwo in Ruhe unterhalten? Wir müssen ihnen leider ein paar Fragen stellen."

„Klar, kommen sie mit, wir gehen nach oben in unseren Aufenthaltsraum. Da ist es etwas ruhiger."

Daniel pfiff durch die Zähne und sofort eilte Anton herbei. Rot nahm den Dackel auf den Arm und eilte den Kommissaren eine steile Treppe ins Obergeschoss des Gebäudes voraus. Anton beschnupperte die Neuankömmlinge, drehte sich auf den Rücken und ließ sich ausführlich von Cosima graulen.

„Herr Rot, wir müssen ihnen sicher nicht sagen, dass sie über das was wir hier reden, Stillschweigen bewahren müssen. Wir ermitteln in der Sache Benjamin

Dreiseitel. Das ist richtig. Während unserer Ermittlungen sind wir aber auf eine weitere vermisste Person gestoßen. Annedore Weghaus aus Ober- Hörgern ist seit Samstagnacht verschwunden. Ich nehme an, sie kennen Frau Weghaus."

„Allerdings, wer kennt die nicht. Aber wie kann ich ihnen da weiterhelfen?" „Die ganze Sache ist etwas heikel."

Der Kommissar berichtete dem Stadtbrandinspektor von den Ermittlungsergebnissen und dem Verdacht, dass die Leiche von Annedore Weghaus im Feuer am Sonntag verbrannt sein könnte. Daniel Rot atmete tief ein. Ihm wurde übel bei dem Gedanken, dass in dem Holzstoß ein menschliches Wesen verbrannt war.

„Jetzt dämmert mir so einiges. Am Sonntag bin ich um den brennenden Holzstapel herum gegangen. Das Feuer hatte eine große Hitze entwickelt und ich wollte sehen, dass niemand zu nah an dem Feuer dran ist. Auf der rückwärtigen Seite, also zur Wetter hin, hat es nach verbranntem Fleisch gerochen. Ich dachte, in dem Holzstoß hätte sich ein Tier verirrt. Das ist ja nicht auszuschließen. Ich habe das aber für mich behalten."

„Aber hätte man denn nicht ein Skelett oder zumindest die Reste davon finden müssen?"

„Theoretisch schon. Aber die Jugendlichen haben ja immer wieder Holz nachgeworfen. Zwischendrin wurden auch noch ein paar Äste vom Obstsbaumschnitt und mehreren Tannen, die wir vor dem Dorfgemeinschaftshaus in Ober-Hörgern entfernen mussten, weil sie zu groß geworden waren, nachgelegt. Da hat sich natürlich eine ganz schöne Gluthitze entwickelt. Das Feuer hat heftig bis in die frühen Morgenstunden am

Montag gebrannt. Dann haben wir den Rest langsam ausbrennen lassen. Vier Männer der Alters- und Ehrengruppe haben die ganze Nacht und auch noch am Montagmorgen Wache gehalten. Eigentlich hätten die was sehen müssen."

„Das heißt, wir könnten theoretisch noch Reste von Knochen in der Asche finden?"

Daniel Rot traute sich nicht zuzugeben, dass er bereits Reste von Knochen und einer Schädeldecke in seiner Biotonne entsorgt hatte. Man würde ihn auslachen, wenn das raus käme.

Stattdessen stand er auf und öffnete die Tür zum Treppenhaus. „Warten sie, das klären wir gleich."

Daniel Rot verschwand. Sein Dackel Anton knurrte leise. Co hatte aufgehört, den Hund zu streicheln.

„Du musst ihn streicheln, sonst knurrt er immer weiter", forderte Henne seine Kollegin auf.

„Du bist doch hier der Experte, was Dackel betrifft", konterte Co. In diesem Augenblick kehrte der Stadtbrandinspektor mit einem kleinen dicken Mann mittleren Alters zurück.

„Das ist der Mitarbeiter vom städtischen Bauhof" stellte er den kleinen dicken Mann vor, der den beiden Beamten freundlich zunickte.

„Er sollte sich um die Asche kümmern" erklärte Daniel Rot. „Was hast du mit der Asche vom Feuer am Sonntag gemacht?" wendete er sich an den Mann, der mit hochrotem Kopf vor ihm stand.

Der Mann wechselte die Gesichtsfarbe von knallrot in kreidebleich und blickte schuldbewusst zu Boden. „Ich war am Montagmiddag drübbe und hab die Asch mit dem Bagger auseinanner geschobe. Die paar Äst, die da noch gelege ham, die hab ich mit der Schaufel zertrümmert. Des war e ganz schö Arbeid. Die warn ziemlich hartnäckisch. Ganz ungewohnt für so paar Äst. Am Dienstag wollt ich se dann in die Tonn´ tun, abber durch die Beerdigung von unserm Kollesch bin ich net dazu gekomme. Der Sturm hat dann abens die ganz Asch weggefecht. Da ist jetz nix mehr übrich. Ich hab auch schon en Anschiss vom Chef gekriegt."

„Und wann wolltest du mir das sagen?" „Ei gar net. De Bürjermaster hat gemahnt, mir sollte einfach anner Asch nemme un die in die Tonn schütte. Des würd eh keiner merke."

Co musste trotz der Ernsthaftigkeit der Lage schmunzeln. „Ist ihnen denn irgendwas an der Asche aufgefallen?"

„Ne, was soll mir denn da uffalle? Außerdem hatt ich mei Brill net uff. Die iss nämlich kaputt und da seh ich net so hunnertprozentig."

„Waren da vielleicht noch irgendwelche anderen Gegenstände oder Rückstände von großen Ästen?"

„Ei das hab ich doch schon gesacht. Am Mondag warn da noch paar Äst, so total verbooche. Die hab ich mit de Schaufel klein gemacht."

Henne nickte dem Stadtbrandinspektor zu. „Das war es. Danke. Du kannst wieder nach unten gehen."

„Wollen Sie noch mal die Männer von der Alters- und Ehrenabteilung sprechen?"

„Es reicht, wenn sie uns einen der Männer holen" gab sich Henne gnädig.

Fünf Minuten später war ein älterer Mann mit weißem Vollbart zur Stelle und berichtete den Kripobeamten von der Nacht, in der er und seine Kumpels Wache auf dem Feuerplatz geschoben hatten.

„Ist Ihnen denn irgendwas Besonderes aufgefallen in der Nacht?" begann der Kommissar erneut mit der Befragung.

„Na, was soll uns denn da Besonneres aufgefalle sei? Es war ja dungel und de Mond hat ach net ausgereicht. Der hatt en Hof gehabt und war so milchig. Außerdem warn mir auch net mer so ganz allan".

Co sah irritiert zu dem Feuerwehrmann. Daniel Rot, der den Blick der jungen Kripobeamtin bemerkte, klärte sie auf.

„Er meint, dass die Männer schon etwas getrunken hatten und ihr Blick deshalb wahrscheinlich etwas getrübt war."

„Ach so." Co würde sich nie an den Dialekt und die merkwürdigen Sprüche in der Region gewöhnen.

„Wars das jetzt? Ich würd gern widder runner gehen. De Bürjemaster is ach grad ingetroffe."

„Gehen Sie nur, guter Mann und Danke. Aber bitte kein Wort zu den Kameraden."

Dieses Versprechen konnte der Feuerwehrmann dem Kommissar jedoch nicht geben. Er musste umgehend seine Kameraden informieren. Wenn auch nur einer den Mund aufmachen würde, käme noch heraus, dass sie die alten Paletten vom Landhandel mitverbrannt hatten. Und um die Sache noch etwas zu beschleunigen, hatten sie noch etwas Benzin auf die Feuerstelle geschüttet, so dass nichts, außer ein paar seltsam verbogenen Teilen vom Astwerk, von Palettenresten und von dem, was sich sonst noch möglicherweise in dem Haufen befunden haben mag, übrig geblieben war.

„Wir werden morgen die Spurensicherung nach Ober-Hörgern schicken. Wenn da wirklich ein menschlicher Körper verbrannt ist, werden wir Spuren finden. Bitte behalten sie das Gehörte aber für sich. Wir wissen ja nicht wirklich, ob es so war, wie wir vermuten. Wir müssen morgen noch einen weiteren Zeugen vernehmen."

Damit verabschiedeten sich die Kommissare von dem Stadtbrandinspektor und seinem Dackel Anton, der sich bis zum Schluss hatte graulen lassen und nun den beiden Kripobeamten mit typischen Dackelblick hinterher schaute.

*

Cosima fühlte sich völlig ausgebrannt. Sie wollte nur noch nach Hause auf die Couch zu ihrem Mann. Was als harmlose Ermittlung in einem Vermisstenfall begonnen hatte, hatte sich nun zu einem Tötungsdelikt im Fall von Matthias Beisel und zu einem möglichen Mord im Fall von Annedore Weghaus ausgeweitet.

Benjamin Dreiseitel blieb verschwunden, die Leiche von Annedore Weghaus war vermutlich bis zur Unkenntlichkeit verbrannt, zurück blieb ein völlig vereinsamter Sebastian Wetz, der dringend Hilfe benötigte.

„Für heute habe ich restlos die Schnauze voll" sagte Co beim Betreten der Straße wenig damenhaft zu ihrem Kollegen.

„Ich auch. Noch so ein Tag und du kannst mich einweisen lassen. Lass uns fahren. Alles andere können wir morgen regeln."

Henne zündete sich seine Zigarette danach an und ging zum Auto.

„Als Erstes werden wir Morgen früh Sebastian aufsuchen und sein Zimmer in Augenschein nehmen. Wenn er die Tasche noch hat, wird er wohl reden. Fragt sich nur, wo dieser Benjamin steckt? Aber da komme ich auch noch drauf."

„Das glaube ich dir aufs Wort."

*

Um 20.00 Uhr herrschte rege Betriebsamkeit im Hof des Wetterauer Tintenfasses. Die Akteure des Stückes „Tod im Schatten der Burg", das eine Münzenberger Bürgerin geschrieben hatte, waren eifrig bei der Probe.

Dr. Mahler, der Latein- und Geschichtslehrer vom Weidig-Gymnasium in Butzbach, hatte wie immer die Regie übernommen. Das Schauspiel handelte von den letzten Bewohnern der Burganlage, die während des dreißigjährigen Krieges Tod und Verwüstung erlebt hatten und ihre Heimat verlassen mussten. Bei schönem Wetter probten die Laienschauspieler aus allen vier Stadtteilen und umliegenden Dörfern abschnittweise die einzelnen Akte.

Das Theaterstück erforderte einen großen logistischen Aufwand, der von wenigen Personen geleistet wurde. Alle Akteure waren mit Begeisterung dabei. Es war schon das vierte Mal, dass ein Theaterstück im Innenhof der mittelalterlichen Burg aufgeführt wurde und Münzenberg über die Grenzen der Stadt zu einem gewissen Ruhm verholfen hatte. Die Karten für das Stück waren längst ausverkauft. Zudem war die Stadt, die aus vier völlig unterschiedlichen Ortschaften im Zuge der Gebietsreform entstanden war, zusammengerückt.

Jeder der Schauspieler brachte etwas zu essen und zu trinken mit. Man tauschte nicht nur die mitgebrachten Leckereien aus, sondern auch so manche Neuigkeit. Viele Freundschaften waren in den vergangenen Jahren zwischen den Mitwirkenden entstanden. So wurde jede Probe eine Besonderheit für sich. Wer gerade nichts zu tun hatte, hielt sich im Hintergrund auf und schaute zu. Am begehrtesten war der Platz auf der Bank unter der riesigen Linde.

Ein markerschütternder Schrei ließ die Schauspieler plötzlich innehalten. Nach einer Schrecksekunde rannten alle in die Richtung, aus der der Schrei gekommen war.

Am Fuße des Ostturmes fanden sie die Tochter einer Mitspielerin, die vor dem völlig verdrehten und zerschmetterten Körper eines jungen Mannes stand. Um den Kopf herum hatte sich eine riesige Blutlache gebildet. In der Masse aus Blut und Knochen blickten die Augen des Toten ins Leere.

Das Ermittlerduo Henne und Co fuhr auf der Kaiserstraße in Friedberg ihrem wohl verdienten und dringend erforderlichen Feierabend entgegen, als das Handy von Hauptkommissar Henneberg klingelte. Er bediente die Freisprechanlage in seinem Auto. Was er zu hören bekam, ließ ihm nicht nur das Blut in den

Adern gefrieren, es machte ihm auch blitzartig klar, dass die Nacht lange noch nicht zu Ende war. Sein Dackel Erdmann würde heute vergeblich auf seinen Abendspaziergang warten.

Epilog

Der Tod von Sebastian Wetz erschütterte nicht nur die Schauspieler sondern die ganze Stadt Münzenberg. In seiner Verzweiflung und Hilflosigkeit hatte er den Freitod gewählt und ließ seine völlig verzweifelten Eltern zurück, die sich nach einiger Zeit trennten und die alte Mühle an der Wetter zum Kauf anboten. Zum Zeitpunkt des Verkaufs der Mühle stand das Mühlrad immer noch still.

Die Spurensicherung der Kripo Friedberg fand am nächsten Tag mehrere Knochensplitter auf der Wetterwiese in Ober-Hörgern, die durch einen DNA-Abgleich eindeutig als die menschlichen Überreste von Annedore Weghaus identifiziert werden konnten. Bei der Durchsuchung von Sebastians Zimmer fand man die Tasche und die Kleidung von Annedore Weghaus.

Wer letztendlich für den Tod der Frau verantwortlich war, konnte nicht abschließend geklärt werden. Der Vater von Annedore Weghaus erlag bei der Überbringung der Nachricht vom Tod seiner Tochter einem Herzinfarkt. Bernhard und Jens Weghaus erbten, nachdem die Erbfolge geklärt war, ein riesiges Vermögen.

In der darauffolgenden Woche wurde der Schüler Matthias Beisel im Beisein von mehreren hundert Menschen auf dem Friedhof in Butzbach beigesetzt. Das Medieninteresse war riesengroß. Die Zeitungen waren tagelang voll davon. Die Mitschüler von Matthias waren erschüttert über die schrecklichen

Ereignisse und schworen sich, dass so etwas nie wieder passieren dürfe.

Sebastian wurde in aller Stille beigesetzt. Selbst im Tod interessierte sich kein Mensch für den ruhigen, einsamen Jungen.

Benjamin Dreiseitel, der nachweislich für den Tod seines Mitschülers Matthias Beisel verantwortlich war, blieb verschwunden. Weder er selbst noch sein gelbes Rennrad tauchten trotz intensiver Suchaktionen wieder auf.

Auch seine afrikanische Freundin Aime hatte ihn nicht wiedergesehen.

Seine Eltern trennten sich wie bereits beabsichtigt.

Frau Dr. Dreiseitel verkaufte ihre Praxis und zog mit den Zwillingen Marc und Lena an den Geburtsort ihres Vaters nach Österreich.

Dr. Volker Dreiseitel wechselte in eine JVA nach Nordhessen und lebt dort mit seiner Freundin zusammen.

Ralf Meermann hatte in Ruppertsburg ein neues Zuhause und einen zufriedenstellenden Arbeitsplatz gefunden. Er kam nicht mehr nach Münzenberg zurück und verkehrte mit seiner Familie nur noch per Anwalt. Von den Vorkommnissen in seiner ehemaligen Heimat hatte er nichts mitbekommen.

Das gelbe Sportrad, mit dem er nach Ruppertsburg gelangt war, stand in der hintersten Ecke der Scheune seines Onkels.

Cosima von Mittelstedt ging es wochenlang schlecht. Sie fühlte sich für den Tod von Sebastian verantwortlich. Erst nach einigen Therapiestunden bei einem Psychologen erkannte sie, dass sie das traurige Schicksal von Sebastian nicht hätte aufhalten können.

Durch die Ermittlungen im Falle des Todes von Sebastian kam sie schließlich doch noch auf die Münzenburg. Trotz der traurigen Umstände hatte sie sich in das einzigartige Kulturdenkmal inmitten der hügeligen Landschaft der Wetterau verliebt und beschlossen, ihren Wohnort langfristig nach Münzenberg zu verlegen.

Mitte August saß sie mit ihrem Kollegen Alexander Henneberg in der ersten Reihe auf der Zuschauertribüne, die im Innenhof der Münzenburg aufgebaut worden war, anlässlich der Premiere des Schauspiels „Tod im Schatten der Burg"

Erdmann, der treue Dackel, lag friedlich schlummernd unter dem Stuhl seines Herrchens und ignorierte die Geschehnisse auf der Naturbühne im Hof der Burg. Ab und zu warf er einen schiefen Blick auf die Falken, die beide Türme der Burg umrundeten und dabei schrille Schreie ausstießen.

ebenfalls von Jule Heck erschienen ist:

ISBN Print: 978-3-86468-827-0
Taschenbuch, 12,5 x 19,0 cm,
481 Seiten, Preis: 12.90 €

ISBN E-Book: 978-3-86468-846-1
EPUB und PDF, Preis: 6.99 €

Jule Heck

Schönes Biest

Tod im Schatten der Burg

edition winterwork

ISBN Print: 978-3-96014-088-7
Taschenbuch, 12,5 x 19,0 cm,
394 Seiten, Preis: 12.90 €

ISBN E-Book: 978-3-96014-115-0
EPUB und PDF, Preis: 6.99 €